आख़िरी पत्र की प्रतीक्षा

An inspiring journey...

Publishing-in-support-of,

RACHNAKUNJ PUBLICATIONS

Block – B, House No. 48,
Panki, Kanpur - 208020
Website: www.rachnakunj.com
Contact : rachnakunjindia@gmail.com
Phone : 7905055488

ISBN: 978-93-5373-090-1
Price : Rs.225.00

इस पुस्तक में प्रयुक्त सभी **नाम, पात्र, स्थान और घटनाएँ पूर्णतः काल्पनिक हैं**। लेखक की कल्पना और रचनात्मक संवेदनाओं से जन्मे ये चरित्र केवल कथा को प्रभावशाली और जीवंत बनाने के उद्देश्य से प्रस्तुत किए गए हैं। इनका किसी भी जीवित या मृत व्यक्ति, किसी वास्तविक स्थान, संस्था या घटित घटना से कोई प्रत्यक्ष संबंध नहीं है।

लेखक ने इस कथा को लिखते समय केवल मानवीय भावनाओं, जीवन के अनुभवों और कल्पना की उड़ान को आधार बनाया है। कहानी में वर्णित पात्रों की मनोभूमि, उनके संवाद, उनके सुख-दुःख और उनके जीवन के उतार-चढ़ाव—ये सब साहित्यिक सृजन की प्रक्रिया का परिणाम हैं। इन्हें किसी वास्तविक व्यक्ति के जीवन से जोड़कर देखना उचित नहीं होगा।

यदि पाठकों को इस कथा के किसी पात्र, किसी परिस्थिति या किसी घटना में अपने आसपास के किसी व्यक्ति, किसी स्थान या किसी वास्तविक घटना की झलक दिखाई देती है, तो उसे मात्र **एक संयोग (coincidence)** ही माना जाना चाहिए। यह संयोग केवल इसलिए संभव है क्योंकि मनुष्य की भावनाएँ, उसकी खुशियाँ, उसकी पीड़ाएँ और उसके जीवन के अनुभव कहीं-न-कहीं एक-दूसरे से मिलते-जुलते होते हैं।

इस पुस्तक का उद्देश्य किसी भी व्यक्ति, समुदाय या संस्था का चित्रण करना नहीं है, बल्कि केवल एक संवेदनात्मक कथा के माध्यम से जीवन, प्रेम, स्मृति और मानवीय रिश्तों की गहराइयों को अभिव्यक्त करना है।

अतः यदि कथा के किसी अंश का किसी वास्तविक व्यक्ति या घटना से साम्य प्रतीत होता है, तो उसे लेखक की मंशा नहीं, बल्कि **सिर्फ एक सहज संयोग** समझा जाना चाहिए।

Printed in India

आख़िरी पत्र की प्रतीक्षा

An inspiring journey…

डॉ. कृष्णकांत श्रीवास्तव

RACHNAKUNJ PUBLICATIONS
(Since 2020)
www.rachnakunj.com

एक कहानी उस प्रेम की है,
जो मिला नहीं...
पर कभी खोया भी नहीं।

आभार

उन सभी स्नेहीजनों के प्रति मैं हृदय की गहराइयों से अपनी कृतज्ञता प्रकट करता हूँ, जिन्होंने मेरी पूर्व प्रकाशित समाजोपयोगी पुस्तकों - **आत्मबोध, उड़ान, आधार तथा ज्ञान सूत्र** - को न केवल पढ़ा, बल्कि उन्हें स्नेह, सम्मान और सराहना भी दी। आपके शब्दों में व्यक्त प्रेम, आपके संदेशों में झलकता विश्वास, और आपके निरंतर प्रोत्साहन ने मुझे भीतर तक स्पर्श किया है। सच कहूँ तो, यही आपका स्नेह और विश्वास मेरे लेखन की सबसे बड़ी प्रेरणा बन गया है।

जब-जब मन थका, शब्द बिखरने लगे, तब-तब आपके उत्साहवर्धन ने मुझे संभाला, आगे बढ़ाया और यह विश्वास दिलाया कि मेरी लेखनी केवल मेरे लिए नहीं, बल्कि आप सभी के हृदयों से जुड़ी हुई है। आप सभी के इसी अटूट स्नेह और प्रेरणा से अभिभूत होकर मैं अपने इस नए उपन्यास **"आख़िरी पत्र की प्रतीक्षा"** को आपके समक्ष प्रस्तुत करने का साहस कर पा रहा हूँ।

यह केवल एक उपन्यास नहीं है, बल्कि भावनाओं की वह यात्रा है, जिसमें प्रेम है, विरह है, प्रतीक्षा है, और उन अनकहे शब्दों की गूँज है, जो कभी कहे नहीं जा सके, पर महसूस अवश्य किए गए। मुझे पूर्ण विश्वास है कि जिस तरह आपने मेरी पिछली रचनाओं को अपना स्नेह और आशीर्वाद दिया, उसी प्रकार इस कृति को भी आप अपने हृदय में स्थान देंगे।

मैं अपने उन सभी सहयोगियों, मित्रों और शुभचिंतकों का भी हृदय से आभारी हूँ, जिनके प्रत्यक्ष और अप्रत्यक्ष सहयोग ने इस रचना को आकार देने में महत्वपूर्ण भूमिका निभाई। कुछ नाम ऐसे हैं, जिनका उल्लेख करना मेरे लिए आवश्यक ही नहीं, बल्कि सौभाग्य की बात है - क्योंकि उनके बिना यह यात्रा अधूरी रह जाती।

मुख्यतः मैं अपने पूज्य स्वर्गीय पिता चंद्रभान श्रीवास्तव एवं आदरणीया माता श्रीमती विजय श्रीवास्तव के प्रति अपनी हृदयपूर्ण कृतज्ञता अर्पित करता हूँ, जिनके संस्कार, स्नेह और मार्गदर्शन ने मेरे जीवन और लेखन को दिशा दी। उनके अतिरिक्त मैं श्रीमती कीर्ति श्रीवास्तव, डॉ. कृतिका श्रीवास्तव, कुमारी वर्तिका श्रीवास्तव, श्री संजय श्रीवास्तव, श्रीमती रश्मि श्रीवास्तव, डॉ. श्याम जी श्रीवास्तव, प्रो. अनिल कुमार मिश्रा, प्रो. विवेक पांडे,

प्रो. विकास मिश्रा, प्रो. पंकज शुक्ला, डॉ. सर्वेश कुशवाहा, डॉ. तमन्ना बेगम, डॉ. दीपाली दिवेदी, डॉ. अनीता निगम, श्री शैलेन्द्र शर्मा, श्री अभिषेक श्रीवास्तव, डॉ. कौशलेन्द्र, श्री रविन्द्र सिंह, श्री सुधीर श्रीवास्तव, श्री कमलेश यादव, डॉ. दिनेश चंद्र सक्सेना, डॉ. राजेंद्र कुमार मिश्रा, डॉ. प्रवीण श्रीवास्तव, रोटेरियन डॉ. डी. एन. रायजादा, रोटेरियन डॉ. रश्मि रायजादा, हमारे सभी रोटेरियन साथी जफर इकबाल, वजीहा सुल्ताना, डॉ. अवध दुबे, डॉ. उमेश पालीवाल, डॉ. इंद्राणी दुबे, डॉ. नीलम त्रिवेदी, कमल त्रिवेदी, सुमन त्रिवेदी, जी. सी. शुक्ला, वी. के. शुक्ला, डॉ. प्रतिमा त्रिवेदी, निशत आलम, सुशील कुमार अग्रवाल, रानू अग्रवाल, डॉ. वेदप्रकाश, डॉ. बी. के. गुप्ता, डॉ. किरण सिन्हा, डॉ. यू. सी. सिन्हा, बृजेश शर्मा, शोभा शर्मा, डॉ. डी. के. जयपुरिया, सुनीता जयपुरिया, शरद निगम, जी. डी. वर्मा, अतुल श्रीवास्तव, मनी मंजरी, डॉ. शैलेंद्र सिंह, मंजुल गोपाल एवं पारुल के प्रति भी अपनी हार्दिक कृतज्ञता व्यक्त करता हूँ।

इन सभी आदरणीय व्यक्तित्वों की प्रेरणा, सहयोग, स्नेह और विश्वास ने मेरी लेखनी को निरंतर ऊर्जा प्रदान की है। उनके प्रोत्साहन ने न केवल मेरे भीतर सृजन का उत्साह जगाया, बल्कि कठिन क्षणों में भी मुझे अडिग बनाए रखा। सच तो यह है कि उनके मार्गदर्शन और आत्मीय समर्थन के बिना यह रचना संभव नहीं हो पाती।

मैं स्वयं को सौभाग्यशाली मानता हूँ कि मुझे ऐसे प्रेरणास्रोत और शुभचिंतक मिले, जिनकी वजह से मेरी लेखनी को नया आयाम, अटूट संकल्प और सृजनात्मक समृद्धि प्राप्त हो सकी।

अंत में, मैं आप सभी पाठकों का हृदय से धन्यवाद करता हूँ - आपके विश्वास, आपके स्नेह और आपके उत्साहवर्धन के बिना लेखन संभव नहीं था। यही आशा है कि यह उपन्यास भी आपके मन के किसी कोने को छू सकेगा, और अपने भावों के माध्यम से आपसे एक आत्मीय संवाद स्थापित कर पाएगा।

आपके विचारों और सुझावों का मुझे इंतजार रहेगा।

धन्यवाद

डॉ. कृष्णकांत श्रीवास्तव

आज नवंबर का पहला रविवार है। भोर की पहली साँस के साथ ही संसार धीरे-धीरे अपनी आँखें खोल रहा है। आकाश में फैली सुनहरी लालिमा किसी साधारण सुबह की सूचना नहीं देती, बल्कि यह आभास कराती है कि प्रकृति आज कुछ विशेष कहना चाहती है। ऐसा प्रतीत होता है मानो सृष्टि के रचयिता ने स्वयं नीले आकाश के अनंत कैनवस पर स्वर्ण, केसरिया और अरुण रंगों से एक ऐसी अनुपम कृति रच दी हो, जिसके सामने मनुष्य की बनाई हर तस्वीर मौन हो जाती है। यह दृश्य आँखों से अधिक मन में उतरता है और भीतर कहीं बहुत गहरे कुछ जगा देता है।

हवा में हल्की-सी ठंडक घुली हुई है - नुकीली नहीं, बल्कि सुकून देने वाली। यह ठंड जैसे रात और दिन के बीच का सेतु हो, जो बताती है कि अँधेरा अब पीछे छूट रहा है और उजाले का समय निकट है। आकाश की लालिमा धीरे-धीरे गाढ़ी हो रही है, मानो सूर्य अपने प्रकाश से धरती को आलोकित करने से पहले अंतिम तैयारी कर रहा हो। कुछ ही पलों में उसका तेज समूची धरा को जगमगा देगा - पेड़ों को, पक्षियों को, घरों को और उन मनुष्यों को भी, जो अभी सपनों की शरण में हैं।

वातावरण में एक भीनी-भीनी सुगंध फैली हुई है। लगता है जैसे शर्मा जी के बगीचे में खिली 'रात की रानी' अब भी रात को विदा करने से इंकार कर रही हो और अपनी मादक खुशबू के माध्यम से अँधेरे की स्मृतियाँ सहेजे रखना चाहती हो। वह सुगंध हवा के साथ बहती हुई मन तक पहुँचती है और अनकहे भावों को स्पर्श कर जाती है।

दूर आकाश से कौवों की कांव-कांव सुनाई देती है। प्रकृति की इस विचित्र किंतु सुंदर व्यवस्था पर मन ठहर जाता है - जमीन पर मुर्गे और आकाश में कौवे, दोनों ही प्रातःकाल सबसे पहले अपनी उपस्थिति दर्ज कराने को तत्पर रहते हैं, जैसे समय के प्रहरी हों। उनके स्वर के साथ ही पेड़ों की शाखाओं पर बैठे पक्षियों की चहचहाहट गूँज उठती है। वह चहचहाहट केवल ध्वनि नहीं, बल्कि जीवन का उद्घोष है - उठो, जागो, एक नया दिन आरंभ हो गया है।

यह केवल सुबह नहीं है; यह जीवन द्वारा दिया गया एक और अवसर है। एक और दिन, जिसमें मनुष्य अपने अस्तित्व को अर्थ दे सकता है, अपने परिवार के लिए कुछ कर सकता है, समाज और राष्ट्र के प्रति अपने दायित्वों को समझ सकता है। यह सवेरा जैसे भीतर से पुकार कर कह रहा हो - समय बहुमूल्य है, क्षण क्षणभंगुर हैं, और हर नया दिन अपने साथ कुछ नया रचने की संभावना लेकर आता है।

प्रकृति की इस मौन वाणी को सुनते हुए मन स्वयं से एक प्रश्न करता है - आज मैं क्या बेहतर कर सकता हूँ? कौन-सा दायित्व मुझे पुकार रहा है? और किस साहस के साथ मैं इस नए दिन का स्वागत करूँ? इसी प्रश्न के साथ यह दिन नहीं, बल्कि एक नई कथा आरंभ होती है।

दूर बसी झोपड़पट्टी की ओर से आज मुर्गे की बांग मैं चार बार सुन चुका हूँ। मुर्गा तो रोज़ ही बांग देता होगा, अपने निश्चित समय पर, बिना किसी छुट्टी या अवकाश की परवाह किए; पर आज, न जाने क्यों, उसकी आवाज़ मेरे कानों में कुछ अधिक देर तक ठहर गई है। शायद इसलिए कि बरसों बाद ऐसा अवसर आया है जब मैं सूर्योदय से पहले अपने ही घर की बालकनी में खड़ा हूँ - बिना किसी जल्दबाज़ी के, बिना घड़ी की सुइयों से लड़ते हुए।

झोपड़पट्टी हर शहर में लगभग एक-सी ही होती है। वहाँ की गलियाँ, टिन की छतें, बिखरे हुए कपड़े, और उनमें रहने वाले लोग भी -

लगभग एक जैसे। उनके दिनचर्या के दृश्य भी मानो एक ही साँचे में ढले हों। सुबह पानी के लिए आपस में उलझना, बाल्टियों और पाइपों को लेकर बहस करना; दोपहर में बच्चों के पीछे झुँझलाना और उन्हें डाँटना; और रात ढलते-ढलते थके हुए शरीर के साथ किसी न किसी नशे में डूबकर लौट आना। उसके बाद वही जाना-पहचाना दृश्य - अपने ही बीवी-बच्चों से झगड़ना, शब्दों और खामोशी, दोनों से। झगड़ा जैसे उनके जीवन का कोई अतिरिक्त हिस्सा नहीं, बल्कि उसका स्थायी केंद्र बन चुका हो।

मैं बालकनी की रेलिंग पर हाथ टिकाए यह सब सोच रहा हूँ। मन में कोई घृणा नहीं है, बस एक अजीब-सा ठहराव है। जीवन की यह विडंबना शायद वहीं से शुरू होती है जहाँ विकल्प सीमित हो जाते हैं और समय केवल गुजरने की वस्तु बन जाता है।

आज न तो मुझे ऑफिस पहुँचने की जल्दी है और न ही बिटिया को स्कूल के लिए जगाने की चिंता। शायद इसी कारण विचारों को इतनी खुली छूट मिल गई है। दीपावली की छुट्टियाँ ऑफिस में शुरू हो चुकी हैं। यह वही समय होता है जब दिन अस्वाभाविक रूप से लंबे लगने लगते हैं और रातें अनचाहे रूप से खिंच जाती हैं। काम की दिनचर्या टूटते ही समय अपना अनुशासन खो देता है।

कहते हैं, जब आदमी के पास करने को कुछ न हो, तो वह ज़्यादा सोचने लगता है। नींद जैसे आँखों से रूठ जाती है और स्मृतियाँ बिना अनुमति के भीतर आने लगती हैं। मैं भी शायद उसी अवस्था में हूँ - जहाँ बाहर मुर्गे की बांग गूँज रही है और भीतर जीवन की यादें धीरे-धीरे स्पष्ट होती जा रही हैं।

आज मैं स्वयं को प्रकृति के इतना निकट अनुभव कर रहा था, जितना शायद कभी नहीं किया था। चारों ओर फैली शांति के बीच चिड़ियों की चहचहाहट मेरे कानों में किसी मधुर संगीत की तरह घुल

रही थी - ऐसा संगीत, जिसे सुनने के लिए किसी वाद्य की आवश्यकता नहीं होती। उनकी स्वाभाविक ध्वनियाँ मन के भीतर तक उतरती जा रही थीं और वर्षों से जमी हुई थकान को धीरे-धीरे धो रही थीं।

कुछ क्षणों के लिए मैं जैसे भूल ही गया था कि उगता हुआ सूरज वास्तव में कैसा दिखाई देता है। कब से मैंने सुबह को केवल घड़ी की सुइयों के सहारे पहचाना था - अलार्म, भागदौड़ और जल्दी की चिंता के बीच। आज पहली बार लगा कि सूरज केवल समय बताने वाला पिंड नहीं, बल्कि जीवन को नया अर्थ देने वाला स्रोत भी है। उसकी कोमल किरणें चेहरे पर पड़ते ही ऐसा आभास दे रही थीं मानो किसी ने भीतर से मुझे छूकर जगा दिया हो।

सुबह की ठंडी हवा का एक झोंका जब शरीर से टकराया, तो लगा जैसे नसों में नई ऊर्जा दौड़ गई हो। वह ठंडक थकान नहीं, स्फूर्ति दे रही थी। प्रकृति की यही विशेषता है - वह बिना कुछ कहे, बिना कुछ माँगे, मनुष्य को अपनी ओर खींच लेती है। उसकी सुंदरता किसी आमंत्रण की मोहताज नहीं होती; वह अपने आप में ही पूर्ण होती है।

मैं पास के कमरे से एक कुर्सी खींच लाता हूँ और अपनी छोटी-सी बालकनी में उसे रखकर आराम से बैठ जाता हूँ। यह बालकनी भले ही छोटी हो, पर इस क्षण मुझे किसी खुले मैदान से कम नहीं लगती। चारों ओर पक्षियों की चहचहाहट है, फिर भी मैं एक अनोखे एकांत में डूबा हुआ हूँ। यह एकांत शून्य नहीं, बल्कि आत्मीयता से भरा हुआ है - जहाँ मन स्वयं से संवाद कर सकता है।

मस्तिष्क मानो किसी स्वर्गलोक में विचरण कर रहा हो। न कोई चिंता, न कोई योजना, न भविष्य की बेचैनी - बस वर्तमान की संपूर्णता। आज प्रकृति-प्रेम का जो एहसास मैंने भीतर तक महसूस किया, उसकी अनुभूति इससे पहले कभी नहीं हुई थी। यह केवल दृश्य या ध्वनि

का अनुभव नहीं था, बल्कि आत्मा का प्रकृति से मौन आलिंगन था - एक ऐसा स्पर्श, जो शब्दों से परे था।

नवंबर की उस शांत सुबह, ठंडी हवा के हल्के-हल्के झोंकों ने, अवकाश के सहज और निश्चिंत एहसास ने तथा प्रकृति के पल-पल बदलते रंगों की मनोहारी छटा ने, न जाने कब मुझे अपनी गोद में सुला लिया - मुझे स्वयं भी इसका आभास नहीं हुआ। यह नींद अचानक आई थी, बिना किसी आमंत्रण के, जैसे प्रकृति ने स्वयं मुझे विश्राम का आदेश दे दिया हो। सच ही कहा गया है, यदि मनुष्य को सुबह जल्दी उठने का नियमित अभ्यास न हो, तो थोड़ी-सी देर में ही उसकी सारी स्फूर्ति कहीं ओझल हो जाती है और आलस्य धीरे-धीरे उसे अपनी मुलायम, पर भारी चादर में ढक लेता है। उस दिन मेरे साथ भी ठीक यही हुआ।

मैं गहरी नींद में डूबा हुआ था कि तभी किसी कोमल स्पर्श ने मेरी चेतना को धीरे-धीरे झकझोर दिया। आँखें खुलीं तो सामने रिंकी खड़ी थी। उसके नन्हे हाथ मेरे कंधे को हौले से हिला रहे थे और उसके चेहरे पर मासूमियत भरी मुस्कान थी। वह धीमी, पर उत्साहित आवाज़ में बोली - "पापा, उठो ना... मम्मी चाय के लिए बुला रही हैं।" उसकी आवाज़ में कोई ज़िद नहीं थी, बस अपनापन था, जो नींद से कहीं अधिक असरदार था।

मैं आलस्य से भरे शरीर के साथ उठता हूँ, आँखें अभी भी पूरी तरह खुली नहीं हैं, पर मन अचानक जाग चुका है। प्यार से रिंकी को अपनी बाहों में भर लेता हूँ और उसे गोद में उठाकर ड्राइंग रूम की ओर बढ़ जाता हूँ। मेरे कदम धीमे हैं, पर मन में एक अजीब-सी शांति है। डाइनिंग टेबल पास आती जा रही है, पर उससे भी ज़्यादा पास मुझे वह एहसास लग रहा है, जो कब से मुझसे दूर चला गया था।

ऑफिस की भागदौड़, काम का बोझ और समय की कमी - इन सबने बिटिया के सानिध्य के उस कोमल सुख को मेरी ज़िंदगी से जैसे

चुरा लिया था। वह सुख अब तक बदली में छिपे चाँद की तरह केवल कभी-कभार ही दिखाई देता था। आज, लंबे समय बाद, वह पूरी चमक के साथ सामने था। उसकी छोटी-सी हँसी, उसकी गर्म साँसें और उसका निस्संकोच भरोसा - इन सबने मेरे भीतर कहीं गहरे कुछ तोड़ दिया, या शायद जोड़ दिया।

आज हम निस्संदेह तरक्की कर रहे हैं। ऊँची इमारतें, बेहतर सुविधाएँ, तेज़ रफ़्तार जीवन - सब कुछ हमारी प्रगति का प्रमाण देता है। पर इस अंधाधुंध तरक्की की कीमत हम अक्सर अपनी इच्छाओं, अपने संबंधों और अपने छोटे-छोटे सुखों की बलि देकर चुकाते हैं। हम समय बचाने की कोशिश में जीवन को ही खर्च कर देते हैं।

सच तो यह है कि जीवन के सच्चे सुख हमारी तथाकथित प्रगति से कहीं अधिक मूल्यवान होते हैं। उन सुखों की कुर्बानी देकर हासिल की गई सफलता का शायद कोई ठोस औचित्य नहीं हो सकता। यदि व्यावहारिक दृष्टि से भी देखा जाए, तो यह सौदा घाटे का ही प्रतीत होता है - जहाँ लाभ के नाम पर केवल आँकड़े मिलते हैं और नुकसान में जीवन का मधुर रस चला जाता है।

उस क्षण, रिंकी को गोद में लिए हुए, मुझे लगा कि अगर प्रगति हमें ऐसे पलों से दूर कर दे, तो उस प्रगति पर एक बार नहीं, बार-बार पुनर्विचार करना चाहिए।

मैं डाइनिंग टेबल के पास जाकर एक कुर्सी खींचता हूँ और थके हुए शरीर के साथ उस पर बैठ जाता हूँ। रिंकी को स्नेहपूर्वक अपने बगल की कुर्सी पर बैठा देता हूँ। वह पैर हिलाती हुई इधर-उधर देखने लगती है, जैसे पूरा कमरा उसी का हो। तभी पीछे से रागिनी की जानी-पहचानी आवाज़ कानों में पड़ती है - “डार्लिंग, क्या बात है? आज आप कुछ ज़्यादा ही सुस्त दिखाई दे रहे हैं। लगता है छुट्टियों की खुमारी आज

से ही चढ़ गई है। अरे भई, अगर ऐसे ही आलस करते रहे तो दीपावली की तैयारियाँ समय पर कैसे पूरी होंगी?"

उसकी आवाज़ में शिकायत कम, अपनापन ज़्यादा था। मैं मुस्कराने ही वाला था कि रागिनी हाथों में काँच का एक डोगा लिए डाइनिंग टेबल की ओर बढ़ती हुई मेरे पास आ गई। कान के पास आकर वह बड़े ही हल्के और स्नेहिल स्वर में बोली -

"कृष्णा, देखिए... आज मैंने सुबह-सुबह आपके लिए हलवा बनाया है। आपका सबसे पसंदीदा - दूध और आटे का हलवा।"

उसके शब्दों के साथ ही रसोई से उठती हलवे की खुशबू मेरे भीतर कहीं गहरे उतर गई। वह खुशबू केवल स्वाद की नहीं थी, उसमें स्मृतियों की मिठास भी घुली हुई थी। रागिनी ने हल्का-सा हँसते हुए आगे कहा -

"याद है, जब मैं शादी होकर पहली बार इस घर में आई थी, तो माँजी ने सबसे पहले मुझसे यही हलवा बनाने को कहा था। और आप... आप तो इसे ऐसे चाट-चाट कर खा रहे थे, जैसे बरसों से भूखे हों।"

उसकी बात में हल्का-सा मज़ाक था और थोड़ा-सा अधिकार भी। वह दो कटोरियों में हलवा निकालते हुए बोली -

"आज फिर खाकर देखिए और बताइए कि कैसा बना है?"

मैंने मुस्कराते हुए कहा -

"पहले मेरी बेटी खाएगी और बताएगी कि उसकी मम्मी पास हुई या फेल।"

यह कहते हुए मैंने कटोरी से एक चम्मच हलवा लिया, मुँह से हल्के से फूँक कर उसे थोड़ा ठंडा किया और रिंकी की ओर बढ़ा दिया।

"बेटी, खाकर बताओ - मम्मी पास हुई या फेल?" मैंने उसे दुलारते हुए पूछा।

रिंकी ने बिना देर किए हलवा मुँह में डाल लिया और अगले ही पल उछलते हुए चिल्ला पड़ी -

"ओ बाबा! बहुत गरम है!"

मैं घबरा गया और तुरंत उसकी पीठ सहलाते हुए बोला -

"अरे बेटा, इतना गरम नहीं था। मैंने फूँक कर ठंडा तो कर दिया था।"

रिंकी ने थोड़ी देर मुँह फुलाए रखा, फिर अचानक गंभीर स्वर में बोली -

"मम्मी हलवा बहुत अच्छा बनाती है, पापा।"

उसकी यह मासूम-सी टिप्पणी सुनकर मेरे चेहरे पर शरारती मुस्कान आ गई। मैंने रागिनी की ओर देखते हुए कहा -

"क्यों नहीं बनाएगी बेटा! मैंने बहुत मेहनत की है इसे इस हलवे की रेसिपी सिखाने में। ऐसे ही थोड़ी बन गया है इतना बढ़िया हलवा।"

मेरी आँखों की शरारत रागिनी से छुपी नहीं। वह मुस्कराती हुई आगे बढ़ी और हमारी कुर्सियों के ठीक पीछे आकर खड़ी हो गई। बड़े स्नेह से उसने अपने दोनों हाथ हमारे गले में डाल दिए और रिंकी की ओर देखते हुए मज़ाकिया अंदाज़ में बोली -

"वाह! किसी की प्रशंसा करना तो आपने सीखा ही नहीं। ठीक है, मत कीजिए। मैं तो यूँ ही स्वादिष्ट पकवान बनाती रहूँगी। देखती हूँ, आप कब तक मेरी तारीफ़ नहीं करते।"

अभी उसकी बात पूरी भी नहीं हुई थी कि रसोई से कुकर की तेज़ सीटी सुनाई दी।

"अरे बाबा! मैं तो भूल ही गई थी - गैस पर कुकर चढ़ा है!"

यह कहते हुए रागिनी लगभग दौड़ती हुई किचन की ओर चली गई।

कुछ ही देर बाद वह आलू के गरमा-गरम पकौड़ों और चाय से भरी ट्रे के साथ डाइनिंग रूम में लौटी। उसने सलीके से प्लेटें सजाईं और मुस्कराते हुए कहा -

"लीजिए, आ गए आलू के गरमागरम पकौड़े। आज छुट्टी है, पूरा आनंद ले लीजिए।"

कहते हुए उसने चाय का कप मेरी ओर बढ़ा दिया।

यह दृश्य देख रिंकी तुरंत मचल उठी -

"अरे मम्मी, मुझे भी चाय पीनी है।"

रागिनी ने प्यार से उसके सिर पर हाथ फेरते हुए कहा -

"नहीं बेटा, बच्चे चाय नहीं पीते। चाय कोई अच्छी चीज़ नहीं है। तुम दूध पी लो।"

यह कहते हुए उसने डाइनिंग टेबल पर रखा दूध का गिलास रिंकी की ओर बढ़ा दिया और उसके पास बैठ गई।

रिंकी ने आँखें फैलाते हुए तुरंत सवाल दाग दिया -

"अगर चाय अच्छी चीज़ नहीं है, तो आप लोग क्यों पी रहे हो?"

उसकी बात सुनकर हम दोनों हँस पड़े। रागिनी ने उसे दुलारते हुए कहा –

"बेटी, देखो, तुम्हारे लिए मैं चॉकलेट वाला दूध लाई हूँ। मेरी बेटी चॉकलेट वाला दूध पीकर कितनी बड़ी और मज़बूत हो जाएगी।"

यह कहते हुए उसने अपने हाथों से दूध का गिलास रिंकी के मुँह से लगा दिया।

पर रिंकी कहाँ मानने वाली थी। वह फिर मचलते हुए बोली -

"नहीं मम्मी, मुझे दूध नहीं पीना। मुझे तो चाय पीनी है।"

उसकी ज़िद और मासूमियत के बीच पूरा घर हँसी, अपनापन और सुकून से भर उठा- ऐसा सुकून, जिसे किसी उपलब्धि या पद से नहीं, केवल परिवार के साथ बिताए इन साधारण पलों से पाया जा सकता है।

रिंकी की ज़िद पर हम दोनों हँस ही रहे थे कि उसने फिर से वही मासूम तर्क दे मारा - “मम्मी, जब मैं बड़ी हो जाऊँगी तब तो चाय पी सकती हूँ ना?”

रागिनी ने उसकी नाक पर उँगली रखकर कहा -

“हाँ मेरी रानी, जब तुम बड़ी हो जाओगी, तब पी लेना। अभी तो तुम्हें बस दूध पीना है, ताकि तुम पापा से भी ज़्यादा लंबी बन सको।”

यह सुनकर रिंकी ने तुरंत मेरी ओर देखा, जैसे मेरी लंबाई को चुनौती दे रही हो।

“पापा, मैं आपसे भी लंबी हो जाऊँगी।”

मैंने बनावटी गंभीरता से कहा -

“अरे! फिर तो मुझे आपसे डरना पड़ेगा।”

पूरा कमरा फिर से ठहाकों से गूँज उठा। ऐसे पल कब बीत जाते हैं, पता ही नहीं चलता। बाहर सूरज धीरे-धीरे ऊपर चढ़ रहा था और घर के भीतर पकौड़ों की खुशबू, चाय की भाप और बच्चों की खिलखिलाहट मिलकर एक अलग ही संसार रच रही थी।

चाय की पहली चुस्की लेते ही जैसे शरीर में एक नई ताज़गी दौड़ गई। मैंने इधर-उधर नज़र दौड़ाई। दीवार के सहारे रखे दीपों के डिब्बे, कोने में रखा झालरों का पैकेट और टेबल पर रखी खरीदारी की सूची - सब कुछ आने वाली दीपावली की आहट दे रहा था।

मैंने रागिनी से कहा -

“लगता है इस बार दीपावली कुछ ज़्यादा ही खास होने वाली है।”

रागिनी ने हल्की मुस्कान के साथ कहा -

“हर साल आप यही कहते हैं।”

मैंने गंभीर स्वर में जवाब दिया -

"पर इस बार सच में। रिंकी अब सब कुछ समझने लगी है। उसके लिए ये त्यौहार नई यादें बनेंगे।"

रागिनी कुछ पल चुप रही। उसकी आँखों में एक माँ की संतुष्टि और भविष्य की उम्मीदें एक साथ तैर रही थीं। उसने रिंकी के बाल सहलाते हुए कहा -

"हाँ... यही तो सबसे बड़ी बात है। हम जो आज साथ जी रहे हैं, वही तो कल उसकी यादों में होगा।"

रिंकी ने अचानक दूध का गिलास खाली करके गर्व से कहा -

"देखो मम्मी, मैंने सारा दूध पी लिया। अब मैं बड़ी हो गई।"

मैंने हँसते हुए कहा -

"वाह! इतनी जल्दी?"

रागिनी ने प्यार से उसे गले लगा लिया। उस क्षण मुझे एहसास हुआ कि जीवन की असली दौलत यही है - ये छोटे-छोटे पल, ये नोकझोंक, ये हँसी, और ये साथ।

बाहर दुनिया अपनी रफ्तार से भाग रही थी, पर इस घर के भीतर समय जैसे ठहर गया था - सुकून के लिए, प्रेम के लिए, और उन अनमोल क्षणों के लिए, जो बिना शोर किए जीवन को अर्थ दे जाते हैं।

कुछ प्रश्न ऐसे होते हैं जिनके सीधे-सपाट उत्तर बच्चों के कोमल मन को तृप्त नहीं कर पाते। उनका मासूम मस्तिष्क दुनिया को हमारे जैसे तर्कों और समझौतों के चश्मे से नहीं देखता। वह हर बात को निष्पक्ष तराज़ू पर तौलता है। बच्चों का मन इस दोहरे चरित्र को बड़ी सहजता से पकड़ लेता है - वे सोचने लगते हैं कि जो बात बड़ों के लिए सही मानी जाती है, वही उनके लिए ग़लत क्यों ठहरा दी जाती है। यही द्वंद्व उनके मन में प्रश्न बनकर उभरता है।

मैं भली-भांति जानता था कि रिंकी के सवाल का वास्तविक और वैज्ञानिक उत्तर उसके मन को संतुष्ट नहीं कर पाएगा। वह अभी इतनी

बड़ी नहीं हुई थी कि यह समझ सके कि चाय में उपस्थित निकोटीन या कैफीन हमारे मस्तिष्क की तंत्रिकाओं को कुछ समय के लिए उत्तेजित कर देता है, जिससे हमें झूठी स्फूर्ति और क्षणिक विश्राम का भ्रम होता है। यह भी वह नहीं समझ पाएगी कि यही तत्व बच्चों के कोमल और विकसित होते मस्तिष्क के लिए कितना हानिकारक सिद्ध हो सकता है। इतने जटिल और नीरस तर्क उसके मासूम मन को उलझा ही देते।

इसलिए मैंने जानबूझकर उत्तर को सरल और छोटा रखने का निर्णय लिया। कई बार सच को पूरी तरह कह देने से ज़्यादा ज़रूरी होता है, उसे उम्र के अनुसार ढालकर कहना। मैंने बड़े स्नेह से कहा -

"बेटा, चाय छोटे बच्चों को नुकसान करती है।"

पर रिंकी कोई साधारण श्रोता थोड़े ही थी। उसने पल भर में मेरी बात को उलट-पलट कर देखा और तुरंत ही अपनी तीखी मासूम बुद्धि का परिचय दे दिया। चहकते हुए बोली -

"तो पापा, यह आपको भी तो नुकसान कर सकती है!"

उसके इस सीधे और निश्छल प्रश्न ने मुझे एक क्षण के लिए निरुत्तर कर दिया। सच कहूँ तो उसके सवाल में कोई कमी नहीं थी। मैंने अनायास ही अपनी कुर्सी पर हल्का-सा करवट बदली और घूमकर रागिनी की ओर देखा। वह पहले से ही हम दोनों बाप-बेटी के इस संवाद को बड़े ध्यान और मुस्कान के साथ देख रही थी, जैसे उसे पहले से अंदाज़ा हो कि बात किस मोड़ पर जाकर रुकेगी।

आँखों ही आँखों में मैंने रागिनी से मानो पूछा - अब क्या कहूँ? मुझे न जाने क्यों यह आभास हुआ कि वह मेरे संभावित उत्तर से पहले ही परिचित है। वह मुझे इतने वर्षों से जानती थी और समझ गई थी - ऐसे क्षणों में मैं क्या सोचता हूँ, कैसे निर्णय लेता हूँ और कहाँ रुक जाना उचित समझता हूँ। फिर भी मैं चाहता था कि वह अपनी मौन स्वीकृति दे, जैसे मेरे निर्णय पर अंतिम मुहर वही लगाए।

और ठीक वैसा ही हुआ। रागिनी ने अपने चिर-परिचित अंदाज़ में हल्के से पलकें झुका लीं, होंठों पर एक कोमल मुस्कान उभरी और सिर हिलाकर उसने अपना मौन समर्थन दे दिया। उस क्षण मुझे ऐसा लगा, जैसे मेरे भीतर का सारा संकोच स्वतः ही शांत हो गया हो।

विपरीत परिस्थितियों में मेरे द्वारा लिए गए निर्णयों को इस प्रकार मधुर मुस्कान के साथ स्वीकार कर लेना - यह रागिनी की ऐसी कला थी, जिसका मैं हमेशा से कायल रहा हूँ। जीवन के निर्णायक मोड़ों पर जीवनसाथी का बिना शोर किए, बिना प्रश्न उठाए आपके साथ खड़ा रहना, भीतर से एक अद्भुत दृढ़ता प्रदान करता है। यही दृढ़ता मनुष्य को यह विश्वास देती है कि वह बड़ी से बड़ी उलझन और कठिनाई को भी सहजता से सुलझा सकता है - बिलकुल वैसे ही, जैसे एक साधारण पारिवारिक संवाद में भी जीवन के गहरे सत्य छिपे रहते हैं।

प्रश्न वास्तव में उतना गंभीर नहीं था कि उस पर कोई लंबी बहस या भारी-भरकम निर्णय की आवश्यकता पड़े, पर मन में यह विचार बार-बार उठ रहा था कि क्या केवल गंभीर और बड़े प्रश्नों पर ही पति-पत्नी को मिलकर निर्णय लेना चाहिए। क्या जीवन की छोटी-छोटी बातों में, रोज़मर्रा के साधारण से लगने वाले निर्णयों में भी आपसी सहमति और संवाद का कोई महत्व नहीं होता? मुझे तो हमेशा यही लगता रहा है कि ऐसे छोटे निर्णय ही रिश्तों की नींव को और मजबूत बनाते हैं। जब हम एक-दूसरे की राय को महत्व देते हैं, भावनाओं को समझने का प्रयास करते हैं, तो अनजाने ही दिलों की दूरी कम होने लगती है। एक-दूसरे के मन का सम्मान करना, भावनाओं को ठेस न पहुँचाना और साथ-साथ चलने का भाव ही पति-पत्नी के रिश्ते की सबसे बड़ी प्राथमिकता होनी चाहिए।

इन्हीं भावनाओं के आवेग में मैंने जोश से भरकर रिंकी को गोद में उठा लिया। उसके चेहरे पर खिली मासूम मुस्कान और आँखों में

झलकती उम्मीद ने मेरे भीतर कुछ पिघला दिया। मैंने रागिनी की आँखों में गहराई से देखा, जैसे उससे मौन स्वीकृति माँग रहा हूँ, और फिर मुस्कराते हुए कहा, "बेटा, हम वादा करते हैं कि आज के बाद तुम्हारे मम्मी-पापा कभी चाय नहीं पिएँगे।" मेरे शब्दों में शायद उतनी गंभीरता नहीं थी, पर भावनाओं की सच्चाई पूरी तरह मौजूद थी।

"सच पापा? क्या आप और मम्मी सच में कभी चाय नहीं पिएँगे?" रिंकी ने इठिलाते हुए पूछा। उसकी आवाज़ में आश्चर्य भी था और खुशी भी। उसने अपने नन्हे हाथ फैलाकर मम्मी को पास आने का इशारा किया, जैसे इस वादे पर मुहर लगवाना चाहती हो। अगले ही पल वह मेरे और रागिनी के गले में झूल रही थी। वह बारी-बारी से हम दोनों के गालों को लगातार चूम रही थी, मानो अपने प्रेम और गर्व को शब्दों में नहीं, स्पर्श में व्यक्त कर रही हो। उस क्षण उसके चेहरे पर जो संतोष और गर्व था, वह किसी बड़ी जीत से कम नहीं था। उसे यह अनुभव हो रहा था कि उसके मम्मी-पापा ने उसके लिए कुछ खास किया है, उसके लिए एक छोटा-सा ही सही, पर त्याग किया है।

मुझे लगा कि आज फिर रिंकी ने हम दोनों को कितना करीब ला दिया है। कभी-कभी बच्चे बिना जाने, बिना समझे, रिश्तों की वह गाँठ खोल देते हैं जिसे बड़े लोग उलझा लेते हैं। मैंने भी अपने दोनों हाथों से रागिनी और रिंकी को अपनी बाहों में समेट लिया। उस आलिंगन में शब्दों की आवश्यकता नहीं थी - बस अपनापन था, भरोसा था और एक-दूसरे के साथ होने की तसल्ली थी। रागिनी कुछ समझ पाती, कुछ कह पाती, उससे पहले ही मैंने उसके गालों पर एक प्यार-भरा चुंबन रख दिया। वह पल छोटा-सा था, पर उसमें हमारे रिश्ते की गहराई, हमारी सहमति और हमारा साथ पूरी तरह समाया हुआ था।

****

सूरज काफ़ी ऊपर चढ़ आया था और दीवार घड़ी की सुइयाँ साफ़ बता रही थीं कि सुबह के पूरे दस बज चुके हैं। कमरे में धूप फैल चुकी थी, लेकिन मैं अब भी अख़बार के पन्नों में डूबा हुआ था। ठीक उसी समय किचन की ओर से रागिनी की जानी-पहचानी आवाज़ गूँजती है, जिसमें अपनापन भी है और हल्की-सी शिकायत भी -

"ऐजी, सुनते हो? दस बज गए हैं। क्या बस पेपर ही पढ़ते रहेंगे? आज नरक चौदस है। घर में बहुत-सी सफ़ाई करनी है। ऊपर से बाज़ार से भी ढेर सारा सामान लाना है। प्लीज़ उठो, कुछ तो काम शुरू कर दो।"

उसकी आवाज़ में रोज़मर्रा की ज़िम्मेदारियों की थकान भी झलक रही थी और त्योहार से पहले की हल्की-सी जल्दी भी। जैसे ही रागिनी की बात ख़त्म होती है, रिंकी ज़ोर-ज़ोर से खिलखिलाकर हँसने लगती है। उसकी हँसी इतनी निश्छल और बेफ़िक्र थी कि पूरे घर का माहौल हल्का हो गया। रिंकी की हँसी सुनकर रागिनी रसोईघर से बाहर आती है। बिटिया को इस तरह हँसते देख वह हैरानी और मुस्कान के साथ पूछती है,

"क्या बात है बेटा? इतनी हँसी क्यों आ रही है?"

रिंकी हँसते-हँसते ही अपनी मासूम शंका ज़ाहिर करती है,

"मम्मी, यह आप क्या कह रही हो? आज नरक चौदस है? मम्मी, हफ़्ते में तो केवल सात दिन होते हैं। उनमें कहीं भी नरक चौदस नाम का कोई दिन नहीं होता। फिर आप यह सब क्या बोल रही हो?"

उसके सवाल में तर्क भी था और बच्चों वाली सीधी सोच भी, जिसमें हर बात को गिनती और गणित से समझा जाता है।

मैं पूरी तरह स्थिति से अनजान बनने का नाटक करते हुए, अख़बार की ओट से माँ-बेटी की इस बातचीत को बड़े ध्यान से सुन रहा था। अब मुझे साफ़ लग रहा था कि अगली बारी रागिनी की है। मैं देखना चाहता था कि वह रिंकी की जिज्ञासा को किस तरह शांत करती है, उसे कैसे समझाती है। सच तो यह है कि आज के दौर में पश्चिमी सभ्यता के प्रभाव में पढ़ने वाले बच्चों के सामने यह एक मूलभूत समस्या बन चुकी है। उन्हें अपने देश के त्योहारों, परंपराओं और सांस्कृतिक अर्थों की जानकारी बहुत सीमित रह जाती है। स्कूलों में अकसर भारतीय संस्कृति से परिचय कराने के बजाय विदेशी जीवन-शैली और संस्कारों पर ज़ोर दिया जाता है। यह मान लिया जाता है कि पाश्चात्य संस्कार अपनाकर बच्चा ज़्यादा उन्नत, ज़्यादा आधुनिक और समाज में अधिक सफल होगा।

इस सोच में केवल शिक्षक ही नहीं, कई बार माता-पिता भी शामिल हो जाते हैं। वे बच्चों को अंग्रेज़ी बोलते, विदेशी त्योहारों को उत्साह से मनाते देखकर गर्व महसूस करते हैं। धीरे-धीरे इसका नतीजा यह होता है कि बच्चा अपने ही देश की वैभवशाली सांस्कृतिक विरासत, परंपराओं और विश्वासों को जानने-पहचानने से वंचित रह जाता है। आज रिंकी की बातों में उसी दूरी की एक झलक साफ़ दिखाई दे रही थी।

रागिनी ने धैर्य और स्नेह के साथ रिंकी को पास बुलाया और समझाने लगी,

"बेटा, धनतेरस के अगले दिन और दीवाली से ठीक एक दिन पहले नरक चतुर्दशी मनाई जाती है। इसे यम चतुर्दशी, रूप चतुर्दशी या रूप चौदस भी कहते हैं। कई जगह लोग इसे नरक चौदस या नरक पूजा के नाम से भी जानते हैं।"

उसके शब्दों में केवल जानकारी नहीं, बल्कि परंपरा को सँजोने की भावना भी थी।

रिंकी की जिज्ञासा अभी शांत नहीं हुई थी। उसने तुरंत एक और सवाल खड़ा कर दिया,

"पर मम्मी, आप तो पहले कह रही थीं कि कल छोटी दीपावली है।"

रागिनी मुस्कराई और फिर से प्यार से समझाने लगी,

"हाँ बेटा, आम तौर पर लोग इसी पर्व को छोटी दीवाली भी कहते हैं। इस दिन यमराज की पूजा की जाती है और व्रत रखने का विधान है। ऐसी मान्यता है कि जो व्यक्ति इस दिन सूर्योदय से पहले अभ्यंग स्नान करता है - यानी तिल का तेल लगाकर, अपामार्ग जिसे लटजीरा भी कहते हैं, उसकी पत्तियाँ जल में डालकर जो स्नान करता है - उसे यमराज की विशेष कृपा प्राप्त होती है। माना जाता है कि इससे नरक जाने का भय समाप्त हो जाता है और जीवन के सारे पाप नष्ट हो जाते हैं।"

रागिनी ने बात आगे बढ़ाते हुए कहा,

"स्नान के बाद अगर सुबह-सवेरे राधा-कृष्ण के मंदिर जाकर दर्शन किए जाएँ, तो पापों का नाश होता है और रूप-सौंदर्य की प्राप्ति होती है। यही कारण है कि इसे रूप चौदस भी कहा जाता है। ऐसी भी मान्यता है कि महाबली हनुमान का जन्म इसी दिन हुआ था, इसलिए आज के दिन बजरंगबली की विशेष पूजा की जाती है।"

रिंकी बड़े ध्यान से सब सुन रही थी। उसकी आँखों में अब हँसी के साथ-साथ समझ की हल्की-सी चमक भी उभर आई थी। मुझे लगा, शायद ऐसे ही छोटे-छोटे संवादों के ज़रिये बच्चे अपनी जड़ों से जुड़ते हैं और हमारी परंपराएँ किताबों से निकलकर घर के आँगन और रसोई तक जीवित रहती हैं।

रागिनी ने एक कुशल और संवेदनशील माँ होने का परिचय देते हुए रिंकी को प्यार से अपनी गोद में उठा लिया। उसके चेहरे पर वही

स्नेहिल मुस्कान थी, जो बच्चों को अनायास ही सुरक्षा और अपनत्व का एहसास करा देती है। वह रिंकी को दुलारती हुई बिस्तर पर बैठ गई और हल्के से उसे अपने सीने से लगा लिया। फिर बेहद आत्मीय स्वर में बोली,

"बेटा, इस पर्व से जुड़ी एक और पौराणिक कहानी मैं तुम्हें सुनाती हूँ।"

कहानी का नाम सुनते ही रिंकी के चेहरे पर चमक फैल गई। उसकी आँखों में उत्सुकता झलकने लगी और होंठों पर मीठी-सी मुस्कान तैर गई। वह मम्मी की गोद में सिर रखकर आराम से लेट गई और मासूमियत भरे लहजे में बोली,

"आप मेरी सबसे प्यारी मम्मी हो। आपसे कहानी सुनना मुझे बहुत अच्छा लगता है। आपकी कहानियाँ मुझे हमेशा पसंद आती हैं। आज आप दिवाली की कहानी सुनाने वाली हो, यह सोचकर ही मुझे बहुत उत्सुकता हो रही है।"

रिंकी के इन शब्दों ने रागिनी के मन को भीतर तक छू लिया। उसने प्यार से बेटी के माथे पर हाथ फेरते हुए कहा,

"हाँ बेटा, इसी वजह से तो मैं तुम्हें यहाँ लाई हूँ, ताकि तुम ध्यान से और आराम से कहानी सुन सको।"

फिर रागिनी ने स्वर को थोड़ा गंभीर और कथा-भाव से भरते हुए कहानी शुरू की,

"बहुत समय पहले की बात है। एक राज्य में हिरण्यगर्भ नाम का एक राजा राज्य करता था। वह बड़ा शक्तिशाली और ऐश्वर्य से भरपूर था, परंतु हिंदू मान्यता के अनुसार एक दिन उसे स्वप्न में स्वयं ईश्वर के दर्शन हुए। उस दिव्य अनुभव ने राजा के मन में वैराग्य उत्पन्न कर दिया। संसार की सारी भौतिक सुख-सुविधाएँ उसे क्षणभंगुर प्रतीत होने लगीं। अंततः उसने राज-पाट, वैभव और ऐश्वर्य को त्यागकर तपस्या में लीन होने का निर्णय ले लिया।"

रागिनी थोड़ा रुककर आगे कहने लगी,

"राजा कई वर्षों तक जंगल में रहकर कठोर तपस्या करता रहा। उसने भोजन और आराम का त्याग कर दिया। घोर तप के कारण उसका शरीर अत्यंत दुर्बल हो गया, यहाँ तक कि शरीर में कीड़े तक पड़ गए। यह अवस्था देखकर हिरण्यगर्भ बहुत व्यथित हुआ। उसने अपनी पीड़ा और कष्ट नारद मुनि को सुनाए और उनसे मार्गदर्शन की प्रार्थना की।"

रागिनी ने कहानी में और रस भरते हुए कहा,

"नारद मुनि ने राजा की व्यथा सुनकर उसे सांत्वना दी और कहा - 'राजन, यदि तुम कार्तिक मास के कृष्ण पक्ष की चतुर्दशी के दिन अपने शरीर पर उबटन या लेप लगाकर, सूर्योदय से पूर्व स्नान करो और फिर रूप के देवता श्रीकृष्ण की विधिपूर्वक पूजा करो, तो तुम्हें पुनः सौंदर्य और तेज की प्राप्ति होगी।'"

रिंकी बीच-बीच में उत्सुक आँखों से मम्मी की ओर देख रही थी, मानो हर शब्द को मन में उतार रही हो।

रागिनी आगे बोली,

"राजा हिरण्यग़र्भ ने नारद मुनि की बातों को श्रद्धा से स्वीकार किया। उसने ठीक वैसा ही किया जैसा बताया गया था। कार्तिक कृष्ण चतुर्दशी के दिन अभ्यंग स्नान कर, भगवान श्रीकृष्ण की पूजा की। कुछ ही समय में उसके शरीर का सौंदर्य, तेज और स्वास्थ्य फिर से लौट आया। वह पहले की तरह रूपवान और तेजस्वी हो गया।"

कहानी का समापन करते हुए रागिनी ने कहा,

"इसी घटना के कारण इस दिन को रूप चतुर्दशी कहा जाने लगा। यह पर्व हमें यह सिखाता है कि शारीरिक और आत्मिक शुद्धि, दोनों ही जीवन में बहुत महत्त्वपूर्ण हैं।"

रिंकी चुपचाप मम्मी की गोद में लेटी कहानी सुनती रही। उसके चेहरे पर अब केवल मुस्कान नहीं, बल्कि संतोष और समझ का भाव भी

था। मुझे लगा, इन कहानियों के माध्यम से रागिनी न सिर्फ़ एक पर्व का अर्थ समझा रही थी, बल्कि रिंकी के मन में अपनी संस्कृति के बीज भी बो रही थी, जो समय के साथ एक सुदृढ़ वृक्ष बन सकते हैं।

न्यूज़पेपर पढ़ने का बहाना बनाकर मैं वहीं बैठा रहा, पर मेरी आँखें भले ही काग़ज़ के अक्षरों पर टिकी हों, कान और मन पूरी तरह रागिनी और रिंकी की बातचीत में डूबे हुए थे। भीतर कहीं एक गहरी तसल्ली और प्रसन्नता जन्म ले रही थी। मुझे यह देखकर सुकून मिल रहा था कि रागिनी अपने रोज़मर्रा के ज़रूरी कामों को कुछ देर के लिए अलग रखकर, पूरे मन से बच्चे की उत्सुकता को शांत करने में लगी हुई है। उसके लिए उस क्षण बर्तन, सफ़ाई और बाज़ार की सूची से ज़्यादा महत्वपूर्ण रिंकी के सवाल थे। वह सिर्फ़ जवाब नहीं दे रही थी, बल्कि धैर्य, प्रेम और संवेदना के साथ बेटी को समझाने का प्रयास कर रही थी।

उसी पल मुझे वह पुराना, लेकिन अत्यंत सार्थक कथन याद आ गया - "घर ही बच्चे की पहली पाठशाला है और माँ उसकी प्रथम शिक्षिका।" आज यह कथन मेरे सामने सजीव रूप में चरितार्थ हो रहा था। बच्चे का पहला पाठ किताबों से नहीं, बल्कि माँ-पिता के व्यवहार, उनके शब्दों और उनके आपसी रिश्तों से शुरू होता है। प्यार, सहनशीलता, सम्मान और संस्कार - ये सब बच्चा सबसे पहले अपने घर में ही सीखता है। वास्तव में परिवार ही वह प्रथम विद्यालय है, जहाँ बच्चा अपने परिजनों की छाया में बैठकर अपनी सोई हुई क्षमताओं और प्रतिभाओं को धीरे-धीरे पहचानता और विकसित करता है।

परिवार का वातावरण यदि स्नेहपूर्ण और समझदारी से भरा हो, तो बच्चा न केवल ज्ञान ग्रहण करता है, बल्कि जीवन को जीने की सही दृष्टि भी सीखता है। यही कारण है कि माता-पिता और अन्य परिजनों का आचरण, उनका बोलचाल और उनका आपसी व्यवहार बच्चे के

व्यक्तित्व को गढ़ने में अत्यंत महत्त्वपूर्ण भूमिका निभाता है। यदि हम अपने व्यवहार से बच्चे का सही पोषण करें, उसे प्रश्न पूछने की स्वतंत्रता दें और धैर्यपूर्वक उत्तर दें, तो वह निश्चय ही एक उत्तम, संवेदनशील और संस्कारवान जीवन जीने की शिक्षा प्राप्त कर सकता है।

कहानी समाप्त होते ही रागिनी ने हल्की-सी मुस्कान के साथ मेरी ओर देखा। उसकी आँखों में एक मौन प्रश्न था, मानो वह पूछ रही हो कि क्या वह बेटी को सही दिशा और सही जानकारी दे पा रही है या नहीं। रागिनी शायद यह भाँप चुकी थी कि मेरे हाथों में भले ही न्यूज़पेपर हो, पर मेरा ध्यान कहीं और नहीं, बल्कि उसी बातचीत पर टिका हुआ है। मैं पकड़ा गया था - और सच्चाई भी यही थी। न्यूज़पेपर के शब्दों से कहीं अधिक मुझे रागिनी की बातें आकर्षित कर रही थीं। उस क्षण मुझे लगा कि असली खबरें तो यहीं, इसी घर में, इन्हीं छोटे-छोटे संवादों के माध्यम से लिखी जा रही हैं - जो रिंकी के भविष्य का आधार बनेंगी।

ईश्वर ने प्रत्येक मनुष्य को कोई-न-कोई विशेष शक्ति अवश्य प्रदान की है। इन्हीं शक्तियों में से एक वह अदृश्य क्षमता है, जिसे हम छठी इंद्रिय या सिक्स्थ सेंस के नाम से जानते हैं। यह शक्ति हमारी पाँच ज्ञानेन्द्रियों - देखने, सुनने, सूँघने, स्वाद लेने और स्पर्श करने - से अलग होती है। छठी इंद्रिय हमें वह देखने और महसूस करने की सामर्थ्य देती है, जो प्रत्यक्ष रूप से दिखाई नहीं देता, पर भीतर कहीं गहरे स्तर पर घटित हो रहा होता है। यह हमें अनहोनी का पूर्वाभास कराती है, आने वाले संकट की चेतावनी देती है और कई बार बिना किसी ठोस कारण के सही निर्णय लेने की प्रेरणा देती है।

हमने अक्सर अपने आसपास ऐसी घटनाएँ देखी या सुनी होंगी, जब कोई व्यक्ति अचानक किसी स्थान को छोड़ देता है और बाद में पता चलता है कि उसी जगह कोई दुर्घटना या अप्रिय घटना घट गई। लोग

इसे संयोग कह देते हैं, पर वास्तव में यह उस व्यक्ति की छठी इंद्रिय द्वारा प्राप्त सूक्ष्म संकेतों का परिणाम होता है। दुर्भाग्यवश, हममें से बहुत कम लोग इस शक्ति को पहचानते हैं और उससे भी कम लोग इसे अपने जीवन में सचेत रूप से प्रयोग कर पाते हैं। भागदौड़ भरी जिंदगी, तर्क और व्यावहारिकता के दबाव में हम अपने भीतर उठने वाली इन आंतरिक आवाज़ों को अक्सर अनदेखा कर देते हैं।

यह भी एक सामान्य अनुभव है कि पुरुषों की तुलना में महिलाएँ अपनी छठी इंद्रिय का अधिक प्रयोग करती हैं। शायद इसलिए कि वे भावनात्मक स्तर पर अधिक संवेदनशील होती हैं, सूक्ष्म संकेतों को जल्दी पकड़ लेती हैं और सामने वाले के मनोभावों को शब्दों के बिना भी समझ लेती हैं। यही कारण है कि कई बार वे बिना कुछ कहे ही बहुत कुछ जान लेती हैं।

रागिनी ने भी ठीक यही किया। उसने अपनी छठी इंद्रिय का प्रयोग किया और मुझे उसी क्षण पकड़ लिया। प्रत्युत्तर में मैंने मुस्कुराते हुए उसकी ओर देखा और कहा,

"छोटी दीपावली के संबंध में तुम्हारी जानकारी एकदम सटीक है। सच कहूँ तो इस विषय से जुड़े कुछ दृष्टांत तो मैं स्वयं भी भूल चुका था। तुम्हारी कहानी सुनते हुए मुझे इतना रस आ रहा था कि न्यूज़पेपर पढ़ने में मन ही नहीं लग रहा था। यह तुम्हारी कहानी का ही प्रभाव था कि मेरा ध्यान पूरी तरह वहीं अटका हुआ था।"

मैंने आगे स्वीकार किया,

"मुझे लगा कि अगर मैंने कहानी के बीच में कुछ भी कहा, कोई सवाल किया या टिप्पणी की, तो कहानी का प्रवाह टूट जाएगा। इसलिए मैं जान-बूझकर मूर्ति बना बैठा रहा। अपनी बिटिया को भारतीय संस्कृति की जो गहरी और जीवंत जानकारी तुम दे रही हो, वह शायद उसे उसके स्कूल में भी न मिल पाए। मुझे यह जानकर बेहद प्रसन्नता हो

रही है कि तुम न केवल भारतीय संस्कृति में विश्वास करती हो, बल्कि उसकी उपयोगिता को समझकर उसे अगली पीढ़ी तक पहुँचाने का भी ईमानदार प्रयास कर रही हो।"

फिर मैंने हल्की-सी जिज्ञासा के साथ पूछा,

"पर एक बात मेरी समझ में अब तक नहीं आई - तुमने यह कैसे जान लिया कि मैं तुम्हारी बातें सुन रहा हूँ?"

रागिनी ने मुस्कुराते हुए, हल्के-से आत्मविश्वास के साथ उत्तर दिया,

"ब्याह हुए आठ साल हो गए हैं हमारे। क्या आप मुझे इतना बुद्धू समझते हैं कि मैं अभी तक आपको पहचान भी न पाऊँ?"

उसके इस सहज और सटीक उत्तर पर मैं मुस्कुरा उठा। मैंने एकटक उसकी ओर देखते हुए कहा,

"बात तो तुम्हारी बारह आना सही है। इतने कम समय में तुमने मुझे जितना समझ लिया है, शायद मैं खुद को भी उतना नहीं जानता।"

रागिनी की बातों से सहमति जताते हुए मेरा मन अचानक अतीत की स्मृतियों में खो गया। मैंने भावुक स्वर में कहा,

"ऐसा लगता है जैसे कल की ही बात हो, जब मैंने तुम्हें पहली बार देखा था। मेरे दिल में जैसे बिजली-सी कौंध गई थी। तुम्हारी आँखों में कोई अजीब-सी कशिश थी, जो सीधे दिल तक उतर गई। तुम्हें देखते ही ऐसा लगा था कि शायद यही वह इंसान है, जिसके लिए मेरा दिल धड़कता है। मानो मेरी हर धड़कन पर तुम्हारा ही नाम लिखा हो। लगता है, उस दिन से पहले तक मैं बस तुम्हारा ही इंतज़ार कर रहा था।"

मैं थोड़ी देर रुका और फिर मुस्कुराते हुए बोला,

"तुमसे मिलने से पहले मैंने कभी सोचा भी नहीं था कि ज़िंदगी इतनी खूबसूरत हो सकती है। तुम्हारा मंदिर की सीढ़ियों पर आकर बैठ

जाना, अपने लंबे, काले, घने बालों को कभी दाएँ तो कभी बाएँ झटकना, सबकी नज़रों से बचाकर मेरी ओर देखना और नज़रें मिलते ही शर्मा जाना - सब कुछ कितना फिल्मी लगता है, है न?"

उस पल शब्द कम पड़ रहे थे, और भावनाएँ बहुत गहरी थीं। रागिनी की मुस्कान में वही पुराना अपनापन था, जिसने बरसों पहले मेरे दिल को अपना बना लिया था।

"अरे वाह, आज तो बड़े भावुक हो रहे हैं जनाब। क्या बात है?" रागिनी ने हल्की-सी मुस्कान के साथ माहौल को सहज और हल्का करते हुए कहा। उसकी आवाज़ में शरारत भी थी और अपनापन भी, मानो वह मेरी भावुकता को समझते हुए उसे प्यार से छेड़ना चाह रही हो।

मैं उसकी इस बात पर हँस पड़ा। हँसी के साथ ही मन का बोझ भी जैसे हल्का हो गया। मैंने आगे बढ़कर रागिनी को अपने गले से लगा लिया। वह आलिंगन कोई औपचारिकता नहीं था, बल्कि वर्षों के साथ, विश्वास और साथ की गहराई से उपजा हुआ था। उसके कंधे पर सिर टिकाए, बहुत धीमे से, उसके कान के पास फुसफुसाते हुए मैंने कहा,

"ईश्वर से बस यही प्रार्थना है कि हमारी ज़िंदगी को किसी की नज़र न लगे। जो कुछ भी हमारे पास है - यह साथ, यह सुकून, यह परिवार - सब यूँ ही बना रहे।"

उस कृषण हम दोनों जैसे यथार्थ की दुनिया से दूर, किसी अलौकिक लोक के साए में खड़े थे। न कोई ज़िम्मेदारी याद थी, न समय का भान। अपने-अपने सपनों में डूबे हुए, एक-दूसरे को बाहों में समेटे हम बस उस पल को जी रहे थे। ऐसा लग रहा था मानो समय थम गया हो, या फिर हमारे लिए उसकी गति अचानक बहुत धीमी हो गई हो। शायद हम न जाने कब तक उसी तरह खड़े रहते - खामोशी में भी एक-दूसरे से बातें करते हुए, बिना शब्दों के सब कुछ कहे हुए।

लेकिन जीवन अक्सर सपनों की इस नर्म चादर को अचानक खींच लेता है। उसी पल रिंकी ने मासूम उतावलेपन के साथ रागिनी का पल्लू खींचा और बोली,

"मम्मी, दरवाज़े पर घंटी बज रही है।"

उसकी आवाज़ ने हमें वर्तमान में लौटा दिया। सपनों की दुनिया से निकलकर हम फिर से अपने घर, अपनी ज़िम्मेदारियों और अपने रोज़मर्रा के जीवन में लौट आए। मैंने रागिनी की ओर देखा, उसकी आँखों में वही अपनापन था, वही मुस्कान - और मुझे लगा, यही तो जीवन की सबसे बड़ी खूबसूरती है, जहाँ सपने और यथार्थ एक-दूसरे का हाथ थामे साथ-साथ चलते हैं।

****

दिनभर की थकान और व्यस्तता के बाद शाम ढलते ही रिंकी का मन बाहर निकलने को मचलने लगता है। वह कभी खिड़की से झाँकती, कभी जूते निकालकर पास रख देती और कभी मासूम-सी आवाज़ में कहती, "पापा, चलो न, बाहर घूमने चलें।" उधर रागिनी भी दीपावली के लिए कुछ ज़रूरी सामान अब तक न खरीद पाने को लेकर थोड़ी चिंतित थी। त्योहार सर पर था और खरीदारी की सूची अभी अधूरी। आखिरकार तय हुआ कि देर क्यों न हो जाए, आज बाजार जाना ही होगा। हम सबने झटपट तैयारी की - रागिनी ने रिंकी के बाल ठीक किए, मैंने घर की बत्तियाँ बंद कीं और यूँ ही कुछ ही मिनटों में हम लखनऊ के सबसे व्यस्त और मशहूर बाजार, अमीनाबाद की ओर निकल पड़े।

घर से अमीनाबाद की दूरी वैसे तो मुश्किल से दो किलोमीटर भर है, जिसे सामान्य दिनों में पंद्रह-बीस मिनट में तय किया जा सकता है। लेकिन आज हालात बिल्कुल अलग थे। सड़कों पर मानो इंसानों का सैलाब उमड़ पड़ा था। चारों ओर वाहनों की कतारें, ठेलों की भीड़ और पैदल चलते लोगों का हुजूम - सब एक साथ सड़कों पर फैल गए थे। हमें अमीनाबाद पहुँचने में लगभग एक घंटा लग गया। इस एक घंटे की मशक्कत में कभी गाड़ी रेंगती, कभी रुक जाती और कभी आगे बढ़ने की उम्मीद जगाकर फिर ठहर जाती। ऐसा प्रतीत हो रहा था मानो आज पूरी दुनिया ही खरीदारी के लिए घरों से निकल पड़ी हो।

अमीनाबाद पहुँचते ही आँखें चौंधिया गईं। हर तरफ रोशनी ही रोशनी थी। बिजली की रंग-बिरंगी झालरें दुकानों और गलियों में ऐसे सजी थीं जैसे आसमान के तारे ज़मीन पर उतर आए हों। मिट्टी से बने गणेशजी और लक्ष्मीजी की मूर्तियाँ, रंगीन दीये, खुशबूदार अगरबत्तियाँ, शक्कर के खिलौने, लाई, खीलें, गट्टे, मोमबत्तियाँ, सजावटी सामान - हर दुकान मानो अपनी ओर खींच रही थी। रिंकी हर नई चीज़ देखकर ठिठक जाती और उत्साह से पूछती, “पापा, ये भी ले लें?” इस लंबी सूची को पूरा करते-करते कब रात के दस बज गए, इसका हमें बिल्कुल एहसास ही नहीं हुआ। सच तो यह है कि बाजार के लिए चाहे कितना भी समय लेकर निकलो, फिर भी वह कम ही पड़ता है।

दिवाली, जिसे रोशनी का त्योहार कहा जाता है, हिंदू धर्म का एक अत्यंत महत्वपूर्ण पर्व है। यह केवल एक दिन का उत्सव नहीं, बल्कि भावनाओं, परंपराओं और आपसी मेल-मिलाप का संगम है। पूरे देश में इसे बड़े उत्साह और हर्षोल्लास के साथ मनाया जाता है, लेकिन उत्तर भारत में इस त्योहार का उल्लास कुछ अलग ही रंग लिए होता है। यहाँ तो इसकी तैयारियाँ हफ्तों पहले शुरू हो जाती हैं। लोग अपने घरों और दुकानों की विशेष साफ-सफाई करते हैं, पुराने सामान को हटाते हैं और

अपनी हैसियत के अनुसार घरों का रंग-रोगन करवाते हैं। हर कोई चाहता है कि दीपावली पर उसका घर सबसे ज्यादा चमके, सबसे सुंदर दिखे।

मान्यता है कि इसी दिन भगवान राम चौदह वर्षों का वनवास पूर्ण करके अयोध्या लौटे थे। उनके आगमन की खुशी में अयोध्यावासियों ने अपने घरों और गलियों में घी के दीपक जलाकर पूरे नगर को प्रकाश से भर दिया था। तभी से यह पर्व अंधकार पर प्रकाश की, असत्य पर सत्य की और बुराई पर अच्छाई की विजय का प्रतीक बन गया। भगवान राम को उनकी पवित्रता, मर्यादा और सत्यनिष्ठा के कारण पूरे देश में पूजा जाता है। दीपावली का हर दीया हमें यही संदेश देता है कि चाहे जीवन में कितना ही अंधकार क्यों न हो, एक छोटा-सा प्रकाश भी उसे दूर करने की शक्ति रखता है।

अमीनाबाद की भीड़, रोशनी और रौनक के बीच चलते हुए मुझे लगा कि यह बाजार नहीं, बल्कि उत्सव की जीवंत तस्वीर है - जहाँ हर चेहरा उम्मीद से चमक रहा है और हर कदम किसी नए उजाले की ओर बढ़ रहा है।

पवित्रता और सत्यता - ये दो शब्द सुनने में जितने सरल और मधुर लगते हैं, उतने ही गहरे और अर्थपूर्ण भी हैं। जब हम इन्हें बोलते हैं तो मन में एक सुकून-सा उतर आता है, मानो जीवन की सारी अच्छाइयाँ इन्हीं दो शब्दों में समाहित हों। लेकिन क्या हमने कभी ठहरकर यह सोचा है कि इन शब्दों का वास्तविक अर्थ क्या है? क्या हमने इन्हें केवल बोलने और उपदेश देने तक सीमित कर दिया है, या सचमुच अपने जीवन में उतारने का प्रयास भी किया है? अक्सर ऐसा लगता है कि हम शब्दों की सुंदरता से तो मोहित हो जाते हैं, पर उनके भाव और गहराई को समझने की कोशिश बहुत कम करते हैं।

पवित्रता की बात करें तो सामान्य लोग इसे केवल बाहरी स्वच्छता तक सीमित समझ लेते हैं। वास्तव में पवित्रता दो प्रकार की होती है - एक बाह्य और दूसरी आंतरिक। बाहरी पवित्रता में साफ-सुथरे कपड़े पहनना, शरीर को स्वच्छ रखना, घर और आस-पास की सफाई करना शामिल है। आजकल तो इस बाहरी सफाई के लिए तरह-तरह के रसायनों, सुगंधित साबुनों और आधुनिक साधनों का सहारा लिया जाता है। लोग सफेदपोश दिखने को ही पवित्रता का प्रमाण मान लेते हैं। लेकिन इस चकाचौंध में हम उस वास्तविक पवित्रता को भूल जाते हैं, जो भीतर से जन्म लेती है - मन की शुद्धि से।

सच तो यह है कि मन की पवित्रता ही सर्वश्रेष्ठ पवित्रता है। यदि मन निर्मल है तो शरीर और कर्म अपने आप पवित्र हो जाते हैं। मन की शुद्धि से ही व्यक्ति के विचार, वाणी और कर्मों में पारदर्शिता झलकती है। ऐसा मनुष्य जो भीतर से स्वच्छ होता है, उसके व्यवहार में छल, कपट और दिखावा नहीं होता। एक ज्ञानी पुरुष की पवित्रता उसके ज्ञान में दिखाई देती है, जबकि एक धार्मिक व्यक्ति का मूल्य उसके दृढ़ और सुसंगत आचरण से आँका जाता है। वहीं एक गृहस्थ व्यक्ति तभी भला कहलाता है, जब वह अपने साधनों और सामर्थ्य के अनुसार दूसरों की सहायता करता है और समाज के प्रति अपने दायित्वों को निभाता है।

धर्म, न्याय, सदाचार, संयम, संतोष और परोपकार - ये सभी मनुष्य के मूल गुण हैं, जिन्हें ईश्वर ने उसे जीवन के साथ प्रदान किया है। इन गुणों को अपनाकर ही मानव अपने जीवन को सार्थक बना सकता है। इनसे मुँह मोड़ लेना, इन्हें नज़रअंदाज़ करना या केवल दिखावे तक सीमित रखना ही वास्तविक अपवित्रता है। मन में पनपने वाली दुर्भावना, कुविचार, क्रोध, लोभ, चिंता और वासना जैसे दुर्गुणों को त्याग देना ही सच्ची पवित्रता का मार्ग है। जब मन इन विकारों से मुक्त होता है, तभी व्यक्ति भीतर से हल्का और शांत अनुभव करता है।

इसी प्रकार सत्यता जैसे महान शब्द को भी मानो हमने धीरे-धीरे भुला दिया है। हम अक्सर कहते हैं कि सत्य बोलना अच्छी बात है, पर यह तो एक सामान्य और सतही समझ है। प्रश्न यह है कि सत्यता वास्तव में क्या है? सत्यता केवल सच बोल देने भर का नाम नहीं है। सत्यता एक गहरा भाव है, जो निश्छलता, पवित्रता और अहिंसा का प्रतीक है। यह जीवन जीने की एक संपूर्ण शैली है। हिंसा, कपट, चोरी, काम-वासना, क्रोध, अहंकार, हीनभावना, भय, घृणा, लोभ, निंदा, चुगली, राग-द्वेष और कलह - ये सभी अपवित्र भाव हैं, और इन्हें अपने जीवन से निकाल फेंकना ही सत्यता की ओर पहला कदम है।

इसके विपरीत, अहिंसा, मैत्री, अनासक्ति, संतोष, शांति, अभय, करुणा, प्रेम, संयम और अनुशासन जैसे भावों को अपने जीवन में स्थान देना ही सच्ची सत्यता है। जब व्यक्ति इन गुणों को अपने आचरण में उतारता है, तब उसका जीवन स्वयं एक उदाहरण बन जाता है। तब उसे सत्य और पवित्रता पर भाषण देने की आवश्यकता नहीं पड़ती, क्योंकि उसका व्यवहार ही उसका परिचय बन जाता है। वास्तव में पवित्रता और सत्यता कोई दूर की अवधारणाएँ नहीं हैं - वे हमारे ही भीतर हैं, बस उन्हें पहचानने और अपनाने की आवश्यकता है।

मैं अपने ही विचारों के अथाह समुद्र में डूबता चला जा रहा था। समाज, नैतिकता, मनुष्य के आचरण और समय के साथ बदलती संवेदनाएँ - सब कुछ मन में एक साथ उमड़-घुमड़ रहा था। कब शाम ढलकर रात में बदल गई, इसका भी मुझे भान नहीं रहा। तभी अचानक अपने कंधे पर रागिनी के स्नेहिल स्पर्श को महसूस करता हूँ। उसकी आवाज़ में हल्की-सी शिकायत और चिंता घुली हुई थी -

"रिंकी तो बिना खाना खाए ही सो गई है और आप हैं कि न जाने किन गहरे विचारों में खोए हुए हैं। हम आपको कितनी देर से बुला रहे हैं, लेकिन आप हैं कि डिनर के लिए आ ही नहीं रहे।"

उसकी बात सुनकर जैसे मैं सपनों और चिंतन की दुनिया से बाहर खिंच आया। हल्की-सी मुस्कान के साथ मैंने कहा,

"अरे डार्लिंग, मैं तो डिनर का ही इंतज़ार कर रहा था। बस न जाने कैसे ख्वाबों और सोच की गलियों में भटक गया। चलो, अब खाना खा ही लेते हैं।"

रागिनी रिंकी को जगाने का प्रयास करने लगी और मैं धीरे-से उठकर डाइनिंग टेबल की ओर बढ़ गया। कुछ क्षण बाद मैंने ही उसे रोकते हुए कहा,

"रहने दो, उसे मत जगाओ। बस दूध पिला देना, अब वह नहीं उठेगी।"

इतना कहकर मैंने रागिनी का हाथ थाम लिया और उसे अपने पास, डाइनिंग टेबल पर बैठा लिया। घर का वह सुकून भरा माहौल, हल्की पीली रोशनी और रसोई से आती खाने की खुशबू मन को अपने-आप ही शांत कर रही थी।

रागिनी ने जिज्ञासु दृष्टि से मेरी ओर देखते हुए पूछा,

"वैसे आप किन विचारों में खोए हुए थे? कहीं टूर पर जाने की कोई नई प्लानिंग तो नहीं कर रहे? अभी तो दो दिन बाकी हैं और तैयारियाँ भी लगभग पूरी हो चुकी हैं।"

मैंने मुस्कुराते हुए उसकी उत्सुकता शांत की,

"नहीं-नहीं, यात्रा का विचार तो ज़रा भी मन में नहीं आया। बस यूँ ही समाज के बारे में कुछ सोच रहा था - लोग, उनका व्यवहार, हमारी सोच और बदलते मूल्य।"

मेरी बात सुनकर रागिनी ने थाली में सब्ज़ी परोसते हुए हल्की-सी गहरी साँस ली और बोली,

"आप भी न, समाज के विषय में बहुत ज़्यादा सोचने लगते हैं। जो समाज सैकड़ों वर्षों में नहीं बदला, वह हमारे या आपके सोचने से

कैसे बदल जाएगा? ऋषि-मुनियों के समय से मनुष्य को सदाचार की शिक्षा दी जाती रही है, लेकिन क्या आज का मनुष्य सच में पूर्ण रूप से शिक्षित हो पाया है?"

वह बोलती चली गई, "अख़बार खोलते ही बलात्कार, लूट, हत्या जैसी हृदय विदारक ख़बरें पढ़कर मन काँप उठता है। यह सब देखकर कभी-कभी डर लगने लगता है कि हमारा समाज आखिर किस दिशा में जा रहा है।"

फिर हल्की-सी मुस्कान के साथ उसने ताना भी मार दिया,

"और आप हैं कि समाज को सुधारने का बीड़ा उठाए बैठे हैं।"

उसकी गंभीर होती बातों का बोझ हल्का करने के इरादे से मैं थोड़ा-सा उसकी ओर झुक गया। उसके कंधे से कंधा सटाते हुए, आँखों में शरारत भरकर मुस्कुराया और गर्दन को हल्का-सा मटकाते हुए एक पुरानी, जानी-पहचानी धुन गुनगुनाने लगा -

"दिल है कि मानता नहीं...।"

मेरी यह हरकत देखते ही रागिनी पहले तो चौंकी, फिर ज़ोर से हँस पड़ी। उसके साथ मैं भी ठहाका लगाए बिना नहीं रह सका। कुछ ही पलों में गंभीरता का वह सारा बोझ हवा हो गया। घर फिर से हँसी, अपनापन और स्नेह से भर उठा, और हम दोनों साथ बैठकर साधारण-सा लेकिन बेहद सुकून भरा डिनर करने में मग्न हो गए।

****

आज दीपावली है। शाम ढल चुकी है और घर के छज्जे पर खड़ा मैं सामने फैली गली को निहार रहा हूँ। हवा में हल्की-सी ठंडक है और वातावरण में त्योहार की एक अलग ही गंध घुली हुई है - तेल के दीयों

की, अगरबत्तियों की और मिठाइयों की। सामने वाले घर में शर्मा जी पूरे मनोयोग से बिजली की रंग-बिरंगी झालर टाँगने में व्यस्त हैं। कभी सीढ़ी पर चढ़ते हैं, कभी नीचे उतरकर झालर को ठीक करते हैं। उनके चेहरे पर त्योहार का उल्लास साफ झलक रहा है। गली में इधर-उधर कुछ बच्चे पटाखे फोड़ते हुए दौड़ रहे हैं। उनकी खिलखिलाहट और पटाखों की आवाज़ें इस शांत शाम को जीवंत बना रही हैं।

इसी बीच मेरी नजर बगल वाले घर की बालकनी पर जाती है, जहाँ मेहता जी एक कुर्सी पर बैठे, दुनिया-जहान से बेखबर, अख़बार में डूबे हुए हैं। उनके चेहरे पर न कोई उत्साह है, न त्योहार की चमक। ऐसा लगता है मानो दीपावली उनके जीवन में सिर्फ एक तारीख बनकर रह गई हो। जब से उनके इकलौते जवान बेटे की सड़क दुर्घटना में असमय मृत्यु हुई है, तब से मेहता जी का जीवन जैसे ठहर-सा गया है। कभी त्योहारों पर सबसे आगे रहने वाले, होली पर रंग उड़ाने और दीपावली पर देर रात तक पटाखे छुड़ाने वाले मेहता जी अब न गुलाल छूते हैं और न दीयों की बात करते हैं। उनका घर अब भी सलीके से सजा होता है, पर उस सजावट में पहले जैसी आत्मा नहीं रही।

तीन साल पहले की ही तो बात है, जब हम इस मोहल्ले में नए-नए रहने आए थे। तब रोज़ सुबह मेहता जी को सफेद वर्दी पहने, सीटी मुँह में दबाए, बड़े अनुशासन के साथ ड्यूटी पर जाते देखा करता था। दूर से देखकर मन में यही ख्याल आता कि कोई ट्रैफिक पुलिस का कांस्टेबल है, जो पूरे ठाठ से रहता है। उनके पहनावे और रौब को देखकर कई बार मन ही मन पुलिस महकमे को दो-चार गालियाँ भी दे देता था। लगता था जैसे ये लोग आम नागरिकों को परेशान कर, उनसे वसूली कर अपना घर भर रहे हैं। उस समय मेरे भीतर घृणा और संदेह का भाव भर जाया करता था।

लेकिन एक दिन सामने वाले शर्मा जी ने जब इस भ्रम का पर्दा हटाया, तो मेरी सोच की दिशा ही बदल गई। उन्होंने बताया कि मेहता जी दरअसल किसी निजी कंपनी में मैनेजर के पद से सेवानिवृत्त हुए हैं। एक सादा-सपाट, सम्मानित जीवन जीने वाला उनका छोटा-सा परिवार था - पति, पत्नी और एक होनहार बेटा। सब कुछ हँसी-खुशी चल रहा था, तभी एक मनहूस सुबह उनके जीवन पर बिजली बनकर गिर पड़ी। ऑफिस जाते समय पास के चौराहे पर पत्थरों से भरे एक तेज़ रफ्तार ट्रक ने उनके बेटे को टक्कर मार दी। दुर्घटना इतनी भयानक थी कि मौके पर ही उसकी मृत्यु हो गई।

यह सुनते ही मेरा दिल भीतर तक कांप उठा। आत्मग्लानि ने मुझे घेर लिया। जिस व्यक्ति को मैं पुलिस विभाग का एक मामूली, दागी कर्मचारी समझ रहा था, वह तो एक कर्मयोगी निकला। अपने बेटे को खोने के बाद भी उन्होंने जीवन से मुँह नहीं मोड़ा। उन्होंने दुःख को अपनी शक्ति बना लिया। उसी चौराहे को अपना कर्मक्षेत्र बना लिया, जहाँ उनके बेटे ने अंतिम साँस ली थी। अब वे रोज़ सुबह दिन के सबसे व्यस्त चार घंटों में ट्रैफिक पुलिस के साथ कंधे से कंधा मिलाकर खड़े रहते हैं। बिना किसी वेतन, बिना किसी पद के, सिर्फ एक उद्देश्य के साथ - नवजवानों को सड़क सुरक्षा का पाठ पढ़ाने के लिए।

शर्मा जी बताते हैं कि मेहता जी पूरे समाज को एक ही संदेश देना चाहते हैं - जो पीड़ा उन्होंने झेली है, वह किसी और माँ-बाप को न झेलनी पड़े। कोई बेटी अपने सुहाग से वंचित न हो, किसी बहन की कलाई सूनी न हो। यही अब उनके जीवन का एकमात्र ध्येय है। उनकी यह सोच, उनका यह त्याग, समाज के प्रति उनके कर्तव्यबोध को गहराई से प्रकट करता है। उस दिन मेहता जी के प्रति हमारे हृदय में जो श्रद्धा और सम्मान के भाव उमड़े, वे आज तक वैसे ही बने हुए हैं।

उसी दिन हमने एक छोटा-सा संकल्प लिया। तय किया कि हर छोटे-बड़े त्योहार पर मेहता अंकल और आंटी के घर ज़रूर जाएंगे। उनके साथ एक-दो घंटे बैठेंगे, बातें करेंगे, हँसी बाँटेंगे। यह संकल्प हम वर्षों से निभाते आ रहे हैं। हर त्योहार पर सबसे पहले उनके घर जाते हैं, फिर अपने बाकी कामों में लगते हैं। अब तो लगता है, उन्हें भी हमारे आने का इंतज़ार रहता है। शायद अपने बेटे की कोई झलक उन्हें हममें या रिंकी में दिखाई देने लगी है।

रिंकी तो दादी-बाबा की दीवानी है। दिन में एक-दो बार तो बिना बताए ही वहाँ पहुँच जाती है। उसकी किलकारी और चंचल बातें मेहता अंकल और आंटी के सूने आँगन में थोड़ी देर के लिए ही सही, पर रौनक भर देती हैं। उनके चेहरे पर लौटती वह क्षणिक मुस्कान हमें असीम आत्मीय सुख देती है। लगता है जैसे दीपावली के दीये सिर्फ हमारे घर में ही नहीं, बल्कि उनके मन के किसी कोने में भी हल्की-सी रोशनी जला जाते हैं।

रागिनी दीपावली की तैयारियों में पूरी तरह डूबी हुई है। कभी रसोई में जाती है, कभी अलमारी से सजावट का सामान निकालती है, तो कभी मिठाइयों के डिब्बे सहेजती है। और मैं - अपनी पुरानी आदत से मजबूर - घर के छज्जे में कुर्सी डाले बैठा, कल्पनाओं और विचारों के अथाह सागर में धीरे-धीरे उतरता चला जा रहा हूँ। बाहर की हलचल, भीतर की शांति और मन के कोने में उठते प्रश्न - सब कुछ एक साथ चल रहा है। सोच रहा हूँ कि यदि समाज का प्रत्येक नागरिक दूसरे के दुःख और पीड़ा के प्रति थोड़ा-सा भी संवेदनशील हो जाए, तो शायद इस समाज की दिशा ही नहीं, उसकी दशा भी स्वतः बदल जाए। न कानून की इतनी ज़रूरत पड़े, न उपदेशों की - बस थोड़ा-सा मानवीय स्पर्श ही काफी हो।

घर के पास बना वृद्धा-आश्रम मेरे इन विचारों को बार-बार ठोस रूप दे देता है। वह आश्रम निर्दयी और आत्मकेंद्रित होते जा रहे समाज की संवेदनहीनता का जीवंत उदाहरण है। मैं समय-समय पर वहाँ जाता रहता हूँ। कभी फल लेकर, कभी मिठाइयाँ, तो कभी सिर्फ कुछ समय बिताने के इरादे से। वहाँ मैंने देखा है कि हर बुज़ुर्ग के चेहरे पर झुर्रियों के बीच छिपी एक कहानी है - एक ऐसा अतीत, जिसे याद कर वे अक्सर एकांत में बैठकर आँसू बहाते हैं। कोई अपने बच्चों की राह देखता है, कोई हर आहट पर चौंक उठता है, तो कोई खामोशी से दीवारों को निहारता रहता है, मानो उनसे ही बात कर रहा हो।

मुझे याद आता है, कहीं पढ़ा था कि लद्दाख में पहले बुज़ुर्गों को अपने पास रखने की एक सुंदर परंपरा थी। हर घर के समीप एक छोटा-सा अलग मकान बनाया जाता था, जिसे लद्दाखी भाषा में 'खांग-बु' कहा जाता था। इसका उद्देश्य यही था कि बुज़ुर्ग अपनी निजता के साथ रहें, पर परिवार से उनका संपर्क बना रहे। दो पीढ़ियों के बीच दूरी नहीं, बल्कि संवाद बना रहे। लेकिन समय के साथ यह परंपरा भी धीरे-धीरे दम तोड़ती चली गई और उसकी जगह वृद्धा-आश्रमों ने ले ली। सच तो यह है कि कोई भी व्यक्ति स्वेच्छा से वृद्धा-आश्रम नहीं जाना चाहता। लेकिन जब अपने ही घर में उपेक्षा, तिरस्कार और बोझ होने का एहसास मिलने लगे, तब इंसान के पास बचता ही क्या है?

इन्हीं विचारों में डूबा था कि अचानक रसोई से किसी बर्तन के गिरने की आवाज आई और मेरी तंद्रा भंग हो गई। मैंने ध्यान से देखा - रागिनी अभी भी पूरे मनोयोग से अपने हाथों से बनाए गए पकवानों को अलग-अलग डिब्बों में सजा रही है। हर डिब्बा जैसे स्नेह से भरा हुआ हो। ये सब मेहता अंकल और आंटी के घर ले जाने के लिए तैयार किया जा रहा था। उसके चेहरे पर थकान नहीं, बल्कि एक संतोष भरी चमक थी - किसी अपने के लिए कुछ करने की।

तभी रिंकी दौड़ती हुई आई और पीछे से रागिनी के गले में लटक गई। बाल सुलभ उत्साह से भरी आवाज़ में बोली,

“मम्मी, मुझे दादी-बाबा के घर जाना है। लाल वाली लहंगा-चुन्नी पहना दो। दादी ने मुझसे कहा था कि इस दिवाली तुम लहंगा पहनकर आना। आज दिवाली है... आज तो आपको मुझे ये ड्रेस पहनानी ही पड़ेगी।”

रागिनी ने मुस्कुराते हुए, प्यार से उसे समझाया,

“हाँ-हाँ बेटा, पहना दूँगी। पहले मुझे थोड़ी और तैयारियाँ तो कर लेने दो।”

इस बार रिंकी ने कोई ज़िद नहीं की, कोई सवाल नहीं पूछा। उसे अच्छे से पता था कि मम्मी जिन मिठाइयों और पकवानों में व्यस्त है, वे उसके प्यारे दादी-बाबा के लिए ही हैं। मेहता परिवार के लिए किए जा रहे किसी भी काम पर रिंकी कभी न तो नाराज़ होती है और न ही विरोध करती है। शायद कम उम्र में ही उसने अपनापन और रिश्तों का मोल समझ लिया है।

माँ-बेटी की इन बातों को सुनते-सुनते और अपने ही खयालों में खोते-उतराते, पता ही नहीं चला कि कब आँखें बोझिल हो गईं। कब विचार नींद में बदल गए, इसका एहसास तक नहीं हुआ। आँख तब खुली, जब मैंने रागिनी को अपनी कुर्सी के ठीक सामने खड़ा देखा। उसने चौड़े बॉर्डर वाली सुर्ख लाल सिल्कन साड़ी पहन रखी थी। चेहरे पर हल्का-सा श्रृंगार, आँखों में त्योहार की चमक और होंठों पर वही परिचित मुस्कान। पल भर को तो लगा जैसे दीपावली की सारी रोशनी उसी में समा गई हो।

“ऐ जी, ज़रा देखिए तो सही... मैं इस साड़ी में कैसी लग रही हूँ?”

रागिनी ने हल्के से साड़ी का पल्लू घुमाया। रेशमी कपड़ा हवा में लहराया और उसके साथ ही उसकी आँखों की चमक भी जैसे मुझसे कोई जवाब माँगने लगी।

मैंने जानबूझकर अनजान बनते हुए, अख़बार से नज़र उठाए बिना छेड़ने के अंदाज़ में कहा,

“इसमें देखने लायक नया क्या है? तुम तो हर साड़ी में वैसी ही लगती हो।”

मेरी बात सुनते ही रागिनी ने नकली नाराज़गी का मुखौटा ओढ़ लिया। भौंहें सिकुड़ गईं, होंठ हल्के से फुल गए।

“आपको तो कुछ भी नया नहीं लगता,” वह बोली, “आज मैंने नई साड़ी पहनी है। वही साड़ी, जो आपने पिछली मैरिज एनिवर्सरी पर मुझे गिफ्ट की थी। आपको तो कुछ याद ही नहीं रहता।”

इतना कहकर वह रूठी हुई-सी सामने खड़ी हो गई, लेकिन उसकी आँखों में छिपी शरारत साफ झलक रही थी।

मैं समझ गया कि अब जवाब देने का समय है। फुर्ती से कुर्सी से उठा, दो क़दम में उसके पास पहुँचा और पीछे से उसकी कमर में हाथ डालकर उसे हल्के से अपनी ओर खींच लिया। अपना चेहरा उसके कंधे पर टिकाया और कानों में बहुत धीमे से फुसफुसाया,

“पिछले वैलेंटाइन डे पर इस साड़ी के साथ मैंने तुम्हें कुछ और भी तो दिया था... वो क्यों नहीं पहना?”

मेरी बात सुनते ही वह चौंक पड़ी।

“ओ माय गॉड... डायमंड रिंग!”

उसकी आँखें चमक उठीं।

“मैं तो भूल ही गई थी... और आपको याद था!”

इतना कहते ही वह हँसती हुई बेडरूम की अलमारी की ओर दौड़ पड़ी। ड्रॉअर खुलने-बंद होने की आवाज़ें आने लगीं। कुछ डिब्बे

इधर-उधर किए, फिर अचानक खुशी से चहक उठी। अंगूठी निकालकर उँगली में पहनते ही वह दौड़ती हुई वापस आई और मेरे गले में झूल गई।

"अब तो सच में कहर ढा रही हो," मैंने मुस्कुराते हुए कहा, "ये साड़ी तुम पर कमाल की लग रही है। आज तो तुम खुद दीवाली की रोशनी से भी ज़्यादा चमक रही हो।"

मैं अपनी बात पूरी भी नहीं कर पाया था कि रागिनी ने अचानक झुककर मेरे गालों पर अपनी लिपस्टिक का निशान छोड़ दिया।

वह खिलखिला कर हँस पड़ी - ऐसी हँसी, जिसमें बचपना भी था और अपनापन भी। लेकिन अगले ही पल उसकी वही खिलखिलाहट आँखों की नमी में बदल गई।

थोड़ा-सा रुककर, दीवार से सिर टिकाते हुए वह बोली,

"शायद पिछले जन्म में मैंने बहुत अच्छे कर्म किए होंगे, तभी इस जन्म में आप मुझे मिले। मैं रोज़ ईश्वर से यही प्रार्थना करती हूँ कि हमारे जीवन की ये खुशी, ये सुकून, यूँ ही बना रहे।"

उसकी बातों में भावनाओं की ऐसी सच्चाई थी कि मेरा दिल भर आया। मैं आगे बढ़ा और उसे अपनी बाहों में समेट लिया।

"तुम ऐसा क्यों सोचती हो कि ईश्वर ने सिर्फ़ तुम पर एहसान किया है?" मैंने धीमे स्वर में कहा।

"हो सकता है, उसने मेरे ही किसी अच्छे कर्म का फल इस जन्म में दे दिया हो - जो तुम जैसी स्त्री को मेरे जीवन में भेज दिया।"

हम दोनों कुछ पल यूँ ही खड़े रहे -
आँखों में नमी,
हाथों में एक-दूसरे की गर्माहट,
दिलों में ईश्वर के प्रति कृतज्ञता,

और उस आलिंगन में छिपा परम सुकून, जहाँ शब्दों की ज़रूरत नहीं होती।

तभी अचानक एक तीखी-सी, उत्साह से भरी आवाज़ गूँजी -

“मैं तैयार हो गई हूँ! अब चलें दादी-बाबा के घर!”

रिंकी लाल लहंगा-चुन्नी पहने, चूड़ियाँ खनकाती हुई दौड़ती चली आई। उसकी आँखों में वही उत्साह था, जो त्यौहारों को सच में त्यौहार बना देता है।

रागिनी ने सारी तैयारियाँ पहले ही पूरी कर ली थीं। मिठाइयों के डिब्बे, पकवान और उपहार सहेजे जा चुके थे।

हम एक-दूसरे की ओर देखकर मुस्कुराए और फिर दादी-बाबा के घर की ओर चल पड़े -

दिलों में अपनापन,

कदमों में उत्सव,

और मन में यह संतोष कि दीपावली की असली रोशनी बाहर नहीं, बल्कि रिश्तों के भीतर जल रही है।

****

न जाने क्यों ऑफिस की इमारत के ठीक सामने बना वह छोटा-सा मंदिर मुझे हर दिन अपनी ओर खींच लेता है। काम के बीच जब भी कुछ पल की फुर्सत मिलती है, मेरी निगाहें अनायास ही उस ओर ठहर जाती हैं। मैं देर तक उसे निहारता रहता हूँ - उसकी बनावट, उसकी स्थिति, और उसके चारों ओर पसरी हुई एक अनकही-सी कहानी को

महसूस करता रहता हूँ। मन बार-बार उसी कल्पना में उलझ जाता है कि आखिर इस मंदिर की शुरुआत कैसे हुई होगी। शायद वर्षों पहले, किसी अनजान मुसाफिर ने, थकान से चूर होकर, बरगद के एक नन्हे से पौधे के नीचे विश्राम किया होगा। जेब में पड़े एक साधारण पत्थर की बटिया को उसने भगवान शंकर का प्रतीक मानकर वहीं रख दिया होगा - बिना किसी दिखावे के, बिना किसी आडंबर के, बस श्रद्धा के एक सरल भाव से।

फिर किसी और राहगीर ने, अपनी किसी अधूरी इच्छा या मन की किसी पीड़ा के समाधान के लिए, उस पत्थर पर फूल चढ़ा दिए होंगे। किसी ने चंदन लगाया होगा, किसी ने एक सूखी-सी माला टाँग दी होगी। धीरे-धीरे लोगों की आस्था उस छोटे-से स्थान से जुड़ती चली गई होगी। समय के साथ किसी श्रद्धालु ने उसे पवित्र मानकर चार दीवारें खड़ी कर दी होंगी, तो किसी ने छत डलवा दी होगी। इस प्रकार, बिना किसी योजना के, बिना किसी शिलालेख के, यह छोटा-सा मंदिर अस्तित्व में आ गया होगा।

आज वही बरगद का पौधा एक विशाल वृक्ष बन चुका है। उसकी जड़ें ज़मीन में गहराई तक समा चुकी हैं और शाखाएँ आकाश को छूने लगी हैं। उसकी मोटी जटाएँ मंदिर की छत और दीवारों को ऐसे थामे हुए हैं, मानो कोई सजग प्रहरी अपने कर्तव्य में तैनात हो। लगता है जैसे वृक्ष ने मंदिर को अपनी गोद में समेट लिया हो - उसे समय, आँधी और बारिश से बचाने के लिए। यदि वह बरगद न होता, तो शायद यह मंदिर कब का उपेक्षा और मौसम की मार सहकर मिट्टी में मिल गया होता।

आज भी राह चलते मुसाफिर यहाँ रुकते हैं, माथा टेकते हैं और कुछ पल सुकून के साथ बिताकर आगे बढ़ जाते हैं। आसपास की महिलाएँ पूरे विश्वास और श्रद्धा के साथ इस बरगद की पूजा करती हैं। वे कच्चे धागे बाँधती हैं, जल चढ़ाती हैं और अपने पति की दीर्घायु की

कामना करते हुए वृक्ष की परिक्रमा करती हैं। उनके कदमों में आस्था है, आँखों में भरोसा और मन में एक अडिग विश्वास।

मुझे अक्सर लगता है कि ये महिलाएँ केवल धार्मिक परंपरा निभाने के लिए ही इस वृक्ष की परिक्रमा नहीं करतीं। वे अनजाने ही उस महानता को नमन कर रही होती हैं, जिसने एक नन्हे-से मंदिर के अस्तित्व की रक्षा की। वे उस शक्ति को पूज रही होती हैं, जो बिना बोले, बिना किसी अपेक्षा के, केवल अपने कर्तव्य का निर्वाह करती रही। वृक्ष और मंदिर का यह संबंध मुझे जीवन के रिश्तों की याद दिला देता है - जहाँ एक का अस्तित्व दूसरे के सहारे टिका होता है।

कभी-कभी कल्पना की उस दुनिया में मैं स्वयं को उस बरगद के स्थान पर और रागिनी को उस मंदिर के रूप में खड़ा पाता हूँ। लगता है जैसे मेरी सारी जिम्मेदारी यही है कि मैं उसे जीवन की हर आँधी से बचाकर रखूँ, उसे अपने होने का भरोसा दूँ। इसी सोच में डूबा हुआ, अतीत की परतें अपने आप खुलने लगती हैं।

अचानक आठ साल पहले का वह दृश्य आँखों के सामने चलचित्र की तरह चलने लगता है - विदाई का वह पल, जब रागिनी अपनों से बिछड़ने के भय और भविष्य की अनिश्चितता से घबराकर कभी अपनी माँ से, तो कभी अपने पिता के सीने से लिपटकर फफक-फफक कर रो रही थी। उसका काँपता हुआ स्वर, भीगी हुई आँखें और वह असहाय-सी पकड़ आज भी मेरे मन में ताज़ा है। उस क्षण मेरी आँखें भी छलक आई थीं। भीतर कहीं कुछ टूट-सा गया था और उसी टूटन से एक दृढ़ संकल्प जन्मा था।

मैंने मन ही मन प्रतिज्ञा की थी कि जीवन में चाहे जो हो जाए, मैं उसकी ढाल बनकर खड़ा रहूँगा। अपने अस्तित्व तक को दाँव पर लगाकर उसकी रक्षा करूँगा। शायद उसी क्षण हमारे जीवन में

कर्तव्यबोध का पहला बीज अंकुरित हुआ था - एक ऐसा बीज, जो समय के साथ जिम्मेदारी, प्रेम और विश्वास के विशाल वृक्ष में बदल गया।

वह क्षण अत्यंत संवेदनशील था - शायद मिलन के क्षण से भी कहीं अधिक गहरा, अधिक मार्मिक। बेटी की विदाई का दृश्य केवल एक सामाजिक रस्म नहीं होता, वह माता-पिता के जीवन की सबसे भावनात्मक परीक्षा होती है। विशेषकर पिता के लिए यह पल ऐसा होता है, जिसे शब्दों में बांध पाना लगभग असंभव है। बेटी के जन्म के साथ ही उसके भविष्य की चिंता मन में घर कर लेती है और उसी चिंता के साये में पिता हर दिन, हर वर्ष जीता चला जाता है। पर जब वही बेटी विदाई की चौखट पर खड़ी होती है, तब वर्षों से संजोए गए धैर्य, साहस और कठोरता सब एक पल में बिखर जाते हैं।

कोई भी बेटी उन अनमोल पलों को कभी नहीं भूल पाती, जब वह अपने मायके से विदा हो रही होती है। लेकिन पिता... पिता तो उन पलों को जी भी नहीं पाता। वह औपचारिक विदाई देने में असमर्थ होता है। शब्द उसका साथ छोड़ देते हैं, गला भर आता है और आँखों से आँसू स्वतः बहने लगते हैं। संवेदना के उस चरम क्षण में पिता बस अपनी पुत्री को सीने से लगा लेता है - इतनी कसकर, मानो समय को वहीं रोक लेना चाहता हो। यह ऐसा क्षण होता है, जिसमें सबसे कठोर हृदय वाला व्यक्ति भी स्वयं को संभाल नहीं पाता। वर्षों से बेटी के "हाथ पीले करने" की चिंता में जीने वाला पिता, जब सचमुच बेटी को डोली पर बैठाता है, तब भीतर का बाँध टूट जाता है और भावनाएँ फूट पड़ती हैं।

एक बेटी, जो जन्म के दिन से लेकर विदाई के दिन तक माता-पिता के आँगन में खेलती-कूदती, हँसती-रोती, पली-बढ़ी होती है - जिसने अपने बचपन की हर खट्टी-मीठी स्मृति माँ की गोद, पिता की उँगली, भाई-बहनों की शरारतों, दादी-बाबा की कहानियों और बुआ-चाची के दुलार के साथ साझा की होती है - आज अचानक उसे सब कुछ

छोड़कर एक नए परिवार में जाना होता है। वहाँ नए रिश्ते, नई अपेक्षाएँ और नए दायित्व उसका इंतज़ार कर रहे होते हैं। दो परिवारों के बीच सामंजस्य बैठाना, रिश्तों की मर्यादा को बनाए रखना और दोनों ओर से प्रेम व सम्मान का सेतु बनना - यह जिम्मेदारी कोई छोटी बात नहीं होती। एक बेटी इसे चुपचाप, मुस्कान के साथ अपने कंधों पर उठा लेती है।

बेटियों का जीवन ही कुछ ऐसा होता है। उन्हें हमेशा अपने रिश्तों से दूरी बनानी पड़ती है। जिस घर में वे जन्म लेती हैं, जिस आँगन में उनकी किलकारियाँ गूँजती हैं, एक दिन उसी घर को छोड़ना पड़ता है। बेटियाँ अपने मायके का चिराग बनकर जन्म लेती हैं और विवाह के बाद किसी और घर को रोशन करने चली जाती हैं। ये सारे विचार मेरे मन में एक साथ उमड़-घुमड़ रहे थे।

मैं उस समय केवल एक पति नहीं था, मैं एक बेटी का पिता भी था। यही सोच मेरे हृदय को भीतर तक झकझोर रही थी। जैसे मैंने रागिनी को उसके माँ-बाप से दूर कर लिया, वैसे ही एक दिन मुझे भी अपनी बेटी को अपने से दूर करना होगा - यह विचार मेरी आँखों को भिगो गया। क्या मैं उस पल को जी पाऊँगा? क्या मैं अपने आप को संभाल पाऊँगा? रिंकी रोएगी... बहुत रोएगी। मैं भी रोऊँगा। रागिनी भी अपने आँसू नहीं रोक पाएगी। और रोएँगे रिंकी के बचपन से जुड़े वे सभी रिश्ते - उसकी हँसी, उसकी शरारतें, उसकी मासूमियत।

आज पहली बार मुझे बेटी के पराए होने का वास्तविक एहसास हो रहा था। आँखों से आँसुओं की अविरल धार बह रही थी। मैं अपने ही खयालों में डूबा, सिसकियाँ भर रहा था कि तभी अचानक अपने कंधे पर एक स्नेहिल स्पर्श महसूस हुआ। मैंने देखा - मेहता अंकल थे।

"क्या हो गया बेटा, कहाँ खो गए?" कहते हुए वे हमारे पास सोफे पर बैठ गए। उनके स्वर में अपनापन था, ऐसा अपनापन जो मेरे भीतर उमड़ते तूफान को कुछ पल के लिए थाम लेने के लिए काफी था।

आज मेहता अंकल के चेहरे पर एक अनकही-सी थकान तैर रही थी - शारीरिक कम और मानसिक अधिक। आँखों के नीचे हल्के काले घेरे और चेहरे पर पसरी उदासी बता रही थी कि मन कहीं बहुत दूर अटका हुआ है। लाज़मी भी था। त्योहारों और उत्सवों के दिन अक्सर उन लोगों की यादें और गहरी हो जाती हैं, जो अब हमारे बीच नहीं होते। ऐसे अवसरों पर बीते हुए वे सुनहरे पल बार-बार आँखों के सामने घूम जाते हैं - हँसी, बातचीत, साथ बैठकर बिताए वे छोटे-छोटे सुख, जिन्हें हम रोज़मर्रा की भागदौड़ में अक्सर हल्के में ले लेते हैं।

मेहता अंकल शायद भीतर ही भीतर किसी मौके की तलाश में थे - कुछ कहने के लिए, मन का बोझ हल्का करने के लिए। थोड़ी देर की चुप्पी के बाद वे बोल पड़े। उनकी आवाज़ में स्मृतियों की नमी साफ झलक रही थी।

"हर दीपावली पर वह घर आने की जिद करता था," वे बोले, "और मैं हर बार उसे समझाता था कि बेटा, छुट्टी तो बस दो दिन की है। आने-जाने में ही समय निकल जाएगा। आकर फिर जाते हो तो घर और सूना लगने लगता है। वहीँ रहो, आराम करो। गर्मियों में लंबी छुट्टी मिलेगी, तब आ जाना।"

वे कुछ पल रुके, मानो शब्दों को समेट रहे हों। फिर बोले,

"मैं कहता था - चार साल का ही तो सवाल है। पलक झपकते ही इंजीनियरिंग पूरी हो जाएगी। फिर तो नौकरी भी यहीं कहीं लगेगी और हमारे पास ही रहोगे।"

कमला आंटी का ज़िक्र आते ही उनके चेहरे पर हल्की-सी मुस्कान उभर आई, जो पल भर में फिर उदासी में बदल गई।

"कमला कहती थी - आ जाने दो बच्चे को, जब उसका मन है। न जाने पढ़ाई के बाद कहाँ नौकरी मिलेगी। कल किसने देखा है? समय मिले न मिले।"

फिर हल्की-सी शिकायत के स्वर में बोले,

"मैं कहता था - ज्यादा प्यार में उसे परेशान मत करो। तुम एक बार हाँ कर दोगी, तो वह सब कुछ छोड़-छाड़कर भागा चला आएगा। और तुम जानती ही हो, सफर चाहे कितना भी आरामदायक क्यों न हो, थकान तो होती ही है। फिर लौटते समय रोना-धोना अलग।"

मेहता अंकल की आँखें कहीं अतीत में खो गई थीं।

"रितिक चुपके से अपनी माँ से बात कर लेता और फिर चला आता," वे बोले। "कमला के चेहरे पर खुशी ऐसे फैल जाती थी जैसे घर में कोई उत्सव आ गया हो। झोला थमा देती थी और साथ में एक लंबी-सी सामान की लिस्ट।"

वे मुस्कुराते हुए बोले,

"कहती - देखो, यह सब ले आना। रितिक आ रहा है। सिर्फ दो दिन रहेगा। उसके मन का खाना बनाऊँगी। वहाँ मैस का खाना अच्छा नहीं मिलता उसे। और हाँ, काजू ज़रूर लेना। बर्फी बनाकर रख दूँगी। ले जाता रहेगा, कुछ दिन चल जाएगी।"

मैं देख रहा था कि कैसे एक-एक शब्द के साथ उनका सीना भारी होता जा रहा था।

"मैं कहता - हाँ-हाँ बाबा, जा रहा हूँ," वे बोले। "सब ले आऊँगा।"

यह कहते हुए वे झोला उठाते और पंसारी की दुकान की ओर निकल जाते।

कुछ क्षण की खामोशी छा गई। फिर उन्होंने मेरी ओर देखा - आँखें भरी हुई थीं, आवाज़ काँप रही थी।

"आज भी बर्फी बना रही है तुम्हारी आंटी," कहते हुए उन्होंने जेब से रूमाल निकाला और आँखों से बहते आँसुओं को पोंछने लगे।

उस पल मेरे भीतर भी कुछ टूट-सा गया। बिना कुछ कहे, मैंने आगे बढ़कर मेहता अंकल को पूरे मन से गले लगा लिया। शब्द उस समय व्यर्थ थे। दो पीढ़ियों के बीच का वह सन्नाटा, वह दर्द और वह अपनापन - सब कुछ उस आलिंगन में समा गया।

****

सुबह के ठीक आठ बज रहे हैं। हल्की ठंडक लिए हवा के बीच हमारी यात्रा ने औपचारिक रूप से रफ्तार पकड़ ली है। कार का इंजन एक भरोसेमंद लय में गूंज रहा है और सामने खुला पड़ा है देश का गौरव - लखनऊ-आगरा एक्सप्रेसवे। छह लेन का यह चौड़ा, चिकना और सुव्यवस्थित मार्ग किसी लंबी धातु-रेखा की तरह धरती पर खिंचा हुआ प्रतीत होता है। लगभग 302 किलोमीटर लंबा यह हाई-स्पीड एक्सप्रेसवे न केवल दूरी को कम करता है, बल्कि यात्रा को भी सहज, सुरक्षित और आनंददायक बना देता है।

यही वह मार्ग है जो उन्नाव, कन्नौज, इटावा, शिकोहाबाद और फिरोजाबाद जैसे ऐतिहासिक व औद्योगिक नगरों को छूता हुआ हमें चार से पाँच घंटे में ताज नगरी आगरा तक पहुँचा देता है।

यात्रा शुरू हुए अभी एक घंटा ही बीता है और इस समय हम उन्नाव की सीमा को पार कर रहे हैं। सड़क के दोनों ओर फैले खेत, कहीं-कहीं उगती औद्योगिक इमारतें और दूर दिखाई देते छोटे-छोटे कस्बे इस क्षेत्र की मिश्रित पहचान को सामने रखते हैं। उन्नाव, लखनऊ और कानपुर के बीच स्थित एक महत्वपूर्ण औद्योगिक नगर है, जिसने अपने

हुनर और मेहनत से अलग पहचान बनाई है। यह शहर विशेष रूप से चमड़ा उद्योग, मच्छरदानी निर्माण, रासायनिक उद्योग और सबसे बढ़कर अपनी प्रसिद्ध ज़री-जरदोज़ी कढ़ाई के लिए जाना जाता है।

ज़रदोज़ी कढ़ाई केवल एक शिल्प नहीं, बल्कि सदियों से चली आ रही सांस्कृतिक विरासत है। इसका नाम दो फारसी शब्दों से मिलकर बना है - 'ज़र' अर्थात सोना और 'दोज़ी' यानी कढ़ाई करना। इस कला में सोने-चांदी के धागों, मोतियों और बहुमूल्य पत्थरों की सहायता से कपड़ों पर अत्यंत सूक्ष्म और भव्य डिज़ाइन उकेरे जाते हैं। आमतौर पर यह कढ़ाई मखमल, रेशम और भारी कपड़ों पर की जाती है, जो शाही पोशाकों, विवाह वस्त्रों और धार्मिक परिधानों को एक अलौकिक गरिमा प्रदान करती है। उन्नाव की ज़रदोज़ी आज भी देश-विदेश में अपनी चमक और गुणवत्ता के लिए सराही जाती है।

औद्योगिक पहचान के साथ-साथ उन्नाव एक गहरा ऐतिहासिक महत्व भी रखता है। इस नगर का इतिहास लगभग बारह सौ वर्ष पुराना माना जाता है। साहित्य, धर्म और परंपरा की दृष्टि से यह क्षेत्र सदैव समृद्ध रहा है। कभी घने जंगलों से आच्छादित यह भूमि समय के साथ मानव सभ्यता का केंद्र बनी। 12वीं शताब्दी में चौहान राजपूत गुडू सिंह ने यहां जंगल कटवाकर बसावट की नींव रखी, जिसे उस समय 'सवाई गुडू' के नाम से जाना जाता था। बाद के वर्षों में यह क्षेत्र कन्नौज के शासकों के अधीन आ गया।

इतिहास के पन्नों में आगे बढ़ें तो ज्ञात होता है कि यहां के पहले गर्वनर उन्वंत सिंह थे, जिन्होंने सत्ता संघर्ष के दौरान खान्दे सिंह की हत्या करवा दी और इस भूमि पर एक किले का निर्माण कराया। उस किले के अवशेष आज भी उन्नाव की मिट्टी में दबे इतिहास की कहानी कहते हैं। इसके अतिरिक्त बदरका हरवंस, बक्सर, पतन, परियार, साफीपुर और विशेष रूप से नवाबगंज पक्षी अभ्यारण जैसे स्थल इस

जनपद की पहचान को और व्यापक बनाते हैं, जहाँ प्रकृति और इतिहास एक-दूसरे से संवाद करते प्रतीत होते हैं।

कार निरंतर आगे बढ़ रही है और उन्नाव पीछे छूटता जा रहा है, लेकिन उसके साथ जुड़ी कला, इतिहास और स्मृतियाँ मन के भीतर एक स्थायी छाप छोड़ जाती हैं। यह केवल एक पड़ाव नहीं, बल्कि हमारी यात्रा का वह अध्याय है जो रास्ते को अर्थ और गति दोनों प्रदान करता है।

कार की खिड़की से बाहर देखते हुए मैं सोचने लगा - कितना अजीब है समय का सफ़र। कभी जिन जंगलों को काटकर सभ्यता बसाई गई होगी, आज उन्हीं रास्तों पर हम सैकड़ों किलोमीटर की दूरी घंटों में तय कर लेते हैं। सड़क पर दौड़ती यह कार जैसे वर्तमान और अतीत के बीच से गुजर रही हो।

पीछे की सीट से रिंकी की आवाज़ आई,

“पापा, ये एक्सप्रेसवे इतना सीधा क्यों है? इसमें मोड़ क्यों नहीं आते?”

मैं मुस्कुरा दिया।

“क्योंकि बेटा, इसे ऐसे ही बनाया गया है कि गाड़ी तेज़ चले और लोग सुरक्षित रहें। पुराने समय में रास्ते इंसानों के हिसाब से बनते थे, अब इंसान रास्तों के हिसाब से चलने लगे हैं।”

रागिनी ने भी बात पकड़ ली,

“पर पुराने रास्तों में मज़ा ज़्यादा होता होगा, है न? गाँव, पेड़, तालाब - सब दिखते होंगे।”

उसकी बात ने मन को छू लिया।

“हां,” मैंने कहा, “तब सफ़र लंबा होता था, पर कहानियों से भरा होता था। अब सफ़र छोटा है, और यादें कम बनती हैं।”

ड्राइवर ने रियर-व्यू मिरर से मेरी ओर देखते हुए कहा,

"साहब, पहले लोग रास्ते में रुकते थे, पूछते थे - पानी मिलेगा क्या, छांव मिलेगी क्या। अब तो बस मंज़िल चाहिए।"

उसकी साधारण-सी बात में गहरी सच्चाई थी। मैंने सिर हिलाया और स्पीडोमीटर पर नज़र डालते हुए फिर बाहर देखने लगा।

थोड़ी दूर आगे बढ़ते ही कन्नौज की ओर जाने वाले संकेतक दिखने लगे। मन अपने आप इतिहास की ओर मुड़ गया - इत्रों की नगरी, जहां की खुशबू कभी राजमहलों से लेकर आम जन तक फैली रहती थी। सोचता हूँ, कैसे हर शहर अपनी एक पहचान लेकर खड़ा है, और हम हैं कि बस गुजरते चले जाते हैं।

कार के भीतर हल्की-सी शांति छा गई थी। रिंकी गाड़ी से बाहर झांकते हुए कभी सड़क की गाड़ियों को गिनती, कभी दूर उड़ते पक्षियों को देखकर उत्साहित हो जाती। रिंकी ने अचानक पूछा,

"पापा, जब आप छोटे थे तब भी ऐसे घूमने जाते थे?"

उस सवाल ने स्मृतियों का दरवाज़ा खोल दिया।

"नहीं," मैंने धीमे स्वर में कहा, "हमारे समय में सफ़र कम होते थे। लेकिन जब होते थे, तो सालों तक याद रहते थे।"

मैंने सोचा - शायद यही जीवन का अंतर है। आज साधन बढ़ गए हैं, गति बढ़ गई है, लेकिन ठहराव कम हो गया है। यह एक्सप्रेसवे हमें मंज़िल तक तो पहुँचा देगा, पर रास्ते में मिलने वाला जीवन धीरे-धीरे ओझल होता जा रहा है।

कार लगातार आगे बढ़ रही थी। उन्नाव अब काफी पीछे रह गया था, लेकिन उसकी ज़री-जरदोज़ी की चमक, इतिहास की परछाइयाँ और रास्ते में उठे ये छोटे-छोटे संवाद इस यात्रा को सिर्फ़ एक दूरी तय करने का माध्यम नहीं रहने दे रहे थे। यह सफ़र अब एक अनुभव बन चुका था - जिसे यादों की गठरी में बांधकर हम आगे बढ़ रहे थे।

एक लंबा साइनबोर्ड दिखते ही ड्राइवर ने गाड़ी की गति कुछ कम कर दी -

"अगले दो किलोमीटर में शुद्ध शाकाहारी ढाबा"

रिंकी लगभग उछल पड़ी।

"मम्मी, भूख लगी है... पापा, रुक जाते हैं न?"

मैंने रागिनी की ओर देखा। उसकी आँखों में भी वही थकान और वही अनकही सहमति थी। लगातार दौड़ती सड़क, तेज़ हवा और सुबह से चला आ रहा सफ़र - एक ठहराव मांग रहा था।

"हां, रुकते हैं," मैंने कहा, और गाड़ी सर्विस रोड की ओर मोड़ दी।

ढाबा कोई बहुत बड़ा नहीं था, लेकिन साफ़-सुथरा और अपनापन लिए हुए। सामने मिट्टी के गमलों में लगे तुलसी और गुलाब के पौधे, किनारे खड़ी कुछ ट्रकें, और भीतर से आती ताज़ी पराठों की खुशबू - सब मिलकर किसी पुराने समय की याद दिला रहे थे।

हम लकड़ी की बेंच पर बैठे। ढाबे वाला, लगभग मेरी ही उम्र का, सिर पर गमछा डाले मुस्कुराते हुए आया -

"साहब, क्या लेंगे? आलू-पराठा, प्याज़-पराठा, चाय अभी चढ़ी है।"

"सब कुछ लगा दीजिए," मैंने कहा, और अनायास ही हँसी निकल गई। शायद यही क्षण होते हैं, जिनके लिए लोग लंबी यात्राएँ करते हैं।

चाय का पहला घूंट लेते ही मन जैसे हल्का हो गया। भाप उठाती कुल्हड़ की चाय, रिंकी की खिलखिलाहट और रागिनी का सामने बैठा होना - सब कुछ एकदम सही लग रहा था।

मैंने दूर खेतों की ओर देखा। पीली-सी धूप, सरसों के फूल और उनके बीच चलते किसान - वही दृश्य, जो कभी मेरे बचपन का हिस्सा था।

यादों की परतें अपने आप खुलने लगीं।

मैं भी कभी इसी तरह सादा जीवन जीता था। सीमित साधन, अनिश्चित भविष्य और मन में भरा हुआ एक डर - कि क्या मैं अपने सपनों को सच कर पाऊँगा? शुरुआती नौकरी के दिन, किराए का कमरा, महीने के आख़िरी हफ्ते की तंगी, और हर फैसले के साथ जुड़ा जोखिम - सब कुछ जैसे चाय की भाप में उभर आया।

रागिनी को देखा - वह रिंकी के लिए पराठा छोटे-छोटे टुकड़ों में काट रही थी। मुझे याद आया, कैसे शादी के शुरुआती दिनों में हम दोनों ने मिलकर हर मुश्किल का सामना किया था। तब हमारे पास ज्यादा पैसे नहीं थे, लेकिन भरोसा भरपूर था।

कई बार लगा था कि सब कुछ छोड़ दूँ। नौकरी, शहर, जिम्मेदारियाँ - लेकिन हर बार रागिनी की एक शांत-सी मुस्कान, या उसका यह कहना -

"हो जाएगा... धीरे-धीरे सब ठीक हो जाएगा"—

मुझे फिर से खड़ा कर देता था।

मैंने महसूस किया कि यह ढाबा सिर्फ़ भूख मिटाने की जगह नहीं है। यह एक पड़ाव है- जहाँ इंसान अपनी ज़िंदगी के रास्ते को भी थोड़ी देर के लिए रोककर देख सकता है।

"क्या सोच रहे हैं?" रागिनी ने पूछा।

मैंने हल्की मुस्कान के साथ कहा,

"यही कि ज़िंदगी भी किसी एक्सप्रेसवे जैसी है। कहीं तेज़ रफ्तार, कहीं अचानक रुकना ज़रूरी। अगर रुकें नहीं, तो मंज़िल का मतलब ही खो जाता है।"

रिंकी ने मासूमियत से पूछा,

"पापा, क्या ज़िंदगी में भी ढाबे होते हैं?"

मैं हँस पड़ा।

"हां बेटा, होते हैं। और परिवार सबसे बड़ा ढाबा होता है - जहाँ थकान उतर जाती है।"

कुछ देर बाद हम फिर गाड़ी में बैठे। ढाबा पीछे छूट गया, लेकिन वहां बिताया वह छोटा-सा समय दिल के भीतर गहरे उतर चुका था। ड्राइवर ने इंजन स्टार्ट किया, एक्सप्रेसवे फिर सामने था, लेकिन अब यात्रा सिर्फ़ आगरा की ओर नहीं - अपने अतीत, अपने संघर्ष और अपने वर्तमान के संतोष की ओर भी बढ़ रही थी।

ढाबे से निकलने के कुछ समय बाद सड़क फिर से अपने एकरस संगीत में लौट आई। कार की खिड़की से आती हवा बालों को सहला रही थी। रिंकी पिछली सीट पर झपकी ले चुकी थी। ड्राइवर की नज़र सड़क पर टिकी थी, रेडियो बहुत धीमी आवाज़ में कोई पुराना गीत बजा रहा था।

ऐसे क्षणों में शब्द खुद-ब-खुद गहरे हो जाते हैं।

कुछ पल खामोशी रही। वह खामोशी बोझिल नहीं थी, बल्कि दो लोगों के बीच बनी उस समझ की थी, जहाँ हर बात कहनी ज़रूरी नहीं होती।

रागिनी ने अचानक पूछा—

"आप खुश हैं?"

मैंने उसकी ओर देखा। प्रश्न साधारण था, लेकिन उसके भीतर वर्षों की चिंता, उम्मीद और अपनापन छुपा था।

"हां... हूँ," मैंने कहा, "लेकिन यह खुशी बहुत शोर नहीं मचाती। यह भीतर चुपचाप बैठी रहती है।"

“मुझे डर लगता है,” वह बोली, “कि हम अपनी खुशी को कहीं हल्के में न ले लें।”

ड्राइवर ने गाड़ी की गति थोड़ी कम कर दी।

“क्यों ऐसा लगता हैं तुम्हें?”

“क्योंकि ज़िंदगी ने हमें सब कुछ धीरे-धीरे दिया है,” उसने कहा, “और जो चीज़ें धीरे मिलती हैं, वे धीरे छिन भी सकती हैं - अगर हम लापरवाह हो जाएँ।”

मैं मुस्कुरा दिया।

“तुम आज भी वैसी ही हो - हर खुशी को संभालकर रखने वाली।”

वह मेरी ओर मुड़ी।

“और आप आज भी वैसे ही हैं - हर जिम्मेदारी को अपने भीतर समेट लेने वाले। कभी-कभी मुझे लगता है, आप खुद के लिए जीना भूल जाते हैं।”

उसकी बात मेरे भीतर कहीं चुभ गई - सच की तरह।

“शायद,” मैंने स्वीकार किया, “लेकिन जब तुम और रिंकी सामने होती हो, तो खुद के लिए कुछ बचता ही कहाँ है।”

सड़क पर अचानक एक मोड़ आया। ड्राइवर ने गाड़ी संभाली।

पीछे से रिंकी की नींद में बुदबुदाहट सुनाई दी। रागिनी ने हल्की मुस्कान के साथ उसकी ओर देखा।

“इसे देखकर डर भी लगता है,” उसने कहा, “जिस दिन इसकी विदाई होगी... मैं शायद संभाल नहीं पाऊँगी।”

ड्राइवर ने गाड़ी रोकने वाली पट्टी के पारा हल्का सा किनारा लिया, ताकि भावनाओं को भी जगह मिल सके।

"उस दिन मैं रोऊँगा," मैंने कहा, "खुलकर रोऊँगा। और तुम्हारा हाथ पकड़कर कहूँगा-अब समझ आया, बेटियों के पिता क्यों चुप हो जाते हैं।"

रागिनी ने धीरे से मेरा हाथ थाम लिया।

"बस इतना वादा करिए," वह बोली, "कि चाहे ज़िंदगी जैसे भी मोड़ ले - हम एक-दूसरे से बात करना बंद नहीं करेंगे।"

मैंने उसका हाथ कसकर थाम लिया।

"यह वादा नहीं," मैंने कहा, "यह मेरी आदत है।"

गाड़ी फिर आगे बढ़ चली। सड़क लंबी थी, लेकिन दिलों के बीच की दूरी उस पल शून्य थी।

आगरा अभी दूर था - पर जीवन का सबसे सच्चा संवाद कार में पूरा हो चुका था।

सड़क अब थोड़ी चौड़ी हो गई थी। ट्रैफिक विरल था। गाड़ी एक समान गति से सरक रही थी। सूरज पूरी तीव्रता के साथ चमक रहा था। आसमान में उसकी सुनहरी किरणें इस प्रकार फैली थी मानो प्रकृति ने सोना बिखेर दिया हो।

ड्राइवर - नाम शायद मैंने पहले कभी ठीक से पूछा भी नहीं था - काफी देर से खामोश था। मैंने ही चुप्पी तोड़ी।

"भाई साहब, आप कितने सालों से गाड़ी चला रहे हैं?"

उसने बिना नजर हटाए जवाब दिया -

"लगभग बीस साल हो गए साहब। पहले ट्रक चलाता था, फिर टैक्सी, अब ऐसे पारिवारिक सफ़र।"

"इतने सालों में सबसे ज़्यादा क्या सीखा?" मैंने पूछा।

वह हल्का सा मुस्कुराया।

"सीखा यह कि रास्ता कभी भी वैसा नहीं होता, जैसा नक्शे में दिखता है।"

मैंने उसकी बात को मन में दोहराया।

"ज़िंदगी के रास्तों जैसा?"

"बिल्कुल साहब," उसने कहा, "जीपीएस में तो सब सीधा दिखता है, लेकिन असल में कहीं गड्ढा, कहीं मोड़, कहीं अचानक ब्रेक लगाना पड़ता है।"

रागिनी चुपचाप सुन रही थी। पीछे रिंकी गहरी नींद में थी।

मैंने कहा - "आपको डर नहीं लगता? रोज़ सड़क पर निकलना, ज़िंदगी दांव पर लगाना..."

वह थोड़ा ठहरा, फिर बोला - "डर तो लगता है। लेकिन डर के साथ चलना सीख लिया है। जो डर से भागे, वह कभी मंज़िल नहीं पाता।"

उसकी बात किसी किताब की पंक्ति जैसी लगी, लेकिन उसमें बनावट नहीं थी - सिर्फ़ अनुभव था।

"घर-परिवार?" मैंने पूछा।

"गाँव में है साहब," उसने कहा, "माँ-बाप, बीवी और दो बच्चे। महीने में एक-दो बार जा पाता हूँ।"

रागिनी से रहा नहीं गया।

"मन नहीं करता रोज़ उनके साथ रहने का?"

वह हँसा -

"मन तो रोज़ करता है मैडम। लेकिन मन से पेट नहीं भरता।"

कार में कुछ पल चुप्पी छा गई। फिर मैंने कहा –

"इतनी मेहनत... कभी शिकायत नहीं होती?"

उसने सिर हल्का सा हिलाया।

"शिकायत करने का वक्त नहीं मिलता साहब। जो आदमी शिकायत में समय लगा देता है, वह आगे बढ़ने की रफ़्तार खो देता है।"

मैंने महसूस किया कि यह आदमी गाड़ी नहीं, दर्शन चला रहा है।

"आपको खुशी किस बात में मिलती है?" मैंने पूछा।

उसने शीशे में मेरी ओर देखा, फिर सड़क पर निगाह टिकाते हुए बोला -

"जब सवारी सही-सलामत मंज़िल तक पहुँच जाती है। उस वक्त लगता है - आज का दिन बेकार नहीं गया।"

मैंने मन ही मन सोचा - क्या ज़िंदगी भी यही नहीं है?

हम भी तो बस अपने लोगों को सुरक्षित मंज़िल तक पहुँचाने की कोशिश में लगे रहते हैं।

"कभी सोचा," मैंने कहा, "कि अगर ज़िंदगी फिर से मिले, तो क्या बनना चाहेंगे?"

उसने बिना हिचक कहा - "फिर ड्राइवर ही बनूँगा साहब।"

मैं चौंका।

"क्यों?"

"क्योंकि ड्राइवर को हर रोज़ नए चेहरे मिलते हैं," उसने कहा, "हर किसी की कहानी अलग होती है। कुछ खुश, कुछ दुखी, कुछ चुप, कुछ बहुत बोलने वाले। सबको थोड़ी देर साथ ले चलना - और फिर छोड़ देना। यही तो जीवन है।"

उसकी बात सुनकर मेरी आँखें सामने सड़क पर थीं, लेकिन भीतर बहुत कुछ चल रहा था।

रागिनी ने धीमे स्वर में कहा - "आप बहुत समझदार हैं।"

वह मुस्कुराया।

"समझदारी नहीं मैडम, मजबूरी सिखा देती है।"

मैंने कहा - "आप जैसे लोग ही असली दार्शनिक होते हैं। किताबें तो बस शब्द देती हैं।"

गाड़ी आगे बढ़ती रही।

और मुझे लगा - इस सफ़र में हम सिर्फ़ आगरा नहीं जा रहे थे,

हम ज़िंदगी को थोड़ा और समझते जा रहे थे।

सड़क किसी अंतहीन सुरंग की तरह सामने फैलती जा रही थी। हमारी कार उस सुरंग में धीमी, मगर स्थिर गति से आगे बढ़ रही थी।

रिंकी पीछे की सीट पर गहरी नींद में थी। उसकी मासूम साँसों की लय, कार के इंजन की गुनगुनाहट में घुल गई थी। रागिनी खिड़की से बाहर झांक रही थी - कभी दूर चमकते खेतों के ट्यूबवेल, कभी किसी ढाबे की नीयन लाइट, कभी अचानक अँधेरे में विलीन हो जाने वाला कोई गाँव।मैं चुप था। लेकिन भीतर शोर था। हाईवे पर दौड़ती गाड़ी जैसे समय को पीछे छोड़ रही थी और स्मृतियाँ बिना पूछे सामने आने लगी थीं।

मैंने सोचा - हम सच में कितना चल पाते हैं?

क्या दूरी सिर्फ़ किलोमीटर में मापी जाती है, या उन अनुभवों में भी, जिन्हें हम भीतर ढोते चलते हैं?

कितने लोग हैं, जो रोज़ एक ही रास्ते पर चलते हुए भी कहीं नहीं पहुँचते। और कुछ ऐसे भी हैं, जो बिना कहीं गए, बहुत आगे निकल जाते हैं।

मेरे मन में पिता का चेहरा उभरा—उनकी चुप्पी, उनका अनुशासन, उनकी वह थकी हुई मुस्कान जो शायद कभी पूरी तरह समझ ही नहीं पाया। तब लगा, जैसे समय ने एक पूरा चक्र पूरा कर लिया हो। मैं भी आज उसी उम्र के आसपास खड़ा हूँ, उन्हीं जिम्मेदारियों के बोझ के साथ, उन्हीं आशंकाओं और उम्मीदों के बीच।

रागिनी की ओर नज़र गई।

उसकी आँखों में बाहर की दुनिया नहीं, भीतर की दुनिया झलक रही थी। वह साथ बैठी थी, फिर भी अपने-अपने मौन में हम दोनों अकेले थे - लेकिन उस अकेलेपन में दूरी नहीं थी, बल्कि एक भरोसा था।

ड्राइवर की बात ने मेरे विचारों को और गहरा कर दिया।

कार आगे बढ़ती रही।

कभी-कभी कोई तेज़ रफ्तार वाहन हमें पीछे छोड़ जाता, तो कभी हम किसी सुस्त चलती गाड़ी को पार कर जाते। वही तो जीवन है - कोई आगे निकल जाता है, कोई पीछे छूट जाता है, पर रास्ता सबका साझा रहता है।

मैंने अपनी हथेलियों को देखा - इन हाथों ने समय के साथ बहुत कुछ थामा है। कभी सपने, कभी जिम्मेदारियाँ, कभी किसी अपने का भरोसा।

पिछली सीट पर रागिनी, रिंकी को अपनी गोद में समेटे हुए, शाल में अच्छी तरह लपेटे बैठी थी। बाहर की दुनिया से पूरी तरह अनजान, वह अधसोई-सी अवस्था में कभी आँखें मूँद लेती, कभी हल्का-सा करवट बदल लेती। रिंकी की छोटी-छोटी साँसें रागिनी के सीने से लगकर एक सुकून भरी लय में चल रही थीं। माँ-बेटी का वह दृश्य मेरे मन में एक अनकहा भरोसा भर रहा था - जैसे जीवन की सारी थकानें इस एक पल में घुलकर हल्की हो गई हों। बाहर की ठंडी हवा शीशों से टकरा रही थी और भीतर कार में एक घरेलू-सा ताप, एक आत्मीय-सी शांति पसरी हुई थी।

मैंने आगे झुककर ड्राइवर से पूछा, "अशोक, सब ठीक है न? चाय-पानी या किसी और चीज़ की जरूरत तो नहीं?"

उसने मुस्कुराते हुए, बिना निगाहें सड़क से हटाए जवाब दिया, "नहीं साहब, सब ठीक है।"

बातों-बातों में पता चला कि अशोक न पान खाता है, न गुटखा, और न ही बेवजह चाय पीने का आदी है। यह सुनकर मुझे सचमुच आश्चर्य हुआ। उत्तर प्रदेश में अधिकतर ड्राइवरों को मैंने पान-मसाले के बिना स्टीयरिंग थामे देखना लगभग असंभव ही पाया है। मन-ही-मन सोचा - अच्छा ही है, यह आदत नहीं है, वरना इस लंबी यात्रा में मैं उसे मसाले के दुष्प्रभावों पर आधा नहीं, पूरा व्याख्यान सुना देता।

अशोक की सादगी और संयम ने उसके प्रति मेरे मन में सम्मान और बढ़ा दिया।

शायद रास्ते की नीरवता का असर था कि मैं अनायास ही एक टूरिस्ट गाइड की भूमिका में उतर आया। मैं बोलता चला जा रहा था और अशोक बड़े ध्यान से सुन रहा था - कभी सिर हिलाकर, कभी हल्की-सी मुस्कान के साथ।

मैंने बताया, "उन्नाव से लगभग ग्यारह किलोमीटर दक्षिण में एक ऐतिहासिक स्थान है - बदरका, हरबंस गाँव। इस गाँव की स्थापना सन् 1643 ईस्वी में राजा हरबंस ने राजकीय रूप से की थी। परगना हरहा शासन की ओर से उन्हें पाँच सौ बीघा भूमि प्रदान की गई थी। उसी भूमि पर उन्होंने एक भव्य आवास का निर्माण करवाया, जिसकी वास्तुकला और सौंदर्य अपने समय में अद्वितीय मानी जाती थी। आज भले ही समय ने उस वैभव पर अपनी परतें चढ़ा दी हों, लेकिन उसके अवशेष आज भी इतिहास की गवाही देते हैं।"

थोड़ा आगे बढ़ते हुए मैंने अगली जानकारी जोड़ दी, "यहाँ से लगभग इक्यावन किलोमीटर दक्षिण-पूर्व में एक और स्थान है - बक्सर। इसका नाम संस्कृत शब्द 'बक्राराम' से लिया गया माना जाता है। किंवदंती है कि इस नगर की स्थापना बाका नामक राक्षस ने की थी। बाद में वही यहाँ रहने लगा और उसने नागेश्वर नाथ महादेव मंदिर की स्थापना करवाई। पुराणों में उल्लेख है कि लगभग पाँच हजार वर्ष पूर्व

भगवान श्रीकृष्ण ने बाका राक्षस का वध किया था। आज भी यह नगर अपनी पौराणिक कथाओं और धार्मिक आस्था के लिए जाना जाता है।"

कार आगे बढ़ रही थी और मैं अपने कथन में रमता चला जा रहा था। मैंने कहा, "इसी क्षेत्र के पास नवाबगंज पक्षी अभ्यारण भी स्थित है, जो भारत के प्रसिद्ध पक्षी अभ्यारणों में गिना जाता है। यहाँ पक्षियों की लगभग तीन सौ प्रजातियाँ देखी जा सकती हैं। फरवरी से नवंबर के बीच तिब्बत, साइबेरिया, चीन, यूरोप और अन्य दूर-दराज़ के क्षेत्रों से प्रवासी पक्षी यहाँ आते हैं। अभ्यारण के समीप ही नवाबगंज झील है, जिसके किनारे हर साल असंख्य पक्षी-प्रेमी और फोटोग्राफर अपने कैमरे लेकर पहुँचते हैं। सुबह-सुबह पक्षियों की चहचहाहट और झील पर फैलती धुंध - वह दृश्य सचमुच मन को बाँध लेता है।"

मैं रुका नहीं। इतिहास और लोककथाओं की धारा बहती रही।

"उन्नाव से सोलह किलोमीटर दक्षिण में एक स्थान है - पतन। यहाँ का लिंगेश्वर महादेव मंदिर, मोहम्मद शाह का किला और प्राचीन टीले प्रमुख आकर्षण हैं। पूस माह के पहले बृहस्पतिवार को यहाँ 'टकिया-का-मेला' लगता है, जो मोहम्मद शाह के शिष्य निमात शाह की स्मृति में आयोजित किया जाता है। मेला परिसर में स्थित बाबा सहस्त्र लिंगेश्वर महादेव का मंदिर और सूफी संत मोहम्मद शाह बाबा की मजार हिंदू-मुस्लिम एकता की जीवंत मिसाल हैं। इतिहासकार बताते हैं कि मोहम्मद शाह बाबा ने सरगुजा, बंजरिया, कटरा चरखारी जैसे अनेक स्थानों पर उपदेश दिए और अंततः यहीं सहस्त्र लिंगेश्वर मंदिर के सामने कुटी बनाकर रहने लगे, जहाँ उनका इंतकाल हुआ।"

थोड़ा रुककर मैंने एक और मान्यता का उल्लेख किया, "कहा जाता है कि वनवास के दौरान भगवान राम इसी मार्ग से श्रृंगबेरपुर गए थे। रात्रि विश्राम के समय उन्हें स्वप्न में शिवलिंग के दर्शन हुए और सुबह

घने जंगल के बीच उस लिंग का साक्षात दर्शन किया। वही स्थान आज लिंगेश्वर महादेव मंदिर के नाम से प्रसिद्ध है।"

अंत में मैंने बताया, "उन्नाव के उत्तर-पश्चिम में लगभग तेईस किलोमीटर दूर एक रमणीक स्थल है - परियार। पहले इसे परगना कहा जाता था। मान्यता है कि इसकी स्थापना बारहवीं शताब्दी में हिमाचल सिंह ने की थी। यहाँ दो प्राचीन मंदिर हैं - एक बलकानेश्वर नाथ महादेव का, जिसके बारे में कहा जाता है कि उसका निर्माण लव-कुश ने करवाया था, और दूसरा मंदिर माता सीता द्वारा स्थापित माना जाता है। कुछ लोककथाओं के अनुसार, इसी स्थान पर लव और कुश का जन्म भी हुआ था।"

मैं चुप हुआ तो महसूस किया कि कार के भीतर एक अजीब-सी शांति छा गई है। अशोक ने हल्की आवाज़ में कहा, "साहब, आपके साथ सफर करते हुए रास्ता कब कट जाता है, पता ही नहीं चलता।"

मैं मुस्कुरा दिया। बाहर सूर्य का प्रकाश और मेरे भीतर शब्दों, इतिहास और संवेदनाओं की रोशनी जल रही थी।

देश के स्वतंत्रता संग्राम में उन्नाव की भूमिका केवल उल्लेखनीय ही नहीं, बल्कि प्रेरणादायी भी रही है। इस धरती ने समय-समय पर ऐसे वीर सपूतों को जन्म दिया, जिन्होंने राष्ट्र की स्वतंत्रता और स्वाभिमान के लिए अपने प्राणों की आहुति देने में तनिक भी संकोच नहीं किया। उन्नाव की मिट्टी में बलिदान और संघर्ष की सुगंध रची-बसी है। राजा राव राम बक्स सिंह जैसे क्रांतिकारी, जिन्होंने अंग्रेजी सत्ता के विरुद्ध आवाज़ बुलंद की; मौलाना असरत मोहनानी, जिन्होंने कलम और विचार दोनों से आज़ादी की मशाल जलाए रखी; राम बेनी माधव, विशाम्बर दयाल त्रिपाठी, ठाक जससिंग, नारत सिंह, बरजोर सिंह, हादी सिंह, देवी बक्स सिंह, मंसब अली, कस्तरी सिंह, भोपाल सिंह और चंद्रिका बक्स सिंह जैसे न जाने कितने नाम हैं, जिनका योगदान

इतिहास के पन्नों में स्वर्णाक्षरों में अंकित है। इन सभी ने यह सिद्ध कर दिया कि उन्नाव केवल भौगोलिक दृष्टि से ही नहीं, बल्कि राष्ट्रीय चेतना के स्तर पर भी अत्यंत समृद्ध रहा है।

इतिहास की इन्हीं बातों में डूबा हुआ था कि घड़ी की सुइयों ने ध्यान दिलाया - सुबह के साढ़े नौ बजने को हैं और हमारी गाड़ी अब इत्र की नगरी कन्नौज की सीमा में प्रवेश करने ही वाली है। मैंने आगे की सीट से पीछे मुड़कर रागिनी से कहा,

"देखो, अब हम लोग कन्नौज पहुँचने वाले हैं। काश, समय थोड़ा और होता तो हम इस ऐतिहासिक नगरी की सैर भी कर पाते।"

मेरी बात सुनते ही पिछली सीट पर झपकी ले रही रिंकी की आँखें खुल गईं। उसने उत्सुकता से पूछा,

"पापा, क्या कन्नौज में भी घूमने की जगहें हैं?"

मैं मुस्कुराया। रिंकी की जिज्ञासा मुझे हमेशा भाती है। मैंने कहा,

"हाँ बेटा, कन्नौज तो इतिहास, संस्कृति और खुशबुओं का खज़ाना है। आज समय की कमी के कारण हम इसके भीतर नहीं जा पाएँगे, लेकिन इसकी कुछ खास बातें जरूर बताऊँगा।"

मैंने कहना शुरू किया, "आज भले ही कन्नौज एक साधारण-सा नगर लगता हो, लेकिन प्राचीन काल में यह भारत का एक महान सांस्कृतिक और राजनीतिक केंद्र हुआ करता था। इसका प्राचीन नाम 'कान्यकुब्ज' था। यह नगर विद्या, कला, साहित्य और शिल्प का गढ़ माना जाता था। यहाँ की संस्कृति और आचार-व्यवहार की अपनी विशिष्ट पहचान थी। कन्नौज में रचित साहित्य और यहाँ विकसित कला-शैलियाँ आज भी इसके वैभवशाली अतीत की कहानी सुनाती हैं। इतिहास के अनेक कालखंडों में कन्नौज सत्ता का केंद्र रहा और इसके लिए कई राजवंशों में संघर्ष भी हुए।"

रिंकी मेरी बातें बड़े ध्यान से सुन रही थी। मैंने आगे कहा,

"कन्नौज को इत्र की नगरी भी कहा जाता है। यहाँ सदियों से प्राकृतिक खुशबुओं का निर्माण होता आया है। गुलाब, केवड़ा, बेला और मिट्टी की सोंधी खुशबू से बने इत्र आज भी देश-विदेश में प्रसिद्ध हैं। यह शहर केवल देखने का नहीं, बल्कि महसूस करने का स्थान है।"

फिर मैंने उस प्रेम कथा का जिक्र छेड़ा, जो सदियों से लोगों के दिलों में बसी हुई है।

"कन्नौज का नाम लेते ही राजा जयचंद की पुत्री संयोगिता और पृथ्वीराज चौहान की प्रेम कहानी याद आ जाती है। यह प्रेम कथा मुमताज-शाहजहाँ की कहानी से भी कई शताब्दियाँ पुरानी है। इतिहासकार मानते हैं कि 11वीं शताब्दी के सम्राट पृथ्वीराज चौहान और रूपवती राजकुमारी संयोगिता के प्रेम ने उस दौर की राजनीति और इतिहास की दिशा ही बदल दी थी।"

मैंने बताया, "कहा जाता है कि पृथ्वीराज चौहान का चित्र देखकर ही संयोगिता उनके प्रेम में पड़ गई थी। जब यह बात पृथ्वीराज तक पहुँची, तो वह घोड़े पर सवार होकर चित्रा नदी के तट पर संयोगिता से मिलने पहुँचे। दोनों का यह गुप्त मिलन अधिक समय तक छिपा न रह सका। संयोगिता के पिता जयचंद, जो महाराज विजयचंद्र के पुत्र और गहरवार राजवंश से थे, पुत्री के प्रेम से क्रुद्ध हो उठे। उन्होंने आनन-फानन में संयोगिता का स्वयंवर आयोजित कराया और जानबूझकर पृथ्वीराज को आमंत्रित नहीं किया।"

कार आगे बढ़ रही थी और मेरी आवाज़ के साथ इतिहास भी बहता जा रहा था।

"स्वयंवर की सूचना पाकर पृथ्वीराज अपने सैनिकों के साथ कन्नौज पहुँचे और भरे स्वयंवर से संयोगिता का हरण कर उसे दिल्ली ले चले। यह दृश्य देखकर जयचंद ने अपनी सेना को उन्हें घेर लेने का आदेश दिया। लगातार पाँच दिनों तक पृथ्वीराज जयचंद की विशाल सेना से

घिरे रहे। इस संघर्ष में उनके अनेक सामंत वीरगति को प्राप्त हुए। पाँचवें दिन जब जयचंद स्वयं आगे बढ़ा, तो उसने देखा कि पृथ्वीराज के पीछे घोड़े पर उसकी पुत्री संयोगिता बैठी है। उस क्षण जयचंद का हृदय द्वंद्व में फँस गया। उसने सोचा - यदि वह पृथ्वीराज को मार देता है, तो उसकी बेटी विधवा हो जाएगी। अंततः पिता का हृदय जागा और उसने सेना को घेरा तोड़ने का आदेश दिया। तभी पृथ्वीराज सुरक्षित रूप से दिल्ली पहुँच सके।"

मैंने आगे जोड़ा,

"इसके बाद जयचंद ने अपने पुरोहितों को दिल्ली भेजा और विधि-विधान से पृथ्वीराज और संयोगिता का विवाह संपन्न हुआ। लेकिन इस प्रेम कथा का अंत यहीं नहीं हुआ। कुछ समय बाद पृथ्वीराज और मुहम्मद गौरी के बीच भयानक युद्ध छिड़ गया। अपनी पुत्री के हरण से आहत जयचंद इस युद्ध में तटस्थ रहे। पृथ्वीराज के मित्र और राजकवि चंदबरदाई ने अनेक राजपूत राजाओं से सहायता माँगी, लेकिन संयोगिता के हरण के कारण कई राजपूत राजा पृथ्वीराज के विरोधी बन चुके थे। जयचंद के संकेत पर वे गौरी के पक्ष में युद्ध करने को तैयार हो गए।"

मैंने बात समाप्त की तो रिंकी कुछ क्षण चुप रही, फिर बोली,

"पापा, इतिहास की कहानियाँ बहुत भावुक होती हैं।"

मैंने उसके सिर पर हाथ फेरा और मन-ही-मन सोचा - सचमुच, इतिहास केवल बीती घटनाओं का विवरण नहीं होता, वह मनुष्य की भावनाओं, निर्णयों और उनके दूरगामी परिणामों की जीवंत गाथा होता है। हमारी कार कन्नौज को पीछे छोड़ती चली जा रही थी, लेकिन उसकी खुशबू, उसकी कहानियाँ और उसका इतिहास हमारे साथ आगे तक सफर कर रहा था।

1192 ईस्वी का वह वर्ष भारतीय इतिहास के लिए निर्णायक सिद्ध हुआ। तराइन के मैदान में एक बार फिर पृथ्वीराज चौहान और मोहम्मद गौरी की सेनाएँ आमने-सामने खड़ी थीं। यह केवल दो शासकों का युद्ध नहीं था, बल्कि दो भिन्न युद्धनीतियों, दो सभ्यताओं और दो मानसिकताओं की टक्कर थी। युद्ध आरंभ होते ही धरती घोड़ों की टापों, तलवारों की टकराहट और रणभेरी की गर्जना से कांप उठी। पृथ्वीराज की ओर से लगभग तीन लाख वीर सैनिक युद्धभूमि में उतरे थे, जबकि मोहम्मद गौरी की सेना संख्या में अपेक्षाकृत कम - लगभग एक लाख बीस हज़ार - थी। किंतु संख्या से अधिक महत्वपूर्ण था युद्ध कौशल और रणनीति का अंतर।

गौरी की सेना की सबसे बड़ी विशेषता उसका प्रशिक्षित और तेज़ घुड़सवार दस्ता था। वे बिजली की गति से आक्रमण करते और उतनी ही तेजी से पीछे हट जाते। इसके विपरीत भारतीय सेना की रीढ़ युद्ध हाथी हुआ करते थे। विशालकाय हाथी शत्रु सेना में आतंक पैदा करते थे, किंतु यही हाथी इस युद्ध में पृथ्वीराज की कमजोरी बन गए। गौरी के घुड़सवारों ने आगे बढ़कर राजपूत सेना के हाथियों को चारों ओर से घेर लिया और उन पर लगातार तीरों की वर्षा शुरू कर दी। घायल और घबराए हाथी न आगे बढ़ सके, न पीछे हट पाए। विवश होकर वे उन्मत्त हो उठे और अपनी ही सेना को रौंदने लगे। युद्धभूमि में अव्यवस्था फैल गई और विजय की ओर बढ़ती सेना धीरे-धीरे पराजय की ओर ढलने लगी।

एक और बड़ा कारण था युद्ध की समय-सीमा से जुड़ा भारतीय दृष्टिकोण। पृथ्वीराज की सेना सूर्यास्त के बाद युद्ध रोक देती थी, जबकि तुर्क सैनिक रात के अंधेरे में भी अचानक आक्रमण कर भारी क्षति पहुँचा रहे थे। यह असमान रणनीति अंततः निर्णायक सिद्ध हुई। निरंतर संघर्ष, आंतरिक अव्यवस्था और विश्वासघात के वातावरण में पृथ्वीराज चौहान

पराजित हुए। उन्हें तथा उनके परम मित्र और राजकवि चंदबरदाई को बंदी बना लिया गया और अंततः दोनों की निर्मम हत्या कर दी गई।

इतिहास यह भी कहता है कि देशद्रोह का दंश बोने वाले जयचंद को भी उसका फल मिला। मोहम्मद गौरी ने उसे मारकर कन्नौज पर अधिकार कर लिया। सत्ता की राजनीति में तटस्थ रहने का उसका निर्णय अंततः उसके विनाश का कारण बना।

जब दिल्ली में संयोगिता को पृथ्वीराज चौहान के निधन का समाचार मिला, तो उसके लिए जीवन का कोई अर्थ शेष न रहा। प्रेम, सम्मान और त्याग की प्रतिमूर्ति संयोगिता ने सती होकर अपने प्राण त्याग दिए। उसकी यह कथा भारतीय इतिहास में प्रेम और बलिदान की अमर गाथा बन गई।

इतिहास के पन्ने पलटें तो ज्ञात होता है कि इस घटना से कई शताब्दियाँ पहले, छठी शताब्दी के प्रारंभ में महान सम्राट हर्षवर्धन भी बहन का सुहाग उजड़ने के बाद उसकी रक्षा के लिए इत्र नगरी कन्नौज आए थे। उसी संघर्ष ने उन्हें उत्तर भारत की राजनीति का केंद्र बना दिया। हर्षवर्धन ने अपने सभी विरोधी राजाओं को परास्त कर देश में एकछत्र शासन स्थापित किया। जन-इच्छा के विरुद्ध होने के बावजूद कन्नौज की जनता ने उन्हें अपना सम्राट स्वीकार किया। यही वह भूमि थी जहाँ हर्ष ने विश्व-प्रसिद्ध सर्वधर्म समभाव सम्मेलन आयोजित किया, जिसमें चीनी यात्री ह्वेनसांग सहित देश-विदेश के सैकड़ों शासकों और विद्वानों ने भाग लिया। उस समय कन्नौज भारत की राजधानी हुआ करता था - ज्ञान, संस्कृति और सहिष्णुता का केंद्र।

आज भी कन्नौज की धरती पर मौर्य काल से लेकर मध्यकाल तक के असंख्य अवशेष बिखरे पड़े हैं, जो अपने जीर्ण-शीर्ण स्वरूप में भी गौरवपूर्ण अतीत की गवाही देते हैं। राजा जयचंद का किला आज भी अपनी भव्यता और ऐतिहासिक गरिमा के साथ खड़ा है। यह वही किला

है जिसने पृथ्वीराज और संयोगिता की प्रेमकथा को घटित होते देखा था। किले की दीवारों से कन्नौज की असंख्य कहानियाँ जुड़ी हैं - कभी सत्ता की, कभी प्रेम की, तो कभी विश्वासघात की।

कन्नौज की मुस्लिम कालीन धरोहरें भी उतनी ही महत्वपूर्ण हैं। मकदूम जहानियां मस्जिद और बालापीर का मकबरा यहाँ की ऐतिहासिक विविधता को दर्शाते हैं। मकदूम जहानियां मस्जिद के बावन खंभे अपनी विशिष्ट बनावट और स्थापत्य कला के कारण प्रसिद्ध हैं। सरकार ने इन धरोहरों के संरक्षण और कायाकल्प का निर्णय लिया है, जिससे आने वाली पीढ़ियाँ भी इस विरासत से परिचित हो सकें।

इसके अतिरिक्त कन्नौज में राजकीय पुरातत्व संग्रहालय का निर्माण कार्य प्रगति पर है, जहाँ प्राचीन मूर्तियाँ, शिलालेख और कलाकृतियाँ प्रदर्शित की जाएँगी। शहर के अनेक क्षेत्रों में स्थित प्राचीन धार्मिक स्थलों को भी संवारा जा रहा है। ऐसा प्रतीत होता है कि आने वाले वर्षों में कन्नौज पुनः एक प्रमुख पर्यटन और सांस्कृतिक केंद्र के रूप में अपनी पहचान बनाएगा।

मेरी बातें सुनते हुए रागिनी और रिंकी तो जैसे इतिहास के किसी जीवंत पन्ने में खो गई थीं। वहीं ड्राइवर अशोक भी पूरे ध्यान से सुन रहा था। उसके चेहरे पर उभरते भाव बता रहे थे कि यह कहानी उसे भीतर तक छू रही है - मानो सड़क पर दौड़ती गाड़ी के साथ-साथ इतिहास भी हमारे साथ चल रहा हो।

अशोक ने गाड़ी चलाते हुए सहज उत्सुकता से कहा,

"सर, मैं कन्नौज से न जाने कितनी बार गुज़र चुका हूँ। कई बार तो यात्रियों को विशेष तौर पर कन्नौज भी लेकर गया हूँ। लेकिन सच कहूँ तो आज तक किसी यात्री से कन्नौज का ऐसा इतिहास सुनने को नहीं मिला, जैसा आपने अभी बताया। मैं तो अब तक यही समझता रहा कि कन्नौज कोई छोटा-सा, साधारण शहर है। आज पहली बार एहसास हुआ

कि यह जगह तो साधारण नहीं, बल्कि इतिहास की गहरी परतों में छिपा हुआ एक बहुत बड़ा अध्याय है।"

उसकी आवाज़ में आश्चर्य के साथ-साथ सम्मान भी घुला हुआ था। मैंने उसकी बात सुनकर मुस्कुराते हुए कहा,

"दरअसल अशोक, हम लोग अक्सर किसी जगह को उसके वर्तमान रूप में देखकर आंक लेते हैं, जबकि उसकी आत्मा उसके अतीत में बसती है। यदि मनुष्य के विकास के इतिहास को ध्यान से देखें तो पाएँगे कि प्राचीन काल में सभ्यताओं का जन्म प्रायः नदियों के किनारे ही हुआ। इसका सबसे बड़ा कारण जल था। जल केवल पीने के लिए ही नहीं, बल्कि खेती, व्यापार और परिवहन - तीनों के लिए अनिवार्य था। उस समय यातायात का प्रमुख साधन भी नदियाँ ही थीं। नावों के सहारे लोग दूर-दूर तक व्यापार करते थे और संस्कृति का आदान-प्रदान होता था।"

मैंने बात आगे बढ़ाते हुए कहा,

"तुमने शायद ध्यान दिया होगा कि देश के लगभग हर बड़े और प्राचीन शहर के बीच से कोई न कोई नदी अवश्य गुजरती है। चाहे वह काशी हो, प्रयाग हो, पटना हो या कन्नौज - सभी का विकास वहां बहने वाली नदियों के कारण ही संभव हो सका। हम आज जिन शहरों से होकर गुजर रहे हैं, उनके उभरने के पीछे भी वही जलधाराएँ हैं, जिन्होंने समय के साथ उन्हें जीवन दिया।"

हमारी कार अपनी सामान्य, संतुलित गति से आगे बढ़ती चली जा रही थी। यात्रा को लगभग डेढ़ घंटा बीत चुका था। सुबह का घना कोहरा अब पूरी तरह छँट चुका था और सूर्य की तीखी, स्वर्णिम किरणें सड़क पर दूर तक साफ दिखाई दे रही थीं। डामर की काली पट्टी दोनों ओर फैले हरे-भरे खेतों के बीच सर्प की तरह बल खाती चली जा रही थी।

खेतों में किसान और महिलाएँ अपने-अपने काम में जुटी थीं। कोई हल चला रहा था, कोई पौधों में पानी दे रहा था, तो कोई सिर पर घास का गट्ठर रखे खेत से लौटती दिखाई दे रही थी। चरवाहे हाथ में लंबा डंडा लिए, गायों और भैंसों को खुले मैदानों की ओर हाँकते जा रहे थे। मुख्य सड़क से थोड़ा हटकर, दूर खेतों में कहीं-कहीं मोर भी दिखाई दे जाते, जो अपनी स्वाभाविक गरिमा के साथ इधर-उधर टहलते प्रतीत होते थे।

कभी-कभी सड़क किनारे खड़े बच्चों का कोई झुंड हमारी कार को देखकर उत्सुकता से ठिठक जाता। उनके चेहरे पर विस्मय और उल्लास की मिली-जुली चमक होती। वे खुशी-खुशी हाथ हिलाते, मानो किसी अनजाने यात्री से आत्मीय संबंध जोड़ लेना चाहते हों। हम भी प्रत्युत्तर में हाथ उठाने ही वाले होते कि तब तक हमारी कार उन्हें पीछे छोड़ चुकी होती। ऐसे में मुस्कुरा देने के अलावा हमारे पास और कोई विकल्प नहीं बचता था।

उसी क्षण मेरे मन में एक विचार कौंध गया। मैंने सोचा - इन मासूम बच्चों के इस झुंड में न जाने कब और कौन-सा बच्चा अपनी प्रतिभा, मेहनत और सपनों के सहारे इस भीड़ से अलग पहचान बना ले। हो सकता है, यहीं से कोई भविष्य का बड़ा राजनेता निकले, कोई प्रशासनिक अधिकारी बने, कोई वैज्ञानिक या लेखक बने, या फिर कोई ऐसा कलाकार उभरे जो सिनेमा के पर्दे पर देशभर में अपनी पहचान बनाए। आज जो बच्चे धूल भरी सड़क के किनारे खड़े होकर हाथ हिला रहे हैं, कल वही देश की दिशा और दशा बदलने वाले कर्णधार बन सकते हैं।

यह सोचते हुए मेरे होंठों पर एक हल्की मुस्कान तैर गई और दिल में एक अजीब-सी उम्मीद जाग उठी - कि यह धरती, यह रास्ते

और यह साधारण से दिखने वाले गाँव अपने भीतर असाधारण भविष्य छुपाए हुए हैं।

कहीं पढ़ा था कि हमारे देश के महान वैज्ञानिक और पूर्व राष्ट्रपति डॉ. ए. पी. जे. अब्दुल कलाम अपने बचपन में रेल की पटरियों के किनारे-किनारे चलकर अपने चाचा के लिए अख़बारों का बंडल उठाकर लाया करते थे। नन्हे कलाम उस समय विस्मय से भरे नेत्रों से लोहे की पटरियों पर दौड़ती विशाल रेलगाड़ी को देखते रहते थे। उन्हें यह देखकर अचरज होता था कि इतना भारी-भरकम लोहे का ढांचा इतनी तेज़ी से कैसे सरक जाता है। बालक कलाम को यह तक पता नहीं था कि यह रेल कहां से आती है और कहां जाकर रुकती है। इसका कारण यह था कि वे अपने छोटे से गांव की सीमाओं से कभी बाहर नहीं निकले थे। उन्होंने रेल को केवल दूर से देखा था, उसकी भीतरी संरचना, उसकी शक्ति और उसकी गति के पीछे छिपे विज्ञान का उन्हें कोई ज्ञान नहीं था। उस समय तक उन्हें रेल में बैठकर यात्रा करने का अवसर भी नहीं मिला था।

मैं सोचने लगा कि शायद उस दौर में बालक कलाम भी ठीक वैसे ही रेल की ओर हाथ हिलाते होंगे, जैसे कुछ देर पहले सड़क किनारे खड़े बच्चे हमारी कार की ओर देखकर मुस्कुरा रहे थे। तब किसी ने कल्पना भी नहीं की होगी कि वही साधारण सा दिखने वाला बालक, अपनी जिज्ञासा, अथक परिश्रम और अपार प्रतिभा के बल पर एक दिन देश का शीर्ष वैज्ञानिक बनेगा और आगे चलकर भारत के सर्वोच्च संवैधानिक पद पर आसीन होगा। भविष्य की किताब किसी ने आज तक पहले से पढ़ी नहीं है। कौन कहां से चलेगा और कहां पहुंचेगा - यह सब समय की गोद में छिपा रहता है।

अपने छोटे से जीवन में मैंने भी न जाने कितने लोगों को बनते और बिगड़ते देखा है। कितनों को शिखर पर चढ़ते और कितनों को बीच

रास्ते में ही थककर बैठते देखा है। अशोक गाड़ी चलाते हुए बीच-बीच में मेरी ओर देख लेता था और मैं खिड़की से बाहर फैलते खेतों, सड़कों और दूर भागती ज़िंदगी को निहारते हुए अपने विचारों में डूबा बैठा था।

इसी सन्नाटे को तोड़ते हुए पिछली सीट से रिंकी की मासूम आवाज़ गूंजी,

"पापा, हम लोग कहां पहुंच गए? क्या हम लोग अभी भी कन्नौज में ही हैं?"

मैंने हल्के स्वर में उत्तर दिया,

"नहीं बेटा, कन्नौज तो अब काफी पीछे छूट गया है। अब हम लोग मैनपुरी के करीब पहुंचने वाले हैं।"

फिर स्नेह से जोड़ते हुए कहा,

"तुम्हें भूख तो नहीं लग रही? अगर लग रही हो तो पीछे बैग में चिप्स के पैकेट रखे हैं, एक निकाल लो और खा लो।"

इसी बीच रागिनी ने अगला प्रश्न दाग दिया,

"अब तक कितनी दूरी तय कर ली है हमने?"

मैंने मुस्कुराकर पूछा,

"क्यों, थक गई क्या?"

वह हंसते हुए बोली,

"नहीं, थकी तो नहीं हूं, पर आप इतने शांत बैठे अच्छे नहीं लग रहे। कुछ बताइए, कुछ बोलिए, कोई नई जानकारी दीजिए। यात्रा में आपकी बातें ही तो जान डालती हैं।"

मैंने भी मजाकिया अंदाज़ में कहा,

"अच्छा! तो आपने मुझे बाकायदा टूरिस्ट गाइड समझ रखा है।"

मेरी बात पूरी भी नहीं हुई थी कि अशोक ने स्टीयरिंग पर हाथ जमाए हुए ही विनम्रता से कहा,

"नहीं सर, मैम बिल्कुल ठीक कह रही हैं। सच बताऊं तो आपके पास जानकारियों का भंडार है। आपकी बातें सुनकर मुझे भी बहुत अच्छा लग रहा है। अभी तक तो मैं खुद को एकदम निरा मूर्ख समझता था। बस टैक्सी चलाता था। मुझे क्या पता था कि जिन रास्तों पर मैं रोज़ गाड़ी दौड़ाता हूं, वे इतने ऐतिहासिक हैं। कभी इन्हीं रास्तों से राजा-महाराजा, संत और योद्धा गुजरा करते होंगे। ईश्वर का लाख-लाख शुक्र है कि आज मैं आपके साथ हूं। कुछ जान रहा हूं, कुछ सीख रहा हूं। छोटा सा सफर ही सही, पर आपके सानिध्य में रहकर अपनी अज्ञानता कुछ कम कर पा रहा हूं।"

अशोक की बातों ने मुझे भीतर तक छू लिया। उसके शब्दों से साफ झलक रहा था कि वह पढ़ा-लिखा, समझदार व्यक्ति है, जिसे परिस्थितियों ने शायद टैक्सी चलाने पर मजबूर कर दिया है। जीवन सभी को समान अवसर नहीं देता। सामाजिक परिस्थितियां, पारिवारिक दायित्व और आर्थिक विवशताएं मनुष्य की राह तय कर देती हैं। परंतु अक्सर लगता है कि भाग्य सबसे आगे-आगे चलता है।

जब मैं कम योग्यता वाले व्यक्ति को ऊंचे पद पर बैठा देखता हूं, तो यह विश्वास और मजबूत हो जाता है कि चयन हमेशा योग्यता के आधार पर नहीं होता। कई बार भय के कारण अयोग्य को चुना जाता है - क्योंकि वह प्रभाव में रहता है, प्रश्न नहीं करता और व्यवस्था के लिए सुरक्षित होता है। योग्य व्यक्ति से सबको डर लगता है, पर अयोग्य व्यक्तियों को उससे कुछ ज्यादा ही भय होता है।

आज के युग में मनुष्य को अपनी क्षमताओं और परिस्थितियों के बीच संतुलन बनाते हुए जीवन की राह स्वयं तलाशनी पड़ती है। हर व्यक्ति के भीतर एक डॉ. कलाम छिपा होता है - बस फर्क इतना है कि किसी को उड़ान के लिए अवसर मिल जाता है और कोई जीवन भर पटरियों के किनारे खड़ा होकर गुजरती गाड़ियों को देखता रह जाता है।

आज अनायास ही मुझे प्रेमचंद की अमर कहानी "गुल्ली डंडा" स्मरण हो आई। उस कहानी में 'गया' और उसका मित्र - दोनों एक ही गांव की मिट्टी में पले-बढ़े, एक ही गलियों में दौड़े, एक ही मैदान में गुल्ली उछालते हुए हंसे-लड़े और फिर आपस में रूठकर भी दोस्त बने रहे। बचपन में उनके बीच कोई भेद नहीं था - न हैसियत का, न भविष्य का, न सपनों का। पर जीवन, जो अक्सर अपने नियम खुद गढ़ता है, एक दिन अचानक करवट बदल लेता है। मित्र के पिता का शहर में स्थानांतरण हो गया और यहीं से दोनों की राहें अलग-अलग दिशाओं में मुड़ गईं।

एक ओर 'गया' गांव में रह गया - खेत, हल, मौसम और फसलों के बीच। दूसरी ओर उसका मित्र शहर की चकाचौंध में चला गया - अच्छे विद्यालय, ऊंची शिक्षा, सुविधाएं और अवसर उसके हिस्से आए। समय बीता, दोनों बड़े हुए। शहर गया मित्र पढ़-लिखकर बड़ा अधिकारी बन गया और 'गया' गांव में रहकर किसान ही रह गया। तब मन बार-बार यही कहता है कि मनुष्य अपनी योग्यता से अधिक परिस्थितियों का दास होता है। योग्यता बीज की तरह होती है, पर यदि उसे अनुकूल मिट्टी, पानी और धूप न मिले तो वह अंकुरित भी नहीं हो पाती।

योग्यता और अयोग्यता का यह असमान खेल केवल कहानियों तक सीमित नहीं है; यह हमारे चारों ओर फैला हुआ है - हर कार्यालय में, हर संस्था में, हर व्यवस्था में। मैं अपने दफ्तर में भी इसे रोज़ देखता हूं। प्रबंधक की चापलूसी कर कोई व्यक्ति ऊंचे पद पर बैठ जाता है और ऐसा दिखावा करता है, मानो उसने यह ओहदा अपनी मेहनत और प्रतिभा के बल पर पाया हो। प्रबंधक की शह पर चूहा भी शेर बनकर दहाड़ने लगता है। यह दृश्य भीतर तक कचोटता है। मन में वितृष्णा जन्म लेती है। कभी-कभी सब कुछ छोड़कर दूर चले जाने की इच्छा भी होती है।

पर फिर यही समझ आता है कि आम आदमी संघर्षों से भरी सीधी-सादी जिंदगी जीना चाहता है। वह हर बात पर समाज से टकराकर, व्यवस्था से लड़कर अपनी सामाजिक और पेशेवर स्थिति को और अधिक कष्टों में नहीं डालना चाहता। इसलिए वह अक्सर समझौता कर लेता है - अपने स्वाभिमान से, अपने विचारों से, कभी-कभी अपनी योग्यता से भी। यही समझौता धीरे-धीरे व्यवस्था को खोखला करता चला जाता है।

यह एक विडंबना है - बल्कि कहूं तो बहुत बड़ी विडंबना - हमारे समाज और हमारे देश की। आशा बस यही है कि एक दिन यह स्थिति बदलेगी। वास्तविक प्रगति उसी दिन संभव होगी, जिस दिन योग्यता की सच्ची पहचान होगी। जब व्यक्ति को उसके हुनर, उसके ज्ञान और उसके कर्म के आधार पर अवसर मिलेगा। योग्यता से किसी भी स्तर पर समझौता नहीं किया जाना चाहिए। कमजोर व्यक्ति को सहारा देना, उसे अवसर देना समाज का दायित्व है - इससे कोई इनकार नहीं। पर अंतिम चयन के क्षण में केवल और केवल योग्यता ही निर्णायक होनी चाहिए। समाज का हित इसी में है, संस्थाओं का हित इसी में है और देश का भविष्य भी इसी में सुरक्षित है।

अयोग्य व्यक्ति कभी योग्य व्यक्ति का सामना नहीं कर सकता। वह कुछ समय तक वैशाखियों के सहारे चल सकता है - या कहिए चलाया जा सकता है। पर लंबी दूरी तय करना उसके बस की बात नहीं होती। एक दिन वह थककर गिर ही पड़ता है। कमजोर नींव पर खड़ी इमारत चाहे कितनी ही सजी-संवरी क्यों न हो, ढहती अवश्य है। श्रेष्ठता अंततः निरर्थकता पर भारी पड़ती है - जैसे सच्चाई को न दबाया जा सकता है, न हमेशा छुपाया जा सकता है। वह किसी न किसी दिन उजागर हो ही जाती है। ठीक उसी तरह श्रेष्ठता को झुठलाया नहीं जा

सकता। उसे कुछ समय के लिए नज़रअंदाज़ किया जा सकता है, पर हमेशा के लिए नहीं।

अयोग्य व्यक्ति की सेवाएं स्वाभाविक रूप से दोयम दर्जे की ही होंगी। कई बार इसका त्वरित प्रभाव दिखाई नहीं देता। उसे ढक लिया जाता है, छुपा लिया जाता है, आंकड़ों और प्रचार के पर्दे में दबा दिया जाता है। पर जब ऐसी व्यवस्था लंबे समय तक बनी रहती है, तो संस्थाएं धीरे-धीरे डूबने लगती हैं, बिखरने लगती हैं। और यदि यही रोग पूरे देश में फैल जाए, तो देश भी पतन की ओर बढ़ सकता है।

इसलिए इस विषय पर गंभीर नहीं, बल्कि अत्यंत गहन विचार किए जाने की आवश्यकता है। अपनी तुच्छ स्वार्थपूर्ति, निजी लाभ या तात्कालिक सुविधा के लिए किसी संस्था या पूरे देश को दांव पर नहीं लगाया जाना चाहिए। क्योंकि राष्ट्र केवल ईंट-पत्थर से नहीं बनता, वह बनता है योग्य हाथों, ईमानदार सोच और निष्पक्ष अवसरों से।

मैं भी न जाने किस चर्चा को पकड़कर बैठ गया था। मन ही मन खुद पर हंसी आ रही थी - "नक्कारखाने में तूती की आवाज़" भला कौन सुनता है? फिर भी दिल है कि मानता ही नहीं। शायद यही मनुष्य की सबसे बड़ी कमजोरी और सबसे बड़ी ताकत दोनों है - जानते हुए भी कहना, समझते हुए भी कोशिश करना।

मैंने अचानक अशोक की ओर देखकर पूछा,

"तुमने पढ़ाई क्यों नहीं की?"

अशोक ने स्टीयरिंग पर हाथ टिकाए रखते हुए हल्की सी सांस ली, जैसे कोई पुरानी पीड़ा भीतर से उभर आई हो। बोला,

"की है साहब। बी.ए. पास हूं। आगे भी पढ़ना चाहता था, पर मजबूरियां आड़े आ गईं। घर की हालत ऐसी नहीं थी कि पढ़ाई जारी रख पाता। गाड़ी चलानी आती थी, सो ड्राइविंग लाइसेंस बनवाया और

टूरिस्ट कंपनी में ड्राइवर बन गया। दो साल पहले बैंक से लोन लेकर यह कार खरीदी है। अब अपनी गाड़ी खुद चलाता हूं।"

उसकी आवाज़ में गर्व कम और उदासी अधिक थी। जैसे वह अपने निर्णय को खुद ही सही ठहराने की कोशिश कर रहा हो।

मैंने मुस्कुराकर कहा,

"अरे, गाड़ी चलाना कोई छोटा काम थोड़े ही है। यह भी एक सम्मानजनक व्यवसाय है। व्यवसाय छोटा-बड़ा नहीं होता। मेहनत और ईमानदारी होनी चाहिए। आज तुम्हारे पास एक कार है, कल दो होंगी, परसों चार। ईश्वर ने चाहा तो एक दिन तुम खुद ट्रांसपोर्ट कंपनी के मालिक बनोगे। और रही बात पढ़ाई की - तो उसकी कोई उम्र नहीं होती। जब जागो, तभी सवेरा। आज भी तुम चाहो तो किसी विश्वविद्यालय में व्यक्तिगत छात्र बनकर नामांकन करा सकते हो। मेहनत करोगे तो मनचाही डिग्री भी मिलेगी और आगे बढ़ने के नए रास्ते भी खुलेंगे।"

मेरी बात सुनकर अशोक ने चुपचाप गर्दन हिला दी। उसकी आंखों में कुछ चमक तो थी, पर साथ ही ऐसा भी लगा जैसे वह अपने भीतर कोई अनकही कहानी दबाए बैठा हो। मैंने उसे और कुरेदना ठीक नहीं समझा। हर इंसान की कुछ गांठें होती हैं, जो वह तभी खोलता है जब उसे भरोसा होता है।

मन में एक विचार गहराता चला गया - अपना व्यवसाय करना सचमुच अच्छा होता है। न किसी की गुलामी, न हर समय जवाबदेही का बोझ। अपने व्यवसाय के साथ एक आत्मसम्मान जुड़ा होता है। और सबसे बड़ी बात - जब आपके पास खुद का काम होता है, तो आप दूसरों को भी काम दे सकते हैं। यह एहसास भीतर से सुख देता है कि हम केवल अपने लिए नहीं, बल्कि कम से कम दो-चार लोगों के लिए सहारा बन पा रहे हैं।

युग बदल रहा है। समय की मांग भी बदल रही है। हमें भी अपने सोचने का तरीका बदलना होगा। यह भ्रम पालकर नहीं बैठना चाहिए कि सफलता एक ही दिन में मिल जाती है, या एक रात में कोई कोठी खड़ी हो जाती है। सफलता धीरे-धीरे आकार लेती है - मेहनत मांगती है, धैर्य मांगती है, और सबसे बढ़कर निस्वार्थ भाव मांगती है। नियत साफ हो, इरादे मजबूत हों, तो मंज़िल दूर होकर भी असंभव नहीं रहती।

मुझे पता है, बहुत से लोग इन बातों को व्यर्थ मानते हैं। वे सोचते हैं कि जब नौकरी करके परिवार का पेट भर सकता है, तो अतिरिक्त झंझट क्यों पालें? जोखिम क्यों लें? यह सोच स्वाभाविक भी है, पर अधूरी है। वे भूल जाते हैं कि आदमी समाज में अकेला नहीं रहता। यदि आप सक्षम हैं, समर्थ हैं, तो समाज के प्रति आपके कुछ दायित्व भी बनते हैं। मांग उसी से की जाती है जो दे सकता हो। भिखारी से कोई कुछ नहीं मांगता। अपनी जरूरतें पूरी करते हुए, दूसरों की जरूरतों के प्रति भी संवेदनशील रहना चाहिए। भीतर कहीं न कहीं मदद करने की आकांक्षा जीवित रहनी चाहिए।

यह भी सच है कि हर व्यक्ति की परिस्थितियां अलग होती हैं। प्राथमिकताएं अलग होती हैं। सोचने का नजरिया अलग होता है। मुझे ही देख लीजिए - जब मेरे कई साथी दौड़-दौड़कर धन जुटाने में लगे हैं, तब मैं एक ड्राइवर अशोक के भविष्य को लेकर चिंतित बैठा हूं। मानो दुनिया की सारी समस्याओं की जिम्मेदारी मैंने अपने कंधों पर उठा ली हो। कभी-कभी लगता है जैसे मैं अकेला ही इस दुनिया को सुधारने का बीड़ा उठाए बैठा हूं - जैसे एक इशारे में सब कुछ ठीक हो जाएगा।

यही तो रागिनी भी हंसते हुए कहती है - यह दुनिया ठीक होने वाली नहीं। मैं भी जानता हूं, शायद यह दुनिया पूरी तरह कभी ठीक न हो। पर फिर भी मन कहता है - कोशिश छोड़ देना भी तो हार मान लेना है। इसलिए लगा रहता हूं। शायद इसी उम्मीद में कि अगर पूरी

दुनिया नहीं, तो कम से कम किसी एक इंसान के भीतर कोई छोटा सा दीप जल जाए।

"देखो, हम लोग मैनपुरी पहुँच गए।"

मैंने उत्साह से भरे स्वर में पीछे मुड़कर रागिनी की ओर देखते हुए कहा। सड़क के दोनों ओर फैले खेत, दूर-दूर तक पसरी हरियाली और हल्की धूप में नहाया हुआ शहर मानो हमारे आगमन का स्वागत कर रहा था।

रागिनी ने खिड़की से बाहर झांकते हुए जिज्ञासु स्वर में पूछा,

"अच्छा, तो क्या मैनपुरी का भी कोई इतिहास है, या यह बस यूँ ही रास्ते में पड़ने वाला एक शहर है?"

मैं मुस्कुरा उठा। मुझे पता था, यह सवाल एक नए व्याख्यान का निमंत्रण है।

"इतिहास?" मैंने हल्की ठिठोली के साथ कहा, "मैनपुरी का इतिहास भी कम गौरवशाली नहीं है। इसकी सांस्कृतिक और पौराणिक विरासत किसी भी दृष्टि से कन्नौज से कम नहीं। बल्कि कई इतिहासकारों की मानें तो कन्नौज के जिस वैभवशाली साम्राज्य की हम बात करते हैं, उसके बीज कहीं न कहीं इसी क्षेत्र में पड़े थे।"

मैंने आगे कहा कि मैनपुरी की धरती पर आज भी बिखरे पड़े प्राचीन भग्नावशेष इसकी प्राचीनता की मूक गवाही देते हैं। मान्यता है कि वर्ष 1392 ईस्वी में मैनपुरी नगर को विधिवत बसाया गया था। उस समय औंछा क्षेत्र से लोगों को यहां बसने के लिए प्रोत्साहित किया गया। उन्हें न केवल मुफ्त जमीन दी गई, बल्कि घर बनाने के लिए अनुदान भी दिया गया, ताकि यह क्षेत्र एक सशक्त नगर के रूप में विकसित हो सके।

औंछा का नाम लेते ही मैंने बात को और गहराई दी।

"औंछा में च्यवन ऋषि का प्रसिद्ध आश्रम है," मैंने कहा, "और इससे जुड़ी एक अत्यंत रोचक किवदंती भी है। कहा जाता है कि यहीं एक ऐसी दिव्य औषधि की खोज हुई थी, जिसके प्रयोग से वृद्ध साधु च्यवन पुनः युवक बन गए थे। यही औषधि आगे चलकर 'च्यवनप्राश' के रूप में प्रसिद्ध हुई।"

आज भी मान्यता है कि च्यवन ऋषि के कुंड में स्नान करने से कई प्रकार के त्वचा रोग ठीक हो जाते हैं। श्रीमद्भागवत पुराण के अनुसार यह क्षेत्र संतों और तपस्वियों की तपोभूमि रहा है, जहां सदियों तक साधना और ज्ञान का प्रकाश फैला रहा।

मैंने बताया कि मैनपुरी ज़िले की उत्तर-पूर्वी सीमा से होकर बहने वाली काली नदी इसे एटा और फर्रुखाबाद जिलों से अलग करती है। यह नदी न केवल भौगोलिक सीमा निर्धारित करती है, बल्कि इस क्षेत्र की सभ्यता और संस्कृति के विकास में भी महत्वपूर्ण भूमिका निभाती रही है।

मैनपुरी से लगभग बाइस किलोमीटर दूर स्थित ग्राम बिधूना में आज भी ऐसे कई अवशेष मौजूद हैं, जो इसे एक पौराणिक स्थल सिद्ध करते हैं। वहां एक ऊँचे टीले पर रखी प्राचीन मूर्तियां समय की मार सहते हुए भी अपने गौरव की कहानी कहती प्रतीत होती हैं। दुर्भाग्यवश, अनेक विखंडित मूर्तियां समय के साथ असामाजिक और अराजक तत्वों के हाथों नष्ट भी हो चुकी हैं।

शहर के मध्य स्थित महाराजा तेज सिंह का किला आज एक विकरित पर्यटन स्थल के रूप में जाना जाता है। यह किला महाराजा तेज सिंह के पूर्वजों द्वारा निर्मित कराया गया था। और आज भी अपनी स्थापत्य कला और ऐतिहासिक गरिमा से दर्शकों को आकर्षित करता है।

मैंने विशेष रूप से बताया कि प्रथम स्वाधीनता संग्राम में महाराजा तेज सिंह का योगदान अविस्मरणीय है। यद्यपि 1857 की

क्रांति की शुरुआत मेरठ से मानी जाती है, लेकिन उसके ठीक अगले दिन मैनपुरी में भी विद्रोह की ज्वाला भड़क उठी थी। महाराजा तेज सिंह के नेतृत्व में यहां स्वतंत्रता की लड़ाई ने एक सशक्त स्वरूप ग्रहण किया था।

दर्शनीय स्थलों की चर्चा करते हुए मैंने बताया कि मैनपुरी का समान अभ्यारण्य अत्यंत महत्वपूर्ण है। लगभग 5.25 वर्ग किलोमीटर क्षेत्र में फैला यह अभ्यारण्य प्रवासी पक्षियों की अनेक प्रजातियों का आश्रय स्थल है। विशेष रूप से यह सारस क्रेन के लिए प्रसिद्ध है। भारत में पाए जाने वाले कुल सारस क्रेन पक्षियों में से लगभग दो-तिहाई इसी अभ्यारण्य में देखे जाते हैं।

इसके अतिरिक्त माता शीतला देवी मंदिर, लोहिया पार्क, तथा काले महादेव और श्वेत महादेव के जुड़वां शिव मंदिर भी मैनपुरी के प्रमुख आकर्षण हैं, जहां श्रद्धा और शांति का अद्भुत संगम देखने को मिलता है।

मैं पूरे जोश के साथ अपना व्याख्यान जारी रखे हुए था। रागिनी, रिंकी और अशोक - तीनों मेरी बातों को बड़े ध्यान से सुन रहे थे। तभी मैंने अचानक पीछे मुड़कर रागिनी की ओर देखा और मुस्कराते हुए कहा,

"मैडम जी, लगता है आज मैंने इतिहास का पूरा अध्याय सुना डाला। अब ज़रा दया करके एक गिलास पानी पिला दीजिए, वरना यह टूरिस्ट गाइड यहीं प्यास से ढेर हो जाएगा।"

कार के भीतर अचानक हँसी का खुला-सा ठहाका गूँज उठा। माहौल में जैसे एक हल्की-सी शरारत घुल गई हो। बोतल से गिलास में पानी उड़ेलते हुए रागिनी ने मुस्कुराकर कहा,

"मैं तो समझ ही रही थी कि आपकी क्लास अभी समाप्त नहीं हुई है, इसलिए छात्रा बनकर पूरे मन से सुन रही थी।" रागिनी ने बात को आगे बढ़ाते हुए कहा,

"काफी देर से हम लोग चल रहे हैं। क्यों न कहीं रुककर कुछ खा-पी लिया जाए? रिंकी को भी अच्छा लगेगा और हमें भी थोड़ी ताज़गी मिल जाएगी।"

कहते हुए उसने पानी का गिलास मेरी ओर बढ़ा दिया, मानो निर्णय की मुहर भी उसी में छुपी हो।

"आईडिया तो बुरा नहीं है," मैंने सहमति में सिर हिलाते हुए कहा और आगे की सीट पर बैठे अशोक की ओर देखते हुए जोड़ा,

"क्यों ड्राइवर साहब, आपकी क्या राय है? कोई ठीक-ठाक जगह दिखे तो गाड़ी रोक दीजिएगा।"

अशोक ने हल्की मुस्कान के साथ रियर-व्यू मिरर में झाँका, मानो इस छोटे-से विराम का वह भी उतना ही स्वागत कर रहा हो।

कुछ ही दूर आगे, हाईवे से थोड़ा हटकर, सादगी से बना एक ढाबा दिखाई दिया - चारों ओर खुला-सा सन्नाटा, नवंबर माह की ठंडी हवा, और हवा में तैरती गरम दूध और तले हुए पकौड़ों की मिली-जुली खुशबू। अशोक ने गाड़ी धीरे से वहीं रोक दी। ढाबे की लकड़ी की बेंचों पर बैठते ही यात्रा की थकान कुछ पल में उतरती महसूस हुई।

हम लोगों ने एक प्लेट पनीर पकौड़े और गरमा-गरम दूध का ऑर्डर दिया। रागिनी और रिंकी के चेहरे पर पकौड़ों का नाम सुनते ही बालसुलभ चमक आ गई। वहीं अशोक ने अपने लिए सादा-सा आलू का पराठा और चाय मंगवाई - मानो उसके स्वाद में भी जीवन की सीधी-सादी लकीरें बसी हों।

करीब बीस मिनट तक वह ढाबा हमारी छोटी-सी दुनिया बन गया। गरम दूध की भाप, पकौड़ों की कुरकुराहट और हल्की-फुल्की बातचीत ने मन को भर दिया। फिर हम दोबारा अपनी यात्रा पर निकल पड़े।

अब गाड़ी सामान्य गति से गंतव्य की ओर बढ़ रही थी। नाश्ते के बाद पिछली सीट पर रागिनी और रिंकी नींद की आगोश में जा चुकी थीं। उनके शांत चेहरे देखकर मन अपने-आप ही कोमल हो उठा। आगे अशोक धीमी आवाज़ में बज रहे भजनों की लय पर सिर हिलाते हुए गाड़ी चला रहा था - जैसे स्टीयरिंग के साथ-साथ वह अपने जीवन की धड़कनों को भी संतुलित रखे हुए हो।

मैं बगल में बैठा खिड़की से बाहर झाँकते हुए प्रकृति को निहार रहा था। सड़क के दोनों ओर खेत, कहीं-कहीं दूर चरते जानवर, और ऊपर आकाश में फैला अनंत बादलों का समूह - इन सबके बीच मन अनायास ही विचारों में डूबता चला गया। सोचने लगा कि नीरस, थकाऊ और जिम्मेदारियों से भरी जिंदगी को कुछ समय के लिए पीछे छोड़कर यूँ ही निकल जाना कितना सुकून देता है। और जब यह यात्रा परिवार के साथ हो, तो उसका आनंद कई गुना बढ़ जाता है।

न कोई फोन कॉल, न ई-मेल की झंझट, न बॉस की हिदायतें और न ही दफ्तर की दौड़-भाग - बस सड़क, सफर और अपने लोग। जगह-जगह का खाना-पानी, अनजान चेहरों से मिलने वाले छोटे-छोटे अनुभव, बदलती बोलियाँ और आँखों को भाने वाले दृश्य। हर मोड़ पर एक नया एहसास, हर पड़ाव पर एक नई कहानी। सचमुच, रोमांच ही रोमांच।

वैसे तो मनुष्य घर बैठे पुस्तकों के माध्यम से देश-विदेश की विस्तृत जानकारियाँ हासिल कर सकता है, इतिहास और भूगोल की सीमाएँ पार कर सकता है। पर पुस्तकों से मिला अनुभव वैसा ही होता है, जैसे किसी तस्वीर को देखकर हिमालय के देवदार वन और बर्फ से ढकी चोटियों की कल्पना करना। वास्तविक यात्रा में जो गंध, जो ठंडक, जो मौन और जो विस्मय मिलता है, वह केवल महसूस किया जा सकता है - पढ़ा नहीं।

पर्यटन के माध्यम से व्यक्ति की सोच व्यापक होती है। अंतरराष्ट्रीयता की समझ जन्म लेती है, संस्कृतियों के बीच पुल बनते हैं, और मन में प्रेम व मानवीय भाईचारे की भावना प्रबल होती है। यह हमें हमारे छोटे-से दायरे से बाहर निकालता है, हमें सिखाता है कि दुनिया हमारे जैसे लोगों से ही नहीं, बल्कि असंख्य भिन्नताओं से बनी है।

यात्रा उस एकरसता का भी उपचार है, जो एक ही स्थान, एक ही दिनचर्या और एक जैसे वातावरण में लगातार रहने से मन में घर कर जाती है। शायद इसी कारण, चलती गाड़ी के साथ-साथ मेरा मन भी हल्का होता जा रहा था - जैसे हर मील के साथ जीवन की थकान कुछ और पीछे छूटती जा रही हो।

मेरे लिए पर्यटन केवल स्थान बदलने का नाम नहीं है, बल्कि वह अपने भीतर झाँकने, अपनी ज़िंदगी को टटोलने और खुद से संवाद करने का एक सशक्त माध्यम बन जाता है। जब भी किसी नई जगह की ओर निकलता हूँ, तो लगता है जैसे रास्ते केवल शहरों और गाँवों से नहीं गुजरते, बल्कि मेरी स्मृतियों, अनुभवों और आत्मविश्लेषण की गलियों से भी होकर जाते हैं। शायद इसी कारण मैं सैर-सपाटे के लिए हमेशा तत्पर रहता हूँ। यात्रा मुझे उत्साहित करती है, भीतर कहीं दबी जिज्ञासाओं को हवा देती है और जीवन के सवालों से रू-बरू होने का साहस भी देती है।

अतिरिक्त रोमांच और रिश्तों में नई गर्माहट भरने के इरादे से मैंने कई बार अलग-अलग साथियों और पारिवारिक सदस्यों के साथ घूमने-फिरने के कार्यक्रम बनाए। सोचा था कि साझा यात्राएँ संबंधों को और गहरा करेंगी, पर हर बार परिणाम मेरी अपेक्षाओं के अनुरूप नहीं रहे। कहीं विचारों का टकराव हुआ, कहीं स्वार्थ आड़े आए, तो कहीं भावनाएँ थक कर चुप हो गईं। इन अनुभवों ने मुझे यह सिखाया कि हर साथ मुस्कान लेकर नहीं आता, और हर यात्रा सुखद स्मृति में नहीं बदलती।

इन्हीं सब उतार-चढ़ावों के बाद मैंने अनायास ही 'एकला चलो रे' की अवधारणा को अपनाना शुरू कर दिया। अकेले चलने में एक अजीब-सा सुकून मिला - कोई समझौता नहीं, कोई अपेक्षा नहीं, बस अपनी गति और अपनी दिशा। समय के साथ यह अकेलापन भी बदला और आज मेरे पर्यटन का स्वरूप सिमट कर तीन लोगों तक आ गया है - कम लोग, कम शोर और अधिक अपनापन।

फिर भी मैं यह नहीं कह सकता कि मेरी पिछली सभी यात्राओं की यादें कड़वी ही थीं। नहीं, कुछ पल तो ऐसे भी रहे हैं जिन्हें याद करते ही दिल आज भी प्यार और कृतज्ञता से भर उठता है। वे क्षण सचमुच स्वप्निल थे - हँसी, बेफिक्री और अपनेपन से भरे हुए। जब भी उन पलों को स्मरण करता हूँ, तो लगता है जैसे अपने लोग आज भी मेरे बहुत पास हैं, जैसे समय ने उनके साथ मेरी दूरी तय ही नहीं की।

लेकिन यादें, चाहे कितनी ही सुंदर क्यों न हों, अंततः यादें ही होती हैं। समय के बहाव में वे भी धुँधली पड़ने लगती हैं, कई तो विस्मृत हो जाती हैं। अजीब बात यह है कि मैं अपनी पिछली ज़िंदगी को - चाहे वह अच्छी रही हो या बुरी - पूरी तरह भुला नहीं पाता। जब भी अकेला होता हूँ, मन अनायास ही पीछे की ओर लौट जाता है। बचपन की गलियों में भटकने लगता है, बचपन की नादानियाँ आँखों के सामने तैरने लगती हैं।

बहुत याद आते हैं वे लोग, जिनके साथ मैंने जीवन को जिया था - या यूँ कहूँ कि जिनके साथ जीवन की वास्तविकता को पहली बार महसूस किया था। वे रिश्ते, वे दोस्तियाँ, वे छोटी-छोटी बातें, जो उस समय साधारण लगती थीं, आज असाधारण प्रतीत होती हैं।

कभी-कभी दिल में तीव्र चाह उठती है कि काश, एक बार फिर उन्हीं पलों में लौट सकूँ। वही बेफिक्र घूमना, वही अंतहीन बातें, वही हँसी-मज़ाक और साथ बैठकर खाना-पीना। पर यह दिल भी बड़ा नटखट

है - पल भर में किसी को अपना बना लेता है और पल भर में ही छोड़ भी देता है। जब अपनाता है, तो जीवन बेहद सुंदर लगता है; पर जब छोड़ देता है, तो भीतर ऐसा खालीपन छोड़ जाता है जिसे भरना आसान नहीं होता।

वह कष्ट ऐसा होता है कि जीवन जैसे ठहर-सा जाता है। किसी काम में मन नहीं लगता, सब कुछ बिखरा-बिखरा-सा महसूस होता है। लगता है मानो सब कुछ लुट गया हो, जैसे आगे कुछ बचा ही न हो। उन क्षणों में मनुष्य सबसे अधिक असहाय महसूस करता है - खुद के सामने, अपने ही विचारों के सामने।

ऐसे में यदि किसी को धन्यवाद देना चाहिए, तो वह समय है। समय, जो बड़े-से-बड़े घाव को धीरे-धीरे भर देता है। समय, जो हर दुख की तीव्रता को कम कर देता है और हर सुख की चमक को भी मंद कर देता है। वही समय हमें नई परिस्थितियों में जीने की आदत सिखाता है, नए रास्ते दिखाता है और नए साथी भी दे देता है। धीरे-धीरे एक नई टोली बन जाती है, नया संसार रच जाता है।

हाँ, अपनों को खोने की टीस कहीं-न-कहीं भीतर रह ही जाती है, पर ज़िंदगी रुकती नहीं। वह चलती रहती है - कभी भारी कदमों से, तो कभी हल्की मुस्कान के साथ।

शायद इसी जीवन-दर्शन को इन पंक्तियों में समेटा जा सकता है -

जिंदगी में ये हुनर भी आज़माना चाहिए,
अपनों से हो जंग तो हार जाना चाहिए।

****

लखनऊ से निकले हुए लगभग तीन घंटे बीत चुके हैं। घड़ी की सुइयाँ अब सुबह के ग्यारह बजने की सूचना दे रही हैं। सूरज सिर के ऊपर चढ़ आया है, उसकी किरणों में तीखापन है, पर आश्चर्य यह कि हवा अब भी ठंडी और सुकून देने वाली लग रही है। मानो प्रकृति स्वयं इस यात्रा को संतुलित बनाए रखना चाहती हो - तेज धूप के साथ ठंडी बयार, थकान के साथ ताजगी। दूर क्षितिज पर फिरोजाबाद का नाम-पट्ट दिखाई देने लगा है। यह दृश्य मन में एक हल्की-सी उपलब्धि का भाव भर देता है, जैसे रास्ता धीरे-धीरे अपने पड़ाव खोल रहा हो।

कार के भीतर केवल भजनों की मध्यम, शांत ध्वनि गूंज रही है। वे भजन न तो बहुत ऊँचे हैं और न ही बहुत स्पष्ट - बस उतने, जितने मन को भटकने से रोक लें। रागिनी और रिंकी पिछली सीट पर अब भी नींद की गहराइयों में डूबी हुई हैं। उनके शांत चेहरे देख कर लगता है जैसे यात्रा का सारा शोर-शराबा उनके लिए थम गया हो। अशोक को तो गाड़ी चलाने का वर्षों का अभ्यास है। उसके हाथ स्टीयरिंग पर हैं, आँखें सड़क पर टिकी हैं और मन अपनी ही धुन में मग्न है। यह उसका रोज़मर्रा का संसार है - हाईवे, गाड़ियाँ, संकेतक और अनवरत चलता रास्ता।

इन सबके बीच मैं ही हूँ, जो भीतर-बाहर की दोहरी यात्रा कर रहा हूँ। मेरा शरीर कार की सीट पर बैठा आगे बढ़ रहा है, पर मेरा मन कहीं और ही भटक रहा है - निर्वात में, स्मृतियों में, विचारों के अनंत आकाश में। यह अजीब-सी स्थिति होती है, जब इंसान एक ही समय में दो यात्राएँ करता है - एक दिखाई देने वाली और दूसरी अदृश्य, पर कहीं अधिक गहरी।

यात्रा में हो या अपने कर्म-क्षेत्र में, मैंने देखा है कि कुछ लोग घंटों बोल सकते हैं। बिना किसी विषय के, बिना किसी उद्देश्य के। बस बोलते

चले जाते हैं। मुझसे ऐसा नहीं हो पाता। मुझे अक्सर लगता है कि ऐसे में समय व्यर्थ जा रहा है, शब्दों का अपव्यय हो रहा है। पर यह भी सच है कि कभी-कभी यही व्यर्थ की बातें मन को हल्का कर देती हैं।

साथियों के बीच मैं भी अक्सर व्यर्थ की बातें करता हूँ - बेमतलब के किस्से, हल्के-फुल्के मज़ाक, और कभी-कभी ऐसे मज़ाक भी जिन्हें सभ्य समाज 'अशोभनीय' कह दे। साथियों को यह सब बड़ा अच्छा लगता है। उनकी हँसी में एक खुलापन होता है, एक अपनापन। और सच कहूँ तो, मुझे भी अच्छा लगता है कभी-कभी इस तरह के व्यर्थ मज़ाक करना।

हम लोगों की बातें सुनकर मिश्रा जी अकसर शर्मा जाते हैं। उनका चेहरा बता देता है कि वे सुन तो रहे हैं, समझ भी रहे हैं, पर खुलकर प्रतिक्रिया नहीं दे पा रहे। शायद संकोच आड़े आता है। संभव है मन ही मन वे भी वैसे ही मज़ाक गढ़ते हों - थोड़े गंदे, थोड़े शरारती - बस खुद से, अपने भीतर।

आज के समय में गंदे और असभ्य मज़ाक भी जैसे सभ्यता की एक नई पहचान बन गए हैं। यदि आप इसमें शामिल नहीं होते, तो धीरे-धीरे अपने साथियों से दूर हो जाते हैं। अंतरंगता स्थापित नहीं कर पाते। यदि आप ज्ञान की बातें करेंगे, गंभीर विषय छेड़ेंगे, तो लोग आपको 'ग्रुप से बाहर' कर देंगे। ऊपर से ताने अलग - "बड़ा ज्ञानी बनता है", "दिखावा करता है", "अंदर से कुछ और ही होगा।" तरह-तरह की टिप्पणियाँ होती हैं, कभी-कभी बेहद घटिया भी। ऐसे में अक्सर लगता है - जैसा देश, वैसा भेष - ही बेहतर है।

कहते हैं नशा आदमी को जोड़ता है। चाहे वह शराब का हो या किसी और चीज़ का। मैंने अपने ऑफिस में भी यह दृश्य देखा है - साहब, चपरासी से तंबाकू मांग कर खाते हैं। उस एक पल में साहब और चपरासी के बीच की दूरी सिमट जाती है। चपरासी की साहब से

नज़दीकियाँ बढ़ जाती हैं। दोनों को एक-दूसरे के ऐब दिखाई नहीं देते। ऊँच-नीच की दीवार कुछ देर के लिए ढह जाती है।

शराब पीने वालों में तो यह मित्रता का खेल और भी गहरा हो जाता है। पीने के बाद जैसे प्यार उमड़ पड़ता है। गले मिलना, कंधे पर हाथ रखना, बीती बातों को भूल जाना - सब कुछ सहज हो जाता है। सारी दूरियाँ मिट-सी जाती हैं और आत्मीयता अपने चरम पर पहुँच जाती है। शायद इसीलिए लोग कहते हैं कि नशा तोड़ता नहीं, जोड़ता है - कम से कम कुछ समय के लिए।

जीवन के इस लंबे सफर में मुझे भी बहुत अच्छे-अच्छे दोस्त मिले। न जाने कितने अनजान चेहरों से रिश्ता जुड़ा - कुछ सफर के साथी बने, कुछ हमसफ़र। समय के साथ कुछ के रास्ते बदल गए, कुछ इस संसार से विदा हो गए। पर कुछ रिश्ते ऐसे भी हैं, जो आज भी उतनी ही आत्मीयता से जुड़े हुए हैं, जितनी घनिष्ठता से वे शुरू हुए थे।

स्वभाव से अंतर्मुखी होने के कारण बहुत-से लोग मुझे पूरी तरह जान नहीं पाए, और मैंने भी अपने बारे में सब कुछ बताना आवश्यक नहीं समझा। पर जो लोग मेरे संपर्क में आए, जिन्होंने मुझे समझने की कोशिश की, उनसे मेरा संबंध आज भी मधुर और जीवंत है।

शायद यही जीवन का सत्य है - भीड़ में नहीं, बल्कि गिने-चुने, सच्चे रिश्तों में ही वास्तविक अपनापन बसता है। बाकी सब तो बस रास्ते के मुसाफ़िर हैं, जो कुछ दूर साथ चलते हैं और फिर अपनी-अपनी मंज़िल की ओर मुड़ जाते हैं।

मुझे आज भी वह मित्र स्पष्ट रूप से याद है। अपने पहनावे और आदतों में वे कुछ अलग ही किस्म के इंसान थे। उनकी पैंट की जेब में हमेशा पान मसाले का एक बड़ा-सा डिब्बा रहता था - इतना बड़ा कि पहली नज़र में लगता, मानो जेब नहीं, कोई छोटा सा थैला टांगा हो।

जैसे ही उन्हें अवसर मिलता, वे बड़े अपनापे से साथियों को खाने का निमंत्रण दे डालते।

"लो भाई, खाओ... मना मत करना," कहते हुए वे ऐसे पेश आते मानो कोई बहुमूल्य वस्तु बाँट रहे हों।

एक दिन मैं अपनी जिज्ञासा रोक न सका। उनसे पूछ ही लिया, "इतना बड़ा डिब्बा रखने की क्या ज़रूरत है? आखिर खाते तो आप भी सीमित मात्रा में ही होंगे।"

वे मुस्कराए, मुस्कान में अनुभव और चालाकी दोनों झलक रहे थे। बोले, "तुम नहीं समझोगे। यह डिब्बा सिर्फ मेरे लिए नहीं है। दूसरों को भी देना होता है। इससे असर पड़ता है। आदमी एक तरह के दबाव में रहता है और साथ ही एक धाक भी जम जाती है।"

उनकी बात सुनकर मैं कुछ देर चुप रहा। सच ही तो कह रहे थे। कई बार चीज़ें अपने उपयोग से ज़्यादा, अपने प्रदर्शन के लिए रखी जाती हैं। वह डिब्बा भी शायद पान मसाले से अधिक, सामाजिक प्रभाव का औज़ार था।

दृश्य बड़ा विचित्र लगता था - भारी-भरकम तोंद और उसके ऊपर पतलून की जेब में ठुंसा हुआ पान मसाले का वह विशाल डिब्बा। मानो जेब और पैंट दोनों अपनी-अपनी सहनशक्ति की परीक्षा दे रहे हों। आखिर कपड़े भी तो इंसान की तरह ही होते हैं - एक सीमा तक ही दबाव सह पाते हैं। उससे ज़्यादा बोझ पड़े, तो जवाब दे जाते हैं।

कहते हैं कि एक बार उनके किसी साथी ने मज़ाक-मज़ाक में उनसे ऐसा काम कह दिया, जिसमें दोनों हाथ ऊपर उठाकर हल्का-सा उछलना पड़ा। बस फिर क्या था - पैंट को जैसे अपना मौका मिल गया। गुरुत्वाकर्षण ने अपना धर्म निभाया और पैंट ने अपना।

मैंने वह दृश्य स्वयं तो नहीं देखा, पर लोगों ने बड़े चाव से किस्सा सुनाया। बताते थे कि यह कोई पहली बार नहीं हुआ था। उनके

साथी अक्सर जान-बूझकर ऐसी परिस्थितियाँ पैदा कर देते थे, ताकि हँसी-मज़ाक का एक नया बहाना मिल जाए। और बेचारे मित्र, हर बार उसी मासूमियत से मुस्कुरा देते।

सच कहूँ तो, उनका बड़प्पन इसी बात में था कि वे इन घटनाओं को दिल पर नहीं लेते थे। हँसकर टाल देते थे, मानो कह रहे हों - "चलो, जिंदगी है, होता रहता है।" आज के दौर में तो ऐसी बातों पर लोग मरने-मारने को उतारू हो जाते हैं। अहंकार इतना नाज़ुक हो गया है कि ज़रा-सी ठेस भी असहनीय लगती है।

एक दिन उन्होंने मुझसे कहा, "कृष्णा, मैंने तुम्हें बहुत देर से पहचाना।"

मैंने उनकी बात सुनी, मुस्कुराया और चुपचाप समर्थन में सिर हिला दिया। कुछ बातें शब्दों से ज़्यादा, मौन में ही ठीक लगती हैं। मैं जानता था कि उनका यह कथन आत्ममंथन का परिणाम था - शायद अनुभव से उपजा हुआ, शायद किसी ठोकर के बाद।

क्योंकि मैंने यह भी देखा है कि जब कोई व्यक्ति अपने पद पर होता है - चाहे नौकरी में हो या व्यवसाय में - और ऊपर से व्यवस्थापक का संरक्षण प्राप्त हो, तो वह स्वयं को न केवल श्रेष्ठ समझने लगता है, बल्कि दूसरों को नीचा दिखाने में भी एक अजीब-सा गर्व महसूस करता है।

पद, धन और प्रतिष्ठा का नशा ऐसा होता है कि आदमी, आदमी को आदमी नहीं समझता। सामने वाला उसे बस एक साधन, एक मोहरा या कभी-कभी मनोरंजन का साधन भर लगता है।

पर इतिहास और अनुभव दोनों गवाह हैं कि यह स्थिति स्थायी नहीं होती। समय बड़ा न्यायप्रिय होता है। आज जो ऊँचाई पर है, कल नीचे भी आ सकता है। और तब वही लोग, जिन पर कभी हँसा गया था, वही परिस्थितियों के साक्षी बन जाते हैं।

शायद इसी कारण ऐसे किस्से याद रह जाते हैं - क्योंकि वे हमें हँसाते भी हैं और सिखाते भी। यह बताते हैं कि जीवन में असली गरिमा पद या धाक से नहीं, बल्कि विनम्रता और आत्मस्वीकृति से आती है।

जब वे अपने व्यवसाय, अपने पद या अपनी पहचान से अलग हो जाते हैं, तब उनका हाल इस धरती पर भटकते हुए एक हारे हुए जुआरी जैसा हो जाता है। जिस आत्मविश्वास के साथ वे कभी चलते थे, वही आत्मविश्वास धीरे-धीरे झुक जाता है। ऐसी अवस्था में वे स्वयं को असमर्थ, असहाय और अनुपयोगी मानने लगते हैं। भीतर ही भीतर एक खालीपन घर कर जाता है। जिन लोगों की भीड़ कभी उनके इर्द-गिर्द लगी रहती थी, वे अचानक ग़ायब हो जाते हैं। तब समझ में आता है कि तालियां व्यक्ति के लिए नहीं, उसके पद और प्रभाव के लिए बजती थीं। परिणामस्वरूप व्यक्ति एकाकी जीवन जीने को विवश हो जाता है। यह कोई दर्शन नहीं, बल्कि जीवन का कटु सत्य है - नंगा, स्पष्ट और निर्विवाद।

वास्तव में जीवन जीना भी एक कला है। यह कला सभी को नहीं आती। कुछ लोग जीवन को ज्ञान, अनुभव और विवेक के सहारे जीते हैं। वे जानते हैं कि समय स्थायी नहीं है, इसलिए वे विनम्र रहते हैं, संतुलित रहते हैं। वहीं कुछ लोग दूसरों के प्रभाव में आकर, क्षणिक लाभ और तात्कालिक सुख के लिए छल, कपट और द्वेष का मार्ग चुन लेते हैं। ऐसे लोग अपने साथियों तक को धोखा देने से नहीं हिचकते। उस समय उन्हें लगता है कि वे बहुत चतुर हैं, बहुत सफल हैं। परंतु समय की अदालत में अंततः वही दोषी ठहरते हैं। परिणाम यह होता है कि जीवन के शेष दिन वे पछतावे और आत्मग्लानि में गुजारते हैं - रोते हुए, खुद को कोसते हुए।

हर व्यक्ति अपने सीमित साधनों और परिस्थितियों के भीतर इस संसार में सुख और प्रसन्नता की खोज कर रहा है। कोई धन में सुख

खोजता है, कोई पद में, कोई रिश्तों में और कोई अकेलेपन में। किंतु यह सुख वास्तव में हमारी मानसिक प्रवृत्ति पर निर्भर करता है। विचार जीवन में सर्वोच्च होते हैं। जैसी सोच, वैसा जीवन। हमारी सोच ही तय करती है कि हम दुखी हैं या सुखी। बाहरी परिस्थितियाँ तो केवल बहाने भर होती हैं। यही आत्मा की सहज अनुभूति है, जिसे समझ लेने वाला व्यक्ति जीवन की बहुत-सी उलझनों से मुक्त हो जाता है।

इतनी देर की शांति अब मुझे अखरने लगी थी। कार के भीतर एक अजीब-सी निस्तब्धता छा गई थी, जिसे तोड़ना जरूरी था।

मैंने पीछे मुड़कर कहा, "रिंकी बेटा, क्या सोती ही रहोगी? ज़रा बाहर के दृश्य देखो, कितने सुंदर लग रहे हैं।"

मेरी आवाज़ सुनकर आलस से भरी रागिनी और रिंकी दोनों ने खुद को चैतन्य करने का प्रयास किया। आंखें मलते हुए रिंकी ने पूछा,

"पापा, अभी और कितनी देर लगेगी आगरा पहुंचने में?"

मैंने मुस्कुराते हुए उसे आश्वस्त किया, "बस थोड़ा ही समय लगेगा। आधे से ज्यादा दूरी हम लोग तय कर चुके हैं। आओ बेटी, अब थोड़ी देर मेरे साथ आगे बैठो।"

रिंकी ने बच्चों वाली फुर्ती दिखाते हुए चलती गाड़ी में ही आगे आकर मेरी गोद में छलांग लगा दी। उसका मासूम स्पर्श मेरे विचारों की गांठें खोलने लगा।

मैंने प्यार से उसके गाल दबाते हुए कहा, "अब ठीक है। यहां बैठोगी तो मैं तुम्हें सोने भी नहीं दूंगा और अच्छी-अच्छी बातें भी बताऊंगा।"

फिर मैंने दूर क्षितिज की ओर हाथ बढ़ाते हुए कहा, "वो देखो, जो दूर शहर दिखाई दे रहा है, उसका नाम है फिरोजाबाद।"

रिंकी की आंखों में जिज्ञासा चमक उठी।

मैंने कहना शुरू किया, “चलो, तुम्हें इस शहर की एक छोटी-सी कहानी सुनाता हूं। पुराने समय में इस शहर को ‘चंदवार’ कहा जाता था। यह शहर चूड़ियों के व्यापार के लिए बहुत प्रसिद्ध है। यहां की गलियों में रंग-बिरंगी चूड़ियां बनती दिखाई देती हैं। देश के कोने-कोने में जो चूड़ियां जाती हैं, उनमें से अधिकांश यहीं से जाती हैं।”

मैंने आगे समझाया, “हिंदू धर्म में चूड़ियां सुहाग की निशानी मानी जाती हैं। इसलिए कुछ लोग इस शहर को ‘सुहाग नगरी’ भी कहते हैं। यहां सिर्फ चूड़ियां ही नहीं, बल्कि कांच की झूमर, गिलास और तरह-तरह के कांच के बर्तन भी बनाए जाते हैं। पूरा शहर जैसे आग और कांच के मेल से अपनी पहचान गढ़ता है।”

फिरोजाबाद के इतिहास की परतें खोलते हुए मैंने कहा, “इस शहर की स्थापना सन् 1568 में सम्राट अकबर के एक सेनापति के द्वारा की गई थी। इसके पीछे भी एक रोचक कथा है। कहते हैं, एक बार अकबर के नवरत्नों में से एक राजा टोडरमल अपने साथियों के साथ इसी मार्ग से गुजर रहे थे। रास्ते में लुटेरों ने उन्हें लूट लिया।”

रिंकी ध्यान से सुन रही थी, मैंने कहानी आगे बढ़ाई, “टोडरमल ने वापस जाकर बादशाह अकबर से शिकायत की। तब अकबर ने अपने सेनापति फिरोजशाह को आदेश दिया कि लुटेरों को तुरंत पकड़ा जाए। लुटेरों को पकड़ने के लिए फिरोजशाह ने इसी स्थान पर एक सैनिक छावनी स्थापित की। धीरे-धीरे यहां लोगों का आना-जाना बढ़ने लगा, बस्तियां बस गईं और इसी फिरोजशाह के नाम पर इस स्थान का नाम ‘फिरोजाबाद’ पड़ गया।”

कहानी पूरी करते-करते मैंने महसूस किया कि न सिर्फ रिंकी, बल्कि मैं स्वयं भी इस यात्रा में इतिहास, स्मृतियों और वर्तमान के बीच कहीं गहरे उतर चुका था।

मैंने रिंकी की ओर स्नेह से देखते हुए कहा, "रिंकी बेटा, याद है मैंने तुम्हें कन्नौज की कहानी सुनाई थी? उसी कहानी में मैंने बताया था कि मोहम्मद गौरी और कन्नौज के राजा जयचंद के बीच एक निर्णायक युद्ध हुआ था। वह ऐतिहासिक युद्ध इसी स्थान – चंदवार - की धरती पर लड़ा गया था।"

रिंकी मेरी बातों को आधा समझ रही थी, आधा अपनी कल्पना से जोड़ रही थी। उसके लिए यह सब किसी कहानी जैसा था - राजा, युद्ध, घोड़े और तलवारें। परंतु सामने बैठे अशोक के लिए यह केवल कहानी नहीं थी। उसकी आंखों में उत्सुकता और चेहरे पर संतोष साफ झलक रहा था। वह पूरे ध्यान से सुन रहा था, जैसे वर्षों से किसी को इन बातों के सुनाए जाने की प्रतीक्षा कर रहा हो। बीच-बीच में उसकी हल्की मुस्कान यह बताती थी कि उसे गर्व भी हो रहा है कि जिन रास्तों पर वह रोज़ गाड़ी चलाता है, वे साधारण नहीं, बल्कि इतिहास की गूंज से भरे हैं।

मैंने आगे कहना शुरू किया, "चंदवार नगरी की पौराणिकता का अंदाजा इसी से लगाया जा सकता है कि एक समय यहां भगवान श्रीकृष्ण के पिता वासुदेव का राज्य माना जाता है। इसका अर्थ यह हुआ कि आज से लगभग छह हजार वर्ष पहले भी यह नगरी किसी न किसी रूप में अस्तित्व में थी।"

इतिहास और आस्था के इस संगम पर ठहरकर मैंने थोड़ा विराम लिया, फिर जोड़ा, "जैन धर्मावलंबियों की मान्यता भी इस नगर को अत्यंत प्राचीन सिद्ध करती है। उनके अनुसार भगवान नेमिनाथ के पिता समुद्रविजय, भगवान कृष्ण के पिता वासुदेव के बड़े भाई थे। यानी यह भूमि वैष्णव और जैन - दोनों परंपराओं में सम्मानित रही है।"

मैंने बताया, "इतना ही नहीं, जैन साहित्य का एक प्राचीन और महत्वपूर्ण काव्यग्रंथ 'बाहुबली चरित' भी यहीं रचा गया था। सन् 1397

में धनपाल द्वितीय नामक कवि ने इस ग्रंथ की रचना चंदवार नगर में ही की थी। सोचिए, कितनी विद्या, कितना साहित्य और कितनी साधना इस धरती में समाई हुई होगी।"

फिर बात मुड़ी चंदवार के व्यावसायिक वैभव की ओर।

"कहा जाता है," मैंने कहा, "कि चंदवार कभी नाव निर्माण का बहुत बड़ा केंद्र हुआ करता था। दिल्ली से इलाहाबाद तक चंदवार की बनी नावें प्रसिद्ध थीं। उस समय सड़कें नहीं थीं, रेल नहीं थी - नदियां ही जीवन रेखा थीं। व्यापार का सारा भार इन्हीं नावों पर टिका था।"

मैंने समझाते हुए कहा, "आगरा से चलने वाली अधिकांश नावें यहां आकर रुकती थीं। पूर्व दिशा से आने वाली नावें भी यहीं ठहरती थीं। यह स्थान एक प्रकार से प्रसिद्ध व्यापारिक बंदरगाह था। यहीं सामान उतारा जाता, यहीं से आगे के नगरों और राज्यों में भेजा जाता। चंदवार केवल एक नगर नहीं था, वह व्यापार, संस्कृति और आवागमन का संगम था।"

फिरोजाबाद और चंदवार के संबंध पर आते हुए मैंने गहरी सांस ली और कहा, "असल में फिरोजाबाद का इतिहास, चंदवार के उजड़ने और फिरोजाबाद के बसने की कहानी है। सन् 1860 के आसपास जब फिरोजाबाद में सड़कों का निर्माण शुरू हुआ और रेलवे लाइनें बिछने लगीं, तब आवागमन के साधनों में नदियों का महत्व धीरे-धीरे कम होने लगा।"

मैंने आगे कहा, "जैसे-जैसे नदियों का प्रयोग घटा, वैसे-वैसे नावों का व्यापार भी समाप्त होने लगा। रोज़ी-रोटी की तलाश में चंदवार के लोग फिरोजाबाद की ओर पलायन करने लगे। धीरे-धीरे चंदवार खंडहरों में बदल गया और फिरोजाबाद व्यापार और उद्योग का नया केंद्र बन गया। यह समय का चक्र था - किसी को उठाता है, किसी को गिराता है।"

इतिहास की परतें खोलते-खोलते मैंने आसपास के स्थलों का भी उल्लेख किया।

“फिरोजाबाद से लगभग तीन किलोमीटर की दूरी पर कोटला का किला है,” मैंने कहा। “चारों ओर से लगभग बीस फीट गहरी खाई से घिरा यह किला अब भले ही नष्ट हो चुका हो, पर उसके अवशेष आज भी उसके गौरवशाली अतीत की गवाही देते हैं।”

मैंने आगे बताया, “यहीं सेठ राम गोपाल मित्तल द्वारा निर्मित 57 फीट ऊंची हनुमान जी की विशाल प्रतिमा और आश्रम का सत्संग भवन भी है, जो श्रद्धालुओं के लिए विशेष आकर्षण का केंद्र है।”

इतिहास और प्रकृति का मेल दिखाते हुए मैंने कहा, “और फिरोजाबाद से लगभग चार किलोमीटर दूर, कोटला रोड पर एक अत्यंत विचित्र और विशाल वृक्ष है। इसकी गोलाई लगभग 9.80 मीटर और ऊंचाई 19.3 मीटर है। इस महावृक्ष को ‘अजान’ के नाम से जाना जाता है। जुलाई के महीने में इस पर सफेद रंग के फूल खिलते हैं, जो इसे और भी रहस्यमय बना देते हैं।”

मेरी बात समाप्त होते ही अशोक ने उत्साह में कहा,

“साहब, अगर मैम को चूड़ियां खरीदनी हों तो हम शहर के भीतर चल सकते हैं।”

उसने पहले मेरी ओर देखा, फिर शीशे में रागिनी की झलक पकड़ने की कोशिश की।

रागिनी ने तुरंत मुस्कुराते हुए मना कर दिया, “नहीं-नहीं, यात्रा बहुत लंबी है। समय बर्बाद नहीं करना चाहिए। आगे रास्ते में दिक्कत हो सकती है। सीधे आगरा चलिए। चूड़ियों के लिए फिर कभी आ जाएंगे।”

अशोक ने हामी में सिर हिला दिया और गाड़ी फिर से उसी लय में आगे बढ़ने लगी। बाहर सड़क दौड़ रही थी और भीतर इतिहास, स्मृतियां और वर्तमान - तीनों साथ-साथ यात्रा कर रहे थे।

लगभग पचास किलोमीटर की दूरी अब शेष रह गई थी - यानी कोई एक घंटे का सफ़र। जैसे-जैसे हम आगे बढ़ रहे थे, सड़क की नीरवता टूटने लगी थी। अब इक्का-दुक्का टेंपो, मोटरसाइकिलें और कुछ स्थानीय वाहन भी हमारे साथ-साथ दौड़ते दिखाई देने लगे थे। लगता था मानो हम किसी बड़े शहर की परिधि में प्रवेश कर रहे हों। हवा में ठंडक अभी भी बरकरार थी; शीशों के भीतर बैठे होने के बावजूद उसकी सिहरन शरीर तक महसूस हो रही थी। इसके विपरीत, सूरज अपनी पूरी चमक के साथ आसमान में तना हुआ था - धूप तेज़ थी, पर उसमें जनवरी की तीखापन नहीं, बल्कि एक सुकून भरी गर्माहट थी।

हमारी कार एक समान, संतुलित गति से आगे बढ़ रही थी। न कोई जल्दबाज़ी, न कोई ठहराव - बस सड़क, गाड़ी और विचारों की एक सतत लय। कार में लगा स्टीरियो बीच-बीच में एफएम रेडियो के सिग्नल पकड़ने की कोशिश कर रहा था। कभी आवाज़ साफ़ आती, तो कभी हल्की-सी खरखराहट के साथ गायब हो जाती। यही तो संकेत था कि हम अब शहर के क़रीब पहुँच रहे हैं। अशोक बार-बार पेन ड्राइव निकालकर एफएम मोड लगाने की कोशिश कर रहा था, मानो उसे भी इस बदलाव का इंतज़ार हो - हाईवे से शहर में प्रवेश करने-का, अनजान से परिचित की ओर बढ़ने का।

आगरा पहुँचना हमारे लिए कोई नया अनुभव नहीं था। इससे पहले भी न जाने कितनी बार आगरा आ चुका हूँ। फिर भी, हर बार आगरा आने का अपना एक अलग उत्साह होता है। और आगरा आएँ, तो ताजमहल न जाएँ - यह तो जैसे यात्रा अधूरी रह जाए। ताजमहल देखने की चाह कभी समाप्त नहीं होती। उसे बार-बार देखने के बावजूद मन नहीं भरता। भारतीय हों या विदेशी, हर किसी के मन में ताजमहल को देखने की एक स्वाभाविक इच्छा रहती है। टीवी पर जब भी कोई विदेशी मेहमान भारत आता दिखता है, रेडियो या अख़बार में जब

उसकी यात्रा का विवरण पढ़ता हूँ, तो एक बात समान रूप से सामने आती है - ताजमहल देखने की उसकी लालसा।

मैं अक्सर सोचता हूँ, शायद इसका कारण यह है कि प्रेम हर इंसान के भीतर कहीं न कहीं जीवित रहता है। और जब प्रेम की इतनी भव्य, इतनी अमर निशानी सामने हो, तो कौन उसे देखना नहीं चाहेगा? ताजमहल सिर्फ़ संगमरमर की इमारत नहीं है, वह मनुष्य की भावनाओं, उसकी कमज़ोरियों और उसकी असीम प्रेम-क्षमता का प्रतीक है।

आगरा ने मुझे हर बार कुछ नया दिया है - या यूँ कहूँ कि आगरा से ज़्यादा ताजमहल ने। कभी वह अनुभव मीठा रहा, कभी थोड़ा-सा खट्टा भी लगा, पर हर बार वह अनुभव वास्तविक रहा। मैं तो आगरा और ताजमहल को एक-दूसरे का पर्याय मानता हूँ। ताजमहल के बिना आगरा की कल्पना ही नहीं की जा सकती। शहर की अर्थव्यवस्था, उसकी पहचान, उसका वैश्विक अस्तित्व - सब कुछ किसी न किसी रूप में ताजमहल पर ही टिका हुआ है।

अब एफएम रेडियो का सिग्नल पूरी तरह साफ़ हो गया था। यह साफ़ संकेत था कि हम शहर की सीमा में प्रवेश कर चुके हैं। अशोक ने भजनों को हटाकर पुराने फिल्मी गीत लगा दिए। एफएम रेडियो की यह सुविधा मुझे हमेशा भाती है - अनेक चैनल, अनेक स्वाद, और कोई अतिरिक्त खर्च भी नहीं। मैं खुद भी दफ़्तर आते-जाते अक्सर एफएम रेडियो ही सुनता हूँ। मैं ही क्यों, आजकल तो हर कोई अपने-अपने पसंदीदा कार्यक्रमों के साथ सफ़र को थोड़ा आसान बना लेता है।

इसी बीच रेडियो पर फ़िल्म उपकार का एक अत्यंत भावपूर्ण गीत बजने लगा। इसके बोल सुनते ही मन जैसे ठहर-सा गया। मशहूर गीतकार इंदीवर द्वारा लिखे गए ये शब्द जीवन की कड़वी सच्चाइयों को बेहद सरल, पर मार्मिक ढंग से व्यक्त करते हैं। मन्ना डे की गंभीर और आत्मा को छू लेने वाली आवाज़ ने गीत में प्राण फूँक दिए थे। और

कल्याणजी-आनंदजी का संगीत - उसकी तो बात ही अलग है - उसने गीत को रूहानियत की ऊँचाइयों तक पहुँचा दिया।

कसमे वादे प्यार वफ़ा सब, बातें हैं बातों का क्या
कोई किसी का नहीं ये झूठे, नाते हैं नातों का क्या

इन पंक्तियों को सुनते हुए मन अनायास ही जीवन की सच्चाइयों की ओर मुड़ गया।

होगा मसीहा सामने तेरे, फिर भी न तू बच पाएगा
तेरा अपना खून ही आखिर, तुझको आग लगाएगा
आसमान के उड़ने वाले, मिट्टी में मिल जाएगा

गीत चलता रहा, सड़क आगे बढ़ती रही, और हम - अपनी गाड़ी में बैठे - सिर्फ़ एक शहर की ओर नहीं, बल्कि स्मृतियों, विचारों और जीवन के गहरे अर्थों की ओर भी धीरे-धीरे बढ़ते चले जा रहे थे।

****

जब भी प्रेम के अर्थ पर विचार करता हूँ, मन अनायास ही अपने एक मित्र की ओर चला जाता है। वह मित्र पंडित हैं - सिर्फ़ वर्ण से नहीं, बल्कि ज्ञान से भी। उनके शब्दों में शास्त्रों की गूँज है और व्यवहार में अनुभव की कसक। उनके पिता भी बड़े ज्ञानी थे, यह तो निश्चित है; और उनके बाबा भी विद्वान रहे होंगे - ऐसा अनुमान है, हालाँकि इसकी कोई पुख्ता जानकारी मेरे पास नहीं। पर ज्ञान की यह परंपरा जैसे उनके रक्त में बहती है, यह साफ़ दिखाई देता है।

लिखने के लिए - या ठीक कहूँ तो अपनी बात कहने के लिए - मुझे सबसे अधिक प्रेरणा उन्हीं से मिली। प्रेरित तो और लोगों ने भी किया, पर उन्होंने कुछ ज़्यादा किया, शायद सबसे ज़्यादा। मेरी टूटी-

फूटी भाषा, मेरे बिखरे हुए विचार - सबको समेटकर आगे बढ़ने का साहस उन्होंने ही दिया। इसी कारण उन पर मेरा विश्वास भी कुछ अधिक है। उनकी कही हुई बातों को मैं सहज ही गंभीरता से ले लेता हूँ। यह भी एक मानवीय स्वभाव है - जो हमारी प्रशंसा करता है, हम अनायास ही उस पर अधिक भरोसा करने लगते हैं। तारीफ़ करने वाला व्यक्ति सबको अच्छा लगता है, पर अपने लिए वह कुछ ज़्यादा ही अच्छा लगने लगता है।

हालाँकि एक किताब में पढ़ा था - तारीफ़ करने वाले व्यक्ति पर कभी आँख मूँदकर विश्वास मत करो। यही बात कभी-कभी डर भी पैदा करती है। पर सच यह भी है कि तारीफ़ सुनना अच्छा लगता है। तारीफ़ करना सबको नहीं आता, और जिसे आता है, वह सहज ही प्रिय लगने लगता है। मुझे शायद दूसरों की तुलना में तारीफ़ सुनना अधिक अच्छा लगता है। हो सकता है, यह मेरी दुर्बलता हो - या शायद मेरी मानवीय कमजोरी।

कहीं यह भी पढ़ा था कि साफ़-साफ़ बोलने वाला व्यक्ति, हर समय तारीफ़ करने वाले व्यक्ति से बेहतर होता है। साफ़ बोलने वाले के भीतर द्वेष नहीं होता, उसकी बातों में बनावट नहीं होती। इसके विपरीत, तारीफ़ करने वाला व्यक्ति कई बार झूठी प्रशंसा करता है - सिर्फ़ आपको खुश करने के लिए। वह आपको वास्तविकता से दूर ले जाता है। आप यह मानने लगते हैं कि आप बहुत अच्छा कर रहे हैं, जबकि सच कुछ और होता है। इस तरह तारीफ़ करने वाला व्यक्ति आपको भ्रम में डाल देता है। हालाँकि, इसमें अपवाद भी होते हैं - नहीं, सच तो यह है कि इसमें निश्चित रूप से अपवाद होते हैं। सब लोग एक जैसे नहीं होते।

एक दिन उन्होंने मुझसे कहा,

"कृष्णा, प्यार एक धोखा है। आज के ज़माने में इस शब्द का कोई मतलब नहीं रह गया है।"

संभव है, किसी ने उन्हें गहरा धोखा दिया हो। वे कहते हैं, आज के समय में सब लोग धोखेबाज़ हैं। मैं मन ही मन सोचता हूँ - सब धोखेबाज़ नहीं हो सकते। पर कभी-कभी ऐसा भी लगता है कि शायद वे सही कहते हों। वे यह भी कहते हैं - कभी किसी पर विश्वास मत करना, वरना धोखा खाओगे।

मैं सोचता हूँ, शायद उनकी "वाली" ने उन्हें धोखा दिया होगा, इसलिए वे इतने नाराज़ हैं। पर फिर याद आता है - धोखा तो मैंने भी खाया है, जीवन में बहुत बार। तब लगता है, शायद उनकी बात में सच्चाई है। उनका अनुभव मुझसे ज़्यादा है। फिर दूसरा विचार आता है - नहीं, अनुभव ज़्यादा नहीं है, नाराज़गी ज़्यादा है। जब आदमी बहुत नाराज़ होता है, तो उसे दुनिया का हर इंसान बुरा ही नज़र आता है। कभी लगता है उनकी बात बिल्कुल सही है, कभी लगता है बिल्कुल गलत। भीतर एक गहरी दुविधा बनी रहती है। क्या सही है, क्या गलत - समझ नहीं आता।

मैं फिर सोचता हूँ - सब लोग खराब नहीं होते। शायद मुझे धोखा मिला है, इसलिए सब बुरे दिखने लगे हैं। कुछ अच्छे लोग भी होंगे। यही बात महिलाओं पर भी लागू होती है। महिलाएँ भी अच्छी होती हैं। बस मेरी वाली नहीं थी। पर वे कहते हैं - कोई अच्छी नहीं होती। मैं सोचता हूँ, ऐसा नहीं होना चाहिए। सब पर एक ही सूत्र लागू नहीं किया जा सकता। फिर लगता है - शायद किया भी जा सकता है। शायद दोस्त की बात ज़्यादा सही हो और मेरी सोच गलत। यह सब अनुभव का खेल है, इसलिए किसी निष्कर्ष पर पहुँचना कठिन है।

छोड़िए, जिस बात से कोई सीधा सरोकार न हो, उस पर इतना विचार करने का क्या लाभ? फिर मन सवाल करता है - लाभ तो लिखने

का भी कोई नहीं है। फिर क्यों लिख रहा हूँ? कुछ लोग कहते हैं - समय व्यर्थ कर रहे हो। जब कोई सुनने तक को तैयार नहीं है, तो तुम्हारी किताब कौन पढ़ेगा? आजकल तो ज्ञान मोबाइल और कंप्यूटर पर मुफ़्त में मिल जाता है। एक सवाल पूछो और हज़ार सलाह मिल जाती हैं - वह भी बिना माँगे, बिल्कुल मुफ़्त।

ऐसा लगता है मानो लोग फुर्सत में ही बैठे हों। इधर आपने सवाल किया, उधर हज़ार रायचंद खड़े हो जाते हैं - सलाह देने को। ऐसे सलाह देंगे, जैसे अभी-अभी सब कुछ स्वयं करके देखा हो। खुद बिस्कुट बेचते होंगे, पर नज़ला ठीक करने का नुस्खा ज़रूर बताएँगे। ऐसे रायचंद शायद हर देश में मिलते हों, विदेशों में भी। पर अपने देश में कुछ ज़्यादा ही हैं।

अब जब साथियों की बात चल ही रही है, तो एक और साथी का ज़िक्र करना ज़रूरी हो जाता है - माथुर साहब। रहते तो पंडित जी के साथ ही हैं, पर स्वभाव में एकदम विपरीत। पंडित जी बोलते हैं, माथुर साहब सुनते हैं। पंडित जी चाहे जितना बोलें, माथुर साहब पूरे धैर्य से सुनते रहते हैं। सुनने और सुनाने - दोनों की अद्भुत क्षमता है उनमें। दोनों का साथ चोली-दामन का नहीं, बल्कि खैनी-चाय का है। और सच कहूँ तो नशे का साथ अक्सर ज़्यादा गहरा होता है।

कुछ लोग कहते हैं - नशे का साथ गहरा तो होता है, पर थोड़ी देर का होता है; नशा उतरते ही सब खत्म। मुझे ऐसा नहीं लगता। यह वह साथ है जो नशे के साथ भी रहता है और नशा उतरने के बाद भी।

पंडित जी खैनी बनाएँगे, तो माथुर साहब खाएँगे। माथुर साहब चाय बनाएँगे, तो पंडित जी पिएँगे। लोग कहते हैं - दोनों की हथेलियों में खैनी रगड़ने के निशान तो गहरे हैं, पर दिलों में दोस्ती के नहीं। हो सकता है, दिलों में भी हों - बस मुझे दिखाई न देते हों। अंदर की बात है।

लोग तो वैसे भी जो दिखता है, वही बोल देते हैं। आज कुछ, कल कुछ। इसलिए लोगों पर पूरा भरोसा नहीं किया जा सकता।

पर इतना भरोसा ज़रूर किया जा सकता है कि दोनों बड़े सज्जन हैं।

मेरे विचारों को बनाने और बिगाड़ने में इन दोनों का बड़ा योगदान है। सच कहूँ तो मेरे अपने विचार बहुत कम हैं। कुछ पंडित जी के हैं, कुछ माथुर साहब के। मैं तो बस निमित्त मात्र हूँ - उनके विचारों को अपने शब्दों में पिरोकर आपके सामने रख देता हूँ। इसमें कोई संदेह नहीं कि किसी भी व्यक्ति के व्यक्तित्व के निर्माण में उसके साथियों की बड़ी भूमिका होती है। मैं अपने आप को सौभाग्यशाली मानता हूँ कि विद्वानों की छाया में रहकर अपनी अज्ञानता को कुछ हद तक ढक लेता हूँ।

पंडित जी और माथुर साहब की बातें सोचते-सोचते पता ही नहीं चला कि गाड़ी कब शहर की सीमा से बाहर निकल आई। सड़क अब कुछ खुली-सी लग रही थी, जैसे उसने भी अपनी साँस छोड़ दी हो। पेड़ों की कतारें पीछे भाग रही थीं और आगे का रास्ता धूप में चमक रहा था। भीतर कहीं एक अजीब-सी शांति थी, जो प्रश्नों से भरी हुई थी।

मैंने खिड़की से बाहर देखते हुए सोचा - साथी सचमुच आदमी को गढ़ते भी हैं और तोड़ते भी। अकेला आदमी शायद इतना नहीं बिगड़ता, जितना संगत में बिगड़ जाता है। और उतना सुधरता भी नहीं, जितना अच्छे साथ में सुधर सकता है। पंडित जी की कड़वी सच्चाइयाँ और माथुर साहब की खामोश सहमति - दोनों मिलकर मेरे भीतर एक अजीब-सा संतुलन बना देती हैं।

ड्राइवर अशोक ने अचानक कहा,

“साहब, सोच में डूब गए लगते हैं। रास्ता तो सीधा है, पर आदमी का मन बड़ा टेढ़ा होता है।”

मैं मुस्कुरा दिया।

"तुम सही कहते हो अशोक। सड़कें तो नक्शे में बनी होती हैं, मन का कोई नक्शा नहीं होता।"

अशोक ने गाड़ी की रफ्तार हल्की-सी कम की, शायद मेरी बात समझने की कोशिश कर रहा था।

"साहब," उसने कहा, "मन की सड़क पर अगर ज्यादा तेज़ चला जाएँ, तो हादसे ज़्यादा होते हैं।"

उसकी बात साधारण थी, पर असर गहरा कर गई। यही तो फर्क होता है - पढ़े-लिखे शब्दों और जिए हुए शब्दों में। पंडित जी शास्त्र से बोलते हैं, माथुर साहब अनुभव से, और अशोक जीवन से।

पीछे सीट पर रागिनी चुप थी। उसकी चुप्पी भी कभी-कभी बहुत कुछ कह जाती है। मैं जानता था, वह सुन रही है - मेरी खामोशी भी, मेरे विचार भी। जीवन में कुछ रिश्ते ऐसे होते हैं, जिनमें शब्दों की ज़रूरत नहीं पड़ती। और कुछ रिश्ते ऐसे भी होते हैं, जिनमें शब्द बहुत होते हैं, पर अर्थ नहीं।

मैंने सोचा - प्यार क्या सच में धोखा है? या हम प्यार से उम्मीद ज़्यादा कर लेते हैं? शायद धोखा प्यार नहीं देता, इंसान देता है। पर इंसान से ही तो प्यार होता है। यहीं पर गणित गड़बड़ा जाता है।

गाड़ी आगे बढ़ती रही। सड़क, पेड़, धूप, हवा - सब अपनी जगह स्थिर थे, बस मैं ही भीतर से हिल रहा था। लगा जैसे हर स्मृति एक-एक कर मन के शीशे पर दस्तक दे रही हो। कुछ रिश्ते, कुछ टूटनें, कुछ भरोसे, कुछ विश्वासघात - सब साथ चल रहे थे, ठीक वैसे ही जैसे हमारी कार के साथ सड़क चल रही थी।

मैंने खुद से कहा—

"कृष्णा, शायद लिखना ही तुम्हारा तरीका है चीज़ों को समझने का। अगर सब कुछ स्पष्ट होता, तो कलम उठाने की ज़रूरत ही क्या थी?"

और पहली बार मुझे लगा, लिखना व्यर्थ नहीं है। शायद कोई पढ़े या न पढ़े, पर लिखते हुए मैं खुद को सुन तो लेता हूँ।

गाड़ी आगे बढ़ रही थी।

और मैं—थोड़ा और भीतर।

****

सुबह के ठीक साढ़े बारह बजने को थे। कार की घड़ी पर नज़र पड़ी तो एहसास हुआ कि लखनऊ से चले हुए हमें लगभग साढ़े तीन घंटे हो चुके हैं। हम लोग आखिरकार आगरा की सीमा में प्रवेश कर चुके थे। यात्रा की गति जानबूझकर धीमी रखी गई थी। न कोई जल्दबाज़ी थी, न किसी मंज़िल को जल्दी पाने की बेचैनी। इसलिए समय अपेक्षा से कुछ अधिक लगा, पर बदले में सफ़र ने जो सुकून दिया, वह अमूल्य था। रास्ते के दृश्य, बातचीत, खामोशियाँ - सब मिलकर इस यात्रा को यादगार बना रहे थे।

"होटल ताज विला ले चलो," मैंने आगे बैठे अशोक से कहा।

मेरे शब्द पूरे भी नहीं हुए थे कि पीछे की सीट पर बैठी रागिनी और रिंकी के चेहरों पर एक साथ मुस्कान फैल गई। मंज़िल पर पहुँचने की खुशी बच्चों और स्त्रियों के चेहरे पर तुरंत झलक जाती है - बिना किसी बनावट के, बिना किसी संकोच के।

"पापा, बहुत भूख लगी है," रिंकी ने एक बड़ी सी अंगड़ाई लेते हुए कहा। उसकी आँखें आधी खुली थीं, आवाज़ में नींद की नमी और भूख की शिकायत दोनों घुली हुई थीं।

"हाँ बेटा, बस होटल पहुँचने ही वाले हैं," मैंने प्यार भरे स्वर में कहा, "वहाँ पहुँचते ही सबसे पहले नाश्ता करेंगे। पेट पूजा ज़रूरी है।"

रागिनी ने इस दौरान अपने पर्स को संभालना शुरू कर दिया। कपड़ों को ठीक किया, बालों पर हाथ फेरा, जैसे अचानक एहसास हुआ हो कि अब सफ़र की थकान उतरने वाली है और ठहराव शुरू होने वाला है। अभी पाँच मिनट भी नहीं बीते थे कि अशोक ने बड़े सलीके से होटल के ड्रॉप-आउट पॉइंट पर गाड़ी रोक दी।

"वेलकम सर," कहते हुए होटल के सॉफ्ट-टोन में बात करने वाले सोफार ने गाड़ी का दरवाज़ा खोला। उसकी आवाज़ में वही पेशेवर विनम्रता थी, जो बड़े होटलों की पहचान होती है - न ज़्यादा अपनापन, न ज़्यादा दूरी।

"अशोक," मैंने उतरते हुए कहा, "तुम भी कुछ खा-पीकर आराम कर लो। हम लोग लगभग एक घंटे बाद फिर निकलेंगे।"

अशोक ने सिर हिलाकर हामी भरी। उसकी आँखों में राहत थी - लगातार ड्राइविंग के बाद थोड़ी देर सुस्ताने का अवसर।

हम तीनों होटल के स्वागत कक्ष में पहुँचे। ठंडी एयर कंडीशनिंग, हल्की सुगंध और सलीके से सजे सोफे - सब कुछ एक साथ थकान उतारने लगा। हम बैठ ही रहे थे कि होटल की रिसेप्शनिस्ट मुस्कुराती हुई आई और कुछ आवश्यक औपचारिकताएँ पूरी करवाईं। नाम, पहचान पत्र, हस्ताक्षर - ये सब अब यात्रा का हिस्सा बन चुके थे।

कुछ ही पलों में तीन गिलास वेलकम ड्रिंक सामने रख दिए गए।

"यह क्या है, पापा?" रिंकी ने गिलास को उत्सुकता से देखते हुए पूछा।

“मिक्स फ्रूट जूस है,” मैंने उसके सिर पर हाथ फेरते हुए कहा, “तुम्हें तो बहुत पसंद है, पी लो।”

“मेरे पास आओ,” रागिनी ने कहा, “तुमसे गिर जाएगा। मैं पिला देती हूँ।”

रिंकी खुशी-खुशी माँ के पास सरक गई। माँ-बेटी का यह छोटा सा दृश्य मुझे भीतर तक छू गया - जैसे जीवन की सारी थकान इन्हीं क्षणों में उतर जाती हो।

“सर, आपका रूम 503 तैयार है। आइए, मेरे साथ चलिए,” कहते हुए रिसेप्शनिस्ट आगे बढ़ गई। हम तीनों उसके पीछे-पीछे लिफ्ट की ओर चल दिए।

कमरे में पहुँचते ही मैंने राहत की साँस ली और सीधे बिस्तर पर लेट गया। शरीर तो जैसे अनुमति मांग ही रहा था - थोड़ी देर आराम की। रागिनी ने कमरे का एक चक्कर लगाया। खिड़की, बाथरूम, अलमारी - सब कुछ उसकी निगाहों से गुज़रा। फिर उसने मेनू कार्ड उठाया और सोफे पर बैठकर उसे ध्यान से देखने लगी।

“क्या खाएंगे?” उसने मेरी ओर देखते हुए पूछा।

“तुम ही देख लो,” मैंने आँखों पर हाथ रखते हुए कहा, “जो रिंकी भी आराम से खा ले, वही मंगा लो। कमरे में ही। जल्दी खाकर बाहर निकलना है।”

“मुझे समझ नहीं आ रहा,” वह थोड़ा झुँझलाते हुए बोली, “आप भी तो कुछ मदद करो।”

मैं उठकर उसके पास सोफे पर बैठ गया और मेनू कार्ड देखते हुए कुछ चीज़ें चुन लीं। ऑर्डर देते ही माहौल फिर सहज हो गया। तभी रागिनी के फोन की घंटी बज उठी।

“दीदी का फोन है,” उसने मुस्कुराते हुए कहा, “पूछ रही होंगी कि कहाँ तक पहुँचे।”

इतना कहकर उसने फोन उठाया और बातों में डूब गई।

मैं चुपचाप कमरे में पसरे सुकून को महसूस करता रहा - सफ़र पूरा हुआ था, ठहराव शुरू हो चुका था, और आगे एक नया अनुभव हमारा इंतज़ार कर रहा था।

"हम लोग आगरा पहुँच गए हैं, दीदी..."

रागिनी ने फोन पर यह कहते हुए जैसे एक लंबी साँस छोड़ दी - वह साँस, जिसमें सफ़र की थकान भी थी और पहुँच जाने की तसल्ली भी। "यहाँ का मौसम बहुत अच्छा है। न बहुत ठंड, न कोई असहजता। सब कुछ एकदम सहज-सा लग रहा है।"

कुछ पल चुप रहकर उसने बाहर झाँका। होटल की खिड़की से दिखती सड़कें, दूर जाती रोशनियाँ और उन सबके बीच एक अजीब-सी शांति। फिर उसकी आवाज़ में नमी घुल गई - "रिंकी भी ठीक है, दीदी... बहुत खुश है। सच कहूँ तो उसे इस यात्रा में जैसे एक नई दुनिया मिल गई है।"

वह धीमे स्वर में आगे कहती है - "पिछली बार जब हम लोग घूमने निकले थे, तब रिंकी बहुत छोटी थी। तब वह बस गोद में सिमटी रहती थी, कुछ समझती नहीं थी। न रास्ते याद हैं, न चेहरे। तब हमें लगता था कि वह बहुत छोटी है... और आज..."

रागिनी की आवाज़ भर्रा जाती है - "आज वही बच्ची हर चीज़ को ध्यान से देखती है, समझने की कोशिश करती है। उसकी आँखों में सवाल होते हैं, जिज्ञासा होती है। जैसे दुनिया को पहली बार सचमुच देख रही हो।"

वह हल्की-सी मुस्कान के साथ कहती है - "मुझे तो परेशान नहीं करती, दीदी... लेकिन अपने पापा को?"

रागिनी हँसती है, फिर रुक जाती है - "पूरे रास्ते एक पल चैन नहीं लेने दिया। 'यह क्या है?' 'वह क्यों बना?' 'यह राजा कौन था?' हर चीज़ में उसका सवाल छुपा है। और हर सवाल में उसका बढ़ना..."

कुछ क्षण रुककर वह धीरे-से जोड़ती है - "और कृष्णा... उनका धैर्य देखकर मुझे भीतर तक कुछ हिल-सा जाता है। वह एक भी सवाल टालते नहीं। ऐसे समझाते हैं जैसे कोई बच्चा नहीं, कोई जिज्ञासु आत्मा पूछ रही हो। विस्तार से बताते हैं - किस जगह की क्या कहानी है, कौन सा राजा था, किस मिट्टी में कैसी खुशबू है।"

अब उसकी आवाज़ और भी कोमल हो जाती है - "कभी-कभी मुझे लगता है, यह सफ़र सिर्फ़ आगरा तक का नहीं है। यह रिंकी के बचपन से आगे बढ़ने का सफ़र है। हर सवाल के साथ वह थोड़ी-सी बड़ी हो रही है... और हम, दीदी, हम चुपचाप उसे बड़ा होते देख रहे हैं।"

एक गहरी साँस लेकर वह कहती है - "समय कितनी तेज़ी से भागता है, न? कल तक जो बच्ची उँगली पकड़कर चलती थी, आज रास्तों के इतिहास पूछ रही है। डर लगता है, दीदी... कि कहीं यह पल भी छूट न जाए। इसीलिए मैं चाहती हूँ कि ये सफ़र, ये सवाल, ये हँसी - सब उसके भीतर बस जाएँ। और हमारे भीतर भी।"

फोन के उस पार शायद खामोशी थी, लेकिन इस पार रागिनी की आँखों में एक माँ का सारा प्रेम उमड़ आया था।

रिंकी भले ही हर बात को पूरी तरह समझ न पा रही हो, फिर भी उसका ध्यान कहीं भटक नहीं रहा था। उसकी आँखें सड़क से हटकर अपने पापा के चेहरे पर टिकी रहतीं, और कान हर शब्द को ऐसे पकड़ लेते मानो भीतर कहीं सहेज रही हो। कई बार मुझे लगता - यह बच्ची जितनी समझदार दिखाई देती है, उतनी शायद हम भी नहीं थे उसकी उम्र में। वह सुन ही नहीं रही थी, वह महसूस कर रही थी।

मैं भी सुन रही थी, दीदी। सब कुछ सुन रही थी, और कुछ-कुछ समझ भी रही थी। लेकिन सच कहूँ तो इतिहास में मेरी कभी बहुत रुचि नहीं रही। मुझे बीते हुए कल से ज़्यादा आज प्यारा लगता है। मैं वर्तमान को देखती हूँ, उसी में जीती हूँ। मेरा मानना है कि जीवन को पूरे उत्साह, पूरे जोश और पूरे मन से आज में जिया जाना चाहिए। जो बीत गया, वह अपनी जगह पूरा हो चुका। जो जी लिया, वही हमारे साथ चलता है। इतिहास चाहे जितना गौरवशाली हो, वह लौटकर नहीं आता।

दीदी, मैं दिल से मानती हूँ कि अतीत का डर और भविष्य की अनिश्चित चिंता - दोनों मिलकर इंसान को भीतर से खोखला कर देती हैं। आदमी वर्तमान में होते हुए भी वहाँ नहीं रह पाता। कभी बीते हुए क्षण उसे कचोटते हैं, तो कभी आने वाले कल की आशंका नींद उड़ा देती है। कई बार तो यह बेचैनी इतनी बढ़ जाती है कि व्यक्ति अपना मानसिक संतुलन तक खो बैठता है।

अतीत में क्या घटा - अच्छा था या बुरा - उस पर बार-बार लौटना, अपने घावों को बार-बार कुरेदना है। जो होना था, हो चुका। अब आगे देखना चाहिए। अतीत से सीख ज़रूर लेनी चाहिए, लेकिन उसे अपने वर्तमान पर बोझ नहीं बनने देना चाहिए। अपने आज पर बीते कल की काली छाया नहीं पड़ने देनी चाहिए।

इसीलिए तो कहा गया है—

'बीती ताहि बिसारि दे, आगे की सुधि लेहु।'

लेकिन दीदी...

इतना सब कहने के बाद भी, कभी-कभी दिल अपनी ही बात नहीं मानता।

मेरा बचपन बहुत अच्छा था। सच में बहुत अच्छा। जब भी उसे याद करती हूँ, मन भर आता है। दिल करता है कि सब कुछ छोड़कर फिर से छोटी हो जाऊँ। आपके साथ हाथ पकड़कर घूमूँ। बाजार जाऊँ,

बिना सोचे-समझे सामान खरीदूँ। सड़क किनारे खड़े ठेले से चाट खाऊँ। मम्मी-पापा के पास बैठकर घंटों बतियाऊँ - बिना किसी जल्दी के, बिना किसी जिम्मेदारी के।

याद है दीदी, पापा?

वह जब भी बाहर से आते थे, हमारे लिए कुछ न कुछ ज़रूर लाते थे। हम सब रात को दरवाज़े की आहट पर कान लगाए बैठे रहते थे। जैसे ही उनके कदमों की आवाज़ आती, दिल खुशी से उछल पड़ता। लगता - अब चॉकलेट मिलेगी, आम मिलेंगे, मिठाई मिलेगी... या शायद कुछ ऐसा, जिसकी हमें उम्मीद भी न हो।

वह इंतज़ार, वह उत्सुकता, वह मासूम खुशी - आज सोचती हूँ तो लगता है, वही तो असली जीवन था।

शायद इसीलिए मैं रिंकी को इतने ध्यान से देखती हूँ, दीदी।

डर लगता है कि उसका बचपन भी कहीं यूँ ही चुपचाप निकल न जाए। मैं चाहती हूँ कि वह हर पल जिए - पूरी तरह, बेखौफ, खुश होकर। क्योंकि एक बार बचपन बीत गया, तो वह सिर्फ़ याद बनकर रह जाता है... और यादें, चाहे कितनी भी सुंदर हों, उन्हें छूकर जीया नहीं जा सकता।

दीदी, पापा की याद आती है... बहुत आती है।

कभी-कभी तो इतनी तेज़ आती है कि सांस रुक-सी जाती है। बाहर से चाहे सब कुछ सामान्य दिखे, पर भीतर कहीं कोई कोना अचानक खाली हो जाता है। ऐसे समय मैं सबसे अलग, बिल्कुल अकेली बैठ जाती हूँ। किसी से कुछ कहे बिना, चुपचाप। बस दो आँसू बहा लेती हूँ - ना ज़्यादा, ना कम - जैसे खुद को समझा रही हूँ कि अब बस इतना ही रोना है। फिर आँसू पोंछकर उठ खड़ी होती हूँ और अपने काम में लग जाती हूँ।

क्या करूँ, दीदी...

कुछ बातें ऐसी होती हैं जिनके सामने इंसान बिल्कुल असहाय हो जाता है। ईश्वर के निर्णय पर किसी का ज़ोर नहीं चलता। उसका न्याय हम समझें या न समझें, स्वीकार तो करना ही पड़ता है। जीवन रुकता नहीं है। वह हर हाल में आगे बढ़ता है, और हमें भी अपने घावों को छुपाकर उसके साथ चलना पड़ता है। नए सिरे से खुद को समेटना पड़ता है, खुद को संभालना पड़ता है।

बुरा बहुत लगता है, दीदी... बहुत। पर समय के साथ यादों की धार कुछ कुंद हो जाती है। वे टीस तो देती हैं, पर चीखती नहीं। और फिर, उसी धीमी टीस के साथ जीवन चलने लगता है - बिल्कुल वैसे ही, जैसे चलना ही उसकी नियति हो।

अच्छे थे वो दिन...

बहुत अच्छे थे। आज भी जब उन्हें याद करती हूँ तो दिल भर आता है। पर दीदी, यह भी सच है कि आज भी सब कुछ बुरा नहीं है। आज भी जीवन में अच्छाई है, मुस्कान है। आज भी मुझे अच्छा लगता है।

आज भी मुझे चॉकलेट मिलती है, फल मिलते हैं, आइसक्रीम मिलती है - वैसे ही, जैसे बचपन में मिला करती थी। कभी-कभी तो लगता है कि मैं बड़ी हुई ही नहीं। उम्र जरूर बढ़ गई है, जिम्मेदारियाँ आ गई हैं, पर भीतर कहीं वही छोटी-सी लड़की आज भी ज़िंदा है।

कल आपके साथ थी, आज कृष्णा के साथ हूँ - पर महसूस वही होता है। वही अपनापन, वही सुरक्षा, वही भरोसा।

मुझे बड़ा नहीं होना, दीदी।

सच कहूँ तो बड़ा होना से मुझे डर लगता है। बड़ा होना मतलब - ज़्यादा समझदार होना, ज़्यादा सहनशील होना, और ज़्यादा चुप रह जाना।

मुझे छोटा ही रहना है। बचपन अच्छा होता है - निष्कलुष, निश्छल, बिना शर्त। मैं सोचती हूँ कि काश, बुढ़ापे तक भी मैं भीतर से छोटी ही रहूँ। वही मासूमियत बची रहे, वही सरलता, वही खुलकर हँसने की क्षमता।

क्योंकि जब इंसान भीतर से बड़ा हो जाता है, तब सबसे पहले उसकी हँसी चुप हो जाती है।

रागिनी अभी भी अपनी बातों में डूबी हुई थी, शब्दों के सहारे अपने मन का बोझ हल्का कर रही थी, तभी अचानक दरवाज़े की घंटी बजती है।

मैं उठता हूँ, कदम दरवाज़े की ओर बढ़ते हैं, और मैं दरवाज़ा खोलता हूँ - जैसे किसी और ही दुनिया से लौटकर फिर वर्तमान में आ गया हूँ।

"क्या मैं अंदर आ सकता हूँ, सर?"

दरवाज़े के उस पार से आई शिष्ट और संयत आवाज़ ने कमरे की खामोशी को बहुत हल्के से तोड़ा। मैंने दरवाज़ा खोला तो सामने होटल का कर्मचारी खड़ा था। उसके दोनों हाथों से लाल मख़मली कपड़े से ढकी एक ट्रॉली पकड़ी हुई थी, जैसे वह किसी औपचारिक अनुष्ठान का हिस्सा हो। उसकी आँखों में वही पेशेवर विनम्रता थी, जिसमें न जल्दबाज़ी थी, न अनावश्यक उत्सुकता।

वह बिना कोई अतिरिक्त शब्द बोले, बड़े सलीके से ट्रॉली को कमरे के भीतर ले आया। मेज़ के पास रुककर उसने एक-एक कर नाश्ते की वस्तुएँ सजानी शुरू कीं - प्लेटें अपनी जगह, कटोरियाँ ठीक कोण पर, कप और गिलास इस तरह कि देखने में भी एक संतुलन महसूस हो। पूरा कमरा अचानक ताज़ी खुशबू से भर गया। यह वही खुशबू थी, जो थकान से भरे शरीर को थोड़ी देर के लिए ही सही, पर सुकून का अहसास दे देती है।

सब कुछ रखने के बाद उसने हल्के से सिर झुकाया और लगभग फुसफुसाते हुए कहा,

"यदि किसी और वस्तु की आवश्यकता हो, तो कृपया रिसेप्शन पर फोन कर दीजिएगा, सर।"

फिर वह वैसे ही चुपचाप बाहर निकल गया, जैसे आया था। दरवाज़ा भी उसने धीरे से बंद किया, मानो किसी की तंद्रा भंग न करना चाहता हो।

उधर रागिनी ने फोन कान से हटाते हुए एक गहरी साँस ली, जैसे लंबी बातचीत के बाद मन थोड़ा हल्का हो गया हो। उसने मुस्कुराकर कहा,

"अच्छा दीदी, नाश्ता आ गया है। हम लोग जल्दी में हैं। खाकर तुरंत निकलना है। समय मिलते ही फिर बात करूँगी।"

कहते हुए उसने फोन बंद किया और नज़रें रिंकी पर टिक गईं।

"आओ बेटा," उसने स्नेह से कहा, "नाश्ता आ गया है। चलो, पहले पेट पूजा कर लें।"

रिंकी की आँखें चमक उठीं। सफ़र की थकान और भूख - दोनों ही उसके चेहरे पर साफ़ दिखाई दे रहे थे।

हम सबने जल्दी-जल्दी नाश्ता किया। बिना किसी औपचारिकता के, बिना किसी अतिरिक्त बातचीत के। समय की हल्की-सी कमी थी और मन में बाहर निकलने की उत्सुकता। तैयार होकर हम कमरे से बाहर आए। होटल के गलियारों से गुजरते हुए लगा जैसे अब यात्रा का अगला अध्याय खुलने वाला है।

बाहर पोर्टिको में अशोक पहले से ही गाड़ी स्टार्ट किए खड़ा था। हम लोग गाड़ी में बैठे। दरवाज़े बंद हुए, इंजन की आवाज़ आई और गाड़ी धीरे-धीरे आगे बढ़ चली।

हम सबकी दिशा एक ही थी - ताजमहल।

और मन में एक अनकहा भाव था कि यह केवल एक स्मारक की ओर नहीं, बल्कि स्मृति, प्रेम और समय के किसी गहरे एहसास की ओर बढ़ती हुई यात्रा है।

****

ताजमहल की ओर जाती सड़क पर कार धीरे-धीरे सरक रही थी। बाहर की दुनिया अपनी गति में थी - रिक्शे, पर्यटक बसें, दुकानों की कतारें-पर मेरे भीतर समय जैसे ठहर गया था। शीशे से आती धूप चेहरे को छू रही थी, पर मन किसी और ही उजाले में डूबा था। प्रेम और समय - ये दोनों शब्द मेरे भीतर एक-दूसरे से उलझते, सुलझते, फिर नए अर्थ रचते चले जा रहे थे।

प्रेम...

मैं सोचता हूँ, प्रेम क्या है? किसी एक चेहरे का नाम? किसी देह की आकांक्षा? या फिर वह मौन समझ जो बिना बोले भी सब कह देता है? प्रेम शायद वह धागा है जो समय के बिखरे मोतियों को पिरो देता है। समय भागता है, फिसलता है, हाथ से निकल जाता है - पर प्रेम उसे थाम लेता है, कुछ पलों को अमर बना देता है। रागिनी की हँसी, रिंकी की मासूम जिज्ञासाएँ, रास्ते में सुनी गई छोटी-छोटी बातें - यही तो वे क्षण हैं जिनमें समय ठहर जाता है।

समय बड़ा निर्मम है, यह सब कहते हैं। मैं कहता हूँ - समय निष्पक्ष है। वह न किसी का मित्र है, न शत्रु। वह बस चलता रहता है। हम ही हैं जो उससे अपेक्षाएँ पाल लेते हैं। हम चाहते हैं कि अच्छा समय ठहर जाए, बुरा समय जल्दी बीत जाए। पर समय किसी की नहीं सुनता। वह सिखाता है - छोड़ना। वह सिखाता है - स्वीकार करना। और

जो यह सीख लेता है, वही शायद प्रेम को भी सही अर्थों में समझ पाता है।

मैंने प्रेम को कई रूपों में देखा है। युवावस्था का प्रेम, जिसमें अधीरता होती है - सब कुछ अभी चाहिए। मध्य आयु का प्रेम, जिसमें जिम्मेदारियाँ होती हैं - सब कुछ बाँटकर निभाना पड़ता है। और फिर एक ऐसा प्रेम भी होता है, जो शब्दों से परे है - जहाँ साथ होना ही पर्याप्त है। आज मैं उसी तीसरे प्रेम को जी रहा हूँ। न कोई दावा, न कोई शर्त। बस साथ।

रागिनी को देखता हूँ - वह वर्तमान में जीती है। उसके लिए बीता हुआ बीत चुका है। शायद यही उसकी शक्ति है। मैं अक्सर अतीत में लौट जाता हूँ - गलतियाँ गिनता हूँ, अवसर खोजता हूँ, संवाद दोहराता हूँ। पर समय पीछे जाने नहीं देता। वह कहता है - जो होना था, हो गया। अब जो है, उसे जीओ। प्रेम भी यही कहता है। प्रेम भविष्य की गारंटी नहीं माँगता, वह वर्तमान की सच्चाई चाहता है।

रिंकी की हँसी अचानक कार में गूँजती है। वह कुछ पूछती है - शायद ताजमहल के बारे में, शायद किसी गुब्बारे के बारे में। मैं उत्तर देता हूँ, पर भीतर मुस्कुराता हूँ। बच्चों के लिए समय एक खेल है। उनके पास न अतीत का बोझ होता है, न भविष्य का भय। काश, हम बड़े होकर भी यह हुनर बचा पाते।

ताजमहल...

प्रेम का स्मारक। लोग कहते हैं - एक बादशाह ने अपनी बेगम की याद में बनवाया। मैं सोचता हूँ - क्या प्रेम स्मारक माँगता है? या स्मारक इसलिए बनते हैं कि प्रेम क्षणभंगुर है? शायद दोनों। पत्थर में ढला प्रेम, समय से लड़ने की एक कोशिश है। पर सच तो यह है कि पत्थर भी घिस जाते हैं, और प्रेम भी बदलता है। बदलना बुरा नहीं है। बदलना जीवन का प्रमाण है।

समय ने मुझे सिखाया है - कठोर मत बनो। प्रेम ने सिखाया है - कमज़ोर होने से मत डरो। जब दोनों मिलते हैं, तब मनुष्य परिपक्व होता है। आज मैं न वैसा हूँ जैसा कल था, न वैसा बनूँगा जैसा कल होऊँगा। यही समय का सत्य है। यही प्रेम की यात्रा है।

कार की गति धीमी होती है। दूर से ताजमहल की पहली झलक मिलती है - धुँधली, शांत, विराट। मैं एक गहरी साँस लेता हूँ। मन कहता है-आज फिर कुछ सीखने आया हूँ। प्रेम के बारे में, समय के बारे में - और अपने बारे में।

और शायद, यही यात्रा का असली अर्थ है।

माना जाता है कि आगरा की धरती महाभारत काल से ही किसी न किसी रूप में आबाद रही है। समय की धूल में उसके प्रारंभिक स्वरूप की स्पष्ट रेखाएँ भले ही धुंधली हो गई हों, पर इतना तय है कि यह नगर केवल पत्थरों और इमारतों का समूह नहीं रहा, बल्कि युगों-युगों से सत्ता, संस्कृति और संघर्ष का साक्षी रहा है। इतिहास के लंबे प्रवाह में आगरा कई बार बदला, संवरता रहा और फिर नए रूप में सामने आता रहा।

आगरा का जो वर्तमान ऐतिहासिक स्वरूप हमें आज दिखाई देता है, उसकी नींव 1504 ईस्वी में दिल्ली सल्तनत के मुस्लिम शासक सुल्तान सिकंदर लोदी ने रखी। उन्होंने इस नगर को एक संगठित प्रशासनिक और सामरिक केंद्र के रूप में विकसित किया। सिकंदर लोदी की मृत्यु के बाद यह नगर उनके पुत्र सुल्तान इब्राहिम लोदी के अधिकार में आया। पर इतिहास को स्थिर रहना कहाँ आता है। 1526 में पानीपत की पहली लड़ाई ने न केवल दिल्ली सल्तनत का अंत किया, बल्कि आगरा की किस्मत भी बदल दी। इस निर्णायक युद्ध के बाद आगरा बाबर के अधीन आ गया और यहीं से मुगल युग का आरंभ हुआ।

मुगलों के आगमन के साथ ही इस शहर का स्वर्णिम अध्याय शुरू हुआ। उस समय आगरा को 'अकबराबाद' के नाम से जाना जाने लगा।

यह नाम केवल एक शासक का नहीं, बल्कि एक पूरे युग की पहचान बन गया। बादशाह अकबर, जहांगीर और शाहजहां के शासनकाल में अकबराबाद मुगल साम्राज्य की राजधानी रहा। सत्ता का केंद्र होने के कारण यहाँ राजनीति, कला, स्थापत्य और संस्कृति – सबका संगम देखने को मिला। हालांकि शाहजहां ने 1649 में राजधानी को शाहजहानाबाद (आज की दिल्ली) स्थानांतरित कर दिया, पर तब तक आगरा इतिहास में अपनी अमिट छाप छोड़ चुका था।

मुगल काल में अकबराबाद भारत के सबसे महत्वपूर्ण नगरों में से एक था। यही कारण था कि यहाँ भव्य इमारतों, किलों, बाग़ों और नगर योजनाओं का अभूतपूर्व विकास हुआ। मुगल राजवंश के संस्थापक बाबर ने यमुना नदी के शांत तट पर पहला चारबाग़ शैली का उद्यान बनवाया, जिसे 'आराम का बाग' कहा गया। यह केवल विश्राम का स्थल नहीं था, बल्कि प्रकृति और सत्ता के संतुलन का प्रतीक भी था।

बाबर के पोते, महान सम्राट अकबर ने नगर के केंद्र में एक विशाल और सुदृढ़ किले का निर्माण करवाया, जिसे आज हम आगरा फोर्ट के नाम से जानते हैं। लाल बलुआ पत्थर से बना यह किला न केवल सैन्य शक्ति का प्रतीक था, बल्कि मुगल प्रशासन, जीवन और वैभव का भी साक्षी रहा है। इसके भीतर महलों, दीवान-ए-आम, दीवान-ए-खास और मस्जिदों की एक पूरी दुनिया बसती थी।

इतना ही नहीं, अकबर ने अकबराबाद के बाहरी क्षेत्र में फतेहपुर सीकरी नामक एक नए नगर की भी स्थापना की। यह नगर मूलतः एक मुगल सैन्य शिविर के रूप में विकसित किया गया था, पर जल्द ही यह स्थापत्य कला और सूफी प्रभाव का अद्भुत केंद्र बन गया। लाल पत्थरों से बनी इसकी इमारतें आज भी उस दौर की महत्वाकांक्षा और सौंदर्यबोध की गवाही देती हैं।

आगरा की गलियों में चलते हुए आज भी ऐसा लगता है मानो हर मोड़ पर इतिहास साँस ले रहा हो। यहाँ की मिट्टी में राजाओं के स्वप्न, युद्धों की आहट और समय की अनकही कहानियाँ दबी हुई हैं - जो केवल देखने से नहीं, महसूस करने से समझ में आती हैं।

अकबर के बाद गद्दी पर बैठे उनके पुत्र जहांगीर का स्वभाव अपने पिता से कुछ भिन्न था। सत्ता और युद्ध से अधिक उसका मन प्रकृति में रमता था। उसे वनस्पतियों, फूलों, पक्षियों और जीव-जंतुओं से गहरा लगाव था। यही कारण था कि लाल पत्थर से बने उस विशाल किले के भीतर उसने अनेक सुंदर बगीचों का निर्माण करवाया। वे बगीचे केवल हरियाली के टुकड़े नहीं थे, बल्कि जहांगीर की संवेदनशील आत्मा का प्रतिबिंब थे। बहते फव्वारे, करीने से सजी क्यारियाँ और ऋतुओं के अनुसार बदलते फूल - सब कुछ मानो यह बताते थे कि सत्ता के शिखर पर बैठा व्यक्ति भी प्रकृति के सान्निध्य में शांति खोजता है।

जहांगीर के बाद जब शाहजहां सत्ता में आया, तो मुगल स्थापत्य कला ने अपने शिखर को छुआ। शाहजहां को वास्तुकला से गहरी रुचि थी - ऐसी रुचि, जो केवल इमारतें खड़ी करने तक सीमित नहीं थी, बल्कि पत्थरों में भावनाएँ उकेर देने की कला थी। इसी प्रेम और संवेदना के परिणामस्वरूप अकबराबाद को उसने संसार का सबसे अनमोल स्मारक दिया - ताजमहल। अपनी प्रिय पत्नी मुमताज महल की स्मृति में निर्मित यह संगमरमर का मकबरा केवल एक समाधि नहीं है, बल्कि प्रेम का वह मौन गीत है, जो सदियों से बिना बोले गूंज रहा है। 1653 ईस्वी में पूर्ण हुआ ताजमहल आज भी यह साक्ष्य देता है कि सच्चा प्रेम मृत्यु के बाद भी जीवित रहता है, समय की सीमाओं को लांघता हुआ।

समय बदला, सत्ता की प्राथमिकताएँ बदलीं। शाहजहां ने अपने शासनकाल में राजधानी को दिल्ली स्थानांतरित कर दिया। लेकिन नियति को कुछ और ही मंजूर था। उसके पुत्र औरंगजेब ने सत्ता की

लालसा में अपने ही पिता को गद्दी से उतार दिया और उसी किले में कैद कर दिया, जिसकी दीवारें कभी वैभव और गर्व की प्रतीक थीं। कहते हैं, शाहजहां ने अपने अंतिम दिन उसी किले की एक खिड़की से ताजमहल को निहारते हुए बिताए - प्रेम को दूर से देखते हुए, पर उसे छू न पाने की विवशता के साथ। औरंगजेब के पूरे शासनकाल में अकबराबाद पुनः भारत की राजधानी बनी रही, किंतु बाद में राजधानी औरंगाबाद स्थानांतरित कर दी गई और आगरा धीरे-धीरे सत्ता के केंद्र से इतिहास के पन्नों में सिमटने लगा।

मुगल साम्राज्य के पतन के बाद आगरा मराठों के प्रभाव में आया और अंततः 1803 में ब्रिटिश राज के अधीन हो गया। सत्ता चाहे जिसकी भी रही हो, आगरा ने अपने भीतर इतिहास को सहेज कर रखा। आज यह शहर अपनी मुगलकालीन इमारतों के कारण भारत के प्रमुख पर्यटन स्थलों में गिना जाता है। ताजमहल, आगरा किला और फतेहपुर सीकरी - ये केवल दर्शनीय स्थल नहीं हैं, बल्कि समय की जीवित पुस्तकें हैं, जिन्हें यूनेस्को ने विश्व धरोहर स्थल के रूप में मान्यता दी है।

मैं अभी अपनी बात पूरी भी नहीं कर पाया था कि अशोक ने गाड़ी को ताजमहल की पार्किंग में लाकर धीरे से खड़ा कर दिया। इतिहास वर्तमान से टकराकर जैसे ठहर गया। प्रदूषण नियंत्रण बोर्ड के निर्देशों के अनुसार, यहां से आगे निजी वाहनों की अनुमति नहीं है। हमें अपनी कार यहीं छोड़नी थी और बैटरी से चलने वाली गाड़ी या पैदल लगभग पाँच सौ मीटर की दूरी तय करनी थी।

रिंकी की बालसुलभ जिद ने हमारा निर्णय आसान कर दिया। "पापा, बैटरी वाली गाड़ी से चलते हैं," उसने उत्साह से कहा। उसकी आँखों में ताजमहल देखने की चमक थी - वही चमक, जो शायद सदियों पहले शाहजहां की आँखों में रही होगी। हम सब बैटरी चालित गाड़ी में बैठ गए। लगभग दस मिनट की यह छोटी-सी यात्रा, मन में बड़े-बड़े

भाव जगा रही थी। हर मीटर के साथ इतिहास और करीब आता जा रहा था, और मैं सोच रहा था - हम केवल ताजमहल देखने नहीं जा रहे, हम समय से मिलने जा रहे हैं।

****

ताजमहल परिसर में फैली हरी-भरी घास पर रिंकी निश्चिंत होकर दौड़ रही है। कभी वह तितलियों के पीछे भागती है, कभी अपनी ही परछाईं से खेलती है। उसकी खिलखिलाहट उस गंभीर वातावरण में एक कोमल संगीत की तरह घुल जाती है। उधर रागिनी और मैं धूप में बैठे हैं - बिना कुछ बोले, बिना किसी जल्दी के - बस सामने खड़े ताजमहल को एकटक निहारते हुए। संगमरमर की वह श्वेत आभा, धूप में नहाकर मानो और भी उजली हो उठी है। ऐसा लगता है जैसे समय स्वयं ठहर गया हो और हम उसकी छाया में बैठे हों।

मेरे भीतर ताज के प्रति जो प्रेम वर्षों से पल रहा था, आज उसने किसी अज्ञात आकर्षण का रूप ले लिया। यह आकर्षण केवल स्थापत्य का नहीं था, यह आत्मा का खिंचाव था - एक ऐसा खिंचाव, जिसने मुझे अनायास ही वर्तमान से खींचकर ख्वाबों की दुनिया में पहुँचा दिया। पल भर में मैं यहां नहीं था। मैं किसी और समय में था, किसी और जीवन में। मुझे ऐसा महसूस हुआ जैसे मैं अपनी महबूबा का हाथ थामे, इस दुनिया की भीड़-भाड़, शोर और स्वार्थ से दूर, ताजमहल की ओर बढ़ रहा हूं।

मेरी चाल अपने आप ही धीमी और सधी हुई हो गई। जैसे हर कदम को सोच-समझकर रखना चाहता हूं, ताकि यह सपना टूट न जाए। ताजमहल की चमकदार, दूधिया सीढ़ियों पर चढ़ते हुए मन में एक अजीब-सी श्रद्धा और संकोच था। मानो किसी मंदिर में प्रवेश कर रहा हूं

- जहां प्रेम ही ईश्वर है। सीढ़ियाँ खत्म होती हैं और मैं सीधे ताजमहल के बीचोबीच बने मुमताज महल और शाहजहां की समाधि के सामने खड़ा हूं।

चारों ओर पर्यटक हैं। कोई कैमरे से तस्वीरें कैद कर रहा है, कोई रंग-बिरंगी नक्काशियों को आंखों में भर लेना चाहता है, कोई गाइड की बातें सुन रहा है। सब अपनी-अपनी दृष्टि से ताज को देख रहे हैं। लेकिन मैं... मैं उन सबसे अलग हूं। मेरी नजर न तो संगमरमर की नक्काशी पर टिकती है, न ही कीमती पत्थरों की जड़ाई पर। मैं तो बस अपनी महबूबा का हाथ थामे हुए हूं - उस हाथ को, जिसमें मुझे पूरी दुनिया समाई हुई लगती है।

मैं कब्र की भव्यता का गुणगान नहीं करता, बल्कि उसे केंद्र मानकर उसके चारों ओर चक्कर लगाने लगता हूं। ऐसा लगता है मानो मैं किसी मंडप में अग्नि के फेरे ले रहा हूं। हर फेरे के साथ मन ही मन एक नई प्रतिज्ञा करता हूं। पहले फेरे में साथ निभाने का वादा, दूसरे में कभी रूठने न देने की प्रार्थना, तीसरे में दुख में साथ खड़े रहने का संकल्प। मंद रोशनी में, भरी हुई आंखों के साथ, एक-दूसरे का हाथ थामे हम चक्कर पर चक्कर लगाते जा रहे हैं।

हर चक्कर के साथ वचन बढ़ते जाते हैं - सात जन्मों तक साथ निभाने के वचन, हर परिस्थिति में एक-दूसरे का सहारा बनने के वचन। शब्द नहीं हैं, पर भाव अनगिनत हैं। न कोई आवाज़ है, न कोई साक्षी - सिवाय उस मौन ताजमहल के, जिसने स्वयं प्रेम को अमर होते देखा है। आंखों के कोरों पर नमी है, दिल में कंपन है, और आत्मा में एक असीम शांति।

अनगिनत प्रतिज्ञाएं...

अनगिनत वादे...

अनगिनत वचन...

और उस क्षण मुझे ऐसा लगता है कि प्रेम सच में अमर है - बस उसे महसूस करने वाली आंख और थामने वाला हाथ चाहिए।

रिंकी अचानक दौड़ती हुई आती है और पीछे से मेरी गर्दन में अपने नन्हे हाथ डालकर लटक जाती है। उसकी गर्म साँसें मेरी गर्दन को छूती हैं और उसी क्षण मैं सपनों की उस रहस्यमयी दुनिया से खिंचकर यथार्थ की ठोस ज़मीन पर आ गिरता हूँ। जैसे किसी ने धीरे से कंधा थपथपाकर कह दिया हो - बस बहुत हुआ, अब लौट आओ। रिंकी मेरा हाथ पकड़कर ज़ोर से खींचती है, उसकी आँखों में उत्सुकता छलक रही है। मासूम आवाज़ में पूछती है,

"पापा, ताजमहल के अंदर नहीं चलिएगा?"

मैं मुस्कुरा देता हूँ - थोड़ा-सा थका हुआ, थोड़ा-सा टूटा हुआ, लेकिन पूरी तरह उसका।

"हाँ-हाँ, क्यों नहीं चलेंगे बेटा," कहते हुए मैं उठ खड़ा होता हूँ।

एक हाथ में रिंकी का नर्म स्पर्श है, दूसरे हाथ में रागिनी की स्थिर पकड़। इन दोनों हाथों के बीच जैसे मेरी पूरी ज़िंदगी सिमट आई हो। हम तीनों श्वेत संगमरमर से बने उस अमर प्रेम के स्मारक की सीढ़ियों की ओर बढ़ते हैं। हर सीढ़ी पर पैर रखते ही मन में कुछ टूटता है, कुछ जुड़ता है। बाहर से ताजमहल जितना शांत और भव्य दिखाई देता है, भीतर मेरा मन उतना ही अशांत और बेचैन होता जा रहा है।

मस्तिष्क में विचारों का प्रवाह इतना तीव्र हो चुका है कि यह समझ पाना कठिन हो गया है कि कौन-सा विचार जन्म ले रहा है और कौन-सा मर रहा है। एक विचार आता है, दूसरा उसे धक्का देकर बाहर कर देता है। मन में जैसे प्रश्नों का समुद्र उमड़ पड़ा हो। कल्पनाओं की लहरें इतनी तेज़ हैं कि मन का किनारा बार-बार टूट रहा है। ज्यों-ज्यों सीढ़ियाँ चढ़ता हूँ, त्यों-त्यों यह अनुभूति गहराने लगती है कि शायद यहाँ आना आवश्यक नहीं था।

अचानक ऐसा महसूस होता है कि इस इमारत का जादू अब मुझ पर नहीं रहा। इसका आकर्षण, इसकी भव्यता, इसकी प्रसिद्धि - सब कुछ जैसे खोखला-सा प्रतीत होने लगता है। लगता है जैसे मुमताज और शाहजहाँ की रूह अब यहाँ नहीं बसती। शायद आधुनिक होते समाज से रूठकर वे दोनों किसी और ही संसार में, किसी नए घरौंदे में चले गए हों - जहाँ प्रेम प्रदर्शन नहीं, अनुभूति होता है। अब यह इमारत प्रेम की निशानी नहीं लगती, बल्कि केवल एक उत्कृष्ट कलात्मक संरचना भर प्रतीत होती है।

यह जिस प्रेम का प्रतीक थी, वह प्रेम शायद समय के साथ थक गया है। आधुनिकता की चकाचौंध में वह प्रेम कहीं पीछे छूट गया है। आज यह स्मारक भीड़ के लिए है, कैमरों के लिए है, पोस्टरों और विज्ञापनों के लिए है - दिलों के लिए नहीं। यह सोच मन को और अधिक भारी कर देती है।

जैसे-जैसे मैं मुमताज महल और शाहजहाँ की कब्र के निकट पहुँचता हूँ, मन की अशांति और विकराल रूप धारण कर लेती है। प्रश्नों की झड़ी रुकने का नाम नहीं लेती। हर प्रश्न एक तीर की तरह मन को भेदता चला जाता है।

मोहब्बत क्या सच में होती है?

या यह केवल एक भ्रम है, जिसे हम अपनी सुविधानुसार जी लेते हैं?

क्या मोहब्बत की यह इमारत आज के समय में अपनी कोई प्रासंगिकता रखती है?

क्या मोहब्बत महज़ एक क्षणिक एहसास है, जो समय के साथ फीका पड़ जाता है?

क्या इसका यथार्थ जीवन से कोई वास्तविक संबंध होता है?

क्या मोहब्बत में किए गए वादों की कोई ठोस ज़मीन होती है, या वे सिर्फ़ भावनाओं की उड़ान होते हैं?

क्या प्रेम के वादे अक्सर फरेब बन जाते हैं?

क्या वे समय, परिस्थितियों और स्वार्थों के साथ बदल जाते हैं?

क्या इंसान वक्त के साथ अपने प्यार को भुला सकता है?

क्या रिश्तों की पवित्रता केवल शब्दों तक सीमित रह गई है?

कठिन समय में क्या अपनों को बीच मँझधार छोड़ देना अब सामान्य हो गया है?

क्या आधुनिक परिप्रेक्ष्य में मोहब्बत की कोई नई, सुविधाजनक परिभाषा गढ़ ली गई है - जिसमें त्याग नहीं, केवल उपयोगिता हो?

इन प्रश्नों के साथ मैं खड़ा हूँ - एक हाथ में मासूम बचपन, दूसरे हाथ में वर्तमान का यथार्थ - और सामने प्रेम का वह स्मारक, जो शायद आज भी अमर है...

पर केवल पत्थरों में।

ताजमहल के परिसर में खड़े होकर यदि मन प्रेम पर विचार न करे, तो मानो वहाँ आना ही अधूरा रह जाता है। यही ताजमहल की सबसे बड़ी विशेषता है। यह केवल संगमरमर से बनी एक इमारत नहीं है, बल्कि यह एक ऐसी चेतना है, जो अनजाने ही मन के भीतर प्रवेश कर जाती है। इस परिसर में कदम रखते ही मन किसी अदृश्य शक्ति के प्रभाव में आ जाता है। ऐसा लगता है मानो हवा में ही प्रेम की स्मृतियाँ, आहें, प्रतिज्ञाएँ और टूटे हुए वादे तैर रहे हों। यह स्थान आपको स्वयं से प्रश्न पूछने के लिए विवश कर देता है-चाहे आप चाहें या न चाहें।

आज मैं भी इसी विशेष चेतना को महसूस कर रहा हूँ। मेरे भीतर एक अजीब-सी बेचैनी है, एक ऐसा आकर्षण है, जो मुझे प्रेम के अर्थ पर सोचने के लिए मजबूर कर रहा है। शायद इसी प्रभाव में, अपने

सीमित अनुभव और अपूर्ण ज्ञान के सहारे, मैं उन प्रश्नों के संभावित उत्तर खोजने का प्रयास कर रहा हूँ, जिनसे मैं अब तक बचता रहा था।

आधुनिक होते इस समाज को देखकर, अपने अनुभवों को टटोलकर, मैं इस निष्कर्ष पर पहुँचता हूँ कि मन में उठ रहे अधिकांश प्रश्नों का उत्तर आज "हाँ" में ही है।

हाँ, मोहब्बत की यह इमारत आधुनिक परिप्रेक्ष्य में अपनी उपयोगिता सिद्ध नहीं करती।

हाँ, आज के समय में मोहब्बत एक क्षणिक एहसास भर रह गई है।

हाँ, इसका वास्तविकता से गहरा संबंध नहीं रह गया है।

हाँ, आज मोहब्बत में किए गए वादों की कोई ठोस ज़मीन नहीं होती।

वास्तव में, प्रेम के वादे अब अधिकतर फरेब बन चुके हैं - ऐसे फरेब, जिन पर स्वयं वादा करने वाला भी विश्वास नहीं करता।

आज मोहब्बत परिवर्तनशील हो गई है। परिस्थितियों के अनुसार रंग बदलती हुई, सुविधानुसार आकार ग्रहण करती हुई। आज का व्यक्ति समय के साथ अपने प्यार को भुला सकता है, बल्कि भूलना ही उसकी सहज प्रवृत्ति बन गई है। आधुनिकता के दायरे में संबंधों की पवित्रता अब बोझ-सी लगने लगी है। और हाँ, आज का व्यक्ति कठिन समय में, बिना किसी अपराधबोध के, आपको बीच डगर में छोड़ सकता है। इसलिए शायद यह अपरिहार्य हो गया है कि आधुनिक परिप्रेक्ष्य में मोहब्बत की कोई नई परिभाषा गढ़ी जाए - एक ऐसी परिभाषा, जो भावनाओं से कम और स्वार्थ से अधिक संचालित हो।

अज्ञानता और आधुनिकता के आडंबर ने मानव मस्तिष्क को कुंठित कर दिया है। आज का समाज स्पष्ट रूप से दोहरी मानसिकता में जी रहा है। एक ओर आध्यात्मिकता की बात करता है, दूसरी ओर

भौतिकता में पूरी तरह डूबा हुआ है। एक वर्ग ऐसा है जो अब भी ईश्वर, मूल्यों और आत्मा में विश्वास रखता है। वहीं दूसरा वर्ग ऐसा है, जो आध्यात्मिकता का दिखावा तो करता है, पर मानसिक रूप से पूर्णतः भौतिक सोच से संचालित होता है। उसके लिए धर्म, प्रेम, करुणा - सब केवल मुखौटे हैं, जिन्हें आवश्यकता अनुसार पहना और उतारा जाता है।

भौतिक सोच रखने वाले व्यक्तियों के संदर्भ में आज मोहब्बत की परिभाषा पूरी तरह बदल चुकी है। उनके लिए प्रेम कोई साधना नहीं, बल्कि एक खेल है - ऐसा खेल, जिसमें जीत-हार से अधिक लाभ-हानि का हिसाब लगाया जाता है। उनके अनुसार मोहब्बत देश, काल और परिस्थिति के अनुसार की जाती है। जहाँ लाभ दिखे, वहाँ प्रेम; जहाँ असुविधा हो, वहाँ विरक्ति। ऐसे लोग न्यूनतम प्रयासों में त्वरित और अधिकतम लाभ की अपेक्षा रखते हैं। यह लाभ आर्थिक हो या मानसिक, सामाजिक हो या शारीरिक - उसे पाने में उन्हें कोई संकोच नहीं होता।

आज मुमताज का मिलना जितना कठिन हो गया है, उतना ही कठिन शाहजहाँ का मिलना भी है। क्योंकि प्रेम करने वाला भी अब धैर्यहीन हो गया है और प्रेम निभाने वाला भी दुर्लभ। इसलिए किसी दूसरे ताजमहल की कल्पना करना, किसी नए अमर प्रेम की उम्मीद करना, शायद स्वयं को धोखा देने जैसा है।

आज के इस भौतिकवादी युग में भावुकता में किए गए वादों का कोई मूल्य नहीं रह गया है। जिन लोगों का मन धन, वैभव, पद और शारीरिक आकर्षण देखकर डगमगा जाता हो, उनसे स्थायित्व की आशा करना निरी मूर्खता ही नहीं, आत्मवंचना भी है। ऐसे लोग प्रेम को जीते नहीं, उपयोग करते हैं - और उपयोग के बाद त्याग देते हैं।

ताजमहल आज भी खड़ा है - अडिग, शांत, भव्य।

पर शायद प्रेम...

वह अब यहाँ नहीं रहता।

****

दिन चढ़ते ही ताजमहल परिसर में मानो जीवन की चहल - पहल भी चढ़ने लगी थी। सुबह की हल्की-सी निस्तब्धता अब पर्यटकों की आवाज़ों, कैमरों की क्लिक-क्लिक और गाइडों की समझाइश से भरने लगी थी। हवा में जो ठंडक सुबह सुकून देती थी, उसमें अब हल्की-सी कमी महसूस होने लगी थी। धूप शरीर और मन - दोनों को अच्छी लग रही थी, जैसे वह सर्दी और गर्मी के बीच संतुलन बनाकर हमें यह एहसास दिला रही हो कि जीवन भी तो इसी संतुलन का नाम है। ताजमहल की बाहरी दीवारों पर सफाई का कार्य चल रहा था; सफेद संगमरमर पर चलती ब्रश और पानी की धाराएँ समय-समय पर यह याद दिला रही थीं कि सुंदरता को बनाए रखने के लिए निरंतर श्रम आवश्यक होता है।

हम लोग मुगलकालीन इस भव्य मकबरे के परिसर में बने चारबाग के भीतर, लाल बलुआ पत्थर से निर्मित रास्तों पर टहलते हुए आगे बढ़ रहे थे। हर कदम के साथ मन में यह चाह और गहरी होती जा रही थी कि दुनिया के आठ अजूबों में से एक की इस अनुपम खूबसूरती को केवल आँखों से नहीं, बल्कि स्थायी रूप से अपने दिलो-दिमाग में बसा लिया जाए। रास्तों के दोनों ओर सजी घास, सलीके से काटे गए पेड़ और दूर-दूर तक फैली सममित हरियाली किसी सुसंयोजित जीवन-दर्शन की तरह प्रतीत हो रही थी।

रिंकी में आज कुछ ज्यादा ही फुर्ती थी। शायद खुला आकाश, हरियाली और घूमने की खुशी उसके कदमों में उतर आई थी। वह बार-बार हाथ छुड़ाकर कुछ दूर आगे तक दौड़ जाती, फिर वहीं रुककर

मुड़कर हमें देखती और मुस्कुराते हुए हमारा इंतज़ार करती। उसकी इस नटखट फुर्ती पर रागिनी की चिंता स्वाभाविक थी। वह बार-बार उसे समझाती - "भागो नहीं", "रुक जाओ", "आगे मत जाओ" - जैसे हर माँ अपने शब्दों में बच्चों के लिए सुरक्षा की अदृश्य दीवार खड़ी कर देती है। रिंकी मुस्कुरा कर 'हाँ' कहती, लेकिन कुछ ही पलों में फिर वही शरारत दोहराती।

इसी बीच हाथ में कैमरा लिए एक व्यक्ति हमारे पास आया और मुस्कुराते हुए बोला,

"सर, एक फैमिली फोटो खिंचवा लीजिए। ताजमहल के बैकग्राउंड में बहुत खूबसूरत फोटो खींच दूंगा।"

हम पहले से ही अपने मोबाइल और डिजिटल कैमरे से तस्वीरें ले रहे थे, लेकिन उसके आत्मविश्वास और आकर्षक प्रस्तुति ने हमें मना नहीं करने दिया। आखिर ऐसी जगह पर एक सजी-संवरी फैमिली फोटो कौन नहीं चाहता?

फिर क्या था - फोटो सेशन आरंभ हो गया। कभी हम रोमांटिक पोज़ में खड़े होते, कभी ऐसा लगता मानो हथेली पर ताजमहल को उठाए हुए हों, कभी ताजमहल की चोटी को पकड़ने का भ्रम रचते हुए, तो कभी परिवार के सहज, हँसते-मुस्कुराते पल कैमरे में कैद होते रहे। रिंकी इन सबमें सबसे ज्यादा उत्साहित थी - हर नए पोज़ पर हँसी, हर क्लिक पर नई ऊर्जा। फोटोग्राफर ने बड़े सलीके से सभी तस्वीरें लीं और शाम तक होटल में फोटो पहुँचा देने का वादा करते हुए वहाँ से विदा हो गया।

ताजमहल का यह बाग केवल एक उद्यान नहीं, बल्कि जीवन और मृत्यु के प्रतीकों से भरा एक जीवंत दर्शन है। यहाँ लगे विभिन्न प्रकार के फलदार वृक्ष और सीधे आकाश की ओर बढ़ते साइप्रस वृक्ष मानो जन्म, जीवन और अंत - तीनों की कहानी एक साथ कहते हैं। पूरे

बगीचे की संरचना ऐसी है कि आप चाहे जहाँ खड़े हों, बिना किसी बाधा के ताजमहल का दीदार कर सकते हैं। यह व्यवस्था जैसे यह संकेत देती है कि प्रेम, यदि सच्चा हो, तो हर कोण से समान रूप से दिखाई देता है।

शीत ऋतु विदेशी पर्यटकों के आने का प्रमुख समय होती है, इसलिए ताजमहल परिसर में भीड़ लगातार बढ़ती जा रही थी। भारत आने वाला लगभग हर सैलानी ताजमहल को अपनी यात्रा की सूची में अवश्य शामिल करता है। अलग-अलग भाषाओं में गूंजती आवाज़ें, अलग-अलग संस्कृतियों के चेहरे - सब एक ही स्मारक के सम्मुख खड़े होकर उसी एक भावना को महसूस कर रहे थे।

दोपहर का समय हो चला था। पेट में हल्की-सी भूख का एहसास होने लगा था और मन में यह इच्छा भी थी कि लंच से पहले आगरा किले को भी देख लिया जाए। इसलिए हमने यह तय किया कि अब ताजमहल परिसर से बाहर निकलना ही उचित रहेगा। मन भले ही अभी वहीं ठहर जाना चाहता था, लेकिन समय की अपनी सीमाएँ होती हैं।

दूर से हाथ हिलाकर हमने अशोक को टैक्सी लाने का इशारा किया। कुछ ही पलों में टैक्सी हमारे सामने थी और हम सब उसमें बैठकर आगरा के किले की ओर चल पड़े - मन में ताजमहल की छवि, कैमरे में उसकी तस्वीरें और हृदय में उसके साथ जुड़ा एक गहरा, मौन अनुभव लेकर।

उत्तर प्रदेश की ऐतिहासिक नगरी आगरा में स्थित लाल किला न केवल अपनी अनूठी वास्तुकला के लिए प्रसिद्ध है, बल्कि यह भारत के गौरवशाली अतीत का एक सजीव प्रतीक भी है। यमुना नदी के तट पर स्थित यह दुर्ग अपनी भव्यता, सुदृढ़ता और कलात्मक शिल्पकारी के कारण सदियों से इतिहासकारों, पर्यटकों और कला-प्रेमियों को आकर्षित करता आ रहा है। मुगल साम्राज्य की प्रमुख ऐतिहासिक धरोहरों में

इसकी गणना की जाती है और इसी अद्वितीय ऐतिहासिक व सांस्कृतिक महत्ता के कारण इसे संयुक्त राष्ट्र शैक्षिक, वैज्ञानिक एवं सांस्कृतिक संगठन (यूनेस्को) द्वारा विश्व धरोहर की सूची में शामिल किया गया है।

यह उल्लेखनीय है कि आगरा का यह विशाल किला, विश्व प्रसिद्ध ताजमहल से मात्र ढाई किलोमीटर की दूरी पर स्थित है। एक ओर अमर प्रेम का प्रतीक ताजमहल और दूसरी ओर सत्ता, वैभव और संघर्षों का साक्षी यह लाल किला—दोनों मिलकर आगरा की ऐतिहासिक पहचान को पूर्णता प्रदान करते हैं। इतिहास के पन्ने बताते हैं कि मुगलकालीन वास्तुशैली में निर्मित इस किले का वर्तमान स्वरूप मुगल सम्राट अकबर के शासनकाल में 1565 से 1573 ईस्वी के बीच आकार में आया। किंतु किले के प्रवेश द्वार पर अंकित विवरण कुछ और ही कहानी कहता है। वहाँ लिखा है कि इस विश्व धरोहर का मूल निर्माण 1000 ईस्वी से भी पहले हो चुका था और अकबर ने केवल इसका व्यापक नवीनीकरण और विस्तार कराया था।

सच्चाई चाहे जो भी हो, इसमें कोई संदेह नहीं कि इस किले की भव्यता और विशालता सर्वथा अभूतपूर्व है। लाल बलुआ पत्थरों से निर्मित यह दुर्ग दूर से ही अपनी सुदृढ़ दीवारों और ऊँचे बुर्जों के कारण दर्शकों को विस्मित कर देता है। इसकी दीवारें मानो समय से संवाद करती प्रतीत होती हैं, जैसे इनमें सदियों की गूंज, युद्धों की आहट और राजसी वैभव की झलक समाई हो। यही कारण है कि यह किला आज भारत के प्रमुख पर्यटन स्थलों में से एक है। आगरा आने वाला लगभग हर पर्यटक ताजमहल देखने के साथ-साथ इस ऐतिहासिक किले की ओर भी अवश्य खिंचा चला आता है। हम भी इसके आकर्षण से स्वयं को अलग नहीं रख सके और ताजमहल से निकलते ही सीधे किले की ओर बढ़ चले।

इस विशाल किला परिसर के भीतर वर्तमान में 24 से भी अधिक महत्वपूर्ण स्मारक स्थित हैं। दीवान-ए-आम, जहाँ आम जनता की सुनवाई होती थी; दीवान-ए-ख़ास, जहाँ विशिष्ट दरबारी और विदेशी मेहमानों से चर्चा की जाती थी; जहाँगीरी महल, जो अपनी सादगी और मजबूती के लिए जाना जाता है; मोती मस्जिद, जो सफेद संगमरमर की निर्मलता और शांति का प्रतीक है - इन सबके अलावा अनेक भव्य संरचनाएँ इसी किले के भीतर समाहित हैं। इतिहासकार अबुल फ़ज़ल के अनुसार, इस ऐतिहासिक विरासत के भीतर कभी लगभग पाँच सौ अत्यंत सुंदर और आकर्षक इमारतें मौजूद थीं, जिन्हें बंगाली और गुजराती वास्तुशैली के तत्वों के साथ निर्मित किया गया था। दुर्भाग्यवश, इन इमारतों में से अधिकांश शाहजहाँ और बाद में अंग्रेज़ों के शासनकाल के दौरान नष्ट कर दी गईं।

समय के साथ इस किले में विभिन्न शासकों द्वारा अनेक परिवर्तन और परिवर्धन किए गए। मुगल सम्राट अकबर के पोते और उत्तराधिकारी शाहजहाँ ने इस किले को अपनी कलात्मक दृष्टि से और भी समृद्ध किया। उसने लाल बलुआ पत्थरों के स्थान पर सफेद संगमरमर का प्रयोग कर किले के भीतर कई मनमोहक और रमणीय संरचनाओं का निर्माण करवाया। विशेष रूप से मोती मस्जिद, अपनी शुद्ध सफेदी और बारीक नक्काशी के कारण आज भी दर्शकों को मंत्रमुग्ध कर देती है।

शाहजहाँ के शासनकाल में, जब मुगल साम्राज्य की राजधानी को आगरा से दिल्ली स्थानांतरित कर दिया गया, तब भी इस किले का महत्व कम नहीं हुआ। उस समय शाहजहाँ ने इस किले का उपयोग एक शाही महल के रूप में किया। किंतु सत्ता के खेल में प्रेम और करुणा अक्सर हार जाते हैं। शाहजहाँ के पुत्र औरंगज़ेब ने सत्ता प्राप्ति के बाद न केवल किले की बाहरी चारदीवारी को और सुदृढ़ करवाया, बल्कि अपने

ही पिता शाहजहाँ को उनके जीवन के अंतिम दिनों में इसी किले में कैद कर दिया।

ऐसा कहा जाता है कि कैद के दिनों में शाहजहाँ यहीं से यमुना पार अपनी प्रिय बेगम मुमताज़ महल की याद में निर्मित ताजमहल को निहारा करते थे। वह दृश्य - एक वृद्ध सम्राट, पत्थरों से घिरे कक्ष में खड़ा, दूर अपने प्रेम की अमर निशानी को देखते हुए - इतिहास के सबसे मार्मिक प्रसंगों में से एक माना जाता है।

इस किले का इतिहास केवल मुगलों तक सीमित नहीं है। इसके सूत्र राजपूतों, लोदी वंश और मुगल शासकों से जुड़े हुए हैं। कुछ इतिहासकार मानते हैं कि यह किला मूल रूप से चौहान वंश के राजपूत शासकों द्वारा निर्मित था। बाद में, दिल्ली सल्तनत के प्रथम सुल्तानों में से एक और लोदी वंश के शासक सिकंदर लोदी ने जब अपनी राजधानी दिल्ली से आगरा स्थानांतरित की, तब उसने इस किले की मरम्मत करवाई और इसे अपना निवास स्थान बनाया।

सिकंदर लोदी की मृत्यु के पश्चात लोदी वंश की सत्ता उनके पुत्र इब्राहिम लोदी के हाथों में आ गई और इसी के साथ आगरा किले पर भी उसका आधिपत्य स्थापित हो गया। इब्राहिम लोदी ने इस किले को केवल एक सैन्य दुर्ग के रूप में नहीं, बल्कि सत्ता के प्रतीक के रूप में भी उपयोग में लिया। किंतु इतिहास की धारा स्थिर नहीं रहती। 1526 ईस्वी में पानीपत के प्रथम युद्ध में इब्राहिम लोदी की पराजय ने न केवल लोदी वंश के अंत की घोषणा कर दी, बल्कि भारत की राजनीति में एक नए युग - मुगल युग - का सूत्रपात भी कर दिया। इस निर्णायक युद्ध के बाद आगरा किले पर मुगलों का अधिकार स्थापित हो गया और यह किला सत्ता के नए केंद्र के रूप में उभर आया।

इसके साथ ही मुगल वंश के संस्थापक बाबर के पुत्र और उत्तराधिकारी हुमायूं ने आगरा किले पर अपना अधिकार सुदृढ़ किया।

केवल किला ही नहीं, बल्कि लोदी वंश की अपार संपत्ति और विशाल राजकोष भी मुगलों के हाथ लगा। कहा जाता है कि इसी खजाने में वह प्रसिद्ध कोहिनूर हीरा भी शामिल था, जिसने आगे चलकर इतिहास के कई पन्नों को चमकाया और कई साम्राज्यों की महत्वाकांक्षाओं को हवा दी। आगरा किला इस समय सत्ता, वैभव और विजय का प्रतीक बन चुका था।

1530 ईस्वी में जब हुमायूं का विधिवत राज्याभिषेक हुआ और वह मुगल सम्राट बना, तब आगरा किला उसके शासन का एक प्रमुख आधार बना। किंतु हुमायूं का शासनकाल संघर्षों से भरा रहा। कुछ ही वर्षों बाद, लगभग 1540 ईस्वी में, उसका सामना एक शक्तिशाली और महत्वाकांक्षी शासक शेरशाह सूरी से हुआ। इस संघर्ष में हुमायूं को पराजय का सामना करना पड़ा और परिणामस्वरूप आगरा किले से मुगलों का अधिकार छिन गया। इतिहास साक्षी है कि शेरशाह सूरी ने लगभग पंद्रह वर्षों तक इस किले पर शासन किया और अपने प्रशासनिक कौशल तथा सुदृढ़ व्यवस्था के कारण वह एक प्रभावशाली शासक के रूप में उभरा।

हालाँकि सत्ता का यह परिवर्तन स्थायी सिद्ध नहीं हुआ। 1555 ईस्वी में जब परिस्थितियाँ बदलीं और हुमायूं ने पुनः शक्ति अर्जित की, तब उसने शेरशाह सूरी के उत्तराधिकारियों को पराजित कर आगरा किले पर फिर से मुगल शासन स्थापित कर लिया। यह मुगलों के पुनरुत्थान का संकेत था, किंतु दुर्भाग्यवश यह विजय हुमायूं के लिए अधिक समय तक सुखद सिद्ध नहीं हो सकी। शीघ्र ही उसकी आकस्मिक मृत्यु हो गई और एक बार फिर मुगल साम्राज्य के भविष्य पर अनिश्चितता के बादल मंडराने लगे।

हुमायूं की मृत्यु के बाद उसके तेजस्वी पुत्र अकबर को मात्र तेरह वर्ष की आयु में मुगल साम्राज्य का उत्तराधिकारी घोषित किया गया।

इतनी कम उम्र में सत्ता संभालना आसान नहीं था, किंतु अकबर में असाधारण नेतृत्व क्षमता और दूरदर्शिता थी। मुगल शासन को सुदृढ़ करने के उद्देश्य से वह अपने राजनीतिक अभियानों पर निकला और 1558 ईस्वी में आगरा पहुँचा। आगरा के ऐतिहासिक, भौगोलिक और रणनीतिक महत्व को समझते हुए अकबर ने इसे अपनी राजधानी बनाने का निर्णय लिया। यह निर्णय मुगल साम्राज्य के भविष्य के लिए अत्यंत महत्वपूर्ण सिद्ध हुआ।

इतिहासकारों के अनुसार, अकबर के आगमन के समय आगरा किले की स्थिति अत्यंत दयनीय थी। वह केवल एक साधारण ईंटों का किला था, जिसमें न तो स्थापत्य की भव्यता थी और न ही साम्राज्य की गरिमा को दर्शाने वाली कोई विशेष पहचान। अकबर ने इस स्थिति को स्वीकार करने के बजाय इसे बदलने का संकल्प लिया। उसने न केवल इस किले के पुनर्निर्माण का निर्णय लिया, बल्कि इसे मुगल सत्ता की शक्ति और गौरव का प्रतीक बनाने की ठान ली।

इसी उद्देश्य से लगभग 1565 ईस्वी में अकबर ने राजस्थान के धौलपुर जिले से लाल बलुआ पत्थरों को मंगवाकर किले के निर्माण कार्य की शुरुआत करवाई। यह केवल एक निर्माण कार्य नहीं था, बल्कि एक नए युग की नींव रखी जा रही थी। धीरे-धीरे ईंटों का साधारण दुर्ग एक भव्य, सुदृढ़ और कलात्मक किले में परिवर्तित होने लगा। आगरा किला अकबर की दूरदृष्टि, प्रशासनिक क्षमता और स्थापत्य प्रेम का सजीव उदाहरण बन गया, जिसने आगे चलकर मुगल साम्राज्य के वैभव और शक्ति को सदियों तक परिभाषित किया।

हज़ारों कुशल कारीगरों, शिल्पकारों और मजदूरों की अथक मेहनत तथा निरंतर सहयोग से इस विशाल किले का निर्माण कार्य लगभग आठ वर्षों तक चला और अंततः 1573 ईस्वी में इसे पूर्णता प्राप्त हुई। कहा जाता है कि उस समय किले के निर्माण में देश के विभिन्न

हिस्सों से कारीगर बुलाए गए थे, जिनमें पत्थर तराशने वाले, नक्काशीकार, वास्तुकार और मज़दूर शामिल थे। लाल बलुआ पत्थरों से निर्मित यह किला केवल एक सैन्य दुर्ग नहीं था, बल्कि मुगल साम्राज्य की शक्ति, संगठन और स्थापत्य सौंदर्य का प्रतीक भी बन गया। अकबर की दूरदृष्टि और प्रशासनिक क्षमता इस किले की प्रत्येक दीवार और बुर्ज में झलकती है।

कुछ इतिहासकारों का मत है कि अकबर के पोते और मुगल साम्राज्य के सबसे कलाप्रिय सम्राट शाहजहां ने अपने शासनकाल के दौरान इस किले के स्वरूप में महत्वपूर्ण परिवर्तन किए। शाहजहां को सफेद संगमरमर से विशेष लगाव था और वह स्थापत्य सौंदर्य में कोमलता तथा भव्यता का समावेश करना चाहता था। इसी कारण उसने किले के पीछे स्थित कुछ पुरानी इमारतों को ध्वस्त करवा दिया, ताकि उनके स्थान पर संगमरमर से निर्मित नई इमारतें खड़ी की जा सकें। इसके बाद किले के भीतर संगमरमर का व्यापक उपयोग किया गया - चाहे वह मस्जिदों का निर्माण हो या महलों और दीवानों की सजावट। कहा जा सकता है कि शाहजहां के हस्तक्षेप ने आगरा किले को उसका वर्तमान, अधिक कलात्मक और शाही स्वरूप प्रदान किया।

शाहजहां के पश्चात उसका पुत्र औरंगजेब मुगल साम्राज्य का उत्तराधिकारी बना। सत्ता की यह विरासत अत्यंत कठोर परिस्थितियों में बदली गई थी, क्योंकि औरंगजेब ने अपने ही पिता को सत्ता से अपदस्थ कर आगरा किले में कैद कर दिया था। यहीं, इसी किले की दीवारों के भीतर, 31 जनवरी 1666 को शाहजहां ने अपने जीवन की अंतिम सांस ली। कहा जाता है कि अपने अंतिम दिनों में वह यमुना के पार स्थित ताजमहल को निहारते हुए अपनी प्रिय बेगम मुमताज की स्मृतियों में खोया रहता था।

मुगल साम्राज्य के पतन के बाद इस किले की किस्मत भी समय के साथ बदलती चली गई। 1785 ईस्वी में मराठा सेनापति महादजी शिंदे ने इस किले पर अपना अधिकार स्थापित किया। कुछ ही वर्षों बाद, 1803 ईस्वी में, दूसरे एंग्लो-मराठा युद्ध के दौरान अंग्रेजों ने आगरा के इस विशाल और सामरिक दृष्टि से महत्वपूर्ण किले पर कब्जा कर लिया। अंग्रेजों ने न केवल इसे अपने नियंत्रण में रखा, बल्कि इसका उपयोग अपने प्रशासनिक और सैन्य कार्यों के लिए भी करने लगे।

1857 ईस्वी में भारत की पहली स्वतंत्रता संग्राम के दौरान आगरा किला एक महत्वपूर्ण युद्धस्थल के रूप में सामने आया। इस संघर्ष के बाद भी अंग्रेजों का शासन इस किले पर बना रहा और 15 अगस्त 1947 तक यह उनके अधिकार में रहा। स्वतंत्रता प्राप्ति के पश्चात यह किला भारतीय इतिहास और सांस्कृतिक विरासत क़ा एक अमूल्य प्रतीक बन गया। वर्ष 2004 में इसकी अद्वितीय वास्तुकला और ऐतिहासिक महत्व को देखते हुए इसे प्रतिष्ठित आगा खान पुरस्कार से भी सम्मानित किया गया।

यमुना नदी के किनारे स्थित यह विश्व धरोहर अर्धवृत्ताकार आकार में निर्मित है और लगभग 3,80,000 वर्ग मीटर, अर्थात लगभग 94 एकड़ क्षेत्रफल में फैला हुआ है। इसकी विशालता और संरचना इसे भारत के सबसे भव्य किलों में स्थान दिलाती है। यह किला चारों ओर से ऊँची और सुदृढ़ दीवारों से घिरा हुआ है, जिनकी ऊँचाई लगभग 70 फीट तक पहुँचती है। इन दीवारों के भीतर छिपा इतिहास केवल ईंट-पत्थरों का नहीं, बल्कि सत्ता, संघर्ष, प्रेम, विश्वासघात और समय के साथ बदलती मानवीय नियति का सजीव दस्तावेज़ है।

मुगलकाल में निर्मित इस विशाल और भव्य आगरा किले के भीतर प्रवेश के लिए चार प्रमुख द्वार बनाए गए थे, जिनमें से प्रत्येक का अपना ऐतिहासिक, सामरिक और सांस्कृतिक महत्व है। यमुना नदी की

ओर खुलने वाले प्रवेश द्वार को खिज़ड़ी गेट कहा जाता है। यह द्वार नदी से आने-जाने वाले मार्गों की सुरक्षा और निगरानी के उद्देश्य से बनाया गया था। इसी प्रकार दिल्ली की दिशा में खुलने वाले मुख्य प्रवेश द्वार को दिल्ली दरवाज़ा अथवा दिल्ली गेट कहा जाता है, जो अपनी ऊँचाई, मजबूती और भव्यता के लिए प्रसिद्ध है। यह द्वार मुगल साम्राज्य की शक्ति और राजधानी से उसके प्रत्यक्ष संबंध का प्रतीक माना जाता था।

लाहौर की ओर खुलने वाले द्वार को लाहौरी दरवाज़ा या लाहौरी गेट कहा जाता है, जो व्यापारिक और सामरिक दृष्टि से अत्यंत महत्वपूर्ण था। इसके अतिरिक्त किले के भीतर एक और विशिष्ट द्वार स्थित है, जिसे हाथी पोल कहा जाता है। इस द्वार के दोनों ओर विशालकाय हाथियों की प्रतिमाएं स्थापित हैं, जो शक्ति, वैभव और शाही गरिमा का प्रतीक मानी जाती हैं। इन हाथियों को देखकर आज भी पर्यटक मुगलकालीन शान-शौकत की कल्पना में खो जाते हैं।

आगरा का किला हिंदू और मुगलकालीन स्थापत्य कला का एक अद्भुत संगम प्रस्तुत करता है। इसकी दीवारों, स्तंभों और छतों पर की गई बारीक नक्काशी, ज्यामितीय आकृतियां और फूल-पत्तियों के अलंकरण न केवल शिल्पकारों की दक्षता को दर्शाते हैं, बल्कि उस युग की सांस्कृतिक समृद्धि का भी सजीव प्रमाण देते हैं। लाल बलुआ पत्थर और सफेद संगमरमर का संतुलित प्रयोग इस किले को स्थापत्य की दृष्टि से अनूठा बनाता है।

इस ऐतिहासिक विश्व धरोहर के भीतर बने भव्य और शाही कक्षों का निर्माण इस प्रकार किया गया था कि भीषण गर्मी के दिनों में भी इनमें प्राकृतिक शीतलता बनी रहती थी। ऊँची छतें, जालीदार खिड़कियाँ, जल निकास की समुचित व्यवस्था और वायु प्रवाह की वैज्ञानिक समझ इस बात का प्रमाण हैं कि मुगलकालीन वास्तुकार पर्यावरण और मौसम के प्रति कितने सजग थे।

आगरा किले के परिसर में स्थित जहांगीर महल इस किले की शोभा को और अधिक बढ़ाता है। अकबर दरवाज़े से प्रवेश करते ही यह महल दिखाई देता है। इसे मुगल सम्राट अकबर ने अपने पुत्र जहांगीर के लिए बनवाया था। इस महल में हिंदू और इस्लामी स्थापत्य शैलियों का सुंदर समन्वय देखने को मिलता है। महल की नक्काशी, स्तंभ और आंगन उस समय की शाही जीवनशैली की झलक देते हैं।

इसी परिसर में स्थित अंगूरी बाग भी अत्यंत आकर्षक है। यह चारबाग शैली में निर्मित एक सुंदर उद्यान है, जहां कभी अंगूरों की बेलें लहराती थीं और शाही परिवार सुकून के पल बिताया करता था।

किले के भीतर बना खास महल अपनी विशिष्ट संरचना और सौंदर्य के लिए विशेष रूप से प्रसिद्ध है। सफेद संगमरमर से निर्मित यह महल मुगल स्थापत्य कला की उत्कृष्ट मिसाल है। इसके निर्माण में हिंदू, इस्लामी और फारसी शैलियों का प्रभाव स्पष्ट रूप से दिखाई देता है। खास महल का उपयोग सम्राटों द्वारा विश्राम और निजी समय बिताने के लिए किया जाता था। इसकी दीवारों और छतों पर की गई सूक्ष्म नक्काशी इसे और भी आकर्षक बनाती है।

खास महल के बाईं ओर स्थित मुसम्मन बुर्ज एक अष्टकोणीय आकार में निर्मित खुला मंडप है। इस बुर्ज का निर्माण मुगल सम्राट शाहजहां ने करवाया था। कहा जाता है कि यहीं से शाहजहां अपने अंतिम दिनों में यमुना के पार स्थित ताजमहल को निहारते थे। यह स्थान प्रेम, विरह और स्मृतियों का प्रतीक बन चुका है।

मुगलकालीन वास्तुकला की सर्वोच्च कृतियों में से एक शीश महल भी आगरा किले के भीतर स्थित है। इसे 'कांच का महल' भी कहा जाता है। इस महल का उपयोग सम्राटों द्वारा ड्रेसिंग रूम अथवा हरम के रूप में किया जाता था। शीश महल की दीवारों और छतों पर जड़े छोटे-छोटे शीशे प्रकाश पड़ते ही असंख्य प्रतिबिंब उत्पन्न करते हैं, जिससे पूरा

महल चमक उठता है। इसकी सजावट इतनी मनमोहक है कि देखने वाला कुछ क्षणों के लिए मंत्रमुग्ध हो जाता है। सुरक्षा और संरक्षण के कारण आज आम पर्यटकों को इस महल के भीतर प्रवेश की अनुमति नहीं है, परंतु इसकी झलक मात्र से ही मुगलकालीन वैभव का अनुमान लगाया जा सकता है।

इस प्रकार आगरा का किला केवल एक ऐतिहासिक स्मारक नहीं, बल्कि समय के पन्नों में दर्ज सत्ता, कला, प्रेम और मानवीय भावनाओं की एक जीवंत गाथा है।

आगरा किले के विस्तृत परिसर में स्थित शीश महल के ठीक दाहिनी ओर भव्य दीवान-ए-ख़ास निर्मित है। यह वही स्थान था जहाँ मुगल सम्राट अपने विश्वस्त दरबारियों, उच्च अधिकारियों और विशेष अतिथियों के साथ गोपनीय बैठकों का आयोजन करते थे। शासन की नीतियाँ, साम्राज्य के विस्तार की योजनाएँ और महत्वपूर्ण निर्णय यहीं लिए जाते थे। बहुमूल्य पत्थरों और संगमरमर से सजी इस इमारत की शोभा उस समय और भी बढ़ जाती थी, जब इसके भीतर जहांगीर का सिंहासन स्थापित रहता था। कहा जाता है कि यह सिंहासन केवल सत्ता का प्रतीक नहीं था, बल्कि मुगल वैभव, अनुशासन और शाही गरिमा का जीवंत रूप था।

इसी किले के भीतर स्थित दीवान-ए-आम का स्वरूप दीवान-ए-ख़ास से बिल्कुल भिन्न था। यह भवन आम जनता के लिए बनाया गया था, जहाँ सम्राट स्वयं उपस्थित होकर प्रजा की फरियाद सुनते थे। किसान, व्यापारी, सैनिक और आम नागरिक अपनी समस्याएँ लेकर यहाँ आते थे और न्याय की आशा रखते थे। दीवान-ए-आम में स्थापित प्रसिद्ध मयूर सिंहासन, जिसे 'तख़्त-ए-हाउस' भी कहा जाता था, अपनी भव्यता और कलात्मक सौंदर्य के लिए जाना जाता था। यह सिंहासन शक्ति के साथ-साथ सम्राट और प्रजा के बीच संवाद का प्रतीक भी था।

आगरा किले की इस ऐतिहासिक परिधि में स्थित नगीना मस्जिद का निर्माण मुगल सम्राट शाहजहां ने करवाया था। यह मस्जिद मुख्य रूप से शाही दरबार की महिलाओं के लिए बनाई गई थी, ताकि वे एकांत और मर्यादा के साथ इबादत कर सकें। संगमरमर से बनी यह मस्जिद सादगी और पवित्रता का अनुपम उदाहरण है, जहाँ हर शिला शांति का संदेश देती प्रतीत होती है।

इसी क्रम में मोती मस्जिद का उल्लेख अत्यंत आवश्यक है। यह आगरा किले की सबसे सुंदर और आकर्षक संरचनाओं में से एक मानी जाती है। पूर्णतः सफेद संगमरमर से निर्मित यह मस्जिद मुगल सम्राट शाहजहां की निजी मस्जिद थी, जहाँ वे एकांत में अल्लाह की इबादत किया करते थे। इसकी शुद्धता, संतुलित संरचना और अलौकिक शांति आज भी दर्शकों को मंत्रमुग्ध कर देती है। वर्तमान में सुरक्षा कारणों से पर्यटकों का प्रवेश यहाँ वर्जित है, किंतु दूर से ही इसे निहारना एक आध्यात्मिक अनुभव प्रदान करता है।

किले के भीतर बनी एक और महत्वपूर्ण संरचना नौबतख़ाना है। यह वह स्थान था जहाँ शाही संगीतकार वाद्ययंत्रों की मधुर ध्वनियों से सम्राटों का स्वागत करते थे। सुबह-शाम यहाँ से उठने वाला संगीत पूरे किले में गूंजता था और शाही जीवन की लय को निर्धारित करता था। यद्यपि इस इमारत का निर्माण मुख्य रूप से सैन्य और सुरक्षा व्यवस्था को ध्यान में रखकर किया गया था, फिर भी इसमें संगीत और कला का अनूठा समावेश देखने को मिलता है।

आगरा किले की ऐतिहासिक और सांस्कृतिक महत्ता का अंदाज़ा इसी से लगाया जा सकता है कि यहाँ हिंदी सिनेमा की कालजयी फिल्म 'मुगल-ए-आज़म' के कई महत्वपूर्ण दृश्य फिल्माए गए थे। विशेष रूप से अमर गीत 'प्यार किया तो डरना क्या' की शूटिंग ने इस किले को सिनेमा प्रेमियों के लिए भी एक पवित्र स्थल बना दिया है।

आज भी जब इस गीत की गूंज कानों में पड़ती है, तो किले की दीवारें मानो उस युग की भावनाओं को पुनः जीवंत कर देती हैं।

इस किले के भीतर आकर मुझे एक अत्यंत विचित्र और गहन अनुभव हुआ। ऐसा प्रतीत हुआ मानो समय की धारा ने मुझे अचानक पाँच सौ वर्ष पीछे धकेल दिया हो। बचपन में इतिहास की पुस्तकों में पढ़े गए पन्ने एक-एक कर चलचित्र की भाँति मेरे मन-मस्तिष्क में घूमने लगे। अकबर, जहांगीर, शाहजहां और औरंगज़ेब जैसे पात्र मानो सजीव होकर मेरे सामने खड़े हो गए हों। युद्ध, दरबार, प्रेम, विश्वासघात और सत्ता के दृश्य मेरी आँखों के सामने घटित होते प्रतीत होने लगे।

मुझे यह भी भान नहीं रहा कि इस दौरान रागिनी और रिंकी कितनी बार मुझे झंझोड़कर कुछ पूछ रही थीं। उन्होंने क्या प्रश्न किए, मैंने क्या उत्तर दिए, वे उत्तर उन्हें संतोष दे पाए या नहीं - इन सबका मुझे कोई स्मरण नहीं रहा। मैं जैसे किसी और ही लोक में विचरण कर रहा था, इतिहास के उस कालखंड में जहाँ समय ठहर सा गया हो।

तीन घंटे कैसे बीत गए, इसका मुझे आभास तक नहीं हुआ। जब घड़ी पर नज़र पड़ी तो शाम के लगभग चार बज चुके थे। तभी यथार्थ ने मुझे पुनः वर्तमान में लौटा दिया और हम सभी धीरे-धीरे होटल की ओर लौट चले, मन में इतिहास की गूंज और हृदय में एक अद्भुत अनुभूति संजोए हुए।

****

"आख़िर ऐसा क्या था उन इमारतों में?" रागिनी ने होटल की डायनिंग हॉल में बैठते हुए, मेन्यू से नज़र हटाकर मेरी ओर देखते हुए

पूछा। उसकी आवाज़ में जिज्ञासा भी थी और एक हल्की-सी शिकायत भी - "ताजमहल और किले को देखकर आप इस कदर खो गए थे कि हमें बार-बार बुलाना पड़ा।"

मैंने एक गहरी साँस ली, जैसे भीतर बहुत कुछ जमा हो गया हो और शब्दों के रूप में बाहर निकलने को बेचैन हो। धीमे, गंभीर स्वर में बोला, "सच कहूँ तो मैं खुद भी नहीं समझ पा रहा हूँ कि मुझे क्या हो गया था। ऐसा लगा जैसे किसी अदृश्य शक्ति ने मेरे हाथ बाँध दिए हों, या यूँ कहूँ - मेरी आत्मा को पकड़कर सदियों पीछे ले गई हो। मैं वर्तमान में खड़ा था, पर जी रहा था मुगलकाल को।"

थोड़ा रुककर, आँखें सामने रखे पानी के गिलास पर टिकाए हुए मैंने आगे कहा, "वहाँ शाहजहाँ था - अपनी अधूरी मोहब्बत के बोझ तले झुका हुआ। अकबर था - अपनी दूरदर्शिता और सत्ता के आत्मविश्वास के साथ। औरंगज़ेब था - कठोर निर्णयों और भीतर के द्वंद्व से जूझता हुआ। और... मुमताज़ महल," मेरी आवाज़ कुछ भारी हो गई, "ऐसा लगा जैसे उसकी ख़ामोशी भी कुछ कह रही हो, जैसे संगमरमर के हर कण में उसका प्रेम साँस ले रहा हो।"

रागिनी और रिंकी चुपचाप मेरी ओर देख रही थीं। मैंने जैसे खुद से ही बातें करते हुए कहा, "इसके पहले भी न जाने कितने स्मारक देखे हैं, कितनी ऐतिहासिक इमारतों के गलियारों में चला हूँ। पर आज... आज जो अनुभूति ताजमहल ने दी, वैसी पहले कभी नहीं हुई। यह केवल एक इमारत नहीं थी - यह समय था, प्रेम था, पीड़ा थी, और इंसान की नश्वरता का आईना भी।"

मेरी उँगलियाँ अनायास ही मेज़ पर रखी चम्मच से खेलने लगीं। "अजीब बात है," मैंने मुस्कराते हुए कहा, "मैं खुद तो कुछ कर ही नहीं रहा था। ऐसा लग रहा था जैसे कोई मेरा हाथ थामे हुए हो - मुझे ताजमहल घुमा रहा हो, किले के प्रांगण में ले जा रहा हो, हर दीवार की

कहानी कान में फुसफुसा रहा हो। कौन था वह? इतिहास? समय? या शायद मेरी अपनी स्मृतियाँ?"

मैंने सिर उठाकर दोनों को देखा, "उस पल मुझे यह भी नहीं पता था कि आप लोग क्या पूछ रहे हैं, या मैं क्या जवाब दे रहा हूँ। आप मेरी आवाज़ सुन रही थीं या नहीं, यह भी मुझे याद नहीं। मैं तो जैसे किसी और ही दुनिया में था - एक ऐसे काल में, जहाँ वर्तमान का कोई अर्थ नहीं था।"

थोड़ा ठहरकर मैंने कहा, "और सबसे आश्चर्य की बात यह कि तीन घंटे कैसे बीत गए, इसका मुझे कोई एहसास ही नहीं हुआ। जब बाहर निकले तो शाम ढलने को थी। घड़ी में चार बज रहे थे, और मुझे लगा जैसे किसी ने अचानक मुझे झकझोर कर वर्तमान में लौटा दिया हो।"

मैं चुप हो गया। रागिनी ने बिना कुछ कहे मेरा हाथ थाम लिया। शायद वह समझ गई थी - कुछ यात्राएँ आँखों से नहीं, आत्मा से की जाती हैं, और वहाँ से लौटकर आदमी पहले जैसा नहीं रह जाता।

होटल का वेटर चुपचाप मेज़ पर खाना सजा कर जा चुका था। प्लेटों से उठती खुशबू जैसे पूरे दिन की थकान को चुनौती दे रही हो। खासकर अरहर की तड़का दाल - उसकी भाप, उसमें तैरते हुए राई और जीरे के दाने, और ऊपर से डला देसी घी - मन को रोकना कठिन हो गया था। यात्रा की थकान और दिन भर के अनुभवों ने भूख को और तीखा बना दिया था। हम तीनों ने बिना ज़्यादा बात किए, शांति से भोजन किया। ऐसा लग रहा था मानो शरीर ही नहीं, मन भी ऊर्जा की तलाश में हो।

डिनर समाप्त होते ही मैंने वेटर को दो गिलास दूध कमरे में भिजवाने का ऑर्डर दिया। फिर हम सब अपने-अपने विचारों में डूबे हुए रूम की ओर बढ़ चले। दिन भर की थकान अब साफ़ महसूस होने लगी

थी। पैर भारी हो चले थे, जैसे हर कदम के साथ दिन की स्मृतियाँ उनमें उतरती जा रही हों। फिर भी होटल के लंबे गलियारे में बिछी मुलायम कालीन पर धीरे-धीरे चलना एक अजीब-सा सुकून दे रहा था। जूतों की आवाज़ उस कालीन में कहीं गुम हो जाती थी, जैसे समय की हल्की-सी सरसराहट।

गलियारे के दोनों ओर आगरा की प्राचीन इमारतों के रंग-बिरंगे चित्र बड़े-बड़े सुनहरे फ्रेमों में जड़े हुए थे। वे चित्र केवल सजावट नहीं थे, बल्कि इतिहास की खामोश कथाएँ थे। कहीं ताजमहल सूरज की रोशनी में नहाया हुआ दिख रहा था, कहीं आगरा किले की दीवारें अपनी गंभीरता में अडिग खड़ी थीं, तो कहीं यमुना के किनारे बिखरी शाम की हल्की-सी उदासी कैद थी। हम लोग धीरे-धीरे चलते हुए, बारी-बारी से उन चित्रों पर नज़र डालते जा रहे थे, जैसे हर चित्र हमें अपने भीतर खींच रहा हो।

मैं एक चित्र के सामने ठहर गया। अनायास ही मेरे मुँह से निकल पड़ा, "कितनी सजीव हैं ये तस्वीरें," मैंने रागिनी की ओर देखते हुए कहा, "लगता है जैसे किसी ने इतिहास में रंग भरकर उसे लकड़ी के फ्रेम में जड़ दिया हो।"

मेरी आवाज़ में थकान थी, पर उससे ज़्यादा एक गहरा आकर्षण।

थोड़ा रुककर मैंने आगे कहा, "मुझे तस्वीरों से बड़ा लगाव है - और ऐतिहासिक महत्व की तस्वीरों से तो विशेष। ये सिर्फ़ रंग और कैनवास नहीं होतीं। एक-एक तस्वीर अपने समय की घटनाओं को जीवित कर देती है। इन्हें देखते हुए लगता है जैसे हम दर्शक नहीं, उस काल के साक्षी हों।"

मैं फिर उसी चित्र को देखने लगा। "मन करता है एकटक देखता ही रहूँ," मैंने धीमे स्वर में कहा, "क्योंकि हर बार देखने पर लगता है कि

तस्वीर कुछ नया कह रही है - कुछ ऐसा, जो शब्दों में नहीं, केवल अनुभूति में उतरता है।"

रागिनी मुस्कराकर मेरी ओर देख रही थी, और रिंकी उत्सुक आँखों से एक-एक फ्रेम को निहार रही थी। गलियारे में चलते हुए, उन चित्रों के बीच, मुझे एहसास हुआ कि यह यात्रा केवल शहरों की नहीं थी - यह स्मृतियों, इतिहास और भीतर के किसी कोने तक पहुँचने की यात्रा भी बन चुकी थी।

"मुझे तो कुछ खास नहीं लग रही हैं, सब एक जैसी ही तो हैं..." रागिनी ने जानबूझकर चिढ़ाने वाले अंदाज़ में कहा और मेरी ओर शरारती नज़रों से देखा, मानो मेरी प्रतिक्रिया का इंतज़ार कर रही हो। उसकी आवाज़ में गंभीरता कम और खेल अधिक था, जिसे मैं भली-भांति समझ रहा था।

मैं हल्के-से हँस पड़ा और उसी अंदाज़ में उत्तर दिया, "जब आपको इतिहास में ही रुचि नहीं है, तो ऐतिहासिक चित्रों में आपको भला रस कैसे आएगा?" फिर थोड़ा रुककर मज़ाकिया लहज़े में जोड़ा, "ये तो मैं ही हूँ जो आपको ज़बरदस्ती इस ऐतिहासिक नगरी में घसीट लाया हूँ। आपकी असली यात्रा तो गोवा पहुँचकर शुरू होगी - समुद्र, रेत और नारियल पानी के साथ।"

मेरी बात पर रागिनी के चेहरे पर हल्की मुस्कान फैल गई।

मैंने आगे कहा, "सोचिए, अगर यही तस्वीरें किसी प्रसिद्ध आर्ट गैलरी में लगी होतीं, तो आज हजारों लोग इनके सामने खड़े होकर इनकी तारीफ़ करते नहीं थकते। बड़े-बड़े समीक्षक इनके रंग, रोशनी और कोणों पर भाषण देते। पर इन चित्रों की बदक़िस्मती देखिए - ये एक होटल की दीवारों पर सजी हैं, जहाँ इन्हें देखने का सौभाग्य केवल कुछ चुने हुए परिवारों को ही मिल पाता है।"

मैंने एक चित्र की ओर इशारा करते हुए कहा, “ये तस्वीरें भी शायद चाहती होंगी कि कोई उन्हें ठहरकर देखे, महसूस करे।”

रागिनी कुछ पल चुप रही, फिर मुस्कुराते हुए बोली, “अरे, मैंने तो आपको बस चिढ़ाने के लिए ऐसा कहा था।” उसकी आवाज़ में अब अपनापन और ईमानदारी दोनों थे। “सच कहूँ तो ये चित्र वाकई कमाल के हैं। और उससे भी कमाल का है वह कलाकार, जिसने इन्हें अपने कैमरे में क़ैद कर ऐसा जीवंत रूप दे दिया। ऐसा लगता है जैसे समय को रोककर एक फ्रेम में बंद कर दिया गया हो।”

फिर उसने हल्के-से मेरी ओर देखा और बोली, “मैं मानती हूँ कि मुझे इतिहास पढ़ना नापसंद है, तारीख़ें और युद्ध मुझे उलझा देते हैं। पर इसका मतलब यह नहीं कि मुझे ऐतिहासिक नगरों की यात्रा करना अच्छा नहीं लगता। और फिर...” उसने वाक्य अधूरा छोड़कर मुस्कुराते हुए कहा, “जब आपका साथ हो, तो कोई भी जगह स्वर्ग बन जाती है।”

उसकी बात सुनकर मन भीतर तक भीग गया। उसी क्षण रिंकी उत्साह से एक चित्र की ओर उँगली उठाते हुए बोली, “पापा, देखिए! आज हम लोग यहीं पर तो गए थे।” उसकी आँखों में पहचान की चमक थी।

मैंने झुककर उस तस्वीर को देखा और स्नेह से कहा, “हाँ बेटा, ये आगरा किले की तस्वीर है। आज सुबह तुम इसी के भीतर घूम रही थीं, इन्हीं दीवारों को छू रही थीं।”

फिर मैंने उसके सिर पर हाथ फेरते हुए कहा, “चलो अब, हम लोग जल्दी से कमरे में चलते हैं। दूध पीकर सो जाएँगे। कल सुबह फतेहपुर सीकरी देखने के लिए निकलना है।”

हम तीनों फिर से धीरे-धीरे गलियारे में आगे बढ़ चले। दीवारों पर टंगे चित्र पीछे छूटते जा रहे थे, पर मन के भीतर वे और भी गहराई

से बसते जा रहे थे - जैसे यह यात्रा केवल स्थलों की नहीं, बल्कि हमारे आपसी रिश्तों और स्मृतियों की भी यात्रा बन चुकी हो।

रात के दस बजकर तीस मिनट होने को थे। पूरा दिन घूमने-फिरने, देखने-समझने और मन में भावनाओं के उतार-चढ़ाव से भरा रहा था। दिनभर की थकान ने रिंकी और रागिनी को कब का अपनी गोद में सुला लिया था। दोनों गहरी नींद में थे, चेहरे पर संतोष और आराम की हल्की मुस्कान थी। पर मेरे लिए नींद मानो किसी दूर देश की मेहमान बन गई थी। आँखें बंद करता तो नींद नहीं आती और खोलता तो विचारों का सैलाब उमड़ पड़ता। मन में अजीब-सी बेचैनी थी, एक अनकही छटपटाहट थी, उलझन और बेबसी के साथ-साथ कहीं न कहीं हल्की-सी मायूसी भी घर कर गई थी।

नींद और ख्यालों की इस निरंतर जद्दोजहद से हारकर मैं धीरे-से बिस्तर से उठा और कमरे के बरामदे में आ गया। रात की हल्की ठंडी हवा चेहरे से टकराई, पर मन की उथल-पुथल को शांत नहीं कर सकी। सामने अँधेरा पसरा था, पर भीतर स्मृतियों की रोशनी चुभ रही थी। ताजमहल की छवि अब भी मन का पीछा नहीं छोड़ रही थी। उसकी सफेद संगमरमर की दीवारें, प्रेम की अमर कहानी और शाहजहां-मुमताज का नाम - सब कुछ बार-बार स्मृतियों में उभर आता। प्रेम की इस नगरी में खड़ा होकर भी मैं प्रेम की स्पष्ट परिभाषा गढ़ नहीं पा रहा था। जितना सोचता, उतना ही उलझता चला जा रहा था।

मैं स्वयं से पूछ रहा था - आख़िर प्रेम है क्या? क्या वह स्थायी होता है या समय के साथ बदल जाने वाला भाव मात्र? आज का व्यक्ति स्थिर सोच का नहीं रह गया है। देश, काल और परिस्थिति के साथ-साथ उसके विचार भी बदलते रहते हैं। अपनी आवश्यकताओं और स्वार्थों को वह सर्वोपरि मानने लगा है, और उन्हें पूरा करने के लिए किसी भी हद तक जाने को तैयार हो जाता है। कल जिस इंसान से जीवन भर साथ

निभाने की कसमें खाई जाती हैं, आज उसी को भुलाकर किसी और दिशा में दिल भटकने लगता है। निर्णय बदलना शायद आसान हो गया है, परंतु इतना आसान... यह बात मन स्वीकार नहीं कर पा रहा था।

आज दिन में ताजमहल के परिसर में घूमते हुए कितने ही प्रेमी जोड़े दिखे थे - हाथों में हाथ डाले, आँखों में सपने सजाए। कोई शाहजहां-मुमताज की कब्र के फेरे लगा रहा था, तो कोई अमर प्रेम की मिसाल को अपने रिश्ते से जोड़कर देख रहा था। वे सब जीने-मरने की कसमें खा रहे थे, जीवन भर एक-दूसरे के बने रहने के वादे कर रहे थे। पर मन में एक टीस-सा सवाल उठ रहा था - क्या ये जोड़े कल भी अपने आज के निर्णय पर उतने ही अडिग रहेंगे? या समय की आँधी उनके वादों को भी कहीं उड़ा ले जाएगी?

मैं सोचता रहा कि यह प्यार-मोहब्बत आखिर इंसान के व्यक्तित्व को संवारती है या उसे कमजोर और निकम्मा बना देती है? क्या यह हमें बेहतर इंसान बनाती है या विवेकहीन? शायद सच्चाई यह है कि हम सभी अपनी ज़िंदगी के किसी न किसी मोड़ पर इस लाइलाज-सी बीमारी के शिकार हो ही जाते हैं। कोई कम उम्र में, कोई देर से, पर इससे बच पाना शायद किसी के बस में नहीं। और फिर, चाहे बाद में पूरी उम्र पछतावा क्यों न करना पड़े कि क्यों बेवजह यह आफ़त अपने गले बाँध ली थी - उस समय सब कुछ कितना रोमांचक लगता है। हर पल में मिठास घुली होती है, हर एहसास मधुर लगने लगता है।

यह सब आपको समझाने की ज़रूरत भी नहीं है। शायद मेरी तरह आप भी कभी न कभी ऐसे ही किसी रात, किसी ख़ामोश पल में अपने अतीत में खो गए होंगे। होंठों पर हल्की मुस्कान आ गई होगी और मन ने चुपके से स्वीकार कर लिया होगा कि चाहे अंजाम कुछ भी रहा हो, उस प्रेम का एहसास अपने आप में अनमोल था।

*****

नींद तो मानो आँखों से पूरी तरह ओझल हो चुकी थी। पलकों पर बोझ था, पर मन जागता हुआ किसी अनजानी यात्रा पर निकल पड़ा था। आदत से मजबूर - या शायद विवश - मैं अपनी ही ज़िंदगी के इतिहास रूपी अथाह सागर में उतरता चला जा रहा था। धीरे-धीरे नहीं, बल्कि एक झटके में, बहुत गहरे... इतना गहरे कि वर्तमान की ज़मीन पैरों के नीचे से खिसकने लगी। सच कहूँ तो यह यात्रा आज से लगभग पंद्रह बरस पीछे ले गई थी। समय की उस परत को कुरेदते ही स्मृतियों का एक पूरा सिलसिला आँखों के सामने खुलने लगा।

उस कालखंड में जो कुछ घटा था, उसने मुझे भीतर तक झकझोर दिया था। वह कोई साधारण घटना नहीं थी, बल्कि ऐसा तूफ़ान था जिसने मेरे भीतर की कई परतों को उधेड़ कर रख दिया। जिन घावों को समय ने भरने का भरसक प्रयास किया, वे आज भी कहीं न कहीं रिसते हुए महसूस होते हैं। मैंने उन्हें भुलाने की कई कोशिशें कीं, उन्हें तर्क और समझदारी के आवरण में ढकने का प्रयास किया, पर सच यही है कि वे पूरी तरह कभी मिट नहीं पाए। वे आज भी स्मृति के किसी कोने में चुपचाप बैठे हैं - मौन, पर जीवित।

उस एक घटना ने मुझे जीवन का वास्तविक स्वरूप दिखा दिया था। वह जीवन, जो बाहर से जितना चमकदार और सहज प्रतीत होता है, भीतर से उतना ही जटिल और कठोर भी हो सकता है। उसी क्षण मैंने जाना कि दुख केवल शब्द नहीं होता, वह अनुभव होता है - एक ऐसा अनुभव जो धीरे-धीरे मन, देह और आत्मा - तीनों में उतर जाता है। तकलीफ़ क्या होती है, यह किसी किताब या उपदेश से नहीं समझा जा सकता। तकलीफ़ वह होती है, जो भीतर ही भीतर इंसान को तोड़ती है,

उसे चुप रहना सिखाती है, और मुस्कान के पीछे दर्द छुपाने की कला सिखा देती है।

दुख कितना गहरा हो सकता है, इसका अंदाज़ा वही लगा सकता है जिस पर वह बीतती है। दूसरों के लिए वह बस एक कहानी होती है, एक किस्सा - पर जिस पर गुजरती है, उसके लिए वह हर सुबह, हर रात, हर साँस के साथ चलने वाला बोझ बन जाती है। उस समय मैंने यह भी समझा कि जो मौसम बाहर से सुहाना दिखता है - नीला आसमान, हल्की धूप, मंद बयार - वह भीतर से कितना भयावह हो सकता है। यह विरोधाभास भी वही जान सकता है, जिसने उस सुहानेपन के बीच अपने भीतर टूटते हुए सपनों की आवाज़ सुनी हो।

आज, इतने वर्षों बाद, जब सब कुछ पीछे छूट चुका है, तब भी वह समय कभी-कभी अचानक सामने आ खड़ा होता है। बिना बुलाए, बिना चेतावनी के। और मैं फिर उसी सागर की गहराइयों में उतरने लगता हूँ - जहाँ अंधेरा है, सन्नाटा है, पर सच्चाई भी है। शायद इसी सच्चाई ने मुझे वह बनाया, जो मैं आज हूँ। शायद उन्हीं घावों ने मुझे जीवन को देखने, समझने और सहने की शक्ति दी। पर यह स्वीकार करना भी उतना ही सच है कि कुछ यादें समय के साथ पुरानी तो हो जाती हैं, पर कमज़ोर नहीं। वे बस भीतर कहीं ठहर जाती हैं - साँस लेती हुई।

गर्मियों का मौसम अपने पूरे उफान पर था - शायद जून का महीना रहा होगा। दिन भर की तपिश अब धीरे-धीरे ढलने लगी थी और शाम का वह वक्त आ पहुँचा था, जब सूरज अपनी तीखी गर्मी छोड़ कर थकान ओढ़ लेता है। आकाश के विस्तार में उसकी सुनहरी-लालिमा इस तरह फैल गई थी मानो किसी कुशल चित्रकार ने क्षितिज पर केसरिया रंग घोल दिया हो। हवा में अभी भी गरमी की हल्की चुभन थी, पर

उसके साथ एक अजीब-सी मिठास भी घुल गई थी, जो केवल गर्मियों की शामों में ही महसूस होती है।

मैं अपने घर की छत पर खड़ा था। नीचे गली और आसपास की छतों पर बच्चों और युवाओं का शोर था। हर ओर पतंगों का राज था। रंग-बिरंगी पतंगें नीले आकाश में इठलाती फिर रही थीं। कोई जीत की खुशी में चीख रहा था - "यह काटा!" - तो कोई अपनी पतंग कटने के बाद हताश स्वर में चिल्ला उठा - "अरे... वो काटा!" आवाज़ें, हँसी, शोर और उत्साह मिलकर पूरे माहौल को जीवंत बना रहे थे। कटी हुई पतंग जैसे ही नीचे गिरती, गली में अफरा-तफरी मच जाती। छोटे-छोटे बच्चे हाथों में डंडे लिए, आँखों में चमक और चेहरे पर जुनून लिए, पतंग लूटने के लिए इधर-उधर दौड़ पड़ते। किसी के पाँव फिसलते, कोई गिरते-पड़ते उठता, पर किसी को दर्द का एहसास नहीं था - सब पर बस पतंग का नशा सवार था।

मैं यह सब देख रहा था, पर मन पूरी तरह उस शोर-शराबे में नहीं था। न जाने क्यों, उस दिन मेरा ध्यान पतंगों की ऊँचाई से ज़्यादा आसपास की छतों पर भटक रहा था। तभी अचानक मेरी नज़र इन सब चहल-पहल से हटकर एक दूसरी छत पर जा ठहरी। वह छत हमारे घर से कोई सौ-सवा सौ फुट की दूरी पर रही होगी। वह मल्होत्रा अंकल का घर था - वही घर, जिससे हमारा वर्षों का परिचय था। मल्होत्रा अंकल, उनकी पत्नी, उनके बच्चे - सभी को मैं अच्छी तरह जानता था। उस घर की छत मेरे लिए कोई नई जगह नहीं थी; बचपन से कई बार उस ओर नज़र गई थी।

पर उस शाम कुछ अलग था। उस छत पर एक आकृति दिखाई दे रही थी, जो मेरे लिए बिल्कुल नई थी। न जाने क्यों मेरी नज़र वहीं ठहर गई। मैंने पहले कभी उसे वहाँ नहीं देखा था। वह किसी तरह उस भीड़-भाड़, शोर और रंगों के बीच अलग-सी चमक लिए खड़ी थी। पतंगों की

उथल-पुथल, बच्चों की चीख-पुकार और डूबते सूरज की लालिमा - इन सबके बीच वह आकृति मुझे किसी अनकहे आकर्षण की तरह खींच रही थी। मैं चाहकर भी अपनी नज़र वहाँ से हटा नहीं पाया।

उस क्षण मुझे यह एहसास भी नहीं था कि यह एक साधारण-सी शाम नहीं है। न ही यह समझ में आ रहा था कि उस अनजानी आकृति पर ठहरी मेरी नज़र, मेरी ज़िंदगी के इतिहास में एक नया अध्याय लिखने जा रही है। उस पल तो बस इतना जानता था कि कुछ है, जो मुझे अपनी ओर बुला रहा है - खामोशी से, बिना शोर किए, ठीक वैसे ही जैसे डूबता सूरज बिना आवाज़ के आसमान को अपने रंगों से भर देता है।

मन में एक अनजाना-सा कौतूहल जन्म लेने लगा था। प्रश्न उठ रहा था - आख़िर यह कौन हो सकती है? ऐसा क्या है इसमें कि चाहकर भी मेरी नज़रें उससे हटने का नाम नहीं ले रहीं? यह आकर्षण साधारण नहीं था, न ही क्षणिक। उसमें कुछ ऐसा था जो भीतर तक खिंचता चला जा रहा था, जैसे कोई अदृश्य डोर मेरे मन को उसकी ओर बाँध रही हो। अजीब-सी बेचैनी थी, पर उस बेचैनी में भी एक मधुरता छिपी हुई थी, जिसे शब्दों में पिरोना उस समय मेरे लिए संभव नहीं था।

उसका चेहरा मेरी ओर नहीं था। वह पीठ किए बैठी थी, पर फिर भी उसकी उपस्थिति पूरी छत पर छाई हुई थी। ढलते सूरज की सुनहरी लालिमा उसके खुले बालों पर पड़ रही थी और उन बालों में जैसे आग की लपटों-सी चमक भर रही थी। वह रोशनी उसके चारों ओर एक अलौकिक आभा रच रही थी। ऐसा प्रतीत हो रहा था मानो प्रकृति स्वयं उसे सजाने-सँवारने में जुटी हो। उसकी बैठने की मुद्रा से यह सहज ही अनुमान लगाया जा सकता था कि वह शायद कोई पुस्तक पढ़ रही है - एकाग्र, शांत और अपने ही संसार में डूबी हुई।

पर मेरा मन उस शांति को भंग किए बिना, बस उसके चेहरे की एक झलक पाने को व्याकुल था। मुखड़ा देखने की लालसा भीतर ही भीतर जन्म ले चुकी थी और हर पल और अधिक प्रबल होती जा रही थी। जब-जब हवा का झोंका उसके बालों को गालों पर बिखेर देता और वह अनायास ही अपने कोमल हाथों से उन लटों को कानों के पीछे सरका देती, उस क्षण मेरी धड़कन जैसे एक पल के लिए ठहर-सी जाती। हर बार वही हरकत, और हर बार मेरे भीतर चेहरे को देखने की चाह और भी तीव्र हो उठती।

आसपास की छतों पर जीवन अपने पूरे शोर के साथ चल रहा था। बच्चे अब भी पतंग उड़ाने में मग्न थे, जीत और हार की आवाज़ें हवा में तैर रही थीं। कुछ लोग अपने घरों के गमलों और पेड़ों में पानी डाल रहे थे, मानो दिन भर की तपिश से उन्हें राहत दे रहे हों। कुछ वृद्ध छतों पर यूँ ही टहल रहे थे - शायद समय काटने के लिए, या शायद बीते दिनों की स्मृतियों में डूबने के लिए। हर ओर गतिविधियाँ थीं, हर ओर जीवन था।

पर इन सबके बीच मैं जैसे समय से कट गया था। न बच्चों की आवाज़ें मुझे सुनाई दे रही थीं, न पतंगों का शोर। मेरा अस्तित्व उस पल बस एक ही बिंदु पर सिमट गया था - उस अनजान आकृति पर। मैं चाहकर भी, एक क्षण के लिए भी, अपनी नज़रें वहाँ से हटा नहीं पा रहा था। ऐसा लग रहा था मानो मेरी आँखों ने मेरे मन से बग़ावत कर ली हो और अब वे केवल उसी की आज्ञा मानेंगी, जिसे वे स्वयं चुन चुकी थीं। उस शाम, बिना किसी संवाद के, बिना किसी परिचय के, मेरे भीतर कुछ घटित हो रहा था - कुछ ऐसा, जिसका अर्थ मुझे तब समझ नहीं आ रहा था, पर जिसकी गूँज मेरे जीवन में बहुत दूर तक जाने वाली थी।

अचानक जैसे किसी ने मेरे स्वप्नलोक का पर्दा झकझोर कर हटा दिया। कानों में एक तेज़, जानी-पहचानी आवाज़ गूँजी—

"ओ कृष्णा... पकड़ो! बहुत बड़ी पतंग कटकर आ रही है..."

पीछे से राजेश पूरे जोश में चिल्ला रहा था। उसकी आवाज़ में उत्साह भी था और हड़बड़ी भी।

"अरे पकड़ भी लो... अभी हाथ से निकल जाएगी!"

उसकी आवाज़ सुनकर मैं जैसे हड़बड़ा गया। पल भर पहले तक जिस दुनिया में डूबा हुआ था, वहाँ से अचानक खिंचकर यथार्थ में आ गया। मैंने झट से पलटकर देखा, पर तब तक देर हो चुकी थी। पतंग की डोर मेरी उंगलियों के पास से फिसलती हुई आगे बढ़ चुकी थी, जैसे जानबूझकर मुझे चिढ़ाती हुई दूर जा रही हो। वह सुनहरा अवसर, जिसे पकड़ने के लिए बच्चे लपकते हैं, आँखों के सामने से सरक गया।

राजेश लगभग झल्ला उठा। उसके चेहरे पर अफसोस साफ़ झलक रहा था।

"कहाँ देख रहे थे यार?" उसने ऊँची आवाज़ में कहा, "इतना बढ़िया मौका हाथ से गँवा दिया तुमने। पता है, उस पतंग के साथ कितना मंझा लगा था! आज की सबसे तगड़ी पतंग थी वो।"

उसके शब्द मेरे कानों में पड़ तो रहे थे, पर मन अब भी पूरी तरह लौटकर नहीं आया था। मैं थोड़ी झेंप, थोड़ी उलझन और थोड़ी-सी मुस्कान के साथ खड़ा था। क्या कहता? कैसे समझाता कि मेरी आँखें किसी पतंग को नहीं, बल्कि किसी और ही आसमान को देख रही थीं।

मैंने खुद को संभालते हुए, लगभग सफ़ाई देने के अंदाज़ में कहा,

"मैं तो उधर... उस लाल पतंग को पेच लड़ाते देख रहा था।"

कहते हुए मेरी आवाज़ में न तो पूरा यक़ीन था और न ही पूरी सच्चाई। राजेश ने शायद मेरी बात मान भी ली, या शायद नहीं। पर उसे क्या पता था कि उस क्षण मेरी निगाहें पतंगों के उलझते धागों में नहीं, बल्कि किसी अनजानी डोर में उलझ चुकी थीं। एक ऐसी डोर, जो नज़र नहीं आती थी, पर मन को कसकर थामे हुए थी।

उस शाम एक पतंग तो मेरे हाथ से निकल गई थी, पर शायद उसी पल मेरे जीवन में कोई और चीज़ उतर आई थी - बिलकुल खामोशी से, बिना शोर किए - जिसका मंझा कहीं ज़्यादा तेज़ और असर कहीं ज़्यादा गहरा था।

"हाँ... हाँ... मैं देख रहा था कि तुम कौन-सी पतंग देख रहे हो!"

राजेश ने शरारती लहजे में लगभग चिल्लाते हुए कहा, "मुझसे बातें मत बनाओ। मैं तुम्हें अच्छे से पहचानता हूँ। सामने से हटो ज़रा, मैं भी तो देखूँ कि तुम्हारी वह 'ख़ास' पतंग आख़िर कैसी है?"

उसके स्वर में दोस्ती की चुटकी थी, मज़ाक़ की हल्की-सी चुभन भी। मैं बिना कुछ कहे मुस्कुरा दिया। मन ही मन उसकी बातों से बचने की कोशिश करता हुआ, मैं धीरे से एक ओर सरक गया। चेहरे पर हल्की मुस्कान थी, पर मन कहीं और ही अटका हुआ था।

मैंने अनायास ही फिर उसी दिशा में नज़र घुमा दी - उधर, उस छत की ओर।

लेकिन... यह क्या?

वहाँ तो अब कोई भी नहीं था।

एक क्षण के लिए मैं जैसे ठिठक गया। आंखें फटी की फटी रह गईं। मुझे अपनी दृष्टि पर भरोसा नहीं हो रहा था। अभी-अभी, पल भर पहले, जिस आकृति को मैं इतने समय से एकटक निहार रहा था, वह अचानक कहाँ ग़ायब हो गई? न कोई आहट, न कोई हलचल, न उठने-बैठने का कोई संकेत। बस... शून्य। खाली छत।

दिल की धड़कन तेज़ हो गई। मन में सवालों की झड़ी लग गई।

क्या यह कोई भ्रम था?

क्या मैंने कुछ ऐसा देख लिया था, जो वास्तव में था ही नहीं?

क्या मैं दिन के उजाले में, खुली आँखों से कोई सपना देख रहा था?

नहीं... नहीं... ऐसा नहीं हो सकता।

मैंने सिर हल्का-सा झटका। यह महज़ कल्पना नहीं हो सकती थी। वह झूठ नहीं हो सकता था। जो अनुभूति मैंने महसूस की थी, जो आकर्षण भीतर तक उतर आया था, वह किसी क्षणिक भ्रम का परिणाम नहीं हो सकता।

और फिर, राजेश...

राजेश ने भी तो कुछ महसूस किया था।

वह मुझे यूँ ही तो नहीं चिढ़ा रहा था। अगर वहाँ कुछ भी न होता, तो उसके शब्दों में वह शरारत, वह संकेत, वह तंज क्यों होता?

मैं फिर एक बार उस छत को टकटकी लगाए देखने लगा, मानो अभी वह आकृति वापस प्रकट हो जाएगी - उसी मुद्रा में, उसी आभा के साथ। पर वहाँ अब सिर्फ़ ईंटें थीं, दीवारें थीं और ढलती शाम की चुप्पी।

मन के भीतर एक अजीब-सी हलचल मच गई। कहीं कोई खालीपन सा उभर आया, जैसे कुछ अचानक छिन गया हो। वह पल, जो कुछ ही क्षणों का था, अनजाने में मेरे भीतर एक ऐसी बेचैनी छोड़ गया, जिसका नाम तब तक मैं भी नहीं जानता था।

शायद उसी क्षण, बिना कुछ कहे, बिना कुछ समझे, मेरे जीवन में किसी अनदेखी कहानी की पहली पंक्ति लिखी जा चुकी थी।

मैंने अपनी आँखों से एक बार फिर उस पूरी छत का निरीक्षण किया।

नज़रें सरकती रहीं - एक कोने से दूसरे कोने तक, दीवारों की ओट में, पानी की टंकी के पास, सीढ़ियों के मुहाने तक। यह कोई साधारण दृष्टि नहीं थी, बल्कि बेहद गहन, बेचैन और उम्मीद से भरी तलाश थी। मानो अगर मैं एक बार और ध्यान से देख लूँ, तो वह आकृति फिर से प्रकट हो जाएगी - उसी मौन, उसी आभा के साथ।

लेकिन नहीं...

अब वहाँ कोई नहीं था।

छत पूरी तरह ख़ाली थी। न कोई हलचल, न किसी के कदमों की आहट, न हवा में किसी की उपस्थिति का आभास। बस ईंटों की ठंडी चुप्पी और धीरे-धीरे गहराता सन्नाटा।

मेरे ज़हन में प्रश्नों की बाढ़-सी आ गई।

क्या वह राजेश की आवाज़ सुनकर चली गई थी?

क्या उसे यह महसूस हो गया था कि कोई उसे लगातार देख रहा है?

क्या उसे असहजता हुई होगी, या फिर किसी अनजान निगाह के बोझ से वह शर्माकर भीतर चली गई?

दिल की धड़कन जैसे एक पल को थम-सी गई।

जिस चेहरे को देखने की लालसा मैं इतने समय से दिल थामे पाल रहा था, वह एकाएक मेरी नज़रों से ओझल कैसे हो गया? यह घटना मुझे भीतर तक झकझोर रही थी।

मैं बेचैन था - बेहद बेचैन।

पर सबसे हैरानी की बात यह थी कि मैं खुद नहीं जानता था कि यह बेचैनी क्यों है। ऐसा अनुभव मैंने पहले कभी नहीं किया था। किसी चेहरे को देखे बिना उसके लिए यूँ व्याकुल होना जाना, किसी अनजान आकृति का इस कदर मन पर छा जाना।

उस आकृति में अवश्य ही कुछ था - कोई अदृश्य आकर्षण, कोई रहस्यमयी खिंचाव - जो अब मेरे दिलो-दिमाग में घर कर चुका था। मैं चाहकर भी उसे अपनी सोच से निकाल नहीं पा रहा था। वह बिना कुछ कहे, बिना कोई परिचय दिए, मेरे भीतर कोई हलचल छोड़ गई थी।

इन्हीं विचारों की उथल-पुथल में मैं छत पर इधर-उधर चहल-कदमी करता रहा। कभी उस छत की ओर देखता, कभी आकाश की ओर,

जहाँ पतंगें अब धीरे-धीरे अंधेरे में गुम होती जा रही थीं। समय जैसे थम-सा गया था।

धीरे-धीरे सूरज पूरी तरह ढल चुका था।

शाम की सुनहरी लालिमा अंधेरे में बदल चुकी थी।

चारों ओर गहराता साया फैलने लगा था।

अब उसके उस छत पर दोबारा दिखाई देने की सारी संभावनाएँ समाप्त हो चुकी थीं।

पर मन...

मन अब भी उसी उम्मीद के एक छोटे-से कोने को थामे बैठा था, जो शायद पहली ही नज़र में, अनजाने में, जन्म ले चुका था।

इस प्रकार, एक नहीं बल्कि कई दिन बीत गए। दिन अपने तय क्रम में आते-जाते रहे, पर मेरे भीतर जगी जिज्ञासा थी कि शांत होने का नाम ही नहीं ले रही थी। समय आगे बढ़ रहा था, लेकिन मन उसी छत पर, उसी क्षण में अटका हुआ था। समझ में नहीं आ रहा था कि क्या करूँ, किससे पूछूँ, या किस दिशा में सोचूँ। उस दिन के बाद मैंने अनजाने में न जाने कितनी बार अपनी छत से उस घर की ओर देखा, पर हर बार वही खालीपन, वही नीरवता सामने आई। वह आकृति फिर कभी उस छत पर दिखाई नहीं दी।

धीरे-धीरे मेरी पीड़ा अपने चरम पर पहुँचने लगी।

मैं न जाने क्या-क्या सोचने लगा था। कभी लगता वह कहीं बाहर से आई होगी - किसी रिश्तेदार की बेटी, कुछ दिनों के लिए आई मेहमान। फिर मन प्रश्न करता - तो फिर इतनी अचानक गुम क्यों हो गई? कहीं चली गई? उसके बाद फिर दिखाई क्यों नहीं दी?

मन किसी काम में नहीं लग रहा था। किताबें सामने होतीं, पर शब्द धुंधले लगते। पढ़ते-पढ़ते भी ध्यान बार-बार उसी छत, उसी क्षण की ओर खिंच जाता। ऐसे समय में नकारात्मक विचार अपने आप पनपने

लगते हैं। आशंकाएँ मन को घेर लेती हैं और कल्पनाएँ वास्तविकता से आगे निकल जाती हैं। भीतर ही भीतर मन उदास होने लगा था - एक ऐसा दुख, जिसे न पूरी तरह समझाया जा सकता था और न ही किसी से साझा किया जा सकता था।

यह पीड़ा संकोच से भरी थी।

किससे कहता?

क्या कहता?

कि मैंने एक अनजान चेहरे को देखा था, जिसे आज तक देखा नहीं, जिससे बात नहीं की, नाम तक नहीं जानता - और फिर भी उसका न दिखना मुझे भीतर से तोड़ रहा है? यह कहने की हिम्मत ही नहीं होती थी।

मैं विज्ञान का विद्यार्थी था। तर्क और प्रमाण पर विश्वास करता था। भूत-प्रेत, साये, या कल्पनाओं की बातों को मैं हमेशा कोरी अफवाह मानता आया था। लेकिन फिर भी... कभी-कभी दिल दहल जाता था। एक अनचाहा-सा डर मन में उतर आता था - क्या सच में वहाँ कोई नहीं था? क्या वह सिर्फ मेरी आँखों का भ्रम था? क्या मैंने किसी साये को, किसी परछाईं को, किसी क्षणिक आभास को वास्तविक मान लिया था?

अगले ही क्षण मन स्वयं को डाँट देता।

नहीं, ऐसा नहीं हो सकता।

मेरी आँखें धोखा नहीं खा सकतीं।

राजेश ने भी तो कुछ न कुछ महसूस किया था, तभी तो वह मुझे चिढ़ा रहा था। इसका अर्थ यही था कि वहाँ सचमुच कोई था - कोई जीवित, वास्तविक अस्तित्व।

यही सोच मुझे थोड़ी देर के लिए संभालती, पर फिर वही प्रश्न लौट आता -

अगर कोई था, तो अब कहाँ है?

क्यों कभी दुबारा दिखाई नहीं दिया?

इस असमंजस ने मेरे भीतर एक अजीब-सी रिक्तता भर दी थी। वह आकृति अब केवल स्मृति नहीं रही थी, बल्कि मेरे विचारों का स्थायी हिस्सा बन चुकी थी - एक अनुत्तरित प्रश्न की तरह, जो हर बार मौन रहकर ही मन को और बेचैन कर देता था।

बहुत देर तक सोचने-विचारने, मन ही मन अनेक तर्क गढ़ने और उन्हें स्वयं ही काटने के बाद अंततः मैंने एक निर्णय लिया - अब और टालना संभव नहीं था। यदि इस बेचैनी, इस शंका और इस अनजानी-सी पीड़ा का कोई समाधान हो सकता था, तो वही एक रास्ता था कि मैं स्वयं मल्होत्रा अंकल के घर जाऊँ। मुझे लगने लगा था कि मेरे मन में उठते प्रश्नों का उत्तर दूर बैठकर, कल्पनाओं के सहारे नहीं मिल सकता। शंका का वास्तविक निदान तभी होगा, जब मैं वहाँ जाकर सच्चाई का सामना करूँ।

लेकिन निर्णय लेना जितना आसान था, उसे अमल में लाना उतना ही कठिन। हमारा मल्होत्रा अंकल के परिवार से कोई बहुत घनिष्ठ संबंध नहीं था। न रोज़मर्रा का आना-जाना, न आत्मीय बातचीत। बस कभी-कभार - किसी बड़े अवसर पर, किसी पारिवारिक कार्यक्रम में, या किसी विशेष कार्यवश ही मुलाक़ात हो पाती थी। ऐसे में बिना किसी ठोस कारण वहाँ पहुँचना मुझे स्वयं ही अटपटा लग रहा था।

मन में संकोच था - गहरा और असहज।

मैं सोच रहा था, कैसे जाऊँगा?

दरवाज़ा खुलते ही क्या कहूँगा?

क्या कहकर अपने आने का कारण बताऊँगा?

और यदि उन्होंने पूछ लिया कि अचानक आने की वजह क्या है, तो क्या मैं सच कह पाऊँगा?

ये प्रश्न मन में बार-बार उठ रहे थे और हर बार मुझे भीतर से रोक लेते थे। कभी लगता, लोग क्या सोचेंगे - बिना बुलाए, बिना किसी स्पष्ट वजह के चला आया। कभी डर लगता कि कहीं मेरी बातों को अजीब न समझ लिया जाए।

पर जिज्ञासा का बोझ इन सब संकोचों से कहीं भारी हो चुका था। भीतर एक बेचैन-सी आवाज़ थी, जो बार-बार कह रही थी कि अब पीछे हटना संभव नहीं। मरता क्या न करता - मन को शांत करना था, चाहे इसके लिए स्वयं को असहज स्थिति में ही क्यों न डालना पड़े। और सच तो यह था कि वहाँ जाने के अलावा मेरे पास कोई और विकल्प भी नहीं बचा था।

आख़िरकार एक दिन, सारी हिचकिचाहट, सारे डर और सारे प्रश्नों को मन में दबाकर, मैंने हिम्मत जुटाई। अपने कदमों को जैसे-तैसे आगे बढ़ाया और मल्होत्रा अंकल के घर पहुँच गया। दिल ज़ोर-ज़ोर से धड़क रहा था, हाथ थोड़े काँप रहे थे। एक पल के लिए लगा कि लौट जाऊँ, पर अगले ही क्षण स्वयं को संभाला।

और फिर, गहरी साँस लेकर, मैंने मल्होत्रा अंकल के घर का दरवाज़ा खटखटा दिया।

अंदर से एक सधी हुई, परिचित-सी आवाज़ गूँजी -

"कौन है?"

मेरे हृदय की धड़कन एक पल को तेज़ हो गई। गला जैसे सूख-सा गया हो। फिर भी स्वयं को संयत करते हुए मैंने धीरे से कहा -

"मैं हूँ आंटी... कृष्णा।"

क्षण भर का मौन रहा। फिर भीतर से हल्की-सी हलचल की आवाज़ आई और उसके साथ ही आंटी की अपनत्व भरी वाणी सुनाई दी -

"अच्छा... अच्छा।"

दरवाज़ा खुलते ही उनका वही स्नेहिल चेहरा सामने था, जिसमें अपनापन और सहजता दोनों झलक रहे थे। मुझे देखते ही उन्होंने मुस्कुराते हुए पूछा-

"कैसे आना हुआ बेटा?"

उनके इस सरल प्रश्न ने मुझे थोड़ी राहत दी, पर भीतर की बेचैनी अब भी कम नहीं हुई थी। मैंने पहले से मन में गढ़ी हुई बात को संभालते हुए कहा -

"कुछ खास नहीं आंटी। दरअसल मेरी पतंग आपकी छत पर फँस गई है। अगर आप कहें तो मैं ऊपर जाकर उसे निकाल लूँ।"

मेरी आवाज़ में अनायास ही याचना का भाव घुल गया था, जिसे शायद आंटी ने भाँप लिया। वे मुस्कुराईं और बड़े ही स्नेह से मेरे कंधे पर हाथ रखते हुए बोलीं -

"हाँ-हाँ, क्यों नहीं बेटा। जाओ, अपनी पतंग छत से छुड़ा लो।"

उनके ये शब्द मेरे लिए किसी अनुमति-पत्र से कम नहीं थे। मानो मैं इन्हीं पलों की प्रतीक्षा कर रहा था। बिना समय गँवाए मैं लगभग दौड़ता हुआ सीढ़ियों की ओर बढ़ गया।

छत पर पहुँचने से पहले ही मेरी निगाहें घर के भीतर हर ओर भटक रही थीं। एक-एक कमरे, एक-एक कोने को मैं बड़ी पैनी दृष्टि से देख रहा था। मेरी आँखें किसी अनजानी, अपरिचित उपस्थिति की खोज में थीं। दिल ज़ोर-ज़ोर से धड़क रहा था, जैसे हर पल किसी चमत्कार की आशा हो।

मैं छत पर पहुँचा। वहाँ भी मैंने चारों ओर गहनता से नज़र दौड़ाई। कोनों से लेकर मुंडेर तक, हर जगह मेरी निगाहें उस छवि को तलाशती रहीं, जिसने मेरे मन को इतने दिनों से उलझा रखा था। पर वहाँ... कुछ भी नहीं था। न कोई आहट, न कोई साया, न उस आकृति का कोई नामो-निशान।

धीरे-धीरे निराशा मन में उतरने लगी। भीतर कुछ टूट-सा गया। भारी मन और बुझते हुए उत्साह के साथ मैं नीचे उतर आया।

घर से बाहर निकलते समय, सधे हुए कदमों से चलते हुए मैंने मल्होत्रा आंटी से कहा -

“आंटी, काम हो गया है। मैं जा रहा हूँ। आप दरवाज़ा बंद कर लीजिए।”

आंटी ने बिना कुछ पूछे, हल्की मुस्कान के साथ स्वीकृति में सिर हिला दिया। अगले ही क्षण दरवाज़ा बंद हो गया।

और मैं बाहर खड़ा रह गया - उतना ही खाली, उतना ही उलझा हुआ, जितना भीतर से आया था।

अब तो स्थिति पहले से कहीं अधिक उलझ चुकी थी। जिस शंका को मिटाने के लिए मैं मल्होत्रा अंकल के घर गया था, वही शंका अब और गहरी जड़ें जमा चुकी थी। उनका पूरा घर मैं देख चुका था - कमरे, बरामदे, सीढ़ियाँ, छत का एक-एक कोना - सब कुछ। परंतु वह... कहीं नहीं थी। न उसकी कोई छाया, न कोई संकेत, न कोई ऐसा सुराग जिससे मन को तसल्ली मिल सके।

मैंने उसे खोजने के लिए अपने स्तर पर हर संभव प्रयास कर डाला। कभी छत की ओर नज़रें उठ जातीं, कभी अनायास ही उस घर की ओर कदम मुड़ जाते। हर गुजरते दिन के साथ उम्मीद और बेचैनी दोनों बढ़ती जा रही थीं। समय अपनी गति से बह रहा था, दिन के बाद दिन बीतते चले गए, पर उसकी एक झलक तक नसीब नहीं हुई।

अजीब बात यह थी कि इतने प्रयासों के बाद, इतनी निराशा के बावजूद, मेरे भीतर का विश्वास टूट नहीं रहा था। मन बार-बार कहता था - नहीं, वह कोई भ्रम नहीं थी। वह थी, जरूर थी। मेरी आँखों ने जो देखा था, वह झूठ नहीं हो सकता।

कभी-कभी लगता, शायद समय अभी अनुकूल नहीं है। शायद उसे सामने आने के लिए भी किसी सही क्षण की प्रतीक्षा है। मन के किसी कोने में यह दृढ़ आस्था जड़ जमा चुकी थी कि वह फिर दिखाई देगी - अचानक, बिना किसी पूर्व सूचना के - और तब सारे प्रश्न अपने आप उत्तर पा लेंगे।

मैं प्रतीक्षा करने लगा था। बिना जाने कि किसकी, कब तक और किस मोड़ पर। पर इतना निश्चित था कि यह कहानी यहीं समाप्त नहीं हुई है। एक दिन, किसी न किसी रूप में, वह हमारे सामने अवश्य आएगी - और तब यह रहस्य अपने आप खुल जाएगा।

एक दिन मैं अत्यंत उदास मन लिए घर के नीचे बने छोटे से लॉन में यूँ ही टहल रहा था। कदम अपने आप चल रहे थे, पर मन कहीं और भटका हुआ था। न जाने कितने विचार एक साथ उमड़-घुमड़ रहे थे - कुछ अधूरे सवाल, कुछ अनकहे भाव, और कहीं गहरे दबी हुई वही पुरानी बेचैनी। मैं सिर झुकाए घास पर पड़े सूखे पत्तों को पैरों से कुरेदता आगे-पीछे घूम रहा था, तभी सामने से पोस्टमैन को आते देखा। उसके हाथ में एक लिफाफा था, जिसे वह हवा में हल्का-सा हिलाता हुआ हमारी ओर बढ़ रहा था।

मेरे पास आकर वह रुका और सहज स्वर में बोला,

"भैया, चिट्ठी है आपकी।"

उसके शब्दों ने जैसे मुझे वर्तमान में खींच लिया। मैंने अनायास ही हाथ बढ़ाया और लिफाफा थाम लिया। नजर लिफाफे पर पड़ी तो दिल एक क्षण को धक से रह गया। चिट्ठी सचमुच मेरे ही नाम थी। नाम साफ-साफ लिखा था, अक्षर भी जाने-पहचाने से लग रहे थे, परंतु यह सोचकर मैं ठिठक गया कि आखिर यह चिट्ठी किसने भेजी होगी?

जिज्ञासा और आशंका एक साथ मन में सिर उठाने लगीं। मैंने लिफाफे को पलटकर देखा, फिर दूसरी ओर से ध्यान से निरीक्षण किया।

एक बार नहीं, दो-दो बार। लेकिन यह क्या - लिफाफे पर भेजने वाले का न तो कोई नाम था, न पता। न शहर, न गली, न कोई पहचान।

मेरा मन और अधिक उलझ गया। सोचने लगा - आज के समय में भला कौन ऐसा करता है? कौन किसी को चिट्ठी लिखता है और अपना नाम-पता तक नहीं लिखता? क्या यह किसी मज़ाक का हिस्सा है, या फिर कोई ऐसा है जो सामने आने का साहस नहीं जुटा पा रहा? मन में कई संभावनाएँ एक साथ कौंधने लगीं।

मैं लिफाफे को हाथ में लेकर कुछ क्षण तक यूँ ही देखता रहा, मानो वह कागज़ का टुकड़ा नहीं, कोई अनकहा रहस्य हो। मेरी उलझन शायद चेहरे पर साफ झलक रही थी। पोस्टमैन मुझे गौर से देख रहा था। मेरी चुप्पी और असमंजस को भांपते हुए वह फिर बोला,

"अरे भैया, आपकी ही चिट्ठी है। ऊपर आपका नाम लिखा है, देख लीजिए।"

मैंने हल्के से सिर हिलाया, मानो उसकी बात सुन तो ली हो, पर मन अभी भी उसी प्रश्न में अटका हुआ था - आखिर वह कौन है, जिसने मुझे यह चिट्ठी भेजी है और अपना परिचय तक छिपा लिया है?

"हाँ, हाँ... नाम तो मेरा ही लिखा है," मैंने पोस्टमैन की ओर देखते हुए कहा, "पर किसने भेजी है, उसका नाम नहीं लिखा - बस यही देखकर हैरानी हो रही है।"

मेरे स्वर में जिज्ञासा थी, पर साथ ही एक अनकही उलझन भी। पोस्टमैन ने इस बात को कोई खास महत्व नहीं दिया। मैं हल्की-सी मुस्कान के साथ उसकी ओर हाथ हिलाकर उसे विदा कर दिया और वह अपनी साइकिल बढ़ाता हुआ आगे निकल गया।

चिट्ठी अब मेरे हाथ में थी और मन में प्रश्नों का सैलाब। मैं तेज़ कदमों से अपने कमरे में आ गया। दरवाज़ा बंद करते ही कमरे की खामोशी जैसे और गहरी हो गई। उस लिफाफे को मेज़ पर रखकर मैं

कुछ क्षण तक बस उसे देखता रहा। भीतर एक अजीब-सी बेचैनी थी, मानो कोई रहस्य मेरे सामने खुलने को आतुर हो।

लिफाफा खोलने की उत्सुकता अब काबू से बाहर होने लगी थी। मैंने दराज़ से पेपर कटर निकाला और बिना कोई और देर किए झटपट लिफाफे को चीर दिया। जैसे ही लिफाफा खुला, कमरे की हवा बदल-सी गई। एक हल्की, भीनी-भीनी खुशबू चारों ओर फैल गई - न तेज़, न बनावटी, बल्कि बिल्कुल वैसी ही, जैसी मुझे अनायास ही भा जाए।

मैं चौंक गया। यह कैसी चिट्ठी है, जिसमे शब्दों से पहले सुगंध बोल रही है? और वह भी मुझसे? मन में सवाल उठा - आखिर कौन हो सकता है, जो मुझे इतनी अच्छी तरह जानता है कि मेरी पसंद की खुशबू तक पहचानता है? यह साधारण पत्र तो कतई नहीं लग रहा था।

अब तो पत्र पढ़ने की उत्सुकता और भी तीव्र हो गई थी। एक पल को मन में यह विचार भी आया कि लोग कितने अजीब होते हैं - मोबाइल और संदेशों के इस दौर में भी कोई हाथ से लिखा हुआ पत्र भेज रहा है, और वह भी बिना नाम-पते के। मैं असमंजस की उसी स्थिति में, बिना यह देखे कि भेजने वाले का नाम कहीं लिखा है या नहीं, पत्र पढ़ने लगा।

पहली ही पंक्ति पर नज़र पड़ी और मेरे चेहरे पर भावों का अजीब खेल शुरू हो गया। पहले हल्का-सा गुस्सा उभरा - भौंहें तन गईं, होंठ भींच गए। फिर उसी क्षण, मानो किसी ने भीतर की गांठ खोल दी हो, एक लंबी और अनायास मुस्कान चेहरे पर फैल गई।

मेरे मन में सवालों की झड़ी लग गई। क्या कोई मेरे साथ मज़ाक कर रहा है? या फिर सचमुच वही लिख रही है - वही रहस्यमयी छाया, जिसकी तलाश में मैं पिछले कई दिनों से भटक रहा था? यदि वही है, तो उसे यह कैसे पता चला कि मैं उसे ढूँढ रहा हूँ? मेरे मन की हलचल, मेरी बेचैनी - यह सब उससे छिपी कैसे नहीं रही?

यह सब सोचकर ही मुझे अविश्वसनीय-सा लग रहा था। ऐसा प्रतीत हो रहा था जैसे कल्पना और वास्तविकता की सीमाएँ धुंधली होने लगी हों। हृदय की धड़कन अचानक तेज़ हो गई। मैं कुछ क्षणों तक पत्र हाथ में थामे यूँ ही बैठा रहा, मानो शब्दों से पहले खुद को संभालना चाहता होऊँ।

फिर गहरी साँस ली, मन को किसी तरह स्थिर किया और स्वयं पर नियंत्रण पाते हुए, पूरे ध्यान के साथ पत्र पढ़ना शुरू किया। मुझे आभास हो चुका था कि यह पत्र साधारण नहीं है - यह शायद मेरी ज़िंदगी के किसी अनदेखे अध्याय का दरवाज़ा खोलने वाला है।

कृष्णा,

यह पत्र पढ़ते ही आप अवश्य ही हैरान-परेशान हो उठे होंगे। मन के किसी कोने में आश्चर्य की लहर दौड़ गई होगी और दिल-दिमाग में अजीब-सी उथल-पुथल मच गई होगी। बार-बार यही प्रश्न उठ रहा होगा - आखिर यह कौन है, जो मुझे इस तरह संबोधित कर रहा है? कौन है, जो मेरे भीतर उठते भावों को इतनी बारीकी से समझता है?

अब ज़रा-सा ठहरिए। एक पल के लिए आँखें बंद कीजिए। शोरगुल से दूर, अपने भीतर झाँकने का प्रयास कीजिए और सोचिए - मैं कौन हो सकती हूँ? शायद आप मुझे जानते हैं... नहीं, सिर्फ जानते नहीं हैं, बल्कि बहुत अच्छी तरह जानते हैं। तभी तो इतने दिनों से आप मुझे ढूँढ रहे थे। आपकी बेचैनी, आपकी आँखों की तलाश, आपकी खामोश जिज्ञासा - सब कुछ तो यही कहती है।

हाँ, आप मुझे खोजते तो रहे, पर दिशा शायद उलटी थी। आप बाहर ढूँढते रहे, छतों पर, गलियारों में, भीड़ में, स्मृतियों के कोनों में। जबकि मैं तो वहीं थी, जहाँ से खोज शुरू होनी चाहिए थी - आपके भीतर। मैं तो आपके दिल में ही रहती हूँ, उसी कोमल से कोने में, जहाँ बिना कहे बहुत-सी बातें समझ ली जाती हैं।

अब आप यह कहेंगे - अगर मैं आपके दिल में ही रहती हूँ, तो फिर यह पत्र क्यों? जब दिल में रहने वाले को अपनी बात कहने के लिए काग़ज़-कलम की क्या आवश्यकता? उसकी आवाज़ तो बिना शब्दों के भी अपनों तक पहुँच जानी चाहिए। और सच मानिए, आप बिल्कुल सही सोच रहे हैं। जो दिल में बसता है, उसे समझने के लिए अक्षरों की बैसाखी नहीं चाहिए। भाव स्वयं ही रास्ता बना लेते हैं।

लेकिन फिर भी... कभी-कभी मन की जिज्ञासा को शांत करने के लिए, और यह आश्वस्त हो जाने के लिए कि जो महसूस किया जा रहा है, वह सचमुच सामने वाले तक पहुँच रहा है - काग़ज़ और कलम का सहारा लेना पड़ता है। यह पत्र भी उसी आश्वस्ति की एक छोटी-सी कोशिश है।

मैं आपसे बहुत-सी बातें करना चाहती थी, बहुत पहले से। शब्द मन में उमड़ते-घुमड़ते रहे, पर सही अवसर की तलाश में समय हाथ से फिसलता चला गया। परिस्थितियों की अपनी सीमाएँ होती हैं और समय की अपनी मजबूरियाँ। चाहकर भी मैं वह सब कह नहीं सकी, जो कहना चाहती थी।

और अब... जब यह पत्र आपके हाथों में होगा, तब तक मैं लखनऊ छोड़ चुकी होऊँगी। शहर बदल जाएगा, रास्ते बदल जाएँगे, पर यह मान लीजिए - दूरी सिर्फ स्थान की होगी, मन की नहीं। मैं आपसे दूर नहीं हूँ, न कभी रहूँगी। जब भी चाहें, जिस भी क्षण, आप मुझसे संपर्क कर सकते हैं। भावनाओं की कोई भौगोलिक सीमा नहीं होती।

इस पत्र के साथ मैं अपना ई-मेल भी लिख रही हूँ - सिर्फ एक माध्यम, ताकि शब्दों का यह सिलसिला टूटे नहीं। आशा है, आप मेरे इस कदम को गलत अर्थों में नहीं लेंगे। इसे बस इतना समझिए कि कभी-कभी खामोशी को भी अपनी बात कहने के लिए आवाज़ की ज़रूरत पड़ जाती है... और यह पत्र उसी खामोशी की आवाज़ है।

मैं सच कहूँ तो स्वयं आपसे मिलना चाहती थी। आमने-सामने बैठकर, बिना किसी बनावट के, बिना किसी भूमिका के। आपकी आँखों में वह बेचैनी मैं देख रही थी - ऐसी बेचैनी जिसे शब्दों में बाँध पाना आसान नहीं होता। उसे देखकर मन बार-बार व्याकुल हो उठता था। कई बार सोचा, आज बात कर लूँ, आज सामने आ जाऊँ, आज सब कुछ कह दूँ। पर हर बार कोई न कोई बाधा रास्ता रोक लेती थी।

मैं आपसे बहुत-सी बातें करना चाहती थी - हल्की-फुल्की भी और गहरी भी। जीवन के वे अनुभव, जो हँसना सिखाते हैं, और वे भी, जो चुप रहना सिखा जाते हैं। आपके साथ कुछ समय बिताना चाहती थी, बिना किसी जल्दी के, बिना घड़ी देखे। बस यूँ ही - कभी मुस्कुराते हुए, कभी खामोश रहकर। पर दुर्भाग्य से वह अवसर मुझे मिल न सका।

मम्मी-पापा को अचानक यहाँ से निकलना पड़ा। घर की परिस्थितियाँ, समय की कमी और जिम्मेदारियों की मजबूरियाँ - इन सबके आगे मेरी इच्छाएँ कहीं दबकर रह गईं। चाहकर भी मैं वह साहस नहीं जुटा पाई कि आपके सामने आकर अपने मन की बात कह सकूँ। शायद यह मेरी कमजोरी थी, या शायद समय का ऐसा ही खेल था।

फिर भी, मन में एक उम्मीद बची हुई है। मुझे विश्वास है कि आप मुझे इस अधूरेपन के लिए माफ कर देंगे। और शायद, बहुत जल्द, वह दिन भी आएगा जब हम बिना किसी संकोच के, बिना किसी जल्दबाज़ी के, एक-दूसरे से मिल सकेंगे। उस दिन मैं अपने जीवन के सारे खट्टे-मीठे अनुभव आपके साथ साझा करूँगी - वे भी, जिनसे आँखें नम हो जाती हैं, और वे भी, जिनकी याद आते ही होंठों पर मुस्कान तैर जाती है।

अब मैं बस उसी क्षण की प्रतीक्षा कर रही हूँ। आपके उत्तर की, आपके शब्दों की, आपके भावों की। यह प्रतीक्षा भी अपने-आप में एक सुख है - धीमी, गहरी और भरोसे से भरी हुई।

आपके पत्र के इंतज़ार में...

आपकी,

राधा

कृष्णा की राधा

उस पत्र ने मेरी उलझन को सुलझाने के बजाय और भी गहरा कर दिया था। मन जैसे प्रश्नों के भंवर में फँस गया हो। मैं स्तब्ध था, हैरान था, और भीतर ही भीतर बेचैन भी। जिसे मैं इतने दिनों से खोज रहा था, वह तो मुझे पहले से जानती थी - सिर्फ जानती ही नहीं, बल्कि मेरे नाम से, मेरे पते से, मेरी आदतों से और मेरी दिनचर्या तक से परिचित थी। यह जानकर हृदय में अजीब-सी सिहरन दौड़ गई। कोई मुझे इतनी नज़दीक से देख रहा था, समझ रहा था, और फिर भी सामने नहीं आ रहा था।

यह सोचकर ही मन में असंख्य प्रश्न उठने लगे। यदि वह मुझे जानती थी, यदि वह मेरे इतने पास थी, तो फिर उसने अपनी पहचान क्यों छिपाए रखी? वह क्यों नहीं सीधे मेरे सामने आई? क्यों नहीं मुझसे मिलने की पहल की? क्या वह किसी भय में थी, किसी संकोच में, या फिर यह सब उसकी कोई सोची-समझी योजना थी? जितना सोचता, उतना ही मन और उलझता चला जाता।

अब स्वयं पर ही क्रोध आने लगा था। मुझे अपनी नासमझी पर झुँझलाहट हो रही थी। मैं जिसे गलियों, छतों और छायाओं में ढूँढता फिर रहा था, वह तो मेरे आसपास ही मौजूद थी - शायद हर दिन, हर पल। और मैं था कि अपनी ही आँखों के सामने मौजूद सत्य को देख नहीं पाया। कितनी विडंबना थी यह!

यह एक ऐसी गुत्थी बन चुकी थी, जो सुलझने के बजाय और अधिक पेचीदा होती जा रही थी। हर उत्तर अपने साथ नए प्रश्न ले आता था। मन बार-बार स्वयं को धिक्कार रहा था। पुरुष होने का दंभ,

समझदार होने का भ्रम - सब जैसे चकनाचूर हो गए थे। उस क्षण मुझे लगा, शायद मैं उतना समझदार था ही नहीं, जितना स्वयं को समझता रहा।

अब प्रतीक्षा असहनीय हो चली थी। हर पल जैसे सदी बनकर बीत रहा था। मन की बेचैनी हृदय की धड़कनों में उतर आई थी और दिल बार-बार एक ही जिद पर अड़ा था - जल्द से जल्द उससे मिलना है, किसी भी तरह। परंतु परिस्थितियाँ ऐसी थीं कि यह चाहकर भी पूरी नहीं हो सकती थी। न उसके पास जाने का कोई पता था, न उससे आमने-सामने बात करने का कोई रास्ता। यह असहायता भीतर से तोड़ रही थी।

मुलाक़ात संभव न थी, पर संवाद की एक डोर तो हाथ में थी। उसी डोर को थामने का निश्चय कर मैंने एक पल भी और गँवाना उचित नहीं समझा। भावनाएँ मन में उमड़-घुमड़ रही थीं, शब्द बाहर आने को आतुर थे। मैंने तुरंत कंप्यूटर ऑन किया और कुर्सी पर बैठते ही उँगलियाँ कीबोर्ड पर अपने आप चलने लगीं। ऐसा लग रहा था जैसे वर्षों से रुकी हुई कोई बात अब रास्ता पा गई हो।

मन में एक अजीब-सी आशा भी थी और एक हल्का-सा डर भी - न जाने वह क्या सोचेगी, कैसे प्रतिक्रिया देगी। फिर भी इस अनिश्चितता से बेहतर था अपने दिल की बात कह देना। उस क्षण मुझे यही लगा कि यह पत्र केवल शब्दों का आदान-प्रदान नहीं होगा, बल्कि दो अनकहे मनों के बीच पहला सचमुच का सेतु बनेगा।

प्रिय राधा,

मुझे आज भी यह समझ नहीं आता कि तुम्हारा नाम वास्तव में राधा है या यह सिर्फ उस नाम की छाया है जिसे तुमने मुझे दिखाने और अपने अस्तित्व का आभास कराने के लिए चुना। फिर भी यह निर्विवाद

सत्य है कि तुम्हारा पत्र पाकर मैं पूरी तरह आश्चर्य और उत्सुकता से भर गया। मन और मस्तिष्क दोनों में ही अजीब-सी हलचल मच गई।

मुझे याद है, मैंने सर्वप्रथम मल्होत्रा अंकल की छत पर तुम्हें देखा था - कितना अनोखा और रहस्यमय दृश्य था। तुम्हारे व्यक्तित्व में कुछ ऐसा आकर्षण था, जिसे मैं शब्दों में बयाँ नहीं कर सकता, पर इतना स्पष्ट था कि मेरी नजरें तुम पर जमी रह गईं। तुम्हारे बालों पर बिखरी धूप की सुनहरी किरणें, तुम्हारे ध्यान में डूबा चेहरा, और वह स्थिर बैठने का भाव - सभी ने मिलकर एक ऐसा प्रभाव पैदा किया कि मैं उस दृश्य से अपनी दृष्टि नहीं हटा सका।

और जब मेरी नजर कुछ क्षणों के लिए तुमसे हटी, तब तक तुम ग़ायब हो चुकी थीं। जैसे कोई जादू ही हुआ हो - तुम इतनी सहजता से नजरों से ओझल हो गई कि मेरी निगाहें केवल तुम्हें ढूंढती रहीं, पर तुम सामने आने का नाम ही नहीं ले रही थीं। उस समय मेरी जिज्ञासा चरम पर थी, हृदय बेचैन था, और मन लगातार यह सोच रहा था कि आखिर यह अद्भुत आकृति कौन है, जो मेरे सामने भी है और फिर भी नहीं है।

मैंने कई दिनों तक तुम्हारी केवल एक झलक पाने के लिए इंतजार किया, हर संभव कोने में तुम्हारी तलाश की, परंतु तुम दिखाई नहीं दीं। तुम्हारे बारे में सोचते-सोचते मेरी रातें और दिन दोनों बेचैन हो उठे। तुम्हारी उस रहस्यमयी उपस्थिति ने मेरे भीतर जिज्ञासा और उत्सुकता की एक आग जगा दी, जो दिन-रात बुझने का नाम ही नहीं ले रही थी।

और अब, तुम्हारा यह पत्र - जो अचानक मेरे हाथ लगा - उस अतीत की सारी उलझनों और अधूरी तलाश को एक साथ सामने ला रहा है। इसे पढ़ते हुए मन में एक अजीब मिश्रित भावना है - आश्चर्य, खुशी, और उस हल्की बेचैनी का मिश्रण, जो मुझे बताता है कि तुम्हारा यह संदेश केवल शब्द नहीं, बल्कि तुम्हारे अस्तित्व की एक प्रतीकात्मक

उपस्थिति है। मैं अब भी तुम्हारी झलक की प्रतीक्षा कर रहा हूं, और इस पत्र ने उस प्रतीक्षा को और भी गहन और मार्मिक बना दिया है।

अनजाने ही मैं किसी अदृश्य नागपाश में जकड़ा चला जा रहा था। यह जकड़न शारीरिक नहीं थी, बल्कि मन और आत्मा की थी - ऐसी पकड़, जो सांस लेने की आज़ादी तो देती है, पर सोचने की स्वतंत्रता छीन लेती है। मैं भीतर ही भीतर छटपटा रहा था, बेचैन था, और हर कीमत पर तुम्हें पा लेने की चाह मुझे भीतर से खाए जा रही थी। यह चाह साधारण नहीं थी; यह दीवानगी थी, जो धीरे-धीरे मेरे सिर पर चढ़कर बोलने लगी थी। हर बीतता क्षण, हर गुजरता दिन, तुम्हारी अनुपस्थिति को और अधिक तीखा बना रहा था।

और कमाल देखो तुम्हारा - तुम सब कुछ देख रही थीं, समझ रही थीं, महसूस कर रही थीं, और मैं... मैं सिर्फ़ भटक रहा था। इधर-उधर, आस-पास, दीवारों, छतों, रास्तों और स्मृतियों में। मैं निरा बुद्धू बनकर तुम्हें ढूंढ़ता रहा, जबकि तुम मेरी ही दुनिया के दायरे में रहकर मेरी हर बेचैनी को पढ़ रही थीं। यह सोचकर आज भी आत्मग्लानि होती है कि जिसे पाने की इतनी तीव्र लालसा थी, उसे पहचानने में ही मैं कितना असमर्थ रहा।

शायद यही अंतर है एक पुरुष और एक स्त्री के स्वभाव में। स्त्री परिस्थितियों की नब्ज़ को पहले ही पकड़ लेती है, हवा के रुख़ को भांप लेती है और फिर उसी के अनुरूप अपने कदम बढ़ाती है - संतुलित, शांत और सुनिश्चित। वह प्रतीक्षा करना जानती है, मौन की भाषा समझती है, और समय के संकेतों को पढ़ लेती है।

और पुरुष? पुरुष अक्सर भावनाओं की आँधी में बह जाता है। वह तब तक स्थितियों को समझने की कोशिश करता रहता है, जब तक समय हाथ से फिसल नहीं जाता। जब तक वह निष्कर्ष पर पहुँचता है,

तब तक बहुत देर हो चुकी होती है - पल निकल चुका होता है, अवसर बीत चुका होता है, और सामने सिर्फ़ पछतावे की धुंध रह जाती है।

आज पीछे मुड़कर देखता हूँ तो लगता है, तुम मुझसे एक कदम नहीं, कई कदम आगे थीं। तुमने मुझे समझ लिया था, मेरे शब्दों से पहले मेरी खामोशी पढ़ ली थी। और मैं... मैं उस खामोशी का अर्थ खोजता रह गया। यही मेरी विडंबना थी, और शायद यही उस दीवानगी की कीमत भी, जिसे मैं प्रेम समझ बैठा था।

राधा, मैंने तो तुम्हें बस एक क्षण भर के लिए देखा था - वह भी पीछे से, बिना चेहरे को जाने, बिना आँखों में झाँके। सच कहूँ तो देखा भी नहीं था, केवल महसूस किया था। आज मैं तुम्हारा लिखा हुआ पत्र बार-बार पढ़ रहा हूँ, हर पंक्ति को जैसे उँगलियों से टटोल रहा हूँ, पर इसके बावजूद अब तक तुम्हें जान नहीं पाया हूँ। तुम कौन हो? कहाँ रहती हो? क्या करती हो? तुम्हारी दुनिया कैसी है - इन असंख्य प्रश्नों ने मेरे मन में जैसे डेरा डाल लिया है।

उस एक झलक में जो अनकहा आकर्षण था, उसने मुझे जाने-अनजाने तुम्हारे बंधन में बाँध लिया। वह आकर्षण साधारण नहीं था; वह ऐसा था जिसने मेरे भीतर हलचल मचा दी। दिन हो या रात, नींद हो या जागना - मैं हर पल किसी दीवाने की तरह तुम्हें ढूँढता रहा। छतों की ओर, गलियों की ओर, स्मृतियों की ओर - हर दिशा में बस तुम्हारी ही तलाश थी। और यह जानकर आज भी अजीब लगता है कि तुम यह सब देख रही थीं, समझ रही थीं, फिर भी मेरी इस बेचैनी पर तनिक भी तरस नहीं खाया। कम से कम एक बार तो मेरे सामने आ सकती थीं, एक क्षण के लिए ही सही, ताकि यह भ्रम टूटता कि मैं किसी स्वप्न के पीछे भाग रहा हूँ या किसी वास्तविकता के।

फिर भी, इतना तो हुआ कि तुमने मुझे पत्र लिखा। उस एक पत्र ने मेरे भीतर उठते असंख्य सवालों को और गहरा कर दिया, पर साथ ही

यह विश्वास भी दिया कि मैं पूरी तरह अकेला नहीं था। इसीलिए मैं संतुष्ट भी हूँ और बेचैन भी। संतुष्ट इसलिए कि तुमने मुझे अपने शब्दों से छुआ, और बेचैन इसलिए कि अब उस लड़की का परिचय जानने की उत्कंठा और तीव्र हो गई है, जिसने मुझे इस तरह अपने आकर्षण में बाँध लिया।

मैं तुम्हें जानना चाहता हूँ - तुम्हारे नाम के पीछे की कहानी, तुम्हारी आँखों में छिपी सोच, तुम्हारे मौन में बसी भावनाएँ। यह जानने की बेचैनी अब असहनीय होती जा रही है। इसलिए विनम्र आग्रह है, कृपया शीघ्र उत्तर देना। हर बीतता पल तुम्हारे जवाब की प्रतीक्षा में और भी भारी हो रहा है।

तुम्हारे पत्र के इंतज़ार में...

तुम्हारा

कृष्ण

राधा का कृष्ण

यह मेरे जीवन का पहला पत्र था, जिसमें मैंने अपनी भावनाओं, अपनी बेचैनी और अपनी जिज्ञासा को शब्दों में पिरोकर राधा के ईमेल पर भेजा। हर शब्द सोच-समझकर चुना गया था, हर पंक्ति मेरे मन की गहराइयों का प्रतिबिंब थी। जैसे ही 'Send' का बटन दबाया, एक अजीब सा उत्साह और डर दोनों ने एक साथ मुझे घेर लिया। लगता था कि अब मेरी दुनिया कभी पहले जैसी नहीं रहेगी।

होटल के कमरे की खिड़की से बाहर झाँकने पर, अचानक आसमान में उड़ता हुआ हवाई जहाज अपनी तेज आवाज में गूँज उठा। उस क्षण हमारी कल्पनाओं की नाज़ुक दुनिया, जो अभी-अभी पत्र के माध्यम से जीवंत हुई थी, धराशायी हो गई। ठंडी रात की हवा, हवाई जहाज की गूँज और कमरे की अंधेरी चुप्पी - सब मिलकर एक अजीब

ताजगी और बेचैनी का मिश्रण पैदा कर रहे थे। घड़ी देखी तो रात के 2:00 बज रहे थे।

मैं दौड़कर बिस्तर पर गया, पर नींद कुछ आसानी से नहीं आई। रागिनी और रिंकी दिनभर की थकान की वजह से गहरी नींद में सो रही थीं, उनकी हर सांस मेरे कानों में हल्की-हल्की गूँज पैदा कर रही थी। मैं पलटता, करवट बदलता, कभी खिड़की की ओर निहारता, कभी खामोशी में अपने विचारों में डूब जाता। राधा के पत्र और मेरे भेजे गए ईमेल की यादें मन में घूम रही थीं, और हर बार दिल की धड़कन तेज हो जाती थी।

कुछ समय तक मैं अपनी ही सोच में उलझा रहा, हर क्षण यह महसूस करते हुए कि शायद कल का दिन, हमारी यात्रा और यह अजीब-सा रोमांच, सभी मिलकर मेरी यादों में अमिट छाप छोड़ देंगे। फिर कब मेरी आंखों पर नींद की चादर गिर गई और मैं सपनों की दुनिया में खो गया, पता ही नहीं चला। रात की वह खामोशी, हवाई जहाज की गूँज और दिल की बेचैनी - सभी मिलकर मेरे सपनों को एक नई कहानी में बदल गए।

****

सुबह के ठीक सात बज रहे थे। खिड़की के परदों के बीच से छनकर आती हल्की धूप कमरे में फैल चुकी थी। बाहर की दुनिया जाग चुकी थी, पर मेरी नींद अब भी बीती रात के खयालों से चिपकी हुई थी। रागिनी कमरे में इधर-उधर आती-जाती, रिंकी को स्कूल की तरह सलीके से तैयार करने में जुटी हुई थी। कभी उसके बाल संवारती, कभी

कपड़े ठीक करती और बीच-बीच में हल्के हाथों से मुझे हिलाकर जगाने का प्रयास भी करती जा रही थी।

"सात बज गए हैं, कृष्णा जी..." रागिनी ने मुस्कुराते हुए, लेकिन हल्की सी शरारत के साथ कहा, "अगर अब भी नहीं उठे तो होटल के ब्रेकफास्ट का समय निकल जाएगा।"

उसकी आवाज़ में अपनापन था, चिंता भी और एक मीठी-सी शिकायत भी। मैं आंखें मलता हुआ बिस्तर पर थोड़ा सा उठकर बैठ गया। मन तो अब भी नींद और सपनों की गिरफ्त में था, लेकिन दिमाग ने मान लिया कि सचमुच देर हो रही है। फतेहपुर सीकरी जाने का कार्यक्रम था और दिन को यूं ही आलस्य में गंवाना ठीक नहीं लगता।

मैंने बिना ज्यादा सोचे-समझे चप्पल पहनी और झटपट वॉशरूम की ओर बढ़ गया। ठंडे पानी के छींटों ने नींद के आखिरी अंश को भी आंखों से दूर भगा दिया। शीशे में खुद को देखा तो चेहरे पर थकान के साथ-साथ बीती रात की उलझनों की हल्की परछाईं अब भी मौजूद थी। नहा-धोकर, कपड़े बदलकर, खुद को व्यवस्थित करने में कोई बीस-पच्चीस मिनट लग गए होंगे।

जब बाहर आया तो देखा, रागिनी अब भी अपनी अटैची खोले खड़ी थी। कपड़ों को एक बार फिर जमाकर देख रही थी, मानो कहीं कुछ छूट न जाए। रिंकी तैयार होकर बिस्तर पर बैठी अपने जूते पहनने की कोशिश कर रही थी। कमरे में हल्की-सी चहल-पहल थी, सुबह की ताजगी थी और एक अनकहा उत्साह भी - नए दिन का, नई जगह को देखने का।

मैंने एक पल के लिए सबको यूं ही देखा और मन ही मन सोचा - रात की बेचैनी, अतीत की परछाइयाँ और अनसुलझे सवाल चाहे जितने भी हों, सुबह का यह दृश्य जीवन की निरंतरता का भरोसा दिला देता है। समय आगे बढ़ रहा था, और हमें भी उसके साथ चलना ही था।

"देखिए, क्या आज मैं ये वाली ड्रेस पहन लूँ?" रागिनी ने अटैची से एक गुलाबी ड्रेस निकालते हुए कहा। उसे दोनों हाथों से ऊपर उठाकर उसने खुद के सामने फैलाया, मानो आईने के बिना ही अपनी छवि को परख रही हो। फिर मेरी ओर देखते हुए बोली, "आज रास्ता लंबा है, सफ़र भी थकाने वाला होगा। इस ड्रेस में मुझे आराम भी मिलता है।" उसकी आवाज़ में एक सहज-सी उम्मीद थी, जैसे मेरी राय उसके लिए सचमुच मायने रखती हो।

मैंने मुस्कुराते हुए उसकी ओर देखा और हल्के-फुल्के अंदाज़ में कहा, "आप कुछ भी पहन लीजिए, मैडम। आप पर तो सभी रंग खिल जाते हैं।" कहते हुए मैंने जानबूझकर शरारत भरी नज़र डाली, ताकि माहौल थोड़ा और हल्का हो जाए।

रागिनी ने बनावटी नाराज़गी के साथ मेरी ओर देखा और बोली, "आप तो हर वक्त मज़ाक के मूड में रहते हैं। सच-सच बताइए, ये ड्रेस मुझ पर कैसी लगेगी?" कहते हुए उसने गुलाबी ड्रेस को अपने गले से सटा लिया, मानो उसी पल कल्पना में खुद को उस पोशाक में देख रही हो।

थोड़ी ही देर बाद वह तैयार होकर मेरे सामने आ खड़ी हुई। गुलाबी रंग का अनारकली सूट, उसके साथ सादा सफ़ेद दुपट्टा और पाजामा - सब कुछ इतना संतुलित और सुरुचिपूर्ण था कि नज़र ठहर जाए। रागिनी उस पल केवल सजी-धजी नहीं लग रही थी, बल्कि उसकी पूरी शख़्सियत में एक अलग ही उजास फैल गया था। उसकी सुंदरता का वर्णन करना मानो किसी कविता को शब्दों में ढालने जैसा था, जहां हर शब्द कम पड़ जाए।

उसकी पसंद में हमेशा सादगी झलकती थी, पर यह सादगी कभी साधारण नहीं होती थी। उसमें एक ऐसा विशेष आकर्षण छिपा रहता था, जो बिना शोर किए, बिना दिखावे के, सीधे मन को छू जाता

है। आज तो वह कुछ ज़्यादा ही अलौकिक लग रही थी। उसकी मौजूदगी किसी गुलाब की नर्म पंखुड़ियों जैसी प्रतीत हो रही थी - जो सुबह की हल्की धूप में धीरे-धीरे खिलती हैं, कोमल भी होती हैं, नाज़ुक भी और अपनी खामोश खूबसूरती से पूरे वातावरण को महका देती हैं।

मैं उसे यूं ही निहारता रहा और मन ही मन सोचता रहा कि सफ़र चाहे जितना लंबा हो, जब साथ में रागिनी जैसी संगिनी हो, तो रास्ते भी आसान लगने लगते हैं और थकान खुद-ब-खुद कहीं पीछे छूट जाती है।

हल्के गुलाबी अनारकली सूट पर बनी कढ़ाई के बारीक और सधे हुए पैटर्न उसकी कोमलता, उसकी सधी हुई पसंद और उसके भीतर बसे सौम्य सौंदर्य को लगातार उभारते रहते हैं। वह जब भी एक कदम आगे बढ़ाती है, तो उसके घेरदार कुर्ते का फैलाव ऐसे लहराता है मानो गुलाब की पंखुड़ियाँ किसी अनदेखी हवा के स्पर्श से धीमे-धीमे झूम रही हों। उस गुलाबी रंग में एक अनकही मिठास घुली हुई है- न बहुत चटकीली, न ही फीकी - बस इतनी कि उसकी मासूमियत के साथ मिलकर एक ऐसी छवि गढ़ दे, जिसे नज़रें चाहकर भी अनदेखा न कर पाएं।

उसके कंधों पर पड़ा सफ़ेद दुपट्टा कभी हल्के से हवा में लहराता है, तो कभी शरारत भरे अंदाज़ में उसके चेहरे को छू जाता है, जैसे उसे अपनी उपस्थिति का एहसास दिला रहा हो। वह दुपट्टा उसकी सुंदरता में केवल नज़ाकत ही नहीं, बल्कि एक गहरी शालीनता भी जोड़ देता है। सफ़ेद रंग की यह सादगी और पवित्रता उसके व्यक्तित्व का आईना बन जाती है - एक ऐसी लड़की, जो दिखने में जितनी मासूम है, भीतर से उतनी ही संवेदनशील और गहराई से भरी हुई।

उसकी आँखों में झील जैसी शांति ठहरी रहती है, ऐसी शांति जिसमें उतरने का मन करे, लेकिन गहराई का अंदाज़ा लगाकर ठहर भी जाना पड़े। और जब वह मुस्कराती है, तो वह मुस्कान किसी बनावटी

अभ्यास का परिणाम नहीं लगती, बल्कि हृदय से उपजी हुई प्रतीत होती है। उस पल ऐसा महसूस होता है, मानो किसी ने गुलाब की बंद कली पर ओस की एक नर्म बूँद सजा दी हो - न बहुत चमकीली, न बहुत ठंडी, बस इतनी कि पूरे दृश्य को जीवंत कर दे।

उसकी चाल, उसकी मुस्कान और उसके वस्त्र - सब मिलकर एक ऐसी खामोश कविता रचते हैं, जिसे पढ़ने के लिए शब्दों की नहीं, बल्कि संवेदनाओं की ज़रूरत होती है। उस क्षण वह केवल सामने खड़ी एक स्त्री नहीं होती, बल्कि समय के बहाव में ठहरा हुआ एक सुंदर एहसास बन जाती है, जो मन के किसी कोने में चुपचाप उतर जाता है और देर तक वहीं बना रहता है।

उसका पजामा भी बिल्कुल सादा, उजला और बेहद आरामदायक है - ऐसा जैसे उसने सजावट नहीं, बल्कि सहजता को चुन लिया हो। वह सफ़ेद पजामा उसके पूरे पहनावे को एक संतुलन देता है, ठीक वैसे ही जैसे उसकी सोच उसके व्यक्तित्व को स्थिरता देती है। उसमें कोई दिखावा नहीं, कोई अतिरिक्त आकर्षण नहीं, फिर भी वही सादगी सबसे अधिक ध्यान खींच लेती है। उस सादेपन में एक भरोसा है, एक अपनापन है, जो उसे और भी खास बना देता है।

उसकी चाल में एक स्वाभाविक रवानगी है - न बहुत तेज़, न बहुत धीमी - बस इतनी कि देखने वाला अनायास ही उसकी लय में बंध जाए। उसके कदम ज़मीन पर पड़ते हैं तो ऐसा प्रतीत होता है मानो धरती भी उन्हें पूरी नर्मियत से स्वीकार कर रही हो। जैसे-जैसे वह आगे बढ़ती है, उसके आसपास की हवा भी कुछ बदल जाती है - और अधिक सौम्य, और अधिक सुगंधित, मानो उसके अस्तित्व से ही वातावरण में एक अनकहा सौंदर्य घुल गया हो।

जब वह सहज भाव से अपनी ज़ुल्फ़ों को कानों के पीछे सरकाती है, तो वह साधारण-सा क्षण भी असाधारण हो उठता है। उस हरकत में

कोई बनावट नहीं होती, फिर भी लगता है जैसे चाँदनी खुद उसकी चोटी में उतर आई हो और कुछ देर के लिए वहीं ठहर गई हो। उसका चेहरा बिना किसी मेकअप के भी दमकता रहता है - ऐसी दमक, जो बाहर से नहीं, भीतर से उपजी हुई लगती है। मानो उसके मन में कहीं कोई दीपक जल रहा हो, जिसकी रोशनी उसके चेहरे पर अपने आप फैल जाती हो।

उसकी सुंदरता केवल आँखों को भाने वाला दृश्य नहीं है; वह उसकी बातों में बसती है, उसके हावभाव में झलकती है, और सबसे बढ़कर उसकी सादगी में सांस लेती है। वह जब बोलती है, तो शब्दों में कोई दिखावटी चतुराई नहीं होती, बल्कि एक साफ़गोई होती है, जो सीधे दिल तक पहुँच जाती है। उसके हँसने, चुप रहने और देखने - हर भाव में एक सच्चाई है, जो उसे भीड़ से अलग कर देती है। यही सादगी, यही सहजता उसे वास्तव में सुंदर बनाती है - एक ऐसी सुंदरता, जो समय के साथ फीकी नहीं पड़ती, बल्कि और गहरी होती चली जाती है।

कभी वह मुझे किसी पुरानी, यादगार फ़िल्म के उस दृश्य जैसी प्रतीत होती है, जो परदे पर कुछ ही पल के लिए आता है, पर मन पर अमिट छाप छोड़ जाता है। और कभी वह किसी गहन कविता की वह जीवंत पंक्ति बन जाती है, जिसे जितनी बार पढ़ो, उतनी ही बार अर्थ बदलता हुआ लगता है, और हर नए अर्थ के साथ हृदय और भी अधिक भावुक हो उठता है। उसे देखकर ऐसा महसूस होता है मानो वह केवल सामने खड़ी कोई आकृति नहीं, बल्कि एक अनुभूति हो - ऐसी अनुभूति, जिसे शब्दों में बाँधना कठिन है, पर महसूस करना अत्यंत सरल।

उसके वस्त्रों का चयन मात्र पहनावे तक सीमित नहीं रहता, बल्कि उसकी परवरिश, उसकी सोच और उसके संस्कारों की मौन अभिव्यक्ति बन जाता है। उसके कपड़ों में कोई दिखावा नहीं, कोई बनावटी आकर्षण नहीं, फिर भी उनमें एक गरिमा है, जो अनायास ही

ध्यान खींच लेती है। वह अपने पहनावे से यह संकेत दे जाती है कि उसकी पसंद गहराई से उपजी हुई है - ऐसी पसंद, जो बाहरी चकाचौंध से अधिक आंतरिक संतुलन को महत्व देती है।

वह बिना कुछ कहे यह सिद्ध कर देती है कि सुंदरता केवल चटख रंगों, भारी कढ़ाई या महंगे आभूषणों की मोहताज नहीं होती। सच्ची सुंदरता तो उस सरलता में छिपी होती है, जो व्यक्ति के स्वभाव से झलकती है, और उस शालीनता में बसती है, जो उसके आचरण में स्वतः उतर आती है। उसकी उपस्थिति यह एहसास कराती है कि जब मन स्वच्छ और विचार शांत हों, तब साधारण वस्त्र भी असाधारण प्रभाव छोड़ जाते हैं। और शायद यही कारण है कि वह जितनी देर सामने रहती है, उतनी ही देर मन उसे देखता रहना चाहता है - बिना किसी जल्दबाज़ी के, बिना किसी शब्द के।

आज रागिनी की सुंदरता कुछ ऐसी प्रतीत हो रही थी मानो समय स्वयं थम गया हो और हमारे सामने इतिहास, कल्पना और भावना - तीनों एक साथ साकार हो उठे हों। हल्के रंगों का सूट और सफेद दुपट्टा-पजामा पहने वह ठीक वैसी ही लग रही थी, जैसे स्वयं अनारकली इस युग में उतर आई हो - न कोई राजसी आडंबर, न कोई बनावटी भव्यता, बस एक शुद्ध, निष्कलुष सौंदर्य। ऐसा लग रहा था मानो वह मौन में ही हाथ फैलाकर मुझसे कह रही हो - आओ, आज आत्मा का आत्मा से और शरीर का शरीर से मिलन हो जाए; आज किसी पहचान, किसी भूमिका या किसी दूरी की आवश्यकता न रहे, आज हम और तुम बस एक हो जाएँ।

उस क्षण रागिनी केवल मेरी पत्नी नहीं थी, न ही केवल घर-परिवार की जिम्मेदारियों में बँधी एक स्त्री - वह सौंदर्य की वह अवस्था बन गई थी, जहाँ शांति, सौम्यता और जीवंतता एक-दूसरे में घुलकर एक नई अनुभूति रच देती हैं। उसकी आँखों में कोई आग्रह नहीं था, कोई

प्रश्न नहीं था - बस एक स्थिर विश्वास और एक सहज अपनापन था, जो बिना बोले भी बहुत कुछ कह जाता है। वह मेरे सामने खड़ी थी, पर ऐसा लग रहा था जैसे मेरे भीतर उतरती चली जा रही हो।

उसी भावनात्मक तंद्रा के बीच अचानक वास्तविकता ने मुझे झकझोर दिया।

"पापा, मम्मी कुछ पूछ रही है, देखिए ना?" रिंकी ने हल्के-से मुझे झटका देते हुए कहा।

मैं जैसे किसी और ही दुनिया में था - भावनाओं, कल्पनाओं और मौन संवादों की दुनिया में। रागिनी ने मेरी ओर मुस्कुराकर देखा और चुटकी लेते हुए बोली,

"किस दुनिया में खो जाते हो, कृष्णा जी?"

उसकी मुस्कान में शिकायत नहीं थी, बस हल्का-सा अपनापन और मीठी-सी शरारत थी, जिसने मुझे फिर से वर्तमान में लौटा दिया। लेकिन भीतर कहीं वह क्षण, वह अनुभूति, अब भी ठहरी हुई थी - शांत, गहरी और अविस्मरणीय।

रागिनी, आज मन के किसी बहुत गहरे कोने से उठती हुई एक सच्ची बात कहना चाहता हूँ - ऐसी बात, जिसे अब तक शब्दों में ढालने का साहस नहीं जुटा पाया था। तुम मेरे लिए केवल सौंदर्य की एक छवि नहीं हो, बल्कि वह अनुभूति हो, जिसे महसूस तो किया जा सकता है, पर पूरी तरह कहा नहीं जा सकता। तुम्हारी सुंदरता किसी सजी हुई मूर्ति की तरह स्थिर नहीं है, वह तो हर क्षण बदलती हुई, साँस लेती हुई, जीवंत कविता है। तुम्हारी हर अदा, हर भाव, किसी लिखी हुई पंक्ति से कहीं अधिक अर्थपूर्ण है, और तुम्हारी मुस्कान - वह तो जैसे किसी ठंडी सुबह की पहली धूप हो, जो बिना चुभे मन को गर्माहट दे देती है, जो थके हुए हृदय को यह भरोसा दिला देती है कि सब ठीक हो जाएगा।

जब तुम चलती हो, तो लगता है जैसे समय स्वयं अपनी गति भूलकर कुछ क्षण ठहर जाना चाहता हो, सिर्फ़ तुम्हें निहारने के लिए। तुम्हारी चाल में एक ऐसी सहज गरिमा है, जो बनावटी नहीं, अभ्यास से नहीं, बल्कि स्वभाव से उपजी हुई लगती है - वैसी गरिमा, जो कभी राजाओं की रानियों में देखी जाती थी, पर आज दुर्लभ हो चली है। तुम्हारे कदमों की लय में न कोई जल्दबाज़ी है, न कोई दिखावा; बस एक आत्मविश्वास है, जो बिना बोले ही बहुत कुछ कह जाता है।

और तुम्हारी निगाहें - वे तो मानो सीधे दिल तक उतर आती हैं। ऐसा लगता है जैसे वे आँखें नहीं, कोई दर्पण हों, जिनमें मेरे मन के सारे छिपे हुए रहस्य, मेरी अनकही बातें, मेरी कमजोरियाँ और मेरे विश्वास - सब अपने आप उजागर हो जाते हों। तुम देखती कम हो, समझ ज़्यादा लेती हो। तुम्हारी एक शांत-सी दृष्टि भी ऐसा एहसास करा देती है कि तुम मुझे केवल देख नहीं रही हो, बल्कि मुझे भीतर तक जान रही हो।

रागिनी, तुम्हारी यही सहजता, यही सौम्यता और यही गहराई तुम्हें मेरे लिए विशिष्ट बनाती है। तुम केवल साथ चलने वाली एक स्त्री नहीं हो, बल्कि वह शक्ति हो, जो बिना शोर किए मेरे जीवन को संतुलन देती है। और शायद इसी कारण, तुम्हारी सुंदरता आँखों से ज़्यादा मेरे हृदय में बसती है - धीरे-धीरे, स्थायी रूप से, और पूरे विश्वास के साथ।

तुम्हारी बातों में सचमुच एक ऐसा अनकहा जादू है, जिसे शब्दों में बाँध पाना आसान नहीं। वह जादू सुना नहीं जाता, वह तो धीरे-धीरे भीतर उतरता है, महसूस किया जाता है - बिलकुल वैसे ही जैसे शाम के समय ठंडी हवा का एक झोंका अचानक मन को छू ले। तुम जब बोलती हो, तो ऐसा लगता है मानो किसी बग़ीचे में खिले फूलों से खुशबू बह रही हो, और हर शब्द अपने साथ एक सुकून, एक अपनापन लिए चला आता हो। तुम्हारी आवाज़ में न कोई बनावट है, न कोई दिखावा; उसमें

बस एक स्वाभाविक मिठास है, जो सीधे दिल से निकलकर दिल तक पहुँच जाती है।

और तुम्हारी हँसी... ओह, वह तो जैसे किसी पहाड़ी झरने की कल-कल करती ध्वनि हो - निर्मल, स्वच्छ और आत्मा को गहराई तक भिगो देने वाली। वह हँसी सुनकर मन के सारे बोझ हल्के हो जाते हैं, जैसे किसी ने थके हुए मन पर शीतल जल छिड़क दिया हो। उस हँसी में एक निश्छलता है, जो न केवल चेहरे को, बल्कि आसपास के पूरे माहौल को रोशन कर देती है। लगता है जैसे उस क्षण जीवन स्वयं मुस्कुरा रहा हो।

तुम मानो या न मानो, पर मैं पूरे विश्वास से महसूस करता हूँ कि तुम्हारी सुंदरता केवल चेहरे तक सीमित नहीं है। वह तो तुम्हारे मन से फूटती है, तुम्हारे विचारों में झलकती है, तुम्हारे व्यवहार में उतर आती है। तुम्हारे भीतर की शालीनता, करुणा और आत्मविश्वास तुम्हें भीड़ से अलग खड़ा कर देते हैं। तुम दूसरों को प्रभावित करने का प्रयास नहीं करतीं, फिर भी लोग अपने-आप तुम्हारी ओर खिंचे चले आते हैं - शायद इसलिए कि सच्चाई और सरलता हमेशा आकर्षक होती है।

तुम तो मानो हर दिल की धड़कन में बस जाने वाली वह कविता हो, जिसे पढ़ते-पढ़ते कोई यह नहीं सोचता कि यह किसने लिखी है, बस यह महसूस करता है कि यह उसकी अपनी ही कहानी कह रही है। तुम्हारी सादगी में जो आकर्षण है, वह लाखों सजावटी चेहरों, भारी आभूषणों और बनावटी मुस्कानों में भी नहीं मिल सकता। और तुम्हारी आँखों में जो गहराई है - वह तो ऐसी है, जो किताबों से भरी पूरी की पूरी लाइब्रेरी में भी ढूँढे नहीं मिलती। उन आँखों में अनुभव है, संवेदना है, और एक ऐसी खामोश समझ है, जो बिना कुछ कहे बहुत कुछ कह जाती है।

तुम्हारी मौजूदगी मात्र से ही जैसे पूरे वातावरण की धड़कन बदल जाती है। जहाँ तुम कदम रखती हो, वहाँ अनायास ही जीवन की एक नई लय बहने लगती है। तुम्हारे आने से मानो सूखे से प्रतीत होते क्षणों में भी रंग भर जाते हैं, और साधारण-सी हवा में भी किसी अनकही खुशबू की मिठास घुल जाती है। तुम्हारा होना किसी उत्सव की घोषणा जैसा है - बिना शोर के, बिना दिखावे के, पर भीतर तक उल्लास से भर देने वाला।

तुम्हारी बातें हों या तुम्हारी हँसी, यहाँ तक कि तुम्हारी चुप्पी भी अपने-आप में बहुत कुछ कह जाती है। जब तुम बोलती हो, तो शब्द केवल कानों तक नहीं रुकते, सीधे मन में उतर जाते हैं। जब तुम हँसती हो, तो वह हँसी आसपास की सारी थकान और उदासी को अपने साथ बहा ले जाती है। और जब तुम खामोश होती हो, तब भी उस चुप्पी में एक गहराई होती है - ऐसी गहराई, जो मन को ठहर कर सोचने, महसूस करने का अवसर देती है। तुम्हारे हर भाव में एक अलग अंदाज़ है, एक अलग अहसास है, जिसे शब्दों में पूरी तरह समेट पाना कठिन है।

यदि सुंदरता को किसी एक नाम में बाँधा जा सकता, तो वह नाम निःसंदेह तुम्हारा ही होता। तुम उस सौंदर्य की प्रतीक हो, जो आँखों को नहीं, आत्मा को छूता है। तुम्हारी सादगी, तुम्हारी सहजता और तुम्हारी गरिमा मिलकर तुम्हें कुछ ऐसा बना देती हैं, जिसे देखकर मन अनायास ही श्रद्धा से भर उठता है।

तुम केवल मेरी प्रेरणा नहीं हो, तुम वह रोशनी हो जो अँधेरों को चीरकर आगे बढ़ने का साहस देती है। जब मन भ्रमित होता है, जब रास्ते धुँधले लगने लगते हैं, तब तुम्हारा होना ही पर्याप्त होता है - एक भरोसे की तरह, एक आश्वासन की तरह। तुम वह सपना हो जिसे कोई खोना नहीं चाहता, और साथ ही वह हकीकत हो, जिसे पा लेने पर इंसान स्वयं को सचमुच खुशनसीब समझने लगता है।

रागिनी, मेरे लिए तो तुम इस संसार में मिला हुआ एक सच्चा वरदान हो। तुम्हारे साथ बिताए हुए पल मुझे यह एहसास दिलाते हैं कि जीवन केवल जिम्मेदारियों और भागदौड़ का नाम नहीं, बल्कि ठहर कर महसूस करने, मुस्कुराने और जी भरकर जीने का भी नाम है। जब तुम्हारा साथ होता है और कुछ फुर्सत के क्षण मिल जाते हैं, तो दिल चाहता है कि समय यहीं थम जाए, बस यही पल सदा के लिए अपना बना लिया जाए।

"अरे बस भी कीजिए," रागिनी हल्की-सी झिझक और मुस्कान के साथ बोलीं, "आप तो कुछ ज़्यादा ही भावुक होते जा रहे हैं।" इतना कहकर उसने मुझे अपनी बाहों में भर लिया, और उस आलिंगन में जैसे सारे शब्द, सारी भावनाएँ एक गहरे, शांत सुकून में बदल गईं।

*****

सुबह के ठीक 9:30 बज चुके थे। होटल के परिसर से निकलते ही गाड़ी ने जैसे ही रफ्तार पकड़ी, हमारे भीतर भी एक हल्की-सी उत्सुकता जाग उठी। आज का गंतव्य था - फतेहपुर सीकरी, इतिहास की वह नगरी जहाँ पत्थरों में भी स्मृतियाँ सांस लेती हैं। आगरा से फतेहपुर सीकरी की यह सड़क यात्रा मात्र दूरी तय करने का साधन नहीं, बल्कि समय के साथ-साथ एक भावनात्मक सफर भी है। लगभग 36 से 38 किलोमीटर लंबा यह मार्ग उत्तर भारत की आत्मा को अपने भीतर समेटे चलता है, जिसे तय करने में आमतौर पर एक से डेढ़ घंटे का समय लग जाता है, परंतु ऐसा लगता है मानो हर किलोमीटर अपने आप में एक कहानी कह रहा हो।

गाड़ी की खिड़की से बाहर झांकते ही बदलते दृश्य मन को मोह लेते हैं। कहीं दूर तक फैले हरे-भरे खेत, जिन पर सुबह की धूप सुनहरी चादर-सी बिछी हुई थी; कहीं मिट्टी के घर, जिनके आंगन में महिलाएँ तुलसी को जल चढ़ा रही थीं; तो कहीं बैलगाड़ियों की धीमी चाल, जो आधुनिकता की दौड़ से बेखबर अपनी ही लय में आगे बढ़ रही थीं। यह सब कुछ इतना जीवंत था कि शहर की भागदौड़ जैसे कहीं पीछे छूटती जा रही थी।

अशोक और हमारे परिवार के बीच अब औपचारिकता का कोई स्थान नहीं रह गया था। कुछ ही समय में एक आत्मीय तालमेल बन चुका था। अशोक सिर्फ एक ड्राइवर नहीं रह गया था, बल्कि इस यात्रा का अनकहा मार्गदर्शक बन चुका था। उसे गाड़ी चलाने का गहरा अनुभव था। कौन-सा मोड़ खतरनाक है, कहाँ सड़क संकरी हो जाती है, किस स्थान पर गाड़ी धीमी कर देनी चाहिए और कहाँ खुली सड़क का लाभ लेकर थोड़ी रफ्तार बढ़ाई जा सकती है - यह सब उसे बिना सोचे ही पता था। बीच-बीच में वह रास्ते की ओर इशारा कर बताता, “साहब, उधर एक पुराना सराय है,” या “मैडम, आगे जो गाँव दिख रहा है, वह अकबर के समय का माना जाता है।” उसकी बातें यात्रा में इतिहास की हल्की-सी परत और जोड़ देती थीं।

गाड़ी के भीतर का माहौल भी उतना ही सजीव था। मैं रिंकी को गोद में बैठाए खिड़की से बाहर दिखते दृश्यों की ओर उसका ध्यान खींच रहा था। कभी उसे खेतों में चरती गायें दिखाता, कभी दूर खड़े पीपल और बरगद के पेड़ों की कहानियाँ सुनाता, तो कभी सड़क किनारे बने छोटे-छोटे ढाबों की ओर इशारा कर पूछता, “देखो बेटा, यहाँ लोग कैसे रहते हैं।” रिंकी की मासूम आँखें हर नई चीज़ को कौतूहल से निहार रही थीं, और उसकी हल्की-सी मुस्कान मेरे भीतर एक अजीब-सा सुकून भर रही थी।

इस पूरी यात्रा में समय जैसे धीमा हो गया था। न कोई जल्दी थी, न कोई हड़बड़ी। बस रास्ता था, दृश्य थे, और उनके बीच हम - अपने-अपने भावों में डूबे हुए। आगरा से फतेहपुर सीकरी की यह सड़क केवल दो स्थानों को नहीं जोड़ रही थी, बल्कि हमारे मन, स्मृतियों और आने वाले अनुभवों के बीच भी एक सेतु का काम कर रही थी।

यह मार्ग आगरा शहर की भीतरी धड़कनों से होकर धीरे-धीरे बाहर की ओर बढ़ता है। गाड़ी जैसे ही आगे बढ़ती है, रास्ता आपको इतिमाद-उद-दौला के मकबरे जैसे ऐतिहासिक स्थलों के समीप से ले ज़ाता है, जहाँ सफेद संगमरमर में उकेरी गई नक्काशियाँ मुग़ल काल की बारीक कला और संवेदनशीलता की गवाही देती हैं। सड़क के एक ओर यमुना का शांत प्रवाह दिखाई देता है, तो दूसरी ओर पुराने पेड़ों की कतारें, जो मानो आने-जाने वालों को मौन अभिवादन कर रही हों। यह मार्ग उन यात्रियों के लिए विशेष रूप से आकर्षक है, जो केवल गंतव्य तक पहुँचना नहीं चाहते, बल्कि रास्ते में इतिहास को महसूस करना और आगरा के अन्य दर्शनीय स्थलों की झलक भी पाना चाहते हैं।

शहर के भीतर चलते हुए कुछ देर तक ट्रैफिक की आवाज़ें, दुकानों की चहल-पहल और लोगों की भागदौड़ साथ बनी रहती है। कहीं रिक्शों की घंटियाँ सुनाई देती हैं, तो कहीं सड़क किनारे चाय की दुकानों से उठती भाप और अदरक की खुशबू मन को मोह लेती है। परंतु जैसे ही आगरा की सीमा पीछे छूटती है, दृश्य तेजी से बदलने लगता है। शहरी कोलाहल धीरे-धीरे धुँधला पड़ जाता है, मानो किसी ने अचानक शोर का स्विच बंद कर दिया हो। सड़क चौड़ी और खुली हो जाती है, और वातावरण में एक सुकून-सा घुलने लगता है।

शहर से बाहर निकलते ही दोनों ओर फैले खेत आँखों को ठहरने का निमंत्रण देने लगते हैं। कहीं गेहूँ की हरी बालियाँ हवा के साथ लहराती हैं, तो कहीं सरसों के पीले फूल धूप में नहाकर चमकते दिखाई

देते हैं। कुछ दूर आगे बढ़ने पर गन्ने के ऊँचे-ऊँचे खेत नजर आते हैं, जिनके बीच से गुजरती पगडंडियाँ ग्रामीण जीवन की सरलता और श्रम की कहानी कहती हैं। विशेषकर सर्दियों के मौसम में सरसों के खेतों का दृश्य मन को भीतर तक छू जाता है - पीले फूलों की अनंत चादर, जो दूर-दूर तक फैली होती है और ऐसा प्रतीत होता है जैसे धरती ने स्वयं उत्सव का परिधान पहन लिया हो।

इन खेतों के बीच-बीच में छोटे-छोटे गाँव दिखाई देते हैं। मिट्टी के घर, बाहर बैठे बुज़ुर्ग, खेलते बच्चे और चरती हुई गायें - सब कुछ इतना स्वाभाविक और शांत लगता है कि मन अनायास ही उस जीवन-शैली से जुड़ने लगता है। हवा में मिट्टी की सौंधी खुशबू और फसलों की हरियाली मिलकर एक ऐसा वातावरण रच देती है, जो थके हुए मन को भी ताज़गी से भर देता है। इस मार्ग पर यात्रा करते हुए लगता है मानो समय कुछ पल के लिए ठहर गया हो, और हम आधुनिक जीवन की दौड़ से निकलकर प्रकृति की गोद में आ बैठे हों।

सड़क के दोनों ओर कतारबद्ध खड़े नीम, पीपल और आम के विशाल वृक्ष केवल यात्रियों को धूप से बचाने के लिए छाया ही नहीं देते, बल्कि पूरी यात्रा को एक अलग ही सौंदर्य से भर देते हैं। उनकी फैली हुई डालियाँ मानो राहगीरों का स्वागत करती प्रतीत होती हैं। जब हवा इन पत्तियों के बीच से होकर गुजरती है, तो एक मधुर सरसराहट सुनाई देती है, जो थके हुए यात्री के मन को भी ताजगी से भर देती है। इन वृक्षों की हरियाली सड़क की एकरसता को तोड़ देती है और यात्रियों को यह एहसास कराती है कि प्रकृति अब भी मनुष्य के साथ-साथ चल रही है। कई बार इन पेड़ों की घनी छाया सड़क पर ऐसी छत बना देती है, जैसे प्रकृति ने स्वयं राहगीरों के लिए हरित सुरंग तैयार कर दी हो।

मानसून के दिनों में यह पूरा दृश्य और भी अधिक मोहक और मनमोहक हो उठता है। वर्षा की बूंदें जब इन पत्तों पर गिरती हैं तो एक

ताज़ा सुगंध वातावरण में फैल जाती है, जिसे मिट्टी की सोंधी खुशबू और भी गहरा बना देती है। चारों ओर फैली हरियाली अपने चरम पर होती है - खेत, पेड़, झाड़ियाँ सब कुछ जैसे नवजीवन से भर उठते हैं। बारिश से धुली सड़कें चमकने लगती हैं, मानो किसी ने काली पॉलिश कर दी हो। दूर-दूर तक फैले खेतों में पानी की हल्की परत सूर्य की किरणों को प्रतिबिंबित करती है और पूरा दृश्य एक चित्रकार की जीवंत पेंटिंग जैसा प्रतीत होने लगता है। ऐसे समय में यात्रा केवल एक स्थान से दूसरे स्थान तक पहुँचने का साधन नहीं रह जाती, बल्कि वह स्वयं एक आनंददायक अनुभव बन जाती है।

इस मार्ग की एक और विशेषता यह है कि कहीं-कहीं अचानक परिदृश्य बदलने लगता है। हरियाली के बीच-बीच में दूर-दूर तक फैले बंजर टीले और लाल मिट्टी की धरती दिखाई देने लगती है। ये दृश्य संकेत देते हैं कि आप धीरे-धीरे उस ऐतिहासिक क्षेत्र की ओर बढ़ रहे हैं, जहाँ कभी मुगल साम्राज्य की भव्यता और वैभव का केंद्र रहा करता था। लाल रंग की मिट्टी, धूप में तपे छोटे-छोटे टीले और विरल वनस्पति इस भूभाग को एक अलग ही पहचान देते हैं। यह धरती भले ही देखने में कुछ सूनी लगे, पर इसके भीतर इतिहास की अनगिनत परतें छिपी हुई हैं।

जैसे-जैसे यात्री फतेहपुर सीकरी के निकट पहुँचता है, वैसे-वैसे मुगलकालीन स्थापत्य की झलकियाँ धीरे-धीरे दिखाई देने लगती हैं। दूर क्षितिज पर लाल बलुआ पत्थर से निर्मित इमारतों की आकृतियाँ उभरने लगती हैं, जो पहली ही दृष्टि में अपनी भव्यता से मन को आकर्षित करती हैं। ऊँचे मेहराब, विशाल दीवारें और कलात्मक नक्काशी से सजी संरचनाएँ मानो बीते हुए युग की कहानी कहती प्रतीत होती हैं। लाल पत्थरों से बनी ये इमारतें केवल स्थापत्य का नमूना भर नहीं हैं, बल्कि

उस समय की सांस्कृतिक समृद्धि, कला-कौशल और शिल्पकारों की अद्भुत प्रतिभा का जीवंत प्रमाण हैं।

फतेहपुर सीकरी के आसपास का यह पूरा क्षेत्र इतिहास, प्रकृति और स्थापत्य कला का ऐसा अद्भुत संगम प्रस्तुत करता है, जहाँ यात्रा करते हुए व्यक्ति केवल रास्ता तय नहीं करता, बल्कि अतीत की झलकियों से भी रूबरू होता चलता है। यही कारण है कि इस मार्ग से गुजरते हुए हर यात्री को लगता है जैसे वह केवल सड़क पर नहीं, बल्कि समय की एक लंबी और रोचक यात्रा पर निकल पड़ा हो।

बुलंद दरवाज़े की ऊँचाई और उसकी अद्भुत भव्यता पहली ही दृष्टि में मन को मोह लेती है। जैसे ही कोई यात्री उसके सामने पहुँचता है, तो अनायास ही उसकी दृष्टि ऊपर की ओर उठ जाती है। विशाल लाल बलुआ पत्थर से निर्मित यह दरवाज़ा केवल एक स्थापत्य संरचना नहीं, बल्कि शक्ति, गौरव और इतिहास का जीवंत प्रतीक प्रतीत होता है। इसकी ऊँची-ऊँची मेहराबें, सजीव नक्काशी और सुदृढ़ दीवारें इस बात का एहसास कराती हैं कि कभी इस भूमि पर मुगल साम्राज्य का कितना वैभव और वैचारिक विस्तार रहा होगा। सीढ़ियों की लंबी कतारें ऊपर की ओर जाती हुई मानो यात्रियों को इतिहास के उस युग की ओर आमंत्रित करती हैं, जहाँ से इस भव्य स्थापत्य की कहानी आरंभ होती है।

जब कोई व्यक्ति इन सीढ़ियों को चढ़ते हुए ऊपर पहुँचता है, तो उसके चारों ओर का वातावरण अचानक ही बदल जाता है। बुलंद दरवाज़े के आस-पास एक विशेष प्रकार की शांति अनुभव होती है - ऐसी शांति जिसमें केवल सन्नाटा नहीं, बल्कि इतिहास की गूँज भी समाई होती है। यह स्थान केवल पत्थरों का समूह नहीं लगता, बल्कि ऐसा प्रतीत होता है जैसे हर दीवार, हर मेहराब और हर पत्थर अपने भीतर सदियों पुरानी कहानियाँ समेटे खड़ा हो।

इस ऐतिहासिक स्थल के आसपास का प्राकृतिक वातावरण भी अपने आप में अत्यंत आकर्षक और भावनात्मक है। पेड़ों पर बैठे पक्षियों की मधुर चहचहाहट उस शांत वातावरण में जीवन का संचार करती है। हल्की हवा के झोंकों के साथ मिट्टी और पुराने पत्थरों की मिली-जुली सुगंध वातावरण में घुल जाती है, जो किसी पुराने युग की स्मृतियों का आभास कराती है। कभी-कभी पास की मस्जिद से आती अज़ान की मधुर आवाज उस वातावरण को और भी आध्यात्मिक बना देती है। वह ध्वनि मानो समय की सीमाओं को पार कर सीधे हृदय तक पहुँच जाती है और उस पल को एक अद्भुत, दिव्य अनुभूति में बदल देती है।

सच कहूँ तो आगरा से फतेहपुर सीकरी तक की यात्रा केवल एक स्थान से दूसरे स्थान तक पहुँचने का साधारण साधन भर नहीं है। यह यात्रा अपने भीतर कई परतें समेटे हुए है - प्रकृति की सुंदरता, ग्रामीण जीवन की सहजता और इतिहास की गहरी छाप। इस मार्ग से गुजरते हुए व्यक्ति केवल सड़क नहीं देखता, बल्कि भारत के उस जीवन को भी देखता है जो शहरों की चकाचौंध से दूर, अपने स्वाभाविक रूप में धड़कता रहता है। रास्ते में दिखाई देने वाले खेत, गाँवों की छोटी-छोटी झोपड़ियाँ, चरते हुए पशु और मिट्टी के घरों के सामने खेलते बच्चे - ये सब मिलकर उस यात्रा को एक जीवंत अनुभव में बदल देते हैं।

यदि कोई यात्री थोड़ी देर रुककर, ध्यान से चारों ओर देखने की कोशिश करे, तो यह पूरा मार्ग उसे एक जीवंत चित्रकथा जैसा प्रतीत होने लगता है। सड़क का हर मोड़ जैसे एक नई कहानी कहता है, हर दृश्य एक अलग भावना जगाता है। कहीं प्रकृति की कोमलता दिखाई देती है, तो कहीं इतिहास की गंभीरता। कहीं जीवन की सादगी मन को छूती है, तो कहीं स्थापत्य की भव्यता विस्मय से भर देती है। यही कारण है कि आगरा से फतेहपुर सीकरी की यह यात्रा केवल दूरी तय करने का माध्यम नहीं रहती, बल्कि वह एक ऐसी अनुभूति बन जाती है जो लंबे

समय तक स्मृतियों में जीवित रहती है - मानो समय, प्रकृति और इतिहास तीनों ने मिलकर एक सुंदर कथा रच दी हो।

सुबह के लगभग ग्यारह बजने को थे। धीरे-धीरे दिन अपनी पूरी रफ्तार पकड़ने लगा था, पर मौसम में अचानक एक हल्का-सा परिवर्तन दिखाई देने लगा। अभी कुछ देर पहले तक आकाश में फैली धूप साफ और चमकीली थी, लेकिन अब दूर क्षितिज पर बादलों की काली घटाएँ धीरे-धीरे घिरती हुई दिखाई देने लगी थीं। हवा में भी एक अलग-सी नमी महसूस हो रही थी, जैसे प्रकृति स्वयं वर्षा के आगमन का संकेत दे रही हो। हल्की-हल्की ठंडी हवाएँ चलने लगी थीं और ऐसा प्रतीत हो रहा था कि किसी भी क्षण बूंदाबांदी शुरू हो सकती है।

इन्हीं बदलते मौसम के बीच हम लोग फतेहपुर सीकरी के विशाल प्रांगण में पहुँच चुके थे। जैसे ही कार मुख्य पार्किंग स्थल के पास पहुँची, अशोक ने धीरे से गाड़ी मोड़कर उसे निर्धारित स्थान पर खड़ा कर दिया। सामने दूर तक फैली लाल पत्थरों की इमारतें धूप और बादलों के मिश्रित प्रकाश में और भी प्रभावशाली दिखाई दे रही थीं। वातावरण में एक अजीब-सी ऐतिहासिक गरिमा और शांत गंभीरता का अनुभव हो रहा था।

अशोक ने गाड़ी का दरवाज़ा खोलते हुए आसमान की ओर एक नज़र डाली और फिर बोला, “लगता है बारिश हो सकती है।” इतना कहते ही उसने सावधानी के तौर पर कार की डिक्की खोलकर उसमें से एक छतरी भी निकाल ली। यात्राओं में अनुभव अक्सर ऐसी छोटी-छोटी सावधानियों की सीख दे जाता है। हम सब भी कार से उतरकर उस ऐतिहासिक परिसर की ओर बढ़ने लगे, जहाँ सदियों पुराना इतिहास मानो हर पत्थर में जीवित प्रतीत होता था।

इसी बीच अशोक कुछ क्षण रुककर उन भव्य इमारतों को ध्यान से देखने लगा। उसकी आँखों में उत्सुकता और आश्चर्य दोनों झलक रहे थे। वह धीरे-धीरे मेरी ओर मुड़ा और बड़ी उम्मीद भरी नज़रों से बोला -

"सर, मैं इन इमारतों को पहली बार देख रहा हूँ। दूर से ही इनकी भव्यता देखकर मन में कई सवाल उठ रहे हैं। क्या आप इसके बारे में कुछ जानकारी दे सकते हैं?"

उसकी आवाज़ में सच्ची जिज्ञासा थी। सच कहूँ तो मैं जैसे इसी अवसर की प्रतीक्षा कर रहा था। इतिहास और स्थापत्य के विषय में चर्चा करने का अवसर मुझे हमेशा उत्साहित कर देता है।

उधर रागिनी और रिंकी अपने ही संसार में व्यस्त थीं। दोनों बुलंद दरवाज़े की पृष्ठभूमि में खड़े होकर अलग-अलग कोणों से सेल्फ़ी लेने में मग्न थीं। रिंकी कभी मुस्कुराकर पोज़ देती, तो कभी अचानक हँस पड़ती और रागिनी उसे ठीक से खड़े होने के लिए समझाती। उनकी हँसी और उत्साह उस ऐतिहासिक वातावरण में एक अलग ही जीवंतता घोल रहे थे।

मैंने अशोक की ओर देखते हुए मुस्कराकर कहा, "क्यों नहीं, यह जगह केवल पत्थरों का समूह नहीं है। इसके पीछे एक लंबा इतिहास छिपा हुआ है।"

इतना कहते हुए मैं धीरे-धीरे उसे उन इमारतों की ओर संकेत करते हुए बताने लगा - फतेहपुर सीकरी का निर्माण, मुगल सम्राट अकबर की महत्वाकांक्षाएँ, और इस पूरे परिसर की स्थापत्य कला में छिपे सांस्कृतिक प्रभाव। अशोक बड़े ध्यान से मेरी बातें सुन रहा था, और मैं उसे समझा रहा था, मानो हम दोनों केवल दर्शक नहीं, बल्कि इतिहास की उसी यात्रा के सहभागी बन गए हों।

फ़तेहपुर सीकरी के विस्तृत परिसर में मुगल सम्राट अकबर के शासनकाल के अनेक भव्य भवन, प्रासाद, दरबार-हॉल और राजसभा से

जुड़े स्थापत्य अवशेष आज भी गर्व के साथ खड़े दिखाई देते हैं। इन इमारतों को देखकर ऐसा लगता है मानो समय ने अपनी गति धीमी कर दी हो और इतिहास की स्मृतियाँ इन पत्थरों में स्थायी रूप से बस गई हों। लाल बलुआ पत्थर से निर्मित ये भवन उस युग की स्थापत्य कला, शिल्पकारों की दक्षता और मुगल वैभव की झलक को आज भी जीवित रखे हुए हैं। प्रत्येक इमारत अपने भीतर एक कहानी समेटे है - कहीं राजदरबार की गूंज सुनाई देती है, तो कहीं महलों की शांति में बीते युग की पदचाप महसूस होती है।

इन सभी इमारतों के बीच सबसे अधिक ध्यान आकर्षित करने वाली संरचना है - बुलंद दरवाज़ा। यह फतेहपुर सीकरी की सर्वोच्च और सबसे भव्य इमारतों में से एक है। भूमि तल से इसकी कुल ऊँचाई लगभग 280 फुट बताई जाती है, जो इसे न केवल स्थापत्य की दृष्टि से अद्वितीय बनाती है बल्कि उस समय की साम्राज्यिक शक्ति का प्रतीक भी प्रतीत होती है। जब कोई व्यक्ति इस विशाल द्वार के सामने खड़ा होता है, तो उसकी भव्यता देखकर अनायास ही मन में विस्मय भर जाता है। इसकी ऊँची मेहराबें, सुदृढ़ दीवारें और लाल पत्थरों की विशाल संरचना किसी महान साम्राज्य की गौरवगाथा का मौन उद्घोष करती हैं।

आप देख सकते हैं, बुलंद दरवाज़े के ठीक सामने जो लंबी सीढ़ियाँ दिखाई दे रही हैं, उन्हीं पर चढ़कर हम अभी यहाँ तक पहुँचे हैं। इन सीढ़ियों की कुल संख्या बावन (52) है। ऊपर चढ़ते समय हर सीढ़ी मानो हमें धीरे-धीरे इतिहास के और करीब ले आती है। जब कोई यात्री इन सीढ़ियों को पार करके ऊपर पहुँचता है और पीछे मुड़कर देखता है, तो नीचे फैला हुआ पूरा परिसर और दूर तक फैला भू-दृश्य एक अद्भुत अनुभव प्रदान करता है।

सबसे आश्चर्य की बात यह है कि इतने वर्षों के बाद भी बुलंद दरवाज़े में लगे विशाल और भारी किवाड़ लगभग उसी रूप में सुरक्षित

दिखाई देते हैं जैसे सदियों पहले लगाए गए होंगे। उन पुराने जमाने के मजबूत दरवाज़ों को देखकर सहज ही यह कल्पना की जा सकती है कि जब यह दरवाज़ा अपने पूर्ण वैभव के साथ उपयोग में रहा होगा, तब यहाँ कितनी गतिविधियाँ होती होंगी - राजकीय जुलूस, धार्मिक समारोह, और दूर-दराज़ से आने वाले यात्रियों की आवाजाही।

इतिहासकारों के अनुसार बुलंद दरवाज़े का निर्माण सम्राट अकबर ने लगभग 1602 ईस्वी में अपनी गुजरात विजय की स्मृति में करवाया था। यह द्वार केवल एक स्थापत्य संरचना नहीं, बल्कि विजय और साम्राज्यिक गौरव का प्रतीक है। इस भव्य द्वार से होकर ही आगे बढ़ते हुए श्रद्धालु और यात्री शेख सलीम चिश्ती की दरगाह की ओर प्रवेश करते हैं, जो इस परिसर का सबसे पवित्र और आध्यात्मिक स्थल माना जाता है।

बुलंद दरवाज़े के बाईं ओर विशाल जामा मस्जिद स्थित है, जो अपने स्थापत्य वैभव और धार्मिक महत्त्व के कारण प्रसिद्ध है। और सामने, सफ़ेद संगमरमर से बनी शेख सलीम चिश्ती की दरगाह अपनी सादगी और पवित्रता से सबका ध्यान आकर्षित करती है। यह दरगाह मुगल इतिहास में विशेष स्थान रखती है, क्योंकि कहा जाता है कि अकबर ने संतान प्राप्ति की कामना से इसी सूफी संत का आशीर्वाद प्राप्त किया था।

दरगाह के समीप ही शेख साहब के परिजनों और शिष्यों की कई कब्रें भी स्थित हैं, जो इस स्थान को एक शांत और श्रद्धामय वातावरण प्रदान करती हैं। चारों ओर फैली गंभीरता और श्रद्धा इस पूरे क्षेत्र को एक आध्यात्मिक आभा से भर देती है।

मस्जिद और मज़ार के पास ही एक घने वृक्ष की छाया तले संगमरमर से बना एक छोटा-सा सरोवर भी दिखाई देता है। यह सरोवर अपने शांत जल और सफ़ेद पत्थर की सुंदरता के कारण यात्रियों का

ध्यान आकर्षित करता है। उस वृक्ष की छाया में खड़े होकर जब कोई व्यक्ति चारों ओर नज़र दौड़ाता है, तो उसे प्रकृति, इतिहास और आध्यात्मिकता - तीनों का अद्भुत संगम दिखाई देता है।

जामा मस्जिद के भीतर भी कई रोचक स्थापत्य विशेषताएँ देखने को मिलती हैं। उनमें से एक विशेष पत्थर ऐसा है, जिसे हल्के से थपथपाने पर नगाड़े जैसी गूँजती हुई ध्वनि उत्पन्न होती है। यह पत्थर आज भी आगंतुकों के लिए कौतूहल का विषय बना रहता है। इसके अलावा मस्जिद की दीवारों और मेहराबों पर की गई सुंदर नक्काशी उस समय के शिल्पकारों की कला-कौशल का अद्भुत उदाहरण प्रस्तुत करती है।

इन सभी इमारतों, प्रांगणों और स्थापत्य तत्वों को देखकर यह स्पष्ट होता है कि फ़तेहपुर सीकरी केवल एक ऐतिहासिक स्थल नहीं, बल्कि भारतीय इतिहास, कला, स्थापत्य और आध्यात्मिक परंपरा का एक जीवंत संग्रहालय है - जहाँ हर पत्थर, हर दीवार और हर मेहराब बीते युग की कहानी सुनाती प्रतीत होती है।

शेख सलीम चिश्ती की समाधि फतेहपुर सीकरी के विशाल परिसर में स्थित उन पवित्र स्थलों में से एक है, जहाँ इतिहास, कला और आध्यात्मिकता का अद्भुत संगम देखने को मिलता है। यह समाधि श्वेत संगमरमर से निर्मित है और अपनी सादगी के साथ-साथ अपनी अनुपम सुंदरता के कारण दूर से ही श्रद्धालुओं और पर्यटकों का ध्यान आकर्षित कर लेती है। जैसे ही कोई व्यक्ति इस समाधि के निकट पहुँचता है, उसके चारों ओर फैली शांति और पवित्रता का वातावरण मन को स्वतः ही एक अलग भावलोक में ले जाता है। ऐसा प्रतीत होता है मानो यह स्थान केवल पत्थरों से बना स्मारक नहीं, बल्कि सदियों से संजोई हुई आस्था और श्रद्धा का जीवंत प्रतीक हो।

समाधि के चारों ओर पत्थर की अत्यंत बारीक और कलात्मक जालियाँ लगी हुई हैं। इन जालियों में किया गया सूक्ष्म शिल्पकार्य भारतीय स्थापत्य कला की उत्कृष्टता का अद्‌भुत उदाहरण प्रस्तुत करता है। जब कोई व्यक्ति इन जालियों को थोड़ी दूरी से देखता है, तो वे साधारण पत्थर की नहीं, बल्कि किसी जालीदार श्वेत रेशमी वस्त्र की भांति प्रतीत होती हैं। उनकी महीन बनावट और संतुलित डिज़ाइन यह दर्शाती है कि उस समय के शिल्पकार कितने धैर्य, कौशल और कलात्मक दृष्टि के साथ अपने कार्य को अंजाम देते थे।

समाधि के ऊपरी भाग पर भी अत्यंत सुंदर और बहुमूल्य शिल्पकारी देखने को मिलती है। इसमें सीप, सींग और चंदन की लकड़ी से निर्मित अद्‌भुत सजावट की गई है। यह सोचकर आश्चर्य होता है कि लगभग चार सौ वर्ष पुराने होने के बावजूद यह शिल्प आज भी लगभग नया सा प्रतीत होता है। इसकी चमक और नक्काशी की बारीकी यह दर्शाती है कि उस समय की कला केवल सौंदर्य के लिए नहीं, बल्कि स्थायित्व और परंपरा के लिए भी की जाती थी।

संगमरमर की श्वेत सतह पर विभिन्न रंगों की फूल-पत्तियों की जो नक्काशी की गई है, वह स्थापत्य कला के सर्वश्रेष्ठ उदाहरणों में गिनी जाती है। इन पुष्पाकृतियों में लाल, हरे और अन्य रंगों की हल्की छटा दिखाई देती है, जो इस सफेद संगमरमर को और भी जीवंत बना देती है। ऐसा लगता है मानो पत्थर में किसी कलाकार ने प्रकृति के रंगों को स्थायी रूप दे दिया हो।

समाधि के भीतर दो सुंदर कटहरे भी बने हुए हैं - एक चंदन की लकड़ी से और दूसरा सीप से निर्मित। इन कटहरों का निर्माण ढाका के सूबेदार तथा शेख सलीम चिश्ती के पौत्र नवाब इस्लामखाँ ने करवाया था। इनकी बनावट और शिल्पकला उस समय की उत्कृष्ट कारीगरी को दर्शाती है। यह भी उल्लेखनीय है कि प्रारंभ में अकबर के समय में यह

समाधि लाल बलुआ पत्थर से बनी हुई थी, जो उस समय की अधिकांश मुगल इमारतों की विशेषता थी।

बाद में सम्राट जहाँगीर ने इस समाधि की शोभा को और अधिक भव्य बनाने के उद्देश्य से इसे श्वेत संगमरमर से निर्मित करवाया। संगमरमर के उपयोग से यह संरचना और भी आकर्षक और पवित्र प्रतीत होने लगी। इतना ही नहीं, जहाँगीर ने समाधि की दीवारों पर सुंदर चित्रकारी भी करवायी, जिससे इसकी कलात्मकता में और अधिक वृद्धि हो गई।

समाधि के संरक्षण और मरम्मत का कार्य समय-समय पर किया जाता रहा है। समाधि के कटहरे का लगभग डेढ़ गज लंबा एक खंभा समय के प्रभाव से कुछ विकृत हो गया था। बाद में 1905 ईस्वी में तत्कालीन वायसराय लॉर्ड कर्ज़न ने लगभग बारह हजार रुपये की लागत से उसे पुनः बनवाकर उसकी मरम्मत करवाई। यह तथ्य इस बांत का प्रमाण है कि इस ऐतिहासिक धरोहर को सुरक्षित रखने के लिए विभिन्न कालों में प्रयास किए जाते रहे हैं।

समाधि के किवाड़ आबनूस की दुर्लभ और मजबूत लकड़ी से बनाए गए हैं। इन किवाड़ों की गहरी काली आभा श्वेत संगमरमर की चमक के साथ एक अद्भुत विरोधाभास उत्पन्न करती है, जो देखने में अत्यंत सुंदर लगता है। जब सूर्य की किरणें इन किवाड़ों और संगमरमर की सतह पर पड़ती हैं, तो पूरा परिसर एक अलौकिक सौंदर्य से भर उठता है।

इस प्रकार शेख सलीम चिश्ती की यह समाधि केवल एक धार्मिक स्थल ही नहीं, बल्कि मुगलकालीन स्थापत्य, शिल्पकला और ऐतिहासिक विरासत का एक अमूल्य उदाहरण भी है। यहाँ आने वाला हर व्यक्ति न केवल इसकी कलात्मक भव्यता से प्रभावित होता है, बल्कि

उस आध्यात्मिक वातावरण को भी अनुभव करता है, जिसने सदियों से लोगों को यहाँ आने और श्रद्धा प्रकट करने के लिए प्रेरित किया है।

इतिहास की व्याख्या करते-करते न जाने कब मेरा मन फिर से उसी बीते हुए युग की गलियों में भटकने लगा था। शब्द तो मैं अशोक को समझा रहा था, पर भीतर कहीं मैं स्वयं ही इतिहास के उस संसार में उतरता चला जा रहा था। ऐसा लगा जैसे वर्तमान की आवाज़ें धीरे-धीरे धुंधली पड़ गई हों और समय की परतें हटती चली जा रही हों। मेरे सामने खड़ी ये इमारतें अब केवल पत्थरों की संरचनाएँ नहीं रह गई थीं; वे किसी जीवित स्मृति की तरह मुझसे संवाद करने लगी थीं।

उस क्षण मुझे फिर वही अजीब-सी अनुभूति होने लगी - जैसे कोई अदृश्य शक्ति मेरा हाथ थामे इस विशाल परिसर में मुझे धीरे-धीरे घुमा रही हो। ऐसा लगता था मानो कोई स्नेहिल मार्गदर्शक, जिसे इस स्थान का हर कोना, हर दीवार, हर कहानी याद हो, मेरे साथ चल रहा हो। वह मुझे एक-एक गलियारे से गुज़ार रहा था, हर मेहराब के नीचे ठहरने को कह रहा था, और हर पत्थर को हाथ से छूकर उसकी नब्ज़ महसूस करने का आग्रह कर रहा था।

जब मेरी उँगलियाँ उन पुराने पत्थरों को छूतीं, तो एक अजीब-सी गर्माहट महसूस होती। लगता जैसे इन पत्थरों ने सदियों का इतिहास अपने भीतर सहेज रखा हो - राजाओं के पदचिन्ह, सूफियों की दुआएँ, कलाकारों की मेहनत और प्रेम की अनगिनत कहानियाँ। उस पल मुझे गहराई से यह एहसास हुआ कि इतिहास केवल किताबों के पन्नों में कैद कोई ठंडी कहानी नहीं होता। वह तो इन इमारतों की दीवारों में सांस लेता है, इन गलियारों में गूंजता है और उन लोगों की यादों में जीवित रहता है जो उसे पूरे मन से महसूस करने की कोशिश करते हैं।

जब कोई इन इमारतों को केवल देखने नहीं, बल्कि समझने और महसूस करने की कोशिश करता है, तभी इतिहास सचमुच जीवंत हो

उठता है। इन विशाल दीवारों को निहारते हुए ऐसा लगता है जैसे बीते हुए समय की परछाइयाँ धीरे-धीरे सामने आ खड़ी हों - कहीं अकबर का दरबार सजा हो, कहीं दरवेशों की महफ़िल लगी हो, और कहीं शाही गलियारों में धीमे-धीमे कदमों की आहट सुनाई दे रही हो।

उस क्षण मुझे फिर से वही पुरानी अनुभूति हुई कि मैं इस ऐतिहासिक परिसर में अकेला नहीं हूँ। मेरे साथ कोई और भी है - कोई अदृश्य, कोई शांत, कोई ऐसा जो बिना बोले सब कुछ कह देता है। वह कोई साया था, कोई स्मृति थी, या शायद इस भूमि की आत्मा, जो बड़ी अदब से, बड़ी अदा से और बड़े स्नेह के साथ मुझे इस इमारत की सुंदरता का असली अर्थ समझा रही थी।

ऐसा लगता था मानो वह साया मुझे धीरे-धीरे इस नगरी की आत्मा से परिचित करा रहा हो - उस प्रेम से, उस आस्था से और उस सौंदर्य से, जिसने फतेहपुर सीकरी को केवल एक ऐतिहासिक नगर नहीं, बल्कि भावनाओं की नगरी बना दिया है। हर मोड़ पर, हर मेहराब के नीचे खड़े होकर मुझे यह आभास हो रहा था कि यह स्थान केवल पत्थरों का शहर नहीं, बल्कि प्रेम, श्रद्धा और मानवीय संवेदनाओं की जीवंत कहानी है।

और सच कहूँ तो उस कृषण मेरे भीतर एक अजीब-सी शांति उतर आई थी। ऐसा लगा जैसे इस प्रेम की नगरी में खड़े होकर कोई अदृश्य साथी मेरे दिल को छूकर कह रहा हो -

इतिहास को पढ़ो मत... उसे महसूस करो।

क्योंकि जब दिल से महसूस किया जाता है, तब पत्थर भी बोलने लगते हैं और बीते हुए युग फिर से वर्तमान में साँस लेने लगते हैं।

*****

शाम के तीन बजने को थे। दिन धीरे-धीरे ढलान की ओर बढ़ रहा था और आकाश की धूप में एक हल्की-सी सुनहरी थकान उतरने लगी थी। हम सबने रास्ते के एक छोटे से रेस्टोरेंट में बैठकर थोड़ा बहुत खाया-पिया। वह कोई बहुत बड़ा या भव्य स्थान नहीं था - बस एक साधारण-सा ढाबेनुमा रेस्टोरेंट, जहाँ लकड़ी की कुर्सियाँ थीं, स्टील की मेज़ें थीं और चाय की केतली से उठती भाप पूरे वातावरण में एक घरेलू-सी गर्माहट घोल रही थी। यात्राओं में ऐसे छोटे ठहराव भी किसी बड़ी स्मृति की तरह मन में बस जाते हैं।

रिंकी अपने हाथ में पकड़े समोसे को बड़े चाव से खा रही थी, रागिनी कभी उसे टिश्यू पकड़ाती, कभी उसके गालों पर लगे आलू के टुकड़े पोंछ देती। उन दोनों को देखता हुआ मैं जैसे किसी शांत दृश्य का दर्शक बन गया था। उस क्षण मुझे लगा कि जीवन की असली मिठास ऐसे ही साधारण पलों में छिपी होती है - जहाँ न कोई जल्दबाज़ी होती है, न कोई औपचारिकता।

कुछ देर बाद हम फिर से कार में बैठ गए और चल पड़े ताज की नगरी - आगरा - की ओर। कार धीरे-धीरे उस सड़क पर आगे बढ़ रही थी जो हमें दुनिया की सबसे प्रसिद्ध प्रेम-कथा के प्रतीक ताजमहल की ओर ले जा रही थी। सड़क पर सामान्य हलचल थी - रिक्शे अपनी धीमी गति से खिसकते जा रहे थे, पर्यटकों से भरी बसें आगे निकलने की कोशिश कर रही थीं, और दोनों ओर दुकानों की लंबी कतारें यात्रियों को अपनी ओर आकर्षित कर रही थीं।

बाहर की दुनिया अपनी पूरी गति में थी - शोर, हलचल, चहल-पहल - सब कुछ अपने नियत क्रम में चल रहा था। पर मेरे भीतर जैसे

समय ठहर गया था। कार की खिड़की से आती धूप चेहरे को हल्के से छू रही थी, पर मन किसी और ही उजाले में डूबा हुआ था - एक ऐसा उजाला जो बाहर की रोशनी से नहीं, भीतर की अनुभूति से जन्म लेता है।

मैं चुपचाप बाहर देख रहा था और मन के भीतर कुछ शब्द धीरे-धीरे आकार लेने लगे - प्रेम और समय।

ये दोनों शब्द जैसे मेरे भीतर एक दूसरे से बात कर रहे थे, कभी उलझते, कभी सुलझते और फिर कोई नया अर्थ रच देते।

प्रेम...

मैं सोचने लगा - प्रेम आखिर है क्या?

क्या वह केवल किसी एक चेहरे का नाम है? किसी की मुस्कान की याद? किसी की उपस्थिति की आदत?

या फिर प्रेम उस आकांक्षा का नाम है जो किसी के बिना अधूरा महसूस कराती है?

फिर मन ने जैसे खुद ही उत्तर देना शुरू किया।

प्रेम शायद केवल देह या आकर्षण का नाम नहीं होता। वह तो वह मौन समझ है जो बिना बोले भी सब कुछ कह देती है। वह वह अदृश्य धागा है जो दो अलग-अलग जीवनों को इस तरह बाँध देता है कि समय भी उन्हें अलग नहीं कर पाता।

समय...

समय तो हमेशा भागता रहता है - नदी की धारा की तरह। वह किसी के लिए नहीं रुकता। हाथ में पकड़ने की कोशिश करो तो रेत की तरह फिसल जाता है। पर प्रेम में एक अद्भुत शक्ति होती है - वह समय के कुछ पलों को थाम लेता है, उन्हें स्मृति में स्थिर कर देता है, उन्हें अमर बना देता है।

मैंने पीछे मुड़कर देखा। रागिनी रिंकी को कुछ समझा रही थी और रिंकी बीच-बीच में खिलखिला कर हँस पड़ती थी। उस हँसी में कोई बनावट नहीं थी - बस सच्ची, निर्मल खुशी थी।

अचानक मुझे लगा कि शायद यही प्रेम है।

रागिनी की वह सहज हँसी, रिंकी की मासूम जिज्ञासाएँ, रास्ते में सुनी गई छोटी-छोटी बातें, साथ बैठकर खाया गया साधारण-सा खाना - यही वे क्षण हैं जिनमें समय ठहर जाता है।

मन ने धीरे से कहा -

शायद ताजमहल पत्थरों से बना प्रेम का स्मारक है, पर असली ताजमहल तो ऐसे ही पलों में बनता है…

जहाँ दो लोग एक दूसरे को समझते हैं, जहाँ एक परिवार साथ बैठकर हँसता है, और जहाँ समय कुछ देर के लिए रुककर कहता है -

"यही है जीवन… यही है प्रेम।"

समय बड़ा निर्मम है, यह सब कहते हैं। मैं कहता हूँ - समय निष्पक्ष है। वह न किसी का मित्र है, न शत्रु। वह बस चलता रहता है। हम ही हैं जो उससे अपेक्षाएँ पाल लेते हैं। हम चाहते हैं कि अच्छा समय ठहर जाए, बुरा समय जल्दी बीत जाए। पर समय किसी की नहीं सुनता। वह सिखाता है - छोड़ना। वह सिखाता है - स्वीकार करना। और जो यह सीख लेता है, वही शायद प्रेम को भी सही अर्थों में समझ पाता है।

मैंने प्रेम को कई रूपों में देखा है। युवावस्था का प्रेम, जिसमें अधीरता होती है - सब कुछ अभी चाहिए। मध्य आयु का प्रेम, जिसमें जिम्मेदारियाँ होती हैं - सब कुछ बाँटकर निभाना पड़ता है। और फिर एक ऐसा प्रेम भी होता है, जो शब्दों से परे है - जहाँ साथ होना ही पर्याप्त है। आज मैं उसी तीसरे प्रेम को जी रहा हूँ। न कोई दावा, न कोई शर्त। बस साथ।

रागिनी को देखता हूँ - वह वर्तमान में जीती है। उसके लिए बीता हुआ बीत चुका है। शायद यही उसकी शक्ति है। मैं अक्सर अतीत में लौट जाता हूँ - गलतियाँ गिनता हूँ, अवसर खोजता हूँ, संवाद दोहराता हूँ। पर समय पीछे जाने नहीं देता। वह कहता है - जो होना था, हो गया। अब जो है, उसे जीओ। प्रेम भी यही कहता है। प्रेम भविष्य की गारंटी नहीं माँगता, वह वर्तमान की सच्चाई चाहता है।

रिंकी की हँसी अचानक कार में गूँजती है। वह कुछ पूछती है - शायद ताजमहल के बारे में, शायद किसी गुब्बारे के बारे में। मैं उत्तर देता हूँ, पर भीतर मुस्कुराता हूँ। बच्चों के लिए समय एक खेल है। उनके पास न अतीत का बोझ होता है, न भविष्य का भय। काश, हम बड़े होकर भी यह हुनर बचा पाते।

ताजमहल...

प्रेम का स्मारक। लोग कहते हैं - एक बादशाह ने अपनी बेगम की याद में बनवाया। मैं सोचता हूँ - क्या प्रेम स्मारक माँगता है? या स्मारक इसलिए बनते हैं कि प्रेम क्षणभंगुर है? शायद दोनों। पत्थर में ढला प्रेम, समय से लड़ने की एक कोशिश है। पर सच तो यह है कि पत्थर भी घिस जाते हैं, और प्रेम भी बदलता है। बदलना बुरा नहीं है। बदलना जीवन का प्रमाण है।

समय ने मुझे सिखाया है - कठोर मत बनो। प्रेम ने सिखाया है - कमज़ोर होने से मत डरो। जब दोनों मिलते हैं, तब मनुष्य परिपक्व होता है। आज मैं न वैसा हूँ जैसा कल था, न वैसा बनूँगा जैसा कल होऊँगा। यही समय का सत्य है। यही प्रेम की यात्रा है।

कार की गति धीमी होती है। दूर से ताजमहल की पहली झलक मिलती है - धुँधली, शांत, विराट। मैं एक गहरी साँस लेता हूँ। मन कहता है - आज फिर कुछ सीखने आया हूँ। प्रेम के बारे में, समय के बारे में - और अपने बारे में।

और शायद, यही यात्रा का असली अर्थ है।

राधा को वह लंबा पत्र लिखने के बाद मेरे जीवन के दिन जैसे अचानक बदल गए थे। पत्र भेजते समय तो मन में एक अजीब-सी संतुष्टि थी - जैसे बरसों से मन में दबी हुई कोई बात आखिर शब्दों का रूप पाकर उसके पास पहुँच गई हो। पर उसके बाद जो समय शुरू हुआ, वह एक अंतहीन प्रतीक्षा का समय था।

मैं कई दिनों तक उसके उत्तर का इंतज़ार करता रहा। ऐसा लगता था जैसे समय ने अपनी गति धीमी कर दी हो। घड़ी की सुइयाँ चल तो रही थीं, पर मन को लगता था कि हर मिनट एक युग बन गया है। दिन बीतते थे, पर जैसे बीतते नहीं थे। हर सुबह एक नई उम्मीद लेकर आती - शायद आज उसका जवाब आएगा। और हर शाम उस उम्मीद को धीरे-धीरे अपने साथ ले जाती।

मेरी दिनचर्या भी जैसे बदल गई थी। सुबह उठते ही सबसे पहला काम यही होता कि मैं कंप्यूटर खोलकर अपना ई-मेल चेक करूँ। मन में एक हल्की-सी धड़कन होती - कहीं आज उसका नाम इनबॉक्स में दिखाई दे जाए। कई बार स्क्रीन को कुछ क्षण तक यूँ ही देखता रहता, जैसे शब्द अपने आप प्रकट हो जाएँगे। पर हर बार खाली इनबॉक्स देखकर एक हल्की-सी निराशा मन में उतर आती।

केवल ई-मेल ही नहीं, मैं पुराने ढंग से डाकिये की राह भी देखने लगा था। दोपहर के समय जब गली में साइकिल की घंटी बजती, तो अनायास ही मेरी नज़र दरवाज़े की ओर उठ जाती। मन में क्षणभर को यह उम्मीद जागती कि शायद आज कोई लिफाफा आया होगा - जिस पर राधा की लिखावट होगी। पर अक्सर वह उम्मीद भी अधूरी ही रह जाती।

ऐसा नहीं था कि मैं अपने काम में व्यस्त नहीं रहता था, पर सच कहूँ तो हर काम के पीछे कहीं न कहीं उसकी याद छिपी रहती थी।

कंप्यूटर पर बैठकर काम करते समय भी अचानक ध्यान भटक जाता और मन उसी प्रश्न में उलझ जाता - क्या उसने मेरा पत्र पढ़ा होगा? क्या उसे मेरी बातों में सच्चाई महसूस हुई होगी? क्या वह भी कभी मुझे याद करती होगी?

समय धीरे-धीरे आगे बढ़ता रहा। प्रतीक्षा की उस लंबी सुरंग में दिन, हफ्ते और शायद कुछ और दिन गुजर गए। पर उस दिन की स्मृति मुझे आज भी बिल्कुल साफ़-साफ़ याद है। शायद वह 15 अगस्त का दिन था। बाहर पूरे शहर में स्वतंत्रता दिवस का उत्सव था। कहीं राष्ट्रगान की धुन सुनाई दे रही थी, कहीं बच्चों की आवाज़ें और झंडों की फड़फड़ाहट। वातावरण में उत्साह था, पर मेरे भीतर वही पुरानी प्रतीक्षा चुपचाप बैठी हुई थी।

मैं उस समय कंप्यूटर के सामने बैठा अपना काम कर रहा था। स्क्रीन पर शब्द बदलते जा रहे थे, उँगलियाँ कीबोर्ड पर चल रही थीं, पर मन कहीं और ही भटक रहा था। तभी अचानक कंप्यूटर से एक हल्की-सी बीप की आवाज़ सुनाई दी।

वह एक बहुत साधारण-सी आवाज़ थी - पर उस क्षण उसने मेरे भीतर जैसे बिजली-सी दौड़ा दी। मैं एक पल के लिए ठिठक गया। आँखें अनायास स्क्रीन की ओर उठ गईं।

इनबॉक्स में एक नया ई-मेल आया था।

दिल की धड़कन जैसे अचानक तेज़ हो गई। मैंने कर्सर को धीरे-धीरे उस मेल की ओर बढ़ाया। और जब प्रेषक का नाम देखा - तो एक क्षण के लिए सांस ही रुक गई।

वह राधा थी।

उसका पत्र था।

उस पल मेरे भीतर कितनी भावनाएँ एक साथ उमड़ पड़ीं, यह शब्दों में कहना कठिन है। जैसे लंबे समय से बंद कोई खिड़की अचानक खुल गई हो और भीतर ताज़ी हवा भर गई हो।

मैंने बिना एक पल गँवाए तुरंत उस मेल को खोल दिया।

दिल की धड़कन तेज़ थी, उँगलियाँ हल्की-सी काँप रही थीं।

और फिर...

मैंने उसकी लिखी हुई पहली पंक्ति पढ़नी शुरू की।

प्रिय कृष्ण,

तुम्हारा पत्र पढ़ते समय मेरे हाथ कई बार रुक गए। ऐसा नहीं था कि उसमें लिखे शब्द कठिन थे या समझ में आने में कोई बाधा थी। बल्कि सच्चाई यह है कि तुम्हारे हर शब्द में ऐसी गहराई थी, जो मेरे भीतर कहीं बहुत दूर तक उतर जाती थी। कई बार तो ऐसा लगा जैसे पंक्तियाँ पढ़ने के बाद मुझे कुछ क्षण रुककर साँस लेनी पड़ रही हो - मानो तुम्हारे शब्द केवल कागज़ पर नहीं, सीधे मेरे हृदय पर लिखे गए हों।

जिन भावनाओं को मैं इतने दिनों से अपने मन के एक शांत, सुरक्षित कोने में सहेजकर रखे हुए थी, उन्हें तुमने बिना मुझे जाने, बिना मुझसे मिले, केवल अपने अनुभव और संवेदना से महसूस कर लिया - यह बात मुझे सचमुच आश्चर्य में डाल देती है। एक ओर यह विस्मय जगाती है कि कोई व्यक्ति इतना गहराई से कैसे समझ सकता है, और दूसरी ओर यह विश्वास भी देती है कि शायद भावनाओं का कोई अपना ही मार्ग होता है, जो शब्दों और औपचारिक परिचय से परे जाकर भी दो लोगों को जोड़ देता है।

तुमने अपने पत्र में एक प्रश्न पूछा था - क्या मेरा नाम सचमुच राधा है, या यह केवल एक छाया है, एक आवरण?

इस प्रश्न का सीधा उत्तर देना मेरे लिए अभी आसान नहीं है। नाम कभी-कभी व्यक्ति से भी बड़ा हो जाता है, और कभी वह केवल एक माध्यम रह जाता है - एक पहचान, जिसके पीछे असली व्यक्तित्व धीरे-धीरे खुलता है।

इतना अवश्य कह सकती हूँ कि इस नाम के पीछे कोई छल नहीं है। इसमें मेरी सोच, मेरी संवेदनाएँ और मेरे अस्तित्व की एक झलक अवश्य है। जब मैंने तुम्हें पहला पत्र लिखते समय यह नाम चुना था, तब मेरे मन में कोई धोखा नहीं था - बस एक हल्का-सा संकोच था, और शायद अपने आप को थोड़ा सुरक्षित रखने की एक सहज इच्छा भी।

तुम्हें पहली बार देखना मेरे लिए भी उतना ही अप्रत्याशित और अनायास था, जितना शायद तुम्हारे लिए रहा होगा। मैं यह बात स्वीकार करती हूँ कि उस दिन मुझे आभास हो गया था कि तुम मुझे देख रहे हो। और सच कहूँ तो यही स्वीकार करना मेरे लिए सबसे कठिन था।

उस दिन छत पर बैठी मैं केवल किताब के पन्ने नहीं पलट रही थी। किताब मेरे हाथ में थी, पर मन कहीं और ही भटक रहा था - अपने विचारों में, अपनी उलझनों में। तभी अचानक मुझे तुम्हारी दृष्टि की गर्माहट का एहसास हुआ। मैंने मुड़कर तुम्हें देखा नहीं, पर यह महसूस कर लिया था कि कोई मुझे बहुत ध्यान से देख रहा है।

कुछ निगाहें शब्दों की मोहताज नहीं होतीं, कृष्ण। वे बिना बोले ही बहुत कुछ कह देती हैं। वे सीधे मन तक पहुँच जाती हैं - इतनी सहजता से कि हम स्वयं भी समझ नहीं पाते कि वह क्षण कब हमारे भीतर जगह बना गया।

अचानक ओझल हो जाने का मेरा निर्णय किसी रहस्य या जादू का हिस्सा नहीं था। वह केवल मेरे स्वभाव का एक हिस्सा था। मैं उन लोगों में से हूँ जो तुरंत निर्णय नहीं लेते। मैं पहले रुकती हूँ, देखती हूँ, समझती हूँ - और फिर धीरे-धीरे आगे बढ़ती हूँ।

जब मुझे यह आभास हुआ कि तुम मुझे खोजने लगे हो, तो मेरे भीतर कई भाव एक साथ जाग उठे। एक ओर एक हल्की-सी करुणा थी - क्योंकि किसी की बेचैनी का कारण बनना कभी सुखद नहीं होता। और दूसरी ओर एक भय भी था - कि कहीं यह सब केवल एक क्षणिक आकर्षण न हो, जो समय के साथ मिट जाए।

तुम्हारी बेचैनी, तुम्हारी भटकन - इन सबकी आहट मुझे भी मिलती रही। शायद तुम्हें यह जानकर आश्चर्य हो, पर हर मौन उपेक्षा नहीं होता। कुछ मौन प्रतीक्षा भी होते हैं। कुछ मौन हमें अपने भीतर झाँकने का अवसर देते हैं, यह परखने का समय देते हैं कि हमारे भाव सच में कितने गहरे हैं।

मैं चाहती थी कि तुम मुझे केवल खोजो नहीं - मुझे समझने की कोशिश करो। शायद यही कारण था कि मैं सामने आकर उस क्षण को तोड़ना नहीं चाहती थी, जिसे तुम इतने दिनों से अपने मन में सँजोए हुए थे।

तुमने अपने पत्र में स्त्री और पुरुष के स्वभाव के अंतर के बारे में जो लिखा, उसे पढ़कर मैं अनायास मुस्कुरा उठी। तुमने लिखा कि स्त्री अक्सर पुरुष से एक कदम आगे होती है। मुझे नहीं लगता कि वह आगे होती है - वह केवल ठहरकर देखती है। वह भावनाओं को बहने देती है, पर उनमें पूरी तरह डूब जाने से पहले उन्हें समझना चाहती है।

शायद इसी कारण मैंने उस क्षण को अचानक सामने आकर तोड़ना उचित नहीं समझा। मैं चाहती थी कि वह स्मृति वैसी ही बनी रहे - एक शांत, अधूरी, पर सुंदर स्मृति की तरह।

यह भी सच है कि तुम्हें उत्तर लिखने का साहस जुटाने में मुझे बहुत समय लगा। कई बार मैंने पत्र लिखना शुरू किया और फिर उसे अधूरा छोड़ दिया। कई बार लिखे हुए शब्दों को फाड़कर फेंक दिया। कभी लगा कि शायद यह सब लिखना ही नहीं चाहिए।

पर अंततः मुझे यह महसूस हुआ कि यदि संवाद सच्चा है, यदि वह आत्मा से उपजा है, तो उसे शब्दों से डरना नहीं चाहिए।

यह पत्र कोई अचानक लिया गया निर्णय नहीं है। यह मेरे भीतर चले एक लंबे आत्मसंवाद का परिणाम है। कई रातों की सोच, कई अनकहे प्रश्नों और कई शांत क्षणों के बाद यह पत्र तुम्हारे पास पहुँचा है।

तुम्हारे पत्र ने मुझे यह विश्वास दिया है कि यह संवाद केवल एक जिज्ञासा भर नहीं है। इसके भीतर कुछ और भी है - कुछ ऐसा जो धीरे-धीरे आकार ले रहा है।

मैं इसे अभी प्रेम नहीं कहूँगी, कृष्ण।

प्रेम एक बहुत बड़ा शब्द है। उसे समय चाहिए, धैर्य चाहिए, और बहुत-सा मौन भी।

पर इतना अवश्य कह सकती हूँ कि एक विश्वास का बीज हमारे बीच अंकुरित हो चुका है। वह अभी बहुत छोटा है, पर जीवित है। और उसी विश्वास की छाया में मैं तुम्हें यह उत्तर लिख रही हूँ।

तुम मुझे जानना चाहते हो - और यह जानकर मुझे अच्छा लगता है। पर मैं चाहती हूँ कि तुम मुझे धीरे-धीरे जानो, शब्दों के सहारे, धैर्य के साथ।

प्रश्नों के उत्तर मिलेंगे - पर एक-एक करके, जैसे सुबह की धूप धीरे-धीरे अंधेरे की परतें हटाती है।

तब तक यह संवाद बना रहे - यही मेरी कामना है।

अगले पत्र तक...

सौम्य भावों के साथ,

राधा

राधा के उस पत्र का एक-एक शब्द आज भी मेरी स्मृतियों में उसी तरह सुरक्षित है, जैसे कोई छात्र अपनी परीक्षा के महत्वपूर्ण पाठ को कंठस्थ कर लेता है। केवल उसका अर्थ ही नहीं, बल्कि उसके शब्दों

की बनावट, वाक्यों की लय और भावों की वह गहराई - सब कुछ मेरी स्मृति में हूबहू अंकित हो गया था। कई बार तो ऐसा लगता था जैसे वह पत्र किसी कागज़ पर नहीं, बल्कि मेरे मन की दीवारों पर लिखा हुआ हो। जब भी आँखें बंद करता, उसके शब्द फिर से जीवित हो उठते और मैं उन्हें उसी क्रम में दोहराने लगता, जैसे कोई प्रिय गीत अनायास ही होंठों पर आ जाता है।

उसका पत्र पढ़ते समय मेरे भीतर जो भावनाएँ जागीं, उन्हें शब्दों में बाँधना आसान नहीं था। ऐसा लगता था जैसे किसी ने मेरे मन के सूने आँगन में अचानक दीप जला दिया हो। प्रतीक्षा की लंबी और बेचैन रातों के बाद वह पत्र किसी सुबह की पहली किरण की तरह मेरे पास पहुँचा था। इसलिए स्वाभाविक ही था कि उसके उत्तर देने में मैं एक क्षण की भी देरी नहीं करना चाहता था।

सच कहूँ तो जैसे ही मैंने उसका पत्र पूरा पढ़ा, उसी पल मेरे भीतर एक अधीरता जाग उठी - उत्तर लिखने की अधीरता। ऐसा लगा मानो यदि मैं तुरंत उत्तर न लिखूँ तो उस संवाद की वह मधुर धारा कहीं रुक न जाए। इसलिए मैंने बिना एक मिनट गंवाए कागज़ और कलम उठा ली। मेरे भीतर एक ही भावना थी - यह संवाद यूँ ही चलता रहे, बिना किसी विराम के, बिना किसी ठहराव के।

मैं चाहता था कि हमारे बीच शुरू हुआ यह पत्राचार केवल कुछ पत्रों तक सीमित न रह जाए, बल्कि एक निरंतर बहती हुई धारा बन जाए - जिसमें हम दोनों अपने विचार, अपने अनुभव और अपने मन की हलचलें साझा करते रहें। उस समय मेरे लिए राधा की उपस्थिति केवल एक स्मृति या कल्पना नहीं रह गई थी। उसके शब्दों ने उसे मेरे जीवन का एक जीवंत हिस्सा बना दिया था।

शायद यही कारण था कि मैं पत्रों के माध्यम से उसकी उपस्थिति को महसूस करना चाहता था। जब मैं उसे लिखता, तो ऐसा

लगता जैसे वह मेरे सामने बैठी है और मेरी हर बात सुन रही है। शब्दों के बीच एक अदृश्य संवाद चलने लगता था - एक ऐसा संवाद जिसमें दूरी का कोई महत्व नहीं रह जाता था।

इसी भावना के कारण मैं उसके किसी भी पत्र का उत्तर लिखने में कभी देर नहीं करता था। मेरे लिए वह केवल एक औपचारिक उत्तर नहीं होता था, बल्कि एक जीवंत बातचीत का अगला वाक्य होता था। जैसे दो लोग आमने-सामने बैठे हों और एक के रुकते ही दूसरा अपनी बात शुरू कर दे।

आज भी मुझे वह दिन बहुत स्पष्ट रूप से याद है। उस दिन भी जैसे ही उसका पत्र मिला, मैंने बिना समय गंवाए उसका उत्तर लिखना शुरू कर दिया था। मेरे भीतर उस समय केवल एक ही इच्छा थी - कि यह संवाद थमे नहीं, यह सिलसिला चलता रहे।

क्योंकि उन पत्रों में केवल शब्द नहीं थे - उनमें प्रतीक्षा थी, संवेदनाएँ थीं, और एक ऐसा अदृश्य संबंध था जो हर नए पत्र के साथ थोड़ा और गहरा होता जा रहा था।

प्रिय राधा,

तुम्हारा पत्र पढ़कर बहुत देर तक मैं उसे बंद नहीं कर पाया। शब्द समाप्त हो गए थे, पर भाव भीतर गूँजते रहे। ऐसा लगा जैसे किसी शांत झील में अचानक कोई कंकड़ गिरा हो - लहरें बहुत धीमी थीं, पर गहराई तक जाती हुई। तुमने जो लिखा, वह केवल उत्तर नहीं था; वह मेरे भीतर लंबे समय से ठहरे प्रश्नों का एक सौम्य स्पर्श था।

तुम्हारा यह कहना कि नाम कभी व्यक्ति से बड़ा हो जाता है और कभी केवल एक माध्यम - इस वाक्य ने मुझे देर तक सोचने पर विवश कर दिया। शायद इसीलिए मैं तुम्हारे नाम से अधिक तुम्हारी अनुभूति से जुड़ गया हूँ। तुम राधा हो या कोई और - अब यह प्रश्न उतना महत्त्वपूर्ण

नहीं रह गया, जितना यह कि तुम हो। अपने विचारों के साथ, अपने संकोच के साथ, अपने मौन के साथ।

तुमने स्वीकार किया कि तुमने मुझे देख लिया था - बिना मुड़े, बिना शब्दों के। यह जानकर मेरे भीतर एक अजीब-सी शांति उतर आई। मैं जिस क्षण को एकतरफ़ा समझ रहा था, वह वास्तव में साझा था - बस अलग-अलग तरीकों से जिया गया। तुमने उसे भीतर सँजोया, और मैंने बाहर खोजा। शायद यही हमारे स्वभाव का अंतर है, और यही हमारे संवाद की पहली डोर भी।

तुम्हारा अचानक ओझल हो जाना अब मुझे उतना पीड़ादायक नहीं लगता। अब समझ आता है कि वह पलायन नहीं था, बल्कि एक ठहराव था - तुम्हारा स्वयं से, और शायद मुझसे भी। मैं जिस बेचैनी को अपनी दुर्बलता समझ रहा था, वह दरअसल उस संवाद की चाह थी, जो शब्दों से पहले मन में जन्म ले चुका था।

तुम्हारा यह कहना कि हर मौन उपेक्षा नहीं होता - राधा, इस एक पंक्ति ने मेरे भीतर बहुत कुछ बदल दिया। मैं अब मौन से डरता नहीं। अब वह मुझे खाली नहीं, बल्कि संभावनाओं से भरा लगता है। यदि प्रतीक्षा भी संवाद का ही एक रूप है, तो मैं प्रतीक्षा करना सीखना चाहता हूँ - बिना शिकायत, बिना अधीरता के।

तुमने प्रेम को अभी नाम न देने की बात कही - और सच कहूँ तो यह परिपक्वता मुझे आकर्षित करती है। प्रेम यदि जल्दबाज़ी में परिभाषित कर दिया जाए, तो वह अक्सर अपने ही भार से टूट जाता है। मैं भी चाहता हूँ कि यह भावना धीरे-धीरे अपनी जड़ें जमाए, बिना किसी दबाव के, बिना किसी अपेक्षा के।

तुम्हारा पत्र लिखने का साहस - यह जानकर मैं तुम्हारे प्रति और अधिक सम्मान से भर गया हूँ। शब्दों से डरना आसान है, क्योंकि शब्द एक बार लिख दिए जाएँ तो लौटाए नहीं जा सकते। पर तुमने डर

के बावजूद लिखा - और यही लिखना इस संवाद की सच्चाई को प्रमाणित करता है।

मैं तुम्हें समझना चाहता हूँ, राधा - पर अधिकार की तरह नहीं, बल्कि एक यात्री की तरह, जो रास्ते को पढ़ते हुए आगे बढ़ता है। यदि तुम चाहो तो अपने उत्तरों में अधूरापन रहने देना; मैं उन्हें पूरा करने की जल्दी नहीं करूँगा। मुझे विश्वास है कि जो सच होगा, वह समय के साथ स्वयं सामने आ जाएगा।

तुमने लिखा कि अगला उत्तर धूप की तरह परतें खोलेगा - तो मैं भी उसी धूप में ठहरना चाहता हूँ, बिना छाया खोजे। यह संवाद बना रहे, यही मेरी भी कामना है। क्योंकि अब यह केवल तुम्हें जानने की उत्सुकता नहीं रही - यह स्वयं को भी नए सिरे से समझने की यात्रा बन गई है।

अगले पत्र की प्रतीक्षा में—

बिना अधीरता के, पर पूरे विश्वास के साथ।

तुम्हारा,

कृष्ण

"साहब… गाड़ी होटल ले चलूँ, या अभी कहीं और जाना है?"

अशोक की आवाज़ ने अचानक मेरी तंद्रा तोड़ दी।

उसके शब्दों को सुनकर लगा जैसे किसी ने दूर से आकर मेरे कंधे को हल्के से झकझोर दिया हो। मैं एकदम चौंक कर वर्तमान में लौट आया। अभी कुछ क्षण पहले तक मैं अपनी स्मृतियों की गहराइयों में डूबा हुआ था - इतना गहरे कि मुझे यह भी अहसास नहीं हुआ कि कब रास्ते कटते चले गए और कब हम होटल के पास आ पहुँचे।

मैंने खिड़की के बाहर नज़र डाली। सड़क की हलचल धीरे-धीरे कम हो रही थी और सामने होटल की इमारत दिखाई देने लगी थी। तब

मुझे एहसास हुआ कि सफर का यह हिस्सा कब बीत गया, मुझे पता ही नहीं चला।

पीछे मुड़कर देखा तो रागिनी और रिंकी अभी भी पिछली सीट पर बैठी हुई थीं। दोनों किसी बात पर खिलखिलाकर हँस रही थीं। रिंकी कुछ उत्साह से बोलती, फिर रागिनी उसे प्यार से समझाती, और फिर दोनों हँस पड़तीं। उनकी उस मासूम बातचीत में एक सहज खुशी थी - एक ऐसी खुशी जो केवल परिवार के साथ बिताए गए पलों में ही महसूस होती है।

और मैं?

मैं तो उस समय अपनी ही पिछली दुनिया में खोया हुआ था - यादों की उन परतों में, जहाँ समय ठहर-सा जाता है।

जीवन में कुछ घटनाएँ ऐसी होती हैं, जो भले ही क्षणिक हों, पर उनकी छाप मन पर इतनी गहरी पड़ जाती है कि वे दिल के किसी कोमल कोने में स्थायी घर बना लेती हैं। वे स्मृतियाँ फिर समय-समय पर चुपचाप सामने आ खड़ी होती हैं - कभी किसी गीत के सहारे, कभी किसी दृश्य के सहारे, और कभी यूँ ही किसी शांत क्षण में।

राधा से मेरी वह अनोखी मुलाकात भी कुछ ऐसी ही थी।

अजीब बात यह थी कि मैं उस लड़की को ठीक से देख भी नहीं पाया था। न उसके चेहरे की स्पष्ट छवि मेरे पास थी, न उसकी आवाज़ की कोई याद। पर न जाने क्यों उसके साथ एक ऐसा भावनात्मक संबंध बन गया था, जो समय के साथ टूटने के बजाय और गहरा होता चला गया।

कभी-कभी मुझे खुद पर आश्चर्य होता था - कैसे कोई अनदेखा चेहरा, कोई अनकहा संवाद, किसी के जीवन का इतना महत्वपूर्ण हिस्सा बन सकता है?

लेकिन सच यही था।

राधा मेरे जीवन की उन यादों में शामिल हो चुकी थी, जिन्हें चाहकर भी भुलाया नहीं जा सकता।

जीवन की भागदौड़ में जब कभी मुझे कुछ खाली पल मिलते - जब मन थोड़ी देर के लिए शांत होता - तो वही यादें धीरे-धीरे उभरने लगतीं। मैं जानता था कि समय बहुत कुछ बदल देता है, पर कुछ स्मृतियाँ समय से भी मजबूत होती हैं।

अशोक अभी भी मेरे उत्तर की प्रतीक्षा में देख रहा था।

मैंने हल्की मुस्कान के साथ कहा, "अशोक, गाड़ी होटल ही ले चलो।"

रागिनी और रिंकी भी शायद थोड़ी थक गई थीं। पूरे दिन घूमने-फिरने के बाद थोड़ा आराम करना जरूरी था। मौसम में भी अब हल्की-हल्की ठंड घुलने लगी थी। शाम का आभास धीरे-धीरे हवा में उतर रहा था।

और सच तो यह भी था कि हम लोग इस यात्रा के लिए ज़्यादा गर्म कपड़े भी साथ नहीं लाए थे। हवा में आई हल्की सर्दी अब महसूस होने लगी थी।

मैंने अशोक से कहा, "हमें होटल पर छोड़ दो। तुम भी थोड़ी देर आराम कर लो। अगर सबको ठीक लगा तो शाम को हम लोग आगरा का बाजार घूमने निकलेंगे... और वहीं बाहर कहीं खाना खाकर वापस आ जाएँगे।"

अशोक ने तुरंत सिर हिलाया और मुस्कुराते हुए बोला,

"जी सर।"

उसने गाड़ी को धीरे से होटल की ओर मोड़ दिया। सड़क पर ट्रैफिक अब कम हो चुका था, इसलिए कुछ ही मिनटों में हम होटल के मुख्य द्वार तक पहुँच गए।

गाड़ी होटल के बरामदे में आकर धीरे से रुक गई।

इंजन बंद हुआ...

और उसी के साथ जैसे मेरे भीतर चल रही स्मृतियों की लंबी यात्रा भी कुछ क्षणों के लिए ठहर गई।

हम तीनों लोग होटल के कमरे में पहुँच चुके थे। दिन भर की यात्रा और घूमने-फिरने के बाद कमरे की शांति एक अलग ही सुकून दे रही थी। बाहर शहर की हलचल अब भी जारी थी, पर कमरे के भीतर एक शांत, घरेलू सा वातावरण बन गया था।

रागिनी अपना बैग लेकर कपड़े बदलने के लिए चेंजिंग रूम में चली गई थी। पूरे दिन की यात्रा के बाद वह भी थोड़ी थक गई थी, इसलिए जल्दी से आरामदायक कपड़े पहन लेना चाहती थी। उधर रिंकी की ऊर्जा अभी भी कम होने का नाम नहीं ले रही थी। जैसे ही उसने कमरे में कदम रखा, उसकी नजर सीधे दीवार पर लगे बड़े से टीवी पर जा टिकी।

"पापा... टीवी ऑन कर दीजिए ना," उसने उत्साह से कहा।

मैंने मुस्कुराते हुए उसकी ओर देखा और प्यार से कहा,

"बेटा, पहले थोड़ी देर आराम कर लो। सुबह से लगातार घूम रही हो। बाद में टीवी देख लेना।"

लेकिन बच्चे कहाँ इतनी आसानी से मानते हैं। उनका मन तो जैसे अपने ही नियमों से चलता है। जो बात एक बार उनके मन में बैठ जाती है, वह फिर आसानी से निकलती नहीं। बच्चों की दुनिया बड़ी सरल होती है - वहाँ तर्क कम होते हैं और इच्छाएँ ज़्यादा। वे जो सोच लेते हैं, उसे सच कर लेने की पूरी कोशिश करते हैं।

रिंकी वैसे बहुत ज़्यादा जिद करने वाली बच्ची नहीं है। सामान्य दिनों में वह बहुत समझदार लगती है। छोटी-छोटी बातों में जल्दी मान जाती है, मुस्कुरा देती है, और अपनी ही कल्पनाओं की दुनिया में खो जाती है। लेकिन कभी-कभी ऐसा भी होता है कि वह किसी बात पर अड़

जाती है। और जब वह अड़ जाती है, तो फिर उसे मनाना आसान नहीं रहता। उस समय वह किसी की नहीं सुनती - न मेरी, न रागिनी की।

शायद यह हर बच्चे की स्वाभाविक आदत होती है। बचपन की एक उम्र ही ऐसी होती है, जब जिद और शरारत दोनों साथ-साथ जन्म लेते हैं। यही वह समय होता है जब बच्चे धीरे-धीरे अपने व्यक्तित्व को पहचानना शुरू करते हैं। वे अपनी इच्छाओं को जताना सीखते हैं, अपने मन की बात कहने लगते हैं, और कभी-कभी उसी में जिद भी शामिल हो जाती है।

मुझे हमेशा लगता है कि बच्चों की शैतानियाँ भी अपने आप में एक मासूम भाषा होती हैं। वे शब्दों से नहीं, बल्कि अपने हठ और अपनी हँसी से अपनी भावनाएँ व्यक्त करते हैं। फर्क बस इतना होता है कि लड़कियों की यह शरारत अक्सर थोड़ी जल्दी शांत हो जाती है, जबकि लड़कों की ऊर्जा कभी-कभी ज्यादा उग्र और लंबी चलती है।

लड़कियाँ अक्सर अपने माता-पिता के स्नेह की भूखी होती हैं। उन्हें थोड़ा-सा दुलार मिल जाए, तो उनकी नाराजगी भी जल्दी पिघल जाती है। वे गुस्सा तो करती हैं, पर उतनी ही जल्दी मुस्कुरा भी देती हैं। शायद रिंकी भी कुछ ऐसी ही थी। उसके भीतर भी वही मासूम चाह थी - पापा का थोड़ा-सा ध्यान, थोड़ी-सी बातचीत, और थोड़ी-सी अपनी मनमानी।

इसलिए जब वह जिद करती थी, तो मुझे कभी-कभी उसमें अपनी ही बचपन की छवि दिखाई देती थी। जैसे हर बच्चा अपनी छोटी-सी दुनिया में खुद को सबसे महत्वपूर्ण समझता है - और सच कहूँ तो उस उम्र में उसे ऐसा महसूस करना भी चाहिए।

लेकिन बच्चों की जिद कहाँ इतनी आसानी से मानती है।

मैंने जब उसे आराम करने को कहा, तो वह तुरंत मचलते हुए बोली -

"नहीं पापा... मुझे अभी डोरेमॉन देखना है। प्लीज़ टीवी लगा दीजिए।"

उसकी आँखों में वह मासूम उत्सुकता थी जिसे देखकर मना करना मुश्किल हो जाता है। मैं हल्की मुस्कान के साथ सोफे से उठा और टीवी का रिमोट ढूँढने लगा। कुछ ही देर में रिमोट हाथ लग गया। मैंने स्विच ऑन किया और चैनल बदलने लगा।

हर शहर के होटल में टीवी का सिस्टम थोड़ा अलग ही होता है। किस नंबर पर कौन सा चैनल आएगा, यह पहले से पता नहीं होता। इसलिए मुझे भी रिंकी का पसंदीदा चैनल ढूँढने में थोड़ा समय लग गया। मैं एक-एक करके चैनल बदलता जा रहा था और रिंकी मेरे पास खड़ी उत्सुकता से स्क्रीन को देख रही थी।

"पापा... ये नहीं... ये भी नहीं... अरे डोरेमॉन कहाँ है?"

वह बीच-बीच में अपनी छोटी-सी उंगली से स्क्रीन की ओर इशारा करते हुए कहती जा रही थी।

आखिरकार कुछ देर बाद मुझे वह चैनल मिल ही गया। जैसे ही डोरेमॉन स्क्रीन पर आया, रिंकी खुशी से उछल पड़ी।

"येस! मिल गया!"

वह तुरंत बिस्तर पर चढ़कर आराम से बैठ गई और पूरे ध्यान से टीवी देखने लगी, जैसे दुनिया में अब उसके लिए वही सबसे महत्वपूर्ण चीज हो।

उसी समय चेंजिंग रूम का दरवाज़ा खुला और रागिनी कपड़े बदलकर बाहर आ गई। उसके चेहरे पर दिन भर की थकान के साथ एक हल्की-सी ताजगी भी थी। उसने मुझे अभी तक रिमोट हाथ में पकड़े खड़े देखा तो मुस्कुराकर बोली,

"अरे लाइए... दीजिए मुझे रिमोट। मैं इसका चैनल लगा देती हूँ। आप भी थोड़ी देर आराम कर लीजिए। सुबह से लगातार गाड़ी में बैठे हैं।"

मैंने बिना कुछ कहे रिमोट उसके हाथ में दे दिया। सच कहूँ तो शरीर अब थोड़ा थकान महसूस करने लगा था।

मैं धीरे से बिस्तर पर जाकर लेट गया। कपड़े बदलने की भी उस समय इच्छा नहीं हुई। बस सिर के नीचे एक मुलायम-सा तकिया लगाकर पीठ के बल लेट गया।

कमरे की छत और दीवारों को यूँ ही देखता रहा। टीवी की हल्की आवाज़ कमरे में गूँज रही थी, रिंकी बीच-बीच में हँस पड़ती थी, और रागिनी कभी उसे देखती, कभी अपना बैग ठीक करती।

पर मेरी आँखें दीवार पर टिकी हुई थीं...

और मन फिर से कहीं दूर भटकने लगा था।

कभी-कभी ऐसा होता है - शरीर कमरे में होता है, पर मन किसी और ही दुनिया में चला जाता है।

और उस समय मेरे मन की दुनिया में...

फिर से वही पुरानी यादें धीरे-धीरे लौटने लगी थीं।

प्रिय कृष्ण,

तुम्हारा पत्र मिला।

सच कहूँ तो जब भी तुम्हारा पत्र मेरी नजरों के सामने आता है, मेरे मन में एक अजीब-सी हलचल होने लगती है - जैसे कोई बहुत पुराना, बहुत अपना सा एहसास अचानक मेरे सामने आ खड़ा हुआ हो। न जाने क्यों, अब मुझे तुम्हारे पत्रों का इंतज़ार रहने लगा है। कई बार तो ऐसा लगता है कि दिन की सारी थकान, सारी उलझनें तभी हल्की होती हैं जब तुम्हारे शब्द मेरी आँखों के सामने आते हैं।

पर इसी के साथ मेरे भीतर एक हल्की-सी आत्मग्लानि भी जन्म ले लेती है। कभी-कभी मैं सोचती हूँ - मैं तुम्हारे इतने पास थी, फिर भी तुमसे मिल न सकी। यह बात मेरे मन को भीतर तक कचोटती है। उस दिन यदि मैं थोड़ी-सी हिम्मत कर पाती, यदि एक क्षण के लिए भी अपने संकोच को किनारे रख पाती, तो शायद हम आमने-सामने बैठकर बातें कर रहे होते।

तुम मुझे देखना चाहते थे, मुझसे मिलना चाहते थे...

और मैं थी कि जिसने उस क्षण को घटित होने नहीं दिया।

कभी-कभी यह सोचकर मन बहुत भारी हो जाता है कि कहीं मैंने तुम्हारे मन को अनजाने में चोट तो नहीं पहुँचाई। यदि उस दिन मैं तुमसे एक बार मिल लेती, तो शायद आज यह अपराध-बोध मेरे मन में इतना गहरा न होता।

तुम पूछते हो कि हमारी मुलाकात कब होगी...

सच कहूँ तो मुझे भी इसका उत्तर नहीं मालूम। जीवन इन दिनों कुछ ऐसी परिस्थितियों से गुजर रहा है जिन्हें मैं शब्दों में बाँधकर तुम्हें समझा भी नहीं सकती। बहुत-सी बातें हैं, बहुत-सी उलझनें हैं, जिनसे मैं स्वयं जूझ रही हूँ।

कभी-कभी ऐसा लगता है जैसे जीवन किसी अनजाने मोड़ पर खड़ा है - जहाँ रास्ते साफ दिखाई नहीं देते। मैं तुम्हें सब कुछ बताना चाहती हूँ, पर अभी मेरे पास वह साहस नहीं है कि उन सब बातों को शब्द दे सकूँ।

फिर भी मेरे मन में एक विश्वास कहीं न कहीं बना हुआ है।

यदि ईश्वर ने साथ दिया... यदि समय ने थोड़ी-सी भी कृपा की... तो वह दिन अवश्य आएगा जब मैं तुम्हारे सामने बैठकर खुलकर बात कर सकूँगी।

मैं कल्पना करती हूँ - एक दिन ऐसा होगा जब हमारे पास समय की कोई कमी नहीं होगी। हम बिना किसी जल्दबाज़ी के साथ-साथ चलेंगे। शायद किसी शांत सड़क पर, किसी बाग़ की पगडंडी पर... हाथों में हाथ डाले हुए।

कभी किसी छोटे-से रेस्टोरेंट में बैठकर साथ खाना खाएँगे। बिना किसी झिझक के, बिना किसी डर के।

और यदि ईश्वर ने अनुमति दी, तो शायद कुछ ऐसे आत्मीय क्षण भी होंगे - जब हम अपने मन की गहराइयों में छिपे दुख, डर और सपनों को एक-दूसरे के साथ बाँट सकेंगे।

पर कभी-कभी डर भी लगता है।

ईश्वर से भी डर लगता है।

न जाने उसने मेरी किस्मत में क्या लिखा है।

कभी मन पूछता है - क्या जो मैं चाहती हूँ, वह सच में पूरा हो पाएगा?

क्या वह दिन सचमुच आएगा जब मैं तुम्हारे सामने खड़ी होकर कह सकूँगी कि अब मुझे किसी बात का डर नहीं है?

इन दिनों मैं इसी उधेड़-बुन में अपने दिन काट रही हूँ।

समय बीतता जा रहा है, पर मन के भीतर प्रश्नों का एक सागर उमड़ता-घुमड़ता रहता है।

पर एक बात है, कृष्ण - जब तुम्हारा पत्र पढ़ती हूँ, तो मन को एक अद्भुत शांति मिलती है। ऐसा लगता है जैसे इस विशाल दुनिया में कोई है जो मेरे बारे में सोचता है, मेरा ख्याल रखता है, और मुझसे जुड़े रहना चाहता है। यह एहसास मेरे लिए बहुत अनमोल है।

शायद यही एक छोटी-सी आशा है जो मेरी निराशाओं से भरी दुनिया में एक उजली किरण बनकर चमकती रहती है।

कई बार मैं बहुत कुछ लिखना चाहती हूँ। मन में इतने शब्द उमड़ते हैं कि लगता है पूरा जीवन लिख दूँ। पर फिर रुक जाती हूँ। मुझे लगता है कि कुछ बातें कागज़ पर नहीं, आँखों में देख कर कही जानी चाहिए।

इसीलिए मैं उस सही समय की प्रतीक्षा कर रही हूँ - जब हम आमने-सामने बैठेंगे और मैं अपनी ज़िंदगी के हर पन्ने को धीरे-धीरे तुम्हारे सामने खोल सकूँगी।

मैं चाहती हूँ कि जब मैं तुम्हें अपनी कहानी सुनाऊँ, तो वह किसी पत्र के शब्दों में नहीं, बल्कि हमारे बीच बैठी सच्चाई के रूप में हो।

इसी उम्मीद के साथ मैं ईश्वर से प्रार्थना करती रहती हूँ -

कि वह दिन जल्द आए...

जब हमारी मुलाकात हो...

और उस दिन शायद मैं तुम्हारे कंधे पर सिर रखकर अपने मन का सारा बोझ हल्का कर सकूँ।

मुझे विश्वास है कि वह दिन अवश्य आएगा।

और जब आएगा, तो शायद हमारी यह लंबी प्रतीक्षा भी किसी मधुर स्मृति में बदल जाएगी।

तब तक...

तुम्हारे शब्दों का सहारा मेरे साथ है।

तुम्हारी राधा

कृष्ण की राधा

******

राधा के वे सारे पत्र आज भी मेरे मेलबॉक्स में उसी तरह सुरक्षित पड़े हैं, जैसे किसी पुराने संदूक में रखे हुए अनमोल उपहार - जिन्हें समय की धूल छू तो सकती है, पर मिटा नहीं सकती। कई बार मैं बिना किसी विशेष कारण के, यूँ ही समय निकालकर उन्हें फिर से खोल लेता हूँ। एक-एक पंक्ति पढ़ता हूँ, फिर दुबारा पढ़ता हूँ, और फिर तीसरी बार भी... जैसे उन शब्दों में छिपी हुई कोई धड़कन हो जिसे मैं बार-बार सुनना चाहता हूँ।

सच तो यह है कि वे केवल पत्र नहीं थे; वे मेरे जीवन के उन महीनों की साँसें थीं, जिनमें राधा मेरे बहुत करीब थी - भले ही हम कभी आमने-सामने नहीं मिले थे। उन पत्रों में उसकी आवाज़ थी, उसका संकोच था, उसकी पीड़ा थी और कहीं न कहीं उसके मन की वह कोमल गर्माहट भी थी, जो हर बार मेरे भीतर एक नई उम्मीद जगा देती थी।

और केवल उसकी यादें ही नहीं बल्कि उसके, वे सारे पत्र भी आज तक सुरक्षित हैं जो मैंने उसे लिखे थे। कभी-कभी मैं उन्हें भी खोलकर पढ़ता हूँ। उन शब्दों में मुझे अपना ही एक अलग रूप दिखाई देता है - एक ऐसा कृष्ण जो उम्मीदों से भरा हुआ था, जो हर नए पत्र के साथ यह विश्वास करता था कि यह संवाद केवल शब्दों का नहीं, बल्कि दो आत्माओं के बीच बनते एक अदृश्य संबंध का संकेत है।

पत्रों का यह सिलसिला लगभग छह महीनों तक लगातार चलता रहा।

हर सप्ताह... कभी-कभी उससे भी पहले... राधा का कोई न कोई पत्र मेरे पास आ ही जाता था। उस इंतज़ार की भी अपनी एक मिठास थी। जैसे ही मेलबॉक्स में उसका नाम दिखाई देता, दिल में एक हल्की-सी धड़कन बढ़ जाती।

पर फिर... एक दिन अचानक सब कुछ बदल गया।

राधा के पत्र आने बंद हो गए।

शुरू में मुझे लगा कि शायद वह व्यस्त होगी, या किसी कारण से थोड़ा समय लग गया होगा। एक-दो दिन, फिर तीन-चार दिन... और फिर पूरा एक सप्ताह बीत गया।

मैंने खुद को समझाया - कोई बात नहीं, शायद इस बार थोड़ा देर हो गई होगी।

पर धीरे-धीरे दिन हफ्तों में बदलने लगे।

और हफ्ते... महीनों में।

मैं एक अजीब-सी उलझन में पड़ गया था। पत्रों के माध्यम से ही सही, पर राधा से मेरा एक ऐसा संबंध बन चुका था जिसे मैं चाहकर भी अपने जीवन से अलग नहीं कर सकता था। ऐसा लगता था जैसे उसके बिना मेरी दिनचर्या का एक हिस्सा अधूरा रह गया हो।

सबसे बड़ी विडंबना यह थी कि उसने अपने किसी भी पत्र में कभी अपना पता नहीं लिखा था। मैंने कई बार उससे आग्रह किया था - कम से कम इतना तो बता दो कि तुम कहाँ रहती हो। पर वह हर बार शब्दों की माला बनाकर उस बात को टाल देती थी।

मैंने उससे कई बार यह भी कहा था कि अपनी एक तस्वीर ही भेज दो।

मैंने मज़ाक में लिखा था -

“जब तक हम मिल नहीं पाते, कम से कम उस तस्वीर के सहारे ही तुम्हें याद करके जी लूँगा।”

पर हर बार उसका उत्तर एक ही होता -

“नहीं, कृष्ण... पहली बार मैं तुम्हारे सामने स्वयं आकर खड़ी होना चाहती हूँ। मैं नहीं चाहती कि तुम मुझे कंप्यूटर की स्क्रीन पर देखो। मैं चाहती हूँ कि जब तुम मुझे देखो, तो मैं तुम्हारे सामने बैठी हुई रहूँ... इतनी पास कि तुम मुझे छू सको, और तुम्हारी वर्षों की वह तमन्ना भी पूरी हो सके।”

उसकी इस बात में एक अजीब-सी मासूमियत थी, और एक गहरा रहस्य भी। शायद इसी कारण मैंने कभी ज़्यादा ज़िद नहीं की।

लेकिन अब परिस्थिति बदल चुकी थी।

पहले कभी ऐसा नहीं हुआ था कि एक सप्ताह के भीतर उसका कोई पत्र न आए।

और अब...

दो महीने बीतने को आ रहे थे।

उसका कोई संदेश नहीं, कोई संकेत नहीं, कोई सुराग नहीं।

मेरे मन में चिंता धीरे-धीरे एक स्थायी छाया की तरह फैलने लगी। किसी काम में मन नहीं लगता था। पढ़ाई में ध्यान नहीं टिकता था। दिन भर मन में एक ही प्रश्न घूमता रहता - आखिर ऐसा क्या हुआ होगा?

क्या वह ठीक है?

क्या वह किसी परेशानी में है?

या फिर... उसने खुद ही यह संवाद समाप्त करने का निर्णय ले लिया है?

इन प्रश्नों का कोई उत्तर मेरे पास नहीं था।

आज भी मुझे वह दिन बहुत स्पष्ट रूप से याद है। लगभग छह महीने की उस लंबी अवधि के बाद दिसंबर का तीसरा सप्ताह था क्रिसमस आने को था।

उस दिन अचानक मेरे मेलबॉक्स में उसका नाम दिखाई दिया।

एक क्षण के लिए मेरा दिल जैसे तेज़ी से धड़कने लगा। मैंने तुरंत वह पत्र खोला।

पर जैसे-जैसे मैं उसकी पंक्तियाँ पढ़ता गया...

मुझे ऐसा लगा जैसे मेरे पैरों तले की जमीन धीरे-धीरे खिसकती जा रही हो। मैं स्तब्ध रह गया।

शब्द जैसे आँखों के सामने थे, पर विश्वास करना कठिन हो रहा था।

राधा ने अपने पत्र में लिखा था -

प्रिय कृष्ण,

यह पत्र लिखते समय मेरे हाथ बार-बार रुक जाते हैं। शब्द जैसे कागज़ पर उतरने से पहले ही कहीं भीतर ठहर जाते हैं। न जाने क्यों मुझे ऐसा महसूस हो रहा है कि शायद यह मेरा अंतिम पत्र हो। "अंतिम" शब्द लिखते हुए भी मन काँप उठता है, क्योंकि मन अभी भी जीना चाहता है, सपने देखना चाहता है, तुम्हें लिखना चाहता है।

परंतु जीवन कभी-कभी हमें ऐसे मोड़ पर लाकर खड़ा कर देता है जहाँ इच्छाएँ और वास्तविकता एक-दूसरे से दूर खड़ी दिखाई देती हैं। मैं धीरे-धीरे उम्र के उस पड़ाव की ओर बढ़ रही हूँ जहाँ प्रेम पत्र लिखने की इच्छा तो आज भी उतनी ही प्रबल है, पर मन की पीड़ा उन शब्दों के रास्ते में आकर खड़ी हो जाती है।

कृष्ण...

तुम मुझे क्षमा कर देना।

आज मैं तुम्हें वह बात बताने जा रही हूँ जिसे इतने दिनों तक तुमसे छिपाकर रखा। सच कहूँ तो मैं कभी नहीं चाहती थी कि तुम मेरी इस पीड़ा से परिचित हो। मैं चाहती थी कि तुम्हारी स्मृतियों में मैं उसी राधा की तरह बनी रहूँ - जो तुम्हें शब्दों में मुस्कुराती हुई दिखाई देती थी, जो तुम्हारे पत्रों का इंतज़ार करती थी, और जो हर बार तुम्हें उम्मीदों से भरा उत्तर भेजती थी।

लेकिन अब शायद सच छिपाना संभव नहीं रहा।

कृष्ण, इन दिनों मैं एक ऐसी बीमारी से जूझ रही हूँ जो लगभग लाइलाज बताई जा रही है। डॉक्टरों ने धीरे-धीरे हमें यह समझा दिया है कि अब समय बहुत कम है। उन्होंने जैसे एक तरह से हमें अल्टीमेटम

ही दे दिया है - कि अब शायद मैं बहुत लंबे समय तक जीवित न रह सकूँ।

यह सुनकर मेरे भीतर जैसे सब कुछ टूट गया। जीवन के इतने सारे सपने थे - कुछ अपने लिए, कुछ अपनों के लिए... और कुछ तुम्हारे साथ बिताए जाने वाले उन पलों के लिए जिनकी हम कल्पना किया करते थे।

कृष्ण, बीमारी के परिणाम भयानक हो सकते हैं - इतने भयानक कि कई बार मैं स्वयं भी उन्हें सोचने से डर जाती हूँ। भविष्य मेरे सामने एक धुंध की तरह खड़ा रहता है, जिसमें स्पष्टता कम और आशंकाएँ अधिक हैं।

शायद अब तुम समझ पाओगे कि मैं तुम्हारे सामने क्यों नहीं आई। यह दूरी किसी अहंकार की नहीं थी, न ही उपेक्षा की। यह दूरी भय से जन्मी थी - उस भय से कि कहीं मेरी यह अधूरी, अस्थिर देह तुम्हारे मन में बसे उस कोमल भाव को चोट न पहुँचा दे। मैं नहीं चाहती थी कि तुम किसी ऐसे सच से बँध जाओ, जो तुम्हें भीतर से तोड़ दे।

तुम्हारे शब्दों में जो विश्वास था, जो धैर्य था, उसने मुझे बार-बार यह सोचने पर विवश किया कि काश मैं भी उतनी ही निडर होती। पर हर बार जब सामने आने का विचार आता, तो मन में यही प्रश्न उठता - यदि कल मैं न रहूँ तो? यदि मेरी बीमारी ने मुझे तुमसे छीन लिया तो? क्या मैं तुम्हें उस पीड़ा का अधिकारी बना सकती हूँ, जिसे मैं स्वयं सहने की कोशिश कर रही हूँ?

मैंने तुम्हें दूर से देखा, समझा और चाहा - पर स्वयं को कभी उस चाह के केंद्र में नहीं रखा। यह जानकर शायद तुम्हें पीड़ा हो, पर विश्वास करो, यह सब किसी खेल या छल का हिस्सा नहीं था। यह एक बीमार मन की विवशता थी, जो प्रेम करना तो चाहता था, पर किसी को बाँधना नहीं।

कृष्ण, यह पत्र लिखते हुए भी मुझे डर लग रहा है। डर इस बात का नहीं कि तुम मुझे समझोगे या नहीं - डर इस बात का है कि कहीं तुम मेरी इस सच्चाई के बावजूद मुझे और अधिक अपना न लो। क्योंकि तब मेरी चिंता कई गुना बढ़ जाएगी। मैं नहीं चाहती कि मेरी बीमारी तुम्हारे जीवन की छाया बन जाए।

अब मुझे अपने इलाज के लिए बॉम्बे जाना होगा। डॉक्टरों का कहना है कि शायद वहाँ कुछ बेहतर उपचार मिल सके। सच कहूँ तो इस पूरी प्रक्रिया ने मेरे माता-पिता को भीतर से तोड़ दिया है।

मैं उनकी इकलौती बेटी हूँ।

उन्होंने कभी यह कल्पना भी नहीं की होगी कि जीवन उन्हें इस मोड़ पर लाकर खड़ा कर देगा। माँ की आँखों में हर समय एक अजीब-सी चिंता दिखाई देती है, और पापा की चुप्पी... वह चुप्पी मुझे भीतर तक हिला देती है। जैसे वे कुछ कहना चाहते हैं, पर शब्द उनके पास भी नहीं हैं।

मैं नहीं चाहती थी कि तुम्हें अपनी बीमारी के बारे में बताऊँ।

मैं चाहती थी कि हमारे बीच जो संवाद है, वह हमेशा उसी उजाले में बना रहे जिसमें हमने उसे शुरू किया था।

परंतु फिर मन ने कहा -

यदि मैं तुम्हें बताए बिना ही इस दुनिया से चली गई, तो शायद मेरी आत्मा को भी शांति नहीं मिलेगी।

कृष्ण, सच में...

मैं तुमसे बिछड़ना नहीं चाहती थी।

मैं तुम्हारे पास आना चाहती थी।

तुम्हारे सामने बैठकर तुम्हारी आँखों में देखना चाहती थी।

तुम्हारे साथ कुछ पल यूँ ही बिताना चाहती थी - जैसे दो पुराने दोस्त, जो एक-दूसरे को बहुत पहले से जानते हों।

मैं चाहती थी कि हम साथ कहीं टहलें, साथ चाय पिएँ, और उन अनगिनत बातों को साझा करें जो हमने केवल पत्रों में लिखी थीं।

लगता है जैसे यह सब अभी कल की ही बात हो। समय भले ही आगे बढ़ गया हो, पर यादों की घड़ी वहीं कहीं ठहरी हुई है। वह समय मुझे आज भी याद है जब तुम दिन में सौ-सौ संदेश भेज दिया करते थे। हर थोड़ी देर में मोबाइल की स्क्रीन चमक उठती थी और तुम्हारा नाम दिखाई देता था। कभी कोई छोटी-सी बात, कभी कोई शरारती पंक्ति, कभी कोई लंबा-सा भावुक संदेश - जैसे तुम्हारे शब्दों की धारा कभी रुकती ही नहीं थी।

और यदि कभी मैं थोड़ी देर के लिए भी उत्तर न दे पाती, तो तुम बेचैन हो उठते थे। तुम्हारी वह अधीरता आज भी याद है - जैसे मेरे मौन में भी तुम्हें कोई अनहोनी दिखाई देने लगती थी। तुम कभी नाराज़ हो जाते, कभी शिकायत करते, और फिर उसी क्षण अगले संदेश में मनाने भी लगते। तुम्हारी वह मासूम अधीरता कभी-कभी मुझे मुस्कुराने पर मजबूर कर देती थी।

मेरी हालत भी कुछ अलग नहीं थी। धीरे-धीरे यह सिलसिला मेरी आदत बन गया था। मैं रात को सोने जाती तो मोबाइल को अपने हाथों में लेकर ही सोती। ऐसा लगता जैसे वह छोटा-सा उपकरण केवल मशीन नहीं, बल्कि तुम्हारी उपस्थिति का एक माध्यम बन गया हो।

कई बार आधी रात को भी संदेश की हल्की-सी आवाज़ सुनाई देती और मैं नींद से चौंककर उठ बैठती। स्क्रीन खोलती और तुम्हारा संदेश पढ़ते ही होंठों पर अनायास मुस्कान आ जाती। फिर मैं भी तुरंत उत्तर लिख देती - कभी नींद भरी आँखों से, कभी मुस्कुराते हुए, और कभी केवल यह कहकर कि "अब सो जाओ, बहुत रात हो गई है।"

पर सच कहूँ तो वह एक अजीब-सी दीवानगी का समय था।

ऐसा लगता था जैसे धीरे-धीरे मैं खुद को भूलती जा रही हूँ। मेरी दिनचर्या, मेरी सोच, मेरे सपने - सब कुछ कहीं न कहीं तुम्हारे नाम के इर्द-गिर्द घूमने लगे थे।

दिन हो या रात...

मेरे मन में तुम्हारा ही नाम गूँजता रहता था।

शायद मुझे भी उस भावना की आदत पड़ गई थी। एक ऐसी आदत जो धीरे-धीरे अधिकार में बदलने लगी थी। मैं तुम पर अपना अधिकार समझने लगी थी। तुम्हारी हर बात, हर भावना पर जैसे मेरा अपना स्वामित्व हो गया था।

मैंने तो अपने मन में यह कल्पना भी छोड़ दी थी कि तुम्हारे बिना भी कोई जीवन हो सकता है। तुम्हारे बिना दुनिया की कल्पना ही अधूरी लगने लगी थी।

क्या तुम्हें वह दिन याद है - जब तुमने हमारे मिलन की कल्पना को एक कहानी के रूप में मेरे सामने रखा था? वह कोई साधारण कथा नहीं थी; वह तुम्हारे हृदय की गहराइयों से निकली हुई एक ऐसी कल्पना थी, जिसमें हमारे भविष्य के सपने धीरे-धीरे आकार ले रहे थे। तुम उस कहानी को ऐसे सुना रहे थे जैसे वह किसी लेखक की रचना न होकर तुम्हारे अपने जीवन का सच बनने वाली हो।

मुझे आज भी याद है, उस समय तुम शब्दों के सहारे एक संसार रच रहे थे - एक ऐसा संसार जहाँ हम दोनों के अलावा कोई तीसरा नहीं था। तुम्हारी कहानी में रास्ते थे, यात्राएँ थीं, प्रतीक्षा थी, और अंत में एक ऐसा मिलन था जिसमें वर्षों की दूरी एक ही क्षण में पिघलकर समाप्त हो जाती थी।

तुम कहते थे कि एक दिन ऐसा आएगा जब हम दोनों अचानक किसी मोड़ पर आमने-सामने खड़े होंगे। न कोई औपचारिकता होगी, न कोई संकोच - बस एक गहरी पहचान, जैसे दो आत्माएँ पहले से ही एक-

दूसरे को जानती हों। तुम्हारी उस कहानी में वह क्षण इतना जीवंत था कि सुनते-सुनते मुझे भी लगने लगा था कि वह मिलन सचमुच कहीं हमारे भाग्य में लिखा हुआ है।

तुम्हारी कल्पना में वह दृश्य बड़ा ही सुंदर था। तुम कहते थे - हम किसी शांत शाम में मिलेंगे, जब आकाश हल्की धूप से रंगा होगा और हवा में एक मीठी-सी ठंडक घुली होगी। हम दोनों कुछ क्षणों तक केवल एक-दूसरे को देखते रहेंगे, जैसे विश्वास ही न हो कि वर्षों से जिन शब्दों के सहारे हमने एक रिश्ता जिया है, वह आज आँखों के सामने साकार खड़ा है।

तुम्हारी कहानी में उस मिलन के बाद बहुत-सी बातें थीं - लंबी बातचीत, पुरानी यादों पर हँसी, कुछ अधूरी शिकायतें, और फिर धीरे-धीरे उन सबका प्रेम में बदल जाना। तुम कहते थे कि उस दिन हम दोनों को यह एहसास होगा कि दूरी केवल शरीरों के बीच होती है, मन के बीच नहीं।

जब तुम शब्दों के माध्यम से अपनी कहानी लिख रहे थे, तो मैं चुपचाप अपनी मन की आँखों से उसे पढ़ती जा रही थी। मेरे होंठों पर हल्की-सी मुस्कान थी, पर मन के भीतर एक अजीब-सी हलचल भी थी। तुम्हारे शब्दों ने उस दिन मेरे भीतर एक ऐसा सपना जगा दिया था, जिसे मैंने बाद में कई बार अपनी आँखें बंद करके दोहराया।

आज जब मैं उन दिनों को याद करती हूँ, तो लगता है कि वह कहानी केवल एक कल्पना नहीं थी - वह हमारे भावों की अभिव्यक्ति थी। शायद वह हमारे मन की वह इच्छा थी जिसे हम शब्दों के सहारे सच होते हुए देखना चाहते थे।

इसलिए आज मैं तुमसे पूछती हूँ -

क्या तुम्हें सचमुच वह दिन याद है, जब तुमने एक कहानी के माध्यम से हमारे मिलन का वह स्वप्न मेरे सामने रचा था? एक शांत

चांदनी रात... जब आकाश सितारों से भरा हुआ था। हवा में एक अद्‌भुत शांति थी और प्रकृति जैसे किसी अनकहे संगीत में डूबी हुई थी।

अपने शब्दों की जादूगरी से उस रात तुमने एक ऐसा दृश्य खींच दिया था। जिसका मैंने प्रत्यक्ष अनुभव किया था। मुझे ऐसा एहसास होने लगा था जैसे उस रात तुमने मेरा सिर अपनी गोद में रख लिया हो। मैं आकाश की ओर देख रही थी और तुम मेरे बालों में अपनी उँगलियाँ फेरते हुए धीरे-धीरे बातें कर रहे हो।

तुमने तब एकदम जीवंत स्वप्न देखा था - एक अजीब, पर बहुत सुंदर सपना।

तुमने कहा था कि जब जीवन की दौड़-भाग खत्म हो जाएगी, जब उम्र के चढ़ते पड़ाव हमें थका देंगे, तब हम दोनों इस संसार से दूर कहीं चले जाएँगे।

तुमने कहा था -

"हम हिमालय की किसी शांत गुफा में जाकर रहेंगे। वहाँ न तुम्हारा संसार होगा, न मेरा। न कोई भीड़ होगी, न कोई शोर। न कोई आने वाला होगा, न जाने वाला। वहाँ केवल हम दोनों होंगे - पूरी तरह अकेले, पर फिर भी एक-दूसरे के साथ।"

तुम्हारी आँखों में उस समय एक अजीब-सी चमक थी। तुम पहाड़ों की उस दुनिया की कल्पना करते जा रहे थे - जहाँ शुद्ध हवा होगी, खुला आकाश होगा, और हमारे सिवा कोई नहीं होगा।

तुम कहते थे कि हम पहाड़ों की पगडंडियों पर यूँ ही घूमते रहेंगे, प्रकृति के बीच जीवन का असली अर्थ खोजेंगे। कभी कोई गीत गाएँगे, कभी चुपचाप बैठकर पहाड़ों को निहारेंगे।

भोजन के लिए जंगल के कंदमूल और फल होंगे, और जीवन के लिए केवल एक-दूसरे का साथ।

तुम कहते थे -

"बस तुम्हारा हाथ मेरे हाथ में हो, और फिर जीवन में किसी चीज़ की जरूरत नहीं रहेगी।"

उस समय मुझे लगा था कि यह सपना सच हो सकता है।

लेकिन जीवन की सच्चाई सपनों से बहुत अलग होती है।

समय ने धीरे-धीरे सब कुछ बदल दिया।

वो वादे, वो कसमें, वो अधूरी इच्छाएँ - सब कुछ जैसे किसी अदृश्य धारा में बह गया।

गिले-शिकवे, शिकायतें, उम्मीदें - सब धीरे-धीरे पिघलकर किसी नदी की तरह बहने लगे।

और वह नदी भी अंततः सागर में जाकर मिल गई...

जहाँ पहुँचकर नदी का अपना अस्तित्व ही समाप्त हो जाता है।

जब नदी ही सागर में समा जाती है, तो उसकी धाराओं का अलग अस्तित्व कहाँ रह जाता है।

शायद हमारी कहानी भी कुछ ऐसी ही थी -

एक नदी की तरह शुरू हुई...

बहती रही...

और फिर किसी अनंत सागर में जाकर खो गई।

कृष्ण, मुझे वह दिन आज भी उतनी ही स्पष्टता से याद है, जैसे वह कल की ही बात हो। वह एक शांत-सा क्षण था, जब तुमने बहुत ही सधे हुए संयत शब्दों में पूरे विश्वास के साथ लिखा था -

"हमारा प्रेम देह का प्रेम नहीं है। यह उससे कहीं अधिक गहरा है, कहीं अधिक पवित्र है।"

तुम्हारे ये शब्द सुनकर उस समय मैं कुछ क्षणों के लिए बिल्कुल मौन हो गई थी। ऐसा लगा था जैसे किसी ने मेरे मन के भीतर छिपी अनेक भावनाओं को एक साथ छू लिया हो। तुम्हारे शब्दों में उस समय

एक अजीब-सी गंभीरता थी - न कोई आग्रह, न कोई अधीरता, बस एक शांत विश्वास।

उस क्षण मुझे लगा था कि शायद तुमने मेरी आँखों में बहुत गहराई से झाँक लिया है। तुम कोई घटना नहीं सुना रहे थे, न ही कोई तर्क दे रहे थे। तुम तो बस अपने मन की सच्चाई मेरे सामने रख रहे थे - इतनी सहजता से, जैसे वह तुम्हारे जीवन का सबसे स्वाभाविक सत्य हो।

तुमने कहा था कि तुम्हारे लिए प्रेम केवल शरीरों का आकर्षण नहीं है।

तुम्हारे शब्दों में प्रेम का अर्थ कुछ और ही था -

एक ऐसा अदृश्य बंधन, जो दो आत्माओं को जोड़ता है।

एक ऐसा संबंध, जिसे छुए बिना भी महसूस किया जा सकता है...

और जिसे बोले बिना भी समझा जा सकता है।

उस समय तुम्हारी बात पत्र में पढ़कर मैं शांत सी हो गयी थी। परन्तु भीतर बहुत कुछ चल रहा था।

आज सोचती हूँ तो मन करता है कि तुमसे पूछूँ -

क्या तुम्हें याद है कि उस समय मैंने तुमसे क्या कहा था?

क्योंकि सच तो यह है, कृष्ण, कि तुम्हारे उस पवित्र विचार के सामने मेरे मन की भावनाएँ थोड़ी अलग थीं।

मैं तुम्हें केवल आत्मा के स्तर पर नहीं चाहती थी...

मैं तुम्हारे थोड़ा करीब आना चाहती थी।

कभी-कभी मन करता था कि तुम्हारे पास बैठूँ, तुम्हारी बाँहों की गर्माहट महसूस करूँ, और उस क्षण को जी लूँ जहाँ शब्दों की आवश्यकता ही न पड़े।

मैं चाहती थी कि तुम्हारे कंधे पर सिर रखकर कुछ पल यूँ ही चुप बैठी रहूँ - जैसे दुनिया की सारी थकान उसी क्षण मिट जाए।

पर शायद वह सब हमारे भाग्य में नहीं था।

वह इच्छा मन में ही रह गई... एक अधूरा-सा सपना बनकर।

कभी-कभी यह सोचकर मन भारी हो जाता है कि यदि मैं इस दुनिया में न रही, तो यह अधूरापन मेरे साथ ही चला जाएगा। शायद यह एक ऐसा अफसोस होगा जो मृत्यु के बाद भी मेरे मन को कहीं न कहीं कचोटता रहेगा।

लेकिन कृष्ण, यह भी सच है कि तुमने अपने मन को हमेशा एक मर्यादा के भीतर रखा। तुमने अपने प्रेम को कभी उस सीमा से आगे नहीं बढ़ने दिया जहाँ उसकी पवित्रता को कोई आँच पहुँचती।

मैं यह भली-भाँति जानती हूँ कि तुम मुझे सच्चे मन से चाहते थे। चाहते हो और चाहते रहोगे। तुम्हारी उस चाहत में कोई स्वार्थ नहीं था, कोई अधिकार जताने की इच्छा नहीं थी।

तुम्हारा प्रेम बहुत शांत था... बहुत संयमित... और शायद इसीलिए इतना गहरा भी।

यदि तुम्हें याद हो तो अपनी स्मृतियों के पन्नों को ज़रा धीरे-धीरे पलटकर देखना।

क्या कभी ऐसा क्षण आया जब मैंने तुमसे तुम्हारी देह की निकटता माँगी हो?

क्या मैंने कभी ऐसा कोई आग्रह किया हो जिससे तुम असहज हो जाओ?

क्या मैंने कभी तुम पर कोई ऐसा अधिकार जताया हो जो तुम्हारी मर्यादा को तोड़ दे?

नहीं कृष्ण...

मैंने ऐसा कभी नहीं किया।

मैंने अपने मन की भावनाओं को हमेशा बहुत सावधानी से संभालकर रखा। क्योंकि मैं जानती थी कि तुम्हारे लिए प्रेम केवल एक भावना नहीं, बल्कि एक आदर्श था - एक ऐसा आदर्श जिसे तुम किसी भी कीमत पर टूटने नहीं देना चाहते थे।

और शायद इसी कारण...

हमारा प्रेम आज भी इतना पवित्र लगता है -

क्योंकि उसमें बहुत-सी इच्छाएँ थीं, पर उनसे भी अधिक संयम था।

मेरे आग्रह बहुत छोटे थे - इतने छोटे कि शायद आज के समय में लोग उन्हें प्रेम भी न कहें। पर मेरे लिए वही प्रेम का सबसे सच्चा रूप था।

यदि मैंने कभी तुमसे कुछ माँगा भी, तो वह केवल एक निष्कपट मुस्कान थी - वह मुस्कान जो दिल से निकलती है और सामने वाले के मन को छू जाती है।

मैंने तुमसे बस इतना ही चाहा था कि जब हम मिलें, तो तुम मुझे देखकर हल्का-सा मुस्कुरा दो - जैसे कोई अपना बहुत समय बाद सामने आया हो।

यदि कभी कोई आग्रह किया, तो केवल इतना कि हम दोनों कभी किसी सुनसान, शांत सड़क पर साथ-साथ कुछ कदम चल सकें।

बिना किसी जल्दबाज़ी के...

बिना किसी उद्देश्य के...

बस यूँ ही, जैसे दो लोग जीवन की राह पर थोड़ी देर के लिए साथ हो गए हों।

मैंने केवल इतना चाहा था कि तुम्हारा हाथ मेरे हाथ में हो - न किसी अधिकार के साथ, न किसी बंधन के साथ - बस एक विश्वास के साथ।

और यदि कभी मैंने तुमसे कुछ और माँगा भी, तो वह केवल प्रेम के दो सच्चे शब्द थे।

ऐसे शब्द जिनमें कोई बनावट न हो, कोई दिखावा न हो - बस मन की सच्चाई हो।

मेरे लिए प्रेम का अर्थ यही था, कृष्ण -

न कोई दावा, न कोई अपेक्षा, न कोई शर्त।

मुझे यह सोच कर बड़ा गर्व का एहसास होता था कि इस विशाल दुनिया में कहीं एक ऐसा मन है जो मुझे समझता है, मुझे याद करता है, और हमारी खुशी में अपनी खुशी खोज लेता है।

यही प्रेम था मेरे लिए।

और शायद आज भी... मेरे हृदय के सबसे शांत कोने में वही प्रेम उसी तरह जीवित है।

यदि तुम्हें ऐसा लगता है कि मेरे इन शब्दों में सच्चाई नहीं है, तो तुम निस्संकोच अपने दिल पर हाथ रखकर कह सकते हो कि यह सब मिथ्या है - सिर्फ कल्पना है, एक कपोल-कल्पित कथा है, जिसे मैंने तुम्हारे मन की संतुष्टि के लिए गढ़ लिया है। तुम यह भी कह सकते हो कि मैं अपने आपको एक आदर्श व्यक्तित्व की प्रतिमा के रूप में प्रस्तुत करने की कोशिश कर रही हूँ, और अपने भावों को महिमामंडित करके उन्हें वास्तविकता से अधिक पवित्र सिद्ध करना चाहती हूँ।

परन्तु कृष्ण, क्या सचमुच तुम ऐसा कह पाओगे?

क्या तुम अपने मन की गहराइयों में उतरकर यह स्वीकार कर सकोगे कि हमारे बीच जो कुछ था, वह केवल शब्दों का खेल था, केवल क्षणिक आकर्षण था, या केवल कल्पना का एक क्षणिक आवेग था?

मुझे पूरा विश्वास है कि तुम ऐसा नहीं कह पाओगे।

क्योंकि सच्चाई का एक स्वभाव होता है - वह चाहे कितनी ही परतों के नीचे क्यों न छिप जाए, पर अंततः अपने अस्तित्व का आभास

करा ही देती है। और हमारे बीच जो कुछ था, वह उसी सच्चाई का एक शांत, पर गहरा स्वरूप था।

मैं यह नहीं कहती कि मैं पूर्ण हूँ या मेरी भावनाएँ किसी आदर्श की मूर्ति हैं। मैं भी एक साधारण महिला हूँ - मेरे भीतर भी इच्छाएँ थीं, आकर्षण था, और मन की स्वाभाविक लहरें भी थीं। परंतु इन सबके बीच एक बात हमेशा स्पष्ट रही - मेरे प्रेम की दिशा केवल शरीर तक सीमित नहीं थी।

मेरा प्रेम देह से होकर भी देह में बंधा हुआ नहीं था।

वह उस सीमा से आगे बढ़कर आत्मा की उस भूमि तक पहुँचने का प्रयास करता रहा, जहाँ भावनाएँ शब्दों से अधिक गहरी हो जाती हैं और निकटता स्पर्श से अधिक सच्ची हो जाती है।

कभी-कभी मैं स्वयं सोचती हूँ - यदि हमारे बीच केवल देह का आकर्षण होता, तो शायद वह भावना बहुत पहले समाप्त हो गई होती। समय की धूल उसे ढक देती, परिस्थितियाँ उसे मिटा देतीं, और स्मृतियों की भीड़ में वह एक धुंधली-सी छवि बनकर रह जाती।

पर ऐसा नहीं हुआ।

आज भी जब मैं उन दिनों को याद करती हूँ, तो मुझे यह अनुभव होता है कि वह संबंध किसी क्षणिक आकर्षण का परिणाम नहीं था। वह एक ऐसी अनुभूति थी जो समय के साथ और अधिक शांत, और अधिक गहरी होती चली गई।

इसलिए मैं पूरे विश्वास के साथ कह सकती हूँ -

मेरा प्रेम देह में होकर भी देह से परे था...

आज भी है...

और शायद जीवन के अंतिम क्षण तक रहेगा।

आज मैं जीवन की ऐसी दहलीज पर खड़ी हूँ जहाँ से आगे का रास्ता केवल अस्पतालों की गलियों से होकर जाता है। सफेद दीवारें,

दवाइयों की गंध, और डॉक्टरों की गंभीर आवाज़ें - यही अब मेरी दुनिया बनती जा रही है।

फिर भी मेरे मन में एक छोटी-सी आशा अभी भी जीवित है।

मैं चाहती हूँ कि तुम हमेशा खुश रहो। तुम्हारे जीवन में कभी कोई कमी न आए।

यदि इसके बाद तुम मुझसे दूरी बना लो, तो मैं उसे स्वीकार कर लूँगी। यह मेरा अधिकार नहीं कि मैं तुम्हारे जीवन में दुख का बीज बोऊँ। पर यदि तुम इस सच के साथ भी मुझे उसी संवेदना से देख सको, तो यह मेरे लिए किसी वरदान से कम नहीं होगा।

और हाँ, यदि कभी मेरे लिए प्रार्थना करो तो बस इतना कहना -

"ईश्वर, राधा को इतनी शक्ति दे देना कि वह फिर से मुस्कुरा सके... और एक दिन कृष्ण के सामने आकर खड़ी हो सके।"

यदि ईश्वर ने चाहा, तो मैं एक दिन फिर तुम्हारे सामने आऊँगी।

तब तक...

इन कुछ दिनों तक... तुम मुझे अपनी प्रार्थनाओं में याद रखना।

तुम्हारी राधा

कृष्ण की राधा

पत्र पढ़ते ही ऐसा लगा जैसे किसी ने अचानक मेरे भीतर की सारी रोशनी बुझा दी हो। आँखों के सामने एक गहरा अँधेरा छा गया। कुछ क्षणों के लिए मुझे सचमुच ऐसा महसूस हुआ मानो समय थम गया हो - घड़ी की सुइयाँ रुक गई हों, हवा का बहाव रुक गया हो, और संसार की सारी ध्वनियाँ किसी अनजाने मौन में विलीन हो गई हों।

मैं कुर्सी पर बैठा था, पर मन जैसे कहीं बहुत दूर चला गया था। उस एक पत्र ने मेरे भीतर की पूरी दुनिया को हिला कर रख दिया था। ऐसा लगा जैसे मेरा अपना अस्तित्व ही शून्य में विलीन हो गया हो।

जीवन को जीने की जो छोटी-छोटी लालसाएँ मन में बची थीं - वे भी जैसे अचानक अर्थहीन हो गईं।

मैं स्क्रीन पर खुले उस पत्र को बार-बार पढ़ रहा था। हर पंक्ति जैसे दिल के भीतर उतरकर कोई गहरी चोट कर रही थी। शब्द वही थे, पर हर बार उन्हें पढ़ते हुए दर्द कुछ और गहरा हो जाता था।

समझ ही नहीं आ रहा था कि मैं इस पत्र का उत्तर कैसे लिखूँ।

क्या लिखूँ?

किसको लिखूँ?

दिल की धड़कन जैसे एक पल को रुक सी गई थी। कमरे में गहरा सन्नाटा था, पर उस सन्नाटे से भी अधिक भारी मौन मेरे भीतर फैल गया था। ऐसा लग रहा था जैसे चारों ओर एक विराट एकांत उतर आया हो - इतना गहरा कि उसमें मेरी अपनी आवाज भी खो जाए।

कभी-कभी मन में आता कि यह सब एक बुरा सपना है और अगले ही क्षण मैं जाग जाऊँगा। परंतु वह सपना नहीं था; वह एक ऐसी सच्चाई थी जिससे बचना संभव नहीं था।

मेरे मन में जो सपने धीरे-धीरे आकार ले रहे थे, जो भावनाएँ चुपचाप मेरे भीतर घर बना रही थीं - वे सब एक ही झटके में बिखर गए थे। ऐसा लग रहा था जैसे प्रेम ने अभी जन्म भी नहीं लिया था और उससे पहले ही उसके अंत की घोषणा हो गई हो।

कितना अजीब होता है जीवन का यह खेल -

कभी-कभी कोई व्यक्ति हमारे जीवन में आता है, और अनजाने ही हमारे मन की दुनिया को बदल देता है। फिर अचानक एक दिन वह उतनी ही चुपचाप दूर चला जाता है, जैसे कभी आया ही न हो।

मेरे साथ भी कुछ ऐसा ही हुआ था।

कई दिन तक मैं इसी उलझन में डूबा रहा।

क्या करूँ?

किससे पूछूँ?

किस दिशा में जाऊँ?

राधा के बारे में मेरे पास कुछ भी तो नहीं था -

न उसका कोई ठिकाना,

न कोई पता,

न कोई संकेत,

न कोई तस्वीर।

बस कुछ पत्र थे... और उनमें लिखे हुए वे शब्द, जो अब मेरे जीवन की सबसे गहरी स्मृति बन चुके थे।

कभी-कभी लगता था कि शायद ईश्वर ने हमारी कहानी का अंत बहुत पहले ही लिख दिया था - उस समय, जब हम उसकी शुरुआत का सपना देख रहे थे।

पर जीवन ठहरता नहीं।

कहते हैं - चलने का नाम ही संसार है।

दुख आते हैं, मन को तोड़ जाते हैं, और फिर धीरे-धीरे समय के साथ कहीं दूर खो जाते हैं। सुख भी आते हैं और कुछ समय बाद स्मृति बनकर रह जाते हैं।

समय किसी के लिए नहीं रुकता।

वह अपनी गति से चलता रहता है - चाहे कोई हँस रहा हो या रो रहा हो। शायद इसी सत्य को याद करके मैंने स्वयं को संभालने की कोशिश की।

एक दिन भारी मन से मैं फिर से कंप्यूटर के सामने जाकर बैठ गया। स्क्रीन की हल्की रोशनी कमरे के अंधेरे को चीर रही थी। मैंने कीबोर्ड पर अपने हाथ रखे - पर उंगलियाँ कुछ क्षणों तक स्थिर रहीं।

फिर धीरे-धीरे मैंने टाइप करना शुरू किया।

हर शब्द के साथ ऐसा लग रहा था जैसे मैं अपने दिल का एक हिस्सा उस पत्र में उतार रहा हूँ।

मैं नहीं जानता था कि वह पत्र राधा तक पहुँचेगा भी या नहीं।

मैं यह भी नहीं जानता था कि वह उसे पढ़ पाएगी या नहीं।

पर फिर भी मैं लिख रहा था - इस विश्वास के साथ कि सच्चे प्रेम का अस्तित्व केवल मिलन पर निर्भर नहीं होता।

कहीं न कहीं मेरे मन में यह छोटी-सी आशा जीवित थी कि यदि हमारा प्रेम सच्चा है, तो वह समय और दूरी की सीमाओं से ऊपर उठकर अमर हो जाएगा।

और शायद...

ईश्वर स्वयं उसकी रक्षा करेगा।

जब भी प्रेम की चर्चा होती है, जब भी कोई सच्चे और शाश्वत प्रेम का उदाहरण ढूँढ़ना चाहता है, तो सबसे पहले जो नाम स्मरण में आता है वह है - श्रीकृष्ण और राधा का प्रेम। यह केवल दो व्यक्तियों का प्रेम नहीं था; इसे युगों से जीवात्मा और परमात्मा के मिलन का प्रतीक माना गया है। ऐसा प्रेम जिसमें अधिकार नहीं, केवल समर्पण था; जिसमें मिलन से अधिक महत्व स्मृति और भावना का था।

राधा और श्रीकृष्ण का संबंध बचपन की उन निष्कलुष भावनाओं से शुरू हुआ था, जहाँ प्रेम का अर्थ भी पूरी तरह समझ में नहीं आता, पर हृदय उसे सहज रूप से पहचान लेता है। कहा जाता है कि जब श्रीकृष्ण लगभग आठ वर्ष के थे, तभी राधा और श्रीकृष्ण ने उस अनकही अनुभूति को महसूस किया था जिसे हम प्रेम कहते हैं। वह प्रेम किसी वासना या अपेक्षा से जन्मा हुआ नहीं था, बल्कि वह आत्माओं की उस पहचान का परिणाम था जो जन्म-जन्मांतरों से जुड़ी हुई प्रतीत होती है।

राधा केवल श्रीकृष्ण के रूप या उनके आकर्षण से ही प्रभावित नहीं थीं; वह उनके भीतर छिपे उस दैवीय तेज को पहचानती थीं जो उन्हें साधारण मनुष्यों से अलग बनाता था। उन्होंने अपने जीवन के हर क्षण में श्रीकृष्ण की स्मृतियों को अपने हृदय में संजोकर रखा। यही उनके संबंध की सबसे बड़ी सुंदरता थी - मिलन से अधिक स्मृति का प्रेम, साथ से अधिक समर्पण का प्रेम।

कहा जाता है कि श्रीकृष्ण को इस संसार में दो ही चीजें सबसे अधिक प्रिय थीं - उनकी बांसुरी और राधा। और आश्चर्य की बात यह है कि ये दोनों एक-दूसरे से गहराई से जुड़ी हुई थीं। श्रीकृष्ण की बांसुरी की धुन ही वह जादू थी जिसने पहली बार राधा के हृदय को छुआ था। वह धुन जैसे राधा के मन को खींचकर श्रीकृष्ण की ओर ले आई थी।

और दूसरी ओर, राधा के कारण ही श्रीकृष्ण अपनी बांसुरी को हमेशा अपने पास रखते थे। वह केवल एक वाद्य यंत्र नहीं थी; वह उनके प्रेम का प्रतीक बन चुकी थी। भले ही समय ने राधा और श्रीकृष्ण को भौतिक रूप से अलग कर दिया, पर वह बांसुरी की धुन दोनों के हृदयों को एक अदृश्य सूत्र में बाँधे रखती थी।

जब वह समय आया जब श्रीकृष्ण को वृंदावन छोड़कर अपने जीवन के महान दायित्वों को निभाने के लिए आगे बढ़ना पड़ा, तब उनके और राधा के बीच एक अंतिम मिलन हुआ। उस क्षण में शब्द कम थे और भावनाएँ अधिक। राधा ने श्रीकृष्ण से कहा -

“भले ही तुम इस भूमि से दूर जा रहे हो, पर मेरे मन में तुम हमेशा यहीं रहोगे।"

श्रीकृष्ण वृंदावन से चले गए और राधा का जीवन एक नए मोड़ पर आ खड़ा हुआ। समय के साथ उनकी शादी हो गई। उन्होंने अपने दांपत्य जीवन के सभी कर्तव्यों को पूरी निष्ठा से निभाया। उन्होंने पत्नी

के रूप में अपने सभी धर्मों का पालन किया, समाज की मर्यादाओं को निभाया, और जीवन की सारी जिम्मेदारियों को स्वीकार किया।

परंतु इन सबके बावजूद उनके हृदय का एक कोना सदैव श्रीकृष्ण के लिए समर्पित रहा। वह प्रेम कोई सामाजिक बंधन नहीं था - वह आत्मा का संबंध था, जिसे समय या परिस्थितियाँ कभी मिटा नहीं सकीं।

उधर श्रीकृष्ण भी अपने दैवीय कर्तव्यों को निभाने में व्यस्त हो गए। उन्होंने द्वारका में राज्य स्थापित किया, अनेक युद्धों का सामना किया, और धर्म की स्थापना के लिए अनेक निर्णय लिए।

समय बीतता गया।

और एक दिन, जब जीवन के अधिकांश कर्तव्य पूरे हो चुके थे, राधा ने अपने प्रिय श्रीकृष्ण से अंतिम बार मिलने का निर्णय लिया।

वह द्वारका पहुँचीं - श्रीकृष्ण की उस भव्य नगरी में जहाँ उन्हें कोई पहचानता नहीं था। उन्होंने सुना कि श्रीकृष्ण का विवाह रुक्मिणी और सत्यभामा से हो चुका है। पर आश्चर्य की बात यह थी कि यह सुनकर उनके मन में ईर्ष्या या दुख का कोई भाव नहीं आया। उनका प्रेम अधिकार का नहीं, समर्पण का था।

जब श्रीकृष्ण ने राधा को देखा, तो उनके हृदय में अपार प्रसन्नता भर गई। दोनों ने एक-दूसरे से बहुत देर तक संकेतों की भाषा में बातें कीं। शब्दों की आवश्यकता ही नहीं थी - उनकी आँखें ही सब कुछ कह रही थीं।

राधा की इच्छा पर श्रीकृष्ण ने उन्हें अपने महल में एक सेविका के रूप में रहने की अनुमति दे दी। अब राधा दिन भर महल के कार्यों में व्यस्त रहतीं और अवसर मिलते ही दूर से श्रीकृष्ण के दर्शन कर लेतीं।

लेकिन धीरे-धीरे राधा को यह महसूस होने लगा कि महल की इस भव्यता के बीच वह वही आध्यात्मिक जुड़ाव महसूस नहीं कर पा

रही हैं जो कभी वृंदावन में हुआ करता था। इसलिए उन्होंने महल छोड़ने का निर्णय लिया।

उन्होंने सोचा कि शायद दूर जाकर, प्रकृति की गोद में रहकर, वह फिर से उस आत्मिक संबंध को अनुभव कर सकेंगी। उन्हें यह नहीं पता था कि उनका रास्ता कहाँ जा रहा है - पर श्रीकृष्ण सब जानते थे।

समय बीतता गया।

राधा धीरे-धीरे वृद्ध और दुर्बल होती गईं। अंततः एक दिन वह पूरी तरह अकेली और थकी हुई थीं। उस क्षण उन्हें श्रीकृष्ण की आवश्यकता महसूस हुई।

और जैसे ही उनके मन में यह पुकार उठी - श्रीकृष्ण उनके सामने प्रकट हो गए।

श्रीकृष्ण ने प्रेम से कहा,

"राधा, मुझसे कुछ मांगो।"

पर राधा ने सिर झुका कर मना कर दिया।

श्रीकृष्ण ने फिर आग्रह किया।

तब राधा ने बहुत शांत स्वर में कहा -

"मैं बस एक बार तुम्हें बांसुरी बजाते हुए देखना चाहती हूँ।"

श्रीकृष्ण ने अपनी बांसुरी उठाई और उसे बजाना शुरू किया। वह धुन इतनी मधुर, इतनी गहरी थी कि जैसे समय ही थम गया हो।

कहा जाता है कि श्रीकृष्ण ने दिन-रात बांसुरी बजाई - जब तक कि राधा उस धुन को सुनते-सुनते धीरे-धीरे आध्यात्मिक रूप से श्रीकृष्ण में विलीन नहीं हो गईं।

बांसुरी की वही मधुर धुन सुनते हुए राधा ने अपने शरीर का त्याग कर दिया।

श्रीकृष्ण जानते थे कि उनका प्रेम अमर है - वह कभी समाप्त नहीं होगा। फिर भी राधा के इस वियोग को वह सहन नहीं कर सके।

कहा जाता है कि उसी क्षण उन्होंने अपनी बांसुरी को तोड़कर झाड़ियों में फेंक दिया। और उसके बाद उन्होंने जीवन भर कभी बांसुरी या कोई अन्य वाद्य यंत्र नहीं बजाया।

क्योंकि उनके लिए बांसुरी का अर्थ केवल संगीत नहीं था - वह राधा की स्मृति थी।

पुराणों में यह भी कहा जाता है कि जब द्वापर युग में भगवान नारायण ने श्रीकृष्ण के रूप में जन्म लिया, तब माता लक्ष्मी ने राधा के रूप में जन्म लिया - ताकि पृथ्वी लोक में भी वह अपने प्रिय के साथ उस अनंत प्रेम की लीला को जीवित रख सकें।

इसीलिए आज भी जब प्रेम की चर्चा होती है, तो राधा-कृष्ण का नाम केवल एक कहानी नहीं, बल्कि शाश्वत प्रेम का प्रतीक बनकर सामने आता है - एक ऐसा प्रेम जो शरीर से नहीं, आत्मा से जुड़ा होता है... और जो समय, दूरी और मृत्यु से भी परे होता है।

प्रिय राधा,

तुम्हारा पत्र पढ़ने के बाद से मेरा मन एक अजीब-सी बेचैनी में डूबा हुआ है। जितनी बार उसे पढ़ता हूँ, उतनी ही बार मन किसी अनजाने भय से भर उठता है। सच कहूँ तो तुम्हारे लिखे शब्दों को पढ़ना भी मेरे लिए बहुत कठिन हो गया है। हर पंक्ति जैसे हृदय पर एक नई चोट करती है।

कभी-कभी तो मुझे यह भी लगता है कि शायद तुमने यह सब केवल मुझसे दूर जाने के लिए लिखा है - शायद मुझसे पीछा छुड़ाने के लिए तुमने यह कहानी गढ़ ली हो। क्योंकि मेरा मन इस बात को स्वीकार ही नहीं कर पा रहा कि जो कुछ तुमने लिखा है, वह सच भी हो सकता है।

राधा, एक बार बस इतना कह दो कि यह सब सच नहीं है।

कह दो कि यह सब केवल एक कल्पना है, एक क्षणिक आवेग में लिखी हुई कहानी है।

कह दो कि तुम मुझे परखना चाहती थीं, यह देखना चाहती थीं कि मेरे मन में तुम्हारे लिए कितनी सच्चाई है।

मैं यह सुनने के लिए तैयार हूँ कि तुमने यह सब केवल मज़ाक में लिखा, या मुझे परखने के लिए लिखा - पर यह स्वीकार करने की ताकत मुझमें नहीं है कि तुम्हारे साथ सचमुच कुछ ऐसा घट रहा है जो हमें हमेशा के लिए अलग कर दे।

राधा, यदि सच में कोई कठिनाई है, यदि सच में तुम्हें किसी बीमारी या परेशानी का सामना करना पड़ रहा है, तो मुझे मिलने का एक रास्ता बता दो।

बस एक संकेत दे दो।

मैं अभी इसी क्षण तुमसे मिलने के लिए निकल पड़ूँगा।

मैं तुमसे मिलना चाहता हूँ - तुम्हारी आँखों में देखकर तुमसे बात करना चाहता हूँ।

तुम्हारी स्थिति को समझना चाहता हूँ।

क्योंकि मुझे विश्वास है कि जब दो लोग आमने-सामने बैठकर बात करते हैं, तो सबसे कठिन परिस्थिति का भी कोई न कोई समाधान अवश्य निकल आता है।

शायद हम दोनों मिलकर इस दुख का कोई रास्ता खोज लें। शायद कोई ऐसी आशा की किरण मिल जाए, जिसकी हमें अभी कल्पना भी नहीं है। पर दूर बैठकर केवल शब्दों में इस पीड़ा को सहना मेरे लिए असहनीय हो गया है।

राधा, मैं इस दुख को यूँ चुपचाप सह नहीं सकता।

मेरा मन बार-बार यही कहता है कि कहीं न कहीं कोई गलतफहमी है, कोई ऐसी बात है जिसे हम समझ नहीं पा रहे हैं।

इसलिए मैं तुमसे हाथ जोड़कर विनती करता हूँ -

जैसे ही यह पत्र तुम्हें मिले, तुरंत मुझे उत्तर लिखो।

बस एक बार लिख दो कि यह सब झूठ है, एक भ्रम है, एक गलतफहमी है।

लिख दो कि सब कुछ ठीक है।

जब तक तुम्हारा उत्तर नहीं आता, तब तक मेरा मन कहीं भी टिक नहीं पाएगा।

मैं हर क्षण तुम्हारे उत्तर की प्रतीक्षा करता रहूँगा - उसी तरह जैसे कोई प्यासा व्यक्ति दूर कहीं पानी की एक बूंद के लिए प्रतीक्षा करता है।

मैं इंतजार करता रहूँगा...

तुम्हारे एक शब्द का,

तुम्हारी एक पंक्ति का,

तुम्हारे एक संकेत का।

क्योंकि मेरे लिए यह केवल एक पत्राचार नहीं है - यह मेरे जीवन की सबसे सच्ची अनुभूति है।

तुम्हारा ही,

कृष्ण

राधा का कृष्ण

आज उस पत्र को लिखे पूरे आठ वर्ष बीत चुके हैं।

समय की धारा कितनी शांत दिखाई देती है, पर वह अपने साथ कितनी यादें बहाकर ले जाती है - यह केवल वही समझ सकता है, जिसने प्रतीक्षा को सच में जिया हो।

इन आठ वर्षों में न जाने कितनी ऋतुएँ बदलीं।

कितनी बार वसंत आया, पेड़ों पर नई कोंपलें फूटीं।

कितनी बार वर्षा ने धरती को भिगोया।

कितनी बार पतझड़ ने पत्तों को झरते देखा।

पंर एक चीज़ आज भी नहीं बदली -

मेरी प्रतीक्षा।

आज भी कभी-कभी अनायास ही मैं अपना मेलबॉक्स खोलकर बैठ जाता हूँ। जैसे कोई अनजानी उम्मीद अब भी मन के किसी कोने में साँस ले रही हो। हर बार जब स्क्रीन पर इनबॉक्स खुलता है, तो मन एक क्षण के लिए ठिठक जाता है - शायद आज... शायद आज राधा का कोई संदेश आया हो।

पर फिर वही सन्नाटा।

वही खालीपन।

और मैं एक पल के लिए भावुक हो जाता हूँ - एक ऐसी भावुकता जिसमें उम्मीद भी होती है और हल्की-सी पीड़ा भी।

कभी-कभी सोचता हूँ -

न जाने वह कौन-सा दिन होगा,

जब अचानक मेरे मेलबॉक्स में राधा के नाम का कोई संदेश दिखाई देगा।

शायद वह केवल दो पंक्तियाँ लिखे -

“कृष्ण, मैं ठीक हूँ।”

शायद उससे भी कम...

पर वह क्षण मेरे लिए जीवन की सबसे बड़ी राहत बन जाएगा।

इन्हीं विचारों में डूबा हुआ उस रात भी मैं बहुत देर तक जागता रहा।

कमरे में हल्की-सी खामोशी पसरी हुई थी। तभी दीवार पर लगी घड़ी ने धीरे-धीरे चार बार घंटी बजाई - टन्... टन्... टन्... टन्...

उसकी ध्वनि ने मुझे जैसे अचानक वर्तमान में लौटा दिया।

मैंने घड़ी की ओर देखा - सुबह के चार बज चुके थे।

मैंने करवट लेकर कमरे में चारों ओर नजर दौड़ाई।

रागिनी और रिंकी कब सो गए थे, मुझे पता ही नहीं चला।

रागिनी गहरी नींद में थी, और रिंकी उसके पास ही मासूम-सी नींद में डूबी हुई थी। उनके चेहरों पर एक शांत संतोष था - जैसे जीवन की सारी चिंताओं से दूर कोई नन्हा संसार बस गया हो।

और मैं...

मैं बिस्तर पर लेटा हुआ अपने ही विचारों में खोया था।

मेरी आँखें खुली थीं, पर मन किसी और ही दुनिया में भटक रहा था -

ख्वाबों की उस दुनिया में, जहाँ मैं अब भी अपनी राधा को खोजता फिरता हूँ।

कभी किसी स्मृति में...

कभी किसी पुराने शब्द में...

कभी किसी अधूरे वाक्य में।

मन जैसे बार-बार उसी रास्ते पर लौट जाता है जहाँ से वह कहानी शुरू हुई थी।

कुछ देर बाद मुझे प्यास महसूस हुई।

मैं धीरे से उठकर कमरे के कोने में रखे फ्रिज के पास गया।

फ्रिज खोला तो ठंडी हवा का एक झोंका चेहरे से टकराया।

मैंने भीतर से पानी की बोतल निकाली।

बाहर हल्की सर्दी का मौसम था। ऐसे मौसम में ठंडा पानी पीने की इच्छा शायद ही किसी को होती है - पर उस समय मन किसी नियम को मानने के लिए तैयार नहीं था।

मैंने बोतल से दो-तीन घूँट पानी पिया। ठंडा पानी गले से उतरता हुआ जैसे पूरे शरीर में फैल गया। कुछ क्षण वहीं खड़ा रहा, फिर धीरे से वापस आकर बिस्तर पर लेट गया।

कमरे में फिर वही खामोशी लौट आई थी।

मैंने करवट बदली... फिर दूसरी करवट।

विचारों की लहरें धीरे-धीरे शांत होने लगीं।

और शायद थकान भी अपना असर दिखाने लगी थी।

कुछ ही देर में नींद ने धीरे से आकर मुझे अपने आगोश में ले लिया - जैसे कोई माँ रोते हुए बच्चे को चुप कराकर सुला देती है।

जब मेरी आँख खुली, तो कमरे में उजाला फैल चुका था।

मैंने घड़ी की ओर देखा -

सुबह के दस बज चुके थे।

और एक नया दिन...

फिर से शुरू हो चुका था।

****

आज का दिन जैसे शुरू होने से पहले ही हमारे हाथों से थोड़ा-सा फिसल गया था। अलार्म तो समय पर बजा था, लेकिन पिछली रात की थकान और कुछ अनकही यादों के बोझ ने हमें बिस्तर से उठने ही नहीं दिया। जब आँख खुली तो घड़ी की सुइयाँ हमें जैसे ताना मार रही थीं - हम पहले ही काफी देर कर चुके थे। फिर भी, उस दिन का अपना एक अलग ही महत्व था। तय था कि आज हम आगरा की गलियों, उसकी रौनक और उसके स्वाद को जी भरकर महसूस करेंगे।

जल्दबाज़ी में ही सही, हम तीनों ने अपने-अपने तरीके से खुद को संभाला। रागिनी आईने के सामने खड़ी होकर बाल ठीक कर रही थी,

पर उसके चेहरे पर हल्की-सी उत्सुकता साफ झलक रही थी - जैसे आज का दिन उसके लिए किसी छोटे-से त्योहार से कम न हो। रिंकी अपनी ही दुनिया में मस्त थी, कभी जूते ढूंढती, कभी कुछ पूछती, और बीच-बीच में हमें जल्दी करने की हिदायत भी देती। और मैं... मैं बस इन दोनों को देख रहा था - इस छोटे-से परिवार की हलचल में एक अजीब-सी सुकून भरी गर्माहट महसूस कर रहा था।

आख़िरकार, थोड़ी हड़बड़ी और थोड़ी हँसी-ठिठोली के साथ हम घर से निकले और आगरा के मशहूर सदर मार्केट की ओर बढ़ चले। रास्ते में चलते हुए ऐसा लग रहा था जैसे शहर खुद हमें अपनी ओर खींच रहा हो - हर मोड़, हर गली में एक अलग-सी कहानी बसी हुई थी।

कहते हैं, अगर आप कहीं घूमने जाएँ और वहाँ की मार्केट में कदम न रखें, तो जैसे उस जगह की असली आत्मा को छू ही नहीं पाते। और हम भी भला कैसे इस अनुभव से खुद को दूर रखते? रागिनी तो जैसे पहले से ही एक लंबी सूची मन में तैयार किए बैठी थी। उसकी आँखों में खरीदारी की चमक साफ दिखाई दे रही थी। वह बार-बार यही कह रही थी कि आगरा आकर अगर कुछ खास न खरीदा, तो ये सफर अधूरा रह जाएगा।

उसे खास तौर पर कुछ चीज़ें खरीदनी थीं - दालमोट, जो अपनी तीखी और कुरकुरी पहचान के लिए पूरे देश में मशहूर है; और पंछी पेठा, जिसका नाम सुनते ही जैसे मुँह में मिठास घुल जाती है। कहते हैं कि आगरा की दालमोट में जो स्वाद है, वो कहीं और मिल ही नहीं सकता - उसकी हर एक बाइट में इस शहर की पुरानी गलियों का इतिहास और मेहनत की खुशबू बसती है।

और जहाँ तक पंछी पेठा की बात है... उसका तो जिक्र ही अपने आप में एक अलग एहसास है। जैसे ही उसका नाम आता है, मन में एक मिठास-सी उतरने लगती है - नर्म, रसीला, और दिल को छू लेने वाला।

रागिनी बार-बार यही कह रही थी कि बिना पंछी पेठा लिए वो आगरा से वापस नहीं जाएगी, चाहे जितना समय क्यों न लग जाए।

हम धीरे-धीरे उस भीड़ में खोते जा रहे थे, जहाँ हर दुकान एक नई कहानी कह रही थी, हर आवाज़ एक नया अनुभव दे रही थी। और उस भीड़-भाड़, उस शोर, उस चहल-पहल के बीच - हम तीनों एक साथ थे... जैसे समय कुछ देर के लिए ठहर गया हो, और हम उस पल को पूरी तरह जी लेना चाहते हों।

लगभग चार - पाँच घंटे उस भीड़भाड़ भरे बाज़ार में बिताने के बाद जब हम बाहर निकले, तो ऐसा लगा जैसे हम सिर्फ़ सामान ही नहीं, बल्कि उन गलियों की चहल-पहल, आवाज़ें और छोटी-छोटी खुशियाँ भी अपने साथ समेट लाए हों। रागिनी के हाथों में थैले थे, रिंकी के चेहरे पर थकान के बावजूद एक मासूम-सी संतुष्टि थी, और मैं... मैं उन दोनों को देखकर भीतर ही भीतर एक अनकही खुशी महसूस कर रहा था। पर समय, जैसा कि हमेशा करता है, चुपचाप अपनी रफ़्तार से आगे बढ़ता रहा - हमें याद दिलाता हुआ कि अब लौटने का वक्त आ गया है।

धीरे-धीरे कदम बढ़ाते हुए हमने होटल की ओर रुख किया। रास्ते में बाज़ार की वो रौनक पीछे छूटती जा रही थी, लेकिन उसका असर अब भी हमारे साथ था। गाड़ियों की आवाज़ें, लोगों की हलचल, दुकानों की चमक - सब कुछ जैसे आँखों के सामने तैर रहा था। मन चाहता था कि ये पल थोड़ी देर और ठहर जाए, पर हकीकत यही थी कि घड़ी की सुइयाँ किसी का इंतज़ार नहीं करतीं।

करीब 3 बजे तक हमें हर हाल में होटल से चेकआउट करना था। एक अजीब-सी जल्दी भी थी और एक हल्की-सी उदासी भी - जैसे कोई खूबसूरत दिन बिना पूछे ही खत्म होने जा रहा हो। होटल पहुँचते ही हमने जल्दी-जल्दी अपने सामान समेटे, कमरे पर एक आखिरी नज़र डाली - जहाँ बीते कुछ पलों की यादें चुपचाप दीवारों में बस गई थीं।

इसके बाद, बिना ज्यादा रुके, हमने अपने सफर का अगला पड़ाव शुरू किया - सीधे लखनऊ की ओर। मन में यही था कि रात तक हर हाल में घर पहुँचना है। गाड़ी आगे बढ़ रही थी, और खिड़की के बाहर के दृश्य धीरे-धीरे बदलते जा रहे थे। सूरज ढलने की तैयारी में था, और उसके साथ ही दिन की सारी हलचल भी जैसे शांत होने लगी थी।

उस सफर में एक अजीब-सी खामोशी भी थी और एक सुकून भी - जैसे हम सब अपने-अपने भीतर उस पूरे दिन को फिर से जी रहे हों। आगरा पीछे छूट रहा था, लेकिन उसकी यादें, उसकी मिठास, और उन पलों की गर्माहट - हमारे दिलों में कहीं गहराई तक बस चुकी थी। अब सिर्फ एक ही मंज़िल थी - अपना घर, लखनऊ... जहाँ पहुँचकर शायद हम इस पूरे सफर को फिर से याद करेंगे, और मुस्कुरा उठेंगे।

****

www.ingramcontent.com/pod-product-compliance
Lightning Source LLC
LaVergne TN
LVHW100300210926
848480LV00003B/977
9798903627981